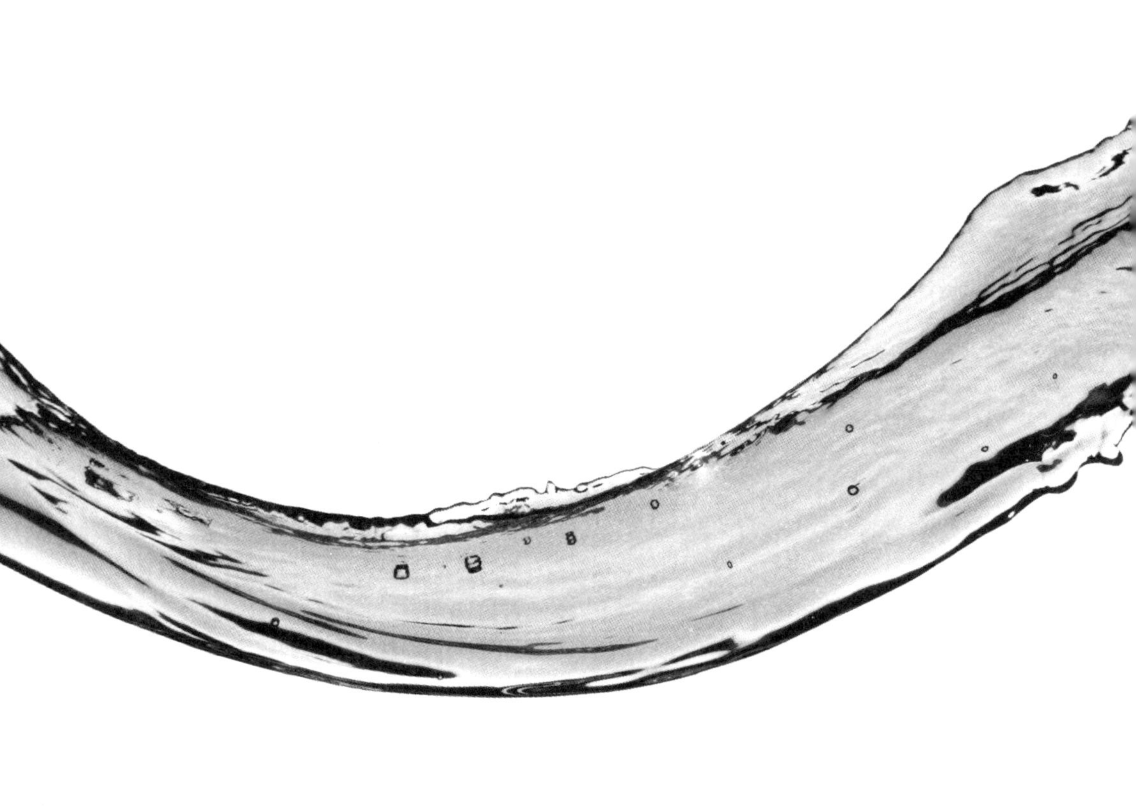

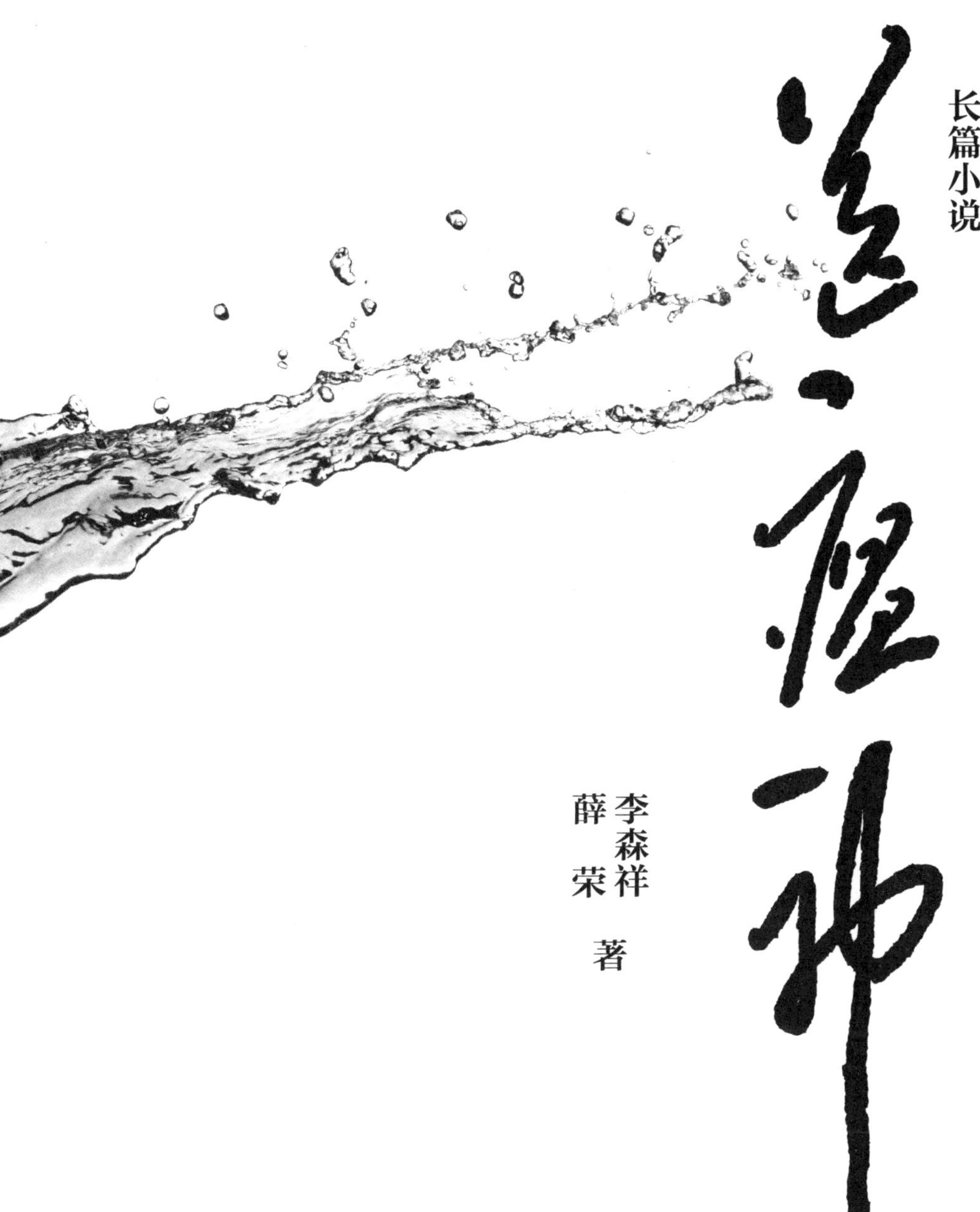

长篇小说

李森祥　薛荣　著

中国青年出版社

就血吸虫所毁灭我们的生命而言，远强于过去打过我们的任何一个或几个帝国主义。八国联军、抗日战争就毁人一点来说，都不及血吸虫……

——毛泽东

目　录

卷　一

纸　船

第　一　章

程怀远到了生命的尽头前曾说过，他很想忏悔！不知道他究竟做了什么而必须忏悔？但认识他的人都知道，最让程怀远懊悔一辈子的事，是他头顶心顶着的那条“三八线”。

那天301高地坑道里的事情特别多。先是有人偷看战友家信，两个人拌了几句嘴，吵着吵着，竟然扭打成一团，引来了连长程怀远的一顿呵斥。之后营部来电话统计得夜盲症的人数，程怀远少数了一个人，指导员埋怨程怀远几句，程怀远本来气就不顺，梗着脖子朝指导员大吼了一嗓子，将坑道壁上的碎石也震落几片。

“嗬，大仗不打打嘴仗啦？”

战壕的另一头，猫着腰走来个宣传干事，他到了程怀远旁边，笑着直起了身子，棉军帽的护耳跟鸟翅膀似的支棱着，颤颤悠悠的。程怀远来不及呼喊，对面覆盖着皑皑白雪的阵地上已一枪射来，眼疾手快的程怀远一把将宣传干事扯翻在地。

“哎呀，程连长，我又欠你人情了，想不好好宣传你都不行啊。”宣传干事狼狈不堪地爬起身嘀咕。程怀远没理他，而是捡起了宣传干事已被打落在地的旧军帽。军帽上挨了一枪，里边衬着的棉絮白花花地露了出来。就凭这准头，程怀远知道美军的王牌狙击手去东京度完假，又回到对面的阵地上。

“小子，美国鬼子可不认你是什么宣传干事。”程怀远把军帽扣回到宣传干事的头上，阴着脸，背靠泥墙而坐。风吹起的雪沫落到他的肩头，像是头皮屑。他身边竖着块烧焦的松木板，上边刻着七道很深的刀痕，那是程怀远扛起狙击步枪之后的毙敌纪录。他是闻名全军的战斗英雄，现在两军对垒，进入胶着状态，本来就是神枪手的程怀远就和鬼子玩起了狙击。二十多天里，他干掉了七个鬼子。

宣传干事越是紧张，嘴里的话竟越多，从狙击步枪的性能到一枪毙敌之后的心理活动，什么都问。程怀远没文化，也不擅言词，尽量克制着情绪嗯嗯啊啊地应付。

这时候，美军的高音喇叭又响了起来，台湾口音的普通话吵得人心烦。程怀远皱了皱眉头，手里的烟屁股交给旁边的战士，掸了掸肩上的雪沫，抓起个钢盔扣在光头上，一脚踏上倒扣着的弹药箱，提着子弹上膛的狙击步枪，嗵的一记闷响，对方讨厌的高音喇叭顿时哑了。

在战友们的惊呼声里，程怀远轻松地要回了香烟，胡子拉碴的脸上竟然有些慵懒。刚才那一幕着实让宣传干事惊呆了。他停下手中的笔，从挎包里摸出一瓶白酒："哎呀，真是太了不起了，这酒是你们营长犒赏我的，程英雄，我，我送给你。"

程怀远这才一笑，接过酒瓶瞄了瞄上边的洋文，赞了声好酒。宣传干事忽又将酒抢了回去，将瓶口塞进了他的牙里。

"可别坏了你这小白脸的一口好牙！"程怀远夺过酒瓶举过头顶晃了晃，砰的一声，是对面阵地的一枪，打飞了程怀远手里的酒瓶盖子。宣传干事也许到此时才体会到，什么叫做可怕的狙击！

一瓶白酒你一口我一口地轮换着喝光，宣传干事也走了。程怀远瞧瞧天色还早，又埋伏到战壕里朝敌方阵地进行观察。

西下的夕阳照耀着积雪，天地之间明晃晃的。附近好些山头早已被炮火削平，泥石流涌向沟底，巨大的岩石堆积着，好像这儿曾发生过一场八级地震。水洼里结了冰，浸泡着黑糊糊的尸体。烧焦的树杈支棱着，投下长长的影子。铁丝网上缠着的自美军以及志愿军军服上撕下的破布片随风飞舞，干扰着狙击手的视线。程怀远凝神屏气，连自己胸腔内的心跳声都听到了。

对面美军阵地上那只高音喇叭在木头支架上耷拉着，像一个被砍断了脖子的头颅。一只挑在刺刀上的美军头盔，时不时地举过战壕。程怀远不可能会上这样的当，那只是美国鬼子一个普通狙击手玩的小把戏罢了。可程怀远很纳闷，那个王牌狙击手总不会替他开瓶酒就算。猛然间，程怀远眼皮微跳，发现有个炸塌了的碉堡感觉有些异样，一侧的积雪踩得脏兮兮的，裸露出来的烂石头有着搬动过的痕迹。程怀远刚目测了距离，忽地亮光一闪，他心内惊呼一声不好，还没来得及收回脑袋，一颗狙击弹已轰在他的脑门上。

一阵麻辣过后，鲜血开始瀑布般漫过程怀远的额头，糊住他的眼睛……

美军的狙击弹把程怀远头上的钢盔洞穿后，又在他的光头上划出一条大口子。战士们扯胳膊抱腿，要送他去包扎。程怀远咧着嘴，急得手臂一撩，几个战士摔得东倒西歪。他一抹脸上的血,抓起狙击枪又要往射手的位置上靠,更多的战士摁住了他。

急救军医赶了来。程怀远的命真大,这一枪不仅打穿了钢盔,撕裂的头皮上也擦出了一条半厘米深的凹痕。程怀远嫌打麻药影响他打枪的准头,让军医在他头皮上无麻醉而缝,结果缝了十七针。

第二天,炊事班小刘在爬战壕送饭时动作稍慢,被这个王牌狙击手打烂了屁股,大半桶热乎乎的小米粥全洒了。

程怀远晃着缠上绷带的头颅,眼睛里布满血丝,牙根恨得痒痒。

“美国佬,老子跟你没完!”

对面阵地上像是庆功似的,传来敲打汽油桶的响声。连里另外的狙击手纷纷向他请命。程怀远听着那边咚咚咚的敲打声,反倒冷静了下来。他不由分说地把医生身上的白大褂扒了,连带着一条没用过的手术床单一起扣下。天黑之后,他趁着敌人的探照灯暂时不亮,独自爬到阵地外的一个树桩后,挖出个散兵坑,靠了大半瓶酒熬过了一宿。第二天天刚亮,穿着军医的白大褂还裹着床单的程怀远已和地貌没两样了。

也就在这一日的早晨,换防的命令下达。

当连里的副连长带着两名战士,冒了巨大风险将冻粘在散兵坑里的程怀远抠出时,程怀远还嘟着嘴唇嚷,他知道那个王牌狙击手早上起来撒尿的地方,老子一定让他捏着鸡巴去见阎王……

可军令如山,程怀远不得不留下一生的遗憾而带着他的连队撤离了阵地!

部队急行军到隆镇,上了一列车身上弹痕累累的小火车。这小火车很可能是世界上最破烂的,烟囱筒子被电线捆绑在车顶上摇摇欲坠,车厢内到处是烟熏火燎的痕迹。官兵们火柴棍似的挤在一起,前胸贴后背的,转个身都不行。车厢地板上铺着的稻草早就稀烂,湿湿的粘人的脚。有个战士憋不住尿,一股尿臊味迅速弥漫开来。

车厢内条件恶劣,程怀远的心情更恶劣。他娘的,早不换防晚不换防,偏偏那能让程怀远“复仇”的致命一枪要射出时,命令下来了。

破火车翻山越岭,过河入林地行进在林海雪原中。凌晨时它钻出一条长长的隧道,总算停在一条岔道上。四周围的朝鲜人民军三步一岗,五步一哨,戒备森严,大家伙都跟哑巴似的,谁也不嚷嚷,交流的只是手势和眼神。

“拉屎的拉屎,撒尿的撒尿,都给我快点!”

程怀远吆喝一声，命令手下的战士们以班为单位下了小火车，一队队地去树林子边一字排开大小便，他则看着手表上跳动的指针，记录每个班拉屎拉尿的速度，慢的那个班挨了他的一顿臭骂。大家伙完事之后，程怀远带着战士去领了几筐馒头萝卜还有五大桶白雪。收拾停当，守在路边的朝鲜人咣当关上车门，车门上贴了封条，还横斜着钉了几根木条，搞得这车厢内装的好像不是人，而是没嘴巴没屁眼的什么货物。

过了鸭绿江后，程怀远的连队才与所在的兵团其他部队会合，还换乘了火车！也算是鸟枪换炮，这趟闷罐列车的车厢比之前小火车的车厢要宽敞许多。战士们盘腿坐在地板上，各想各的心事。到了这会儿，程怀远的脸才由阴转晴，且还浮现出一点笑容。原因是刚才换乘时，程怀远遇上赵司令的警卫员小林，他装作借个火，问小林部队这是去哪儿。

“北京，毛主席……”说着话，神色诡异的小林做了个正步走的动作。毛主席？检阅？程怀远撇了撇嘴，难以置信。火车车身一震一颤地行进着，他的脑海里一会儿是血肉横飞的四肢，一会儿是静静的雪原上狙击步枪的闷响。他觉得自己像是在梦游，唯一清楚的是离美军王牌狙击手、离三八线越来越远了。

车子平安无事地进入东北。终于回国回家，可以过和平生活，可程怀远却对头顶心所挨的一枪耿耿于怀！他紧捏着的拳头抵着自个儿的太阳穴，头上初愈的伤口差点爆裂开。呼吸粗重、眼睛潮红的程怀远抱紧膝盖，克制着不让自己跳起来大喊大叫撒一通野。他太想和别人说说话，即使吵架也行，可有纪律在，程怀远就跟火烧身子的邱少云似的，咬紧牙关。火车过丹东，过沈阳，过山海关，警卫员小林的话，早就像颗种子，在程怀远的心里生根发芽。他暂时忘却了那个让他感到耻辱的美国佬，打开挎包，取出所有的军功章仔细地别到胸前。车厢里虽说光线昏暗，但这一排亮闪闪的军功章还是引来战士们羡慕的目光。

火车走走停停，但是天上的太阳却一刻不停地走着，走出了白天又走进了黑夜。闷罐车厢里空气越来越糟，弥漫着的尿臊味混合着萝卜屁的臭味，熏得人都快背过气去。程怀远解开了风纪扣，可没过一会儿又扣上。他对自己敬礼的姿势有点不放心，很想对着镜子练习一下，可也不过是心里想想罢了。身边有个小战士睡着了，软绵绵的身子直往他身上靠，他拱起膝盖，让这个战士趴到自个儿的大腿上，弄得他都没法站起来。程怀远手摸着胸前的军功章，自己对自己说，急——急有啥用，说不定此刻毛主席已经上天安门城楼，正坐在藤椅子里喝早茶等他们哩。

这样想了会儿，程怀远头埋进臂弯里，打起了盹。他梦见自己一个人喊着一二一，正沿着金水河边走，可眼睛却怎么也看不清城楼上的那个大个子是不是伟大领袖毛主席。不管是不是，他想喊毛主席万岁，嗓子却像被人卡住了，怎么也发不出声音，他冲着城楼上模糊的身影敬着一个又一个军礼……等程怀远醒来时，闷罐车却不晃荡了。

火车停在一个只有三四间平房的乡野小站上。

有人过来推开闷罐车的车厢门，宣布此次停车是给火车加煤加水，同时也换换车厢里边的空气，强调战士们一律不准下车。程怀远被搅了美梦，气得一拳砸向地板，一副吹胡子瞪眼的模样。他第一个蹿到车门口，伸长脖子瞧了瞧，张嘴就是一句去你娘的，带头跳到路基上。另外车厢的战士一看有人下车，也跟着下。很快地，铺着小石子的路基上黑压压地站满了伸手踢腿的志愿军战士。

火车站通往附近乡村的土路两旁栽种着白杨树，树枝上挂着的晨雾似长长的绷带，被它遮挡的朝阳宛如一个巨大的血色斑点。火车头那儿，公安人员监督着铁路工人跑上跑下地给火车加水加煤。程怀远旁若无人地走了几个正步，突然想起了什么似的，愣住了。这儿怎么看也不像北京啊，怎么感觉像是到南京了呢？他吸了吸鼻子，觉得一百二十个不对劲。他东瞧西看地转了一会儿，没找到站牌，却遇上一个养护工人。

养护工人背了个帆布口袋，手里握着把尖嘴榔头，敲打着钢轨一路走来。程怀远站着看了会儿，收起手里刚摸出来的香烟，迎着养护工大步走去。两人相交而过的一刹那，程怀远一把扭住养护工人，那模样就似揪住了只小鸡。

“说——这是哪里？”

“德，德州。”养护工人天天在铁路上走，从没遇上过有这么问路的。他吓蒙了，胸膛的压迫和紧张让他喘不过气来。

担任警戒的战士一看有情况，端着冲锋枪跑来。

“工人大哥，你怎么走走路都会摔倒？这路上石子多，可得当心啊。”程怀远揪起惊魂未定的养护工，拍了拍他身上的尘土，“你动动看，脚没扭伤吧？”他又捡起地上的帆布袋，把它挂到那只还在颤抖着的肩膀上。这一系列动作当然是做给负责警戒的战士看的，警戒战士认识程怀远，知道他以前是赵司令的警卫员。

“英雄到底是英雄，下车撒泡尿也不忘做件好事。”另外一个连长看出门道，不怀好意地跟程怀远打趣，还凑拢来要烟抽，程怀远臭着脸没理。他心事重重地回到闷罐车厢里,手掰着铁皮桶,让它缓缓地倾斜了,又张开嘴巴凑上去,咕嘟咕嘟地灌了好几口融化了的雪水。

喝了雪水,程怀远用手背抹了下巴,心彻底地凉了。

这就叫凯旋?这算什么事?就算是被美国佬抓去的战俘放出来,他娘的回到国内,听说杜平主任还出来接见,东北局首长还作慰问讲话,还做了猪肉炖粉条招待呢。可我们倒好,大家伙挤在臭烘烘的车厢里,火车停停开开,偷偷摸摸地这儿躲一下,那儿猫一阵子,这组织上的葫芦里到底卖的是什么药啊?我们在朝鲜可没丢什么人,站直了个个是条汉子,趴下了也是烈士!毛主席出来检阅一下又怎么了?怎么会落得这样一个人不人鬼不鬼的下场?

程怀远生闷气,指导员可急坏了。他在放风的人群里怎么也找不见程连长,最后探头朝车厢里瞧。一见程怀远,责怪说:"你怎么躲在这儿?营里有碰头会,通知连长去参加。"程怀远心里头窝着一肚子火,也不管脏不脏的,直接坐在闷罐车厢潮湿的角落里,歪着头不答理。指导员急猴猴地连叫了两声程连长,程怀远头也不抬地回答说:"碰什么头?老子在301高地把头都碰裂了,要碰你去碰。"

指导员以前是团政治处干事,下派来跟程怀远搭档,听程怀远这么嚷嚷,面色有点难看地走了。会是短会,指导员一回来就把全连战士轰上车,宣布说考虑到战士们路途辛苦,在朝鲜上车时的禁令解除。现在在国内了,各连队可以适当开展一些文娱活动,庆祝庆祝。

战士们一听这个,一下子呜里哇啦地议论着,嘈杂的声音盖过铁路上走火车的轰隆声。

程怀远嫌太吵闹,更嫌指导员白面书生一个,是个上级放个屁也捧在手心里当镜子照的主,干脆竖起棉衣的领子,捂住耳朵。

而指导员则以班为单位,组织大家对歌。一圈歌吼下来,战士们头上青筋毕露,指导员站在车厢中央率先起劲鼓掌,完了还主动唱了支苏联歌曲。指导员唱了,当连长的总得表示表示,于是就有战士提议程连长也唱。程怀远眉头紧锁,嘴上都挂得上油瓶了。他紧了紧头上裹着的棉军衣,依旧不吭声。指导员看得出他情绪不好,给他打圆场,又让几个唱得较好的班再对抗一回。这时有个班长不干了,扯着嗓子坚决要求连长唱。

"唱,唱,唱,唱你们个鸟啊!"程怀远揪下头上的军帽往车厢地板上一砸,指导员嘴角习惯性地抽搐了一下。

"程,程怀远同志,你这样的态度是不对的。"他背着手,拿腔拿调地开了口，上前弯腰捡起军帽递过去。全连战士的目光都落在这军帽上。程怀远抬头瞧了眼指导员，一把扯过军帽。

"你看看你，头上的三八线还没结疤呢，还是戴上帽子……"

"竟敢取笑老子！"指导员话没说完，程怀远肩膀朝前一撞，指导员已像根木头般地摔倒。

第二章

闷罐火车一路南下,最后停在仍旧是天寒地冻的淮北丘陵上。

半夜三更的,一整列火车的官兵们都下了车。而且看情形,这样的列车会再来上个十列八列的。丘陵上,到处是黑压压的人头,时不时有各种口令响起。

程怀远随全连官兵从车厢里下来,呼啸的寒风掠过旷野,吹起的茅草叶子拍打着战士们打着绷带的小腿,让人直打寒噤。别说是敲锣打鼓欢迎的群众,黑暗中就连一声狗叫,一点灯火,一个迎人的鬼影子都没有。包括指导员在内的所有指战员们都傻眼了,谁也没心思再唱什么歌。连排长们你问我我问你地瞎嚷嚷,通信员在人群中穿梭,分派着通知。稍后果然又到达的列车上又吐出数不清的官兵。看情形,有一列车是载着首长的。

首长们还在车上,似在开着紧急会议,具体讨论什么却秘而不宣。早就预见到这场面的程怀远,无动于衷地置身在失望的战士们中间,对什么事都不管不问。他的心在德州那个乡间小站上就已经麻木了。

部队天当被地当床地暂时安顿下来,由于给养没能及时跟上,第二天大清早,荒郊野地里的战士们人手一份盐水萝卜汤。“还说是最可爱的人呢?最可爱个屁,老子已经三天没见着一点油花了。这是伙食吗?这是猪食,你让我们吃这个!”有个吊着胳膊的排长碗一摔,跟炊事班长吵起来。边上的战士跟着起哄,寂静的营地闹腾开了。已经很久没吭声了的程怀远慢悠悠地拨开挡道的战士,喝了一大口滚烫的萝卜汤说:“吵什么吵,你骂人骂得出一块肉来吗?做梦吧——想吃好的,跟老子来。”

搭帐篷的时候,程怀远已经注意到草丛里四处乱窜的野兔子。此地的野兔子可能很少遇上人,呆头呆脑的,自顾自地啃着埋在雪里的草根。吃罢萝卜汤,程怀远召集战士们一说,大家伙个个摩拳擦掌,有如一场新的战役即将打响。他们组成逮兔一分队、二分队,轮换着去附近的小山包进行拉网式围捕。营地周边的兔子这下子可惨了,东躲西藏的没了去路。刚自战场上下来的棒小伙子嗷嗷叫着,你追我赶地围追堵截,不明就里的人,还当他们是在学美国大兵玩什么橄榄球，以消耗过剩的体力。

跟别人不一样的是，程怀远胸前仍挂着十几枚军功章，人一跑动，全身上下哗哗啦啦地响，野兔子根本不知道这是什么可怕的声音。

一连几天，连里的指战员们欢天喜地吃红烧兔子肉，唯有指导员耷拉着脸，方丈似的，不碰一点腥。他啃着冷窝头，反过来倒劝程怀远，说这样下去是不行的，偌大个营地里，别的连队不是在组织政治学习，就是抓紧军事训练，附近的野地里凡是歪戴军帽、敞着军装逛来逛去逮野兔子的，不用问，肯定都是我们连的，这影响也太坏了。

“影响算个鸟！战士们逮没人要的野兔子改善伙食也犯纪律？”

“伙食怎么啦？别的连队都吃得下，难道我们连队个个都是老爷兵？”

“老爷兵？你他妈的竟敢说老子的兵孬？”指导员的话似刀子割在程怀远身上，说他手下的兵不好，比说程怀远自己差劲还糟。

“英雄连的兵当然是英雄兵，可放松了政治思想工作，也很快会落后成老爷兵。谦虚使人进步，骄傲使人落后……”

程怀远望着远处轮廓线柔和的山包，不理这个文化得让人牙根犯酸的指导员。

指导员见他不吭声，接着说：“程连长，我觉得你一回国就状态不对，也好久没开展批评与自我批评了。我们英雄连在朝鲜战场上是全军的一面旗帜，到了国内我们仍旧要……”

“仍旧要什么？”程怀远猛地站起身，“仍旧要吃糠嚼冰是吗？仍旧要在雪地上爬成个满脸冻疮是吗？仍旧要饿得鸡巴都竖不起来是吗？都回国了，可他娘的欢迎群众呢？献花的少先队员呢？大鱼大肉的庆功宴呢？毛主席的检阅呢？你看看这些家伙，哪个身上没伤，哪个在生死关头含糊过？他娘的别人不把他们当回事，我们自己把自己当回事又怎的？我们吃厌了萝卜汤抓些兔子吃又怎么的？你指导员算个鸟！你没本事去搞两扇猪肉来，就他娘的少在老子面前放臭屁！”

“你怎么又骂人？”指导员被连长一顿抢白，急了。他的手指点着程怀远的鼻梁乱晃。程怀远最恨指导员这个招牌动作。

“骂你？老子正烦着呢，老子骂你又怎的？”

“我去找教导员告你！”听说指导员又要去打小报告，正在火头上的程怀远操起一只剥了皮的兔子，一把抽到指导员脸上。

指导员的眼镜飞了，砸到一挺转盘式机枪上，右眼的镜片碎成两半。

事情传到赵司令那里，他派警卫员小林用枪去把这个混账东西找来。

程怀远已经在团营首长面前检讨过，也主动去跟指导员道了歉，现在他到老首长面前，一下子不知说什么才好。

赵司令只在程怀远进门时抬眼皮瞭了一眼，而后依旧埋头看文件。程怀远越站心里越不安。

难熬的时刻持续许久，总算在赵司令的咳嗽声中过去了。赵司令搁下手里的文件，用手背揉了揉眼睛，样子非常的疲倦。西下的夕阳将程怀远瘦长的黑影子投在帐篷里的泥地上，投到了赵司令的脚尖前。赵司令示意程怀远靠近点，接着拿起了茶杯，茶杯里没水，程怀远赶紧找来热水瓶为司令员续水。

“程连长，你可是我们这支部队的大名人啊。打美国佬你下狠手，打指导员你也够狠的，把人眼镜都摔喽。老头子今天想跟你讨教个问题，你给我数数看，队伍里一起下战场的，一起到这荒郊野地的，有哪几个人心里头是痛快的？”

帐篷外的小林探头朝程怀远挤眼睛，示意他机灵点，程怀远眼一瞪把他吓开。

“既然大家都不痛快，我赵白驹有没有踢参谋长屁股？你们团长跟你们政委交过手没有？另外的营长、连长呢？谁像你了不得？是大英雄了，心里头不痛快就找指导员撒气，我们这支人民军队的政治指挥员难道是军事指挥员的出气筒吗？”

小林胳膊下夹着文件夹，装模作样地走了进来，程怀远的脸上现出无地自容的神色。

“小子哎，阵地战，攻坚战，敌后骚扰战，没有你玩不转的，打仗你算是成精，可今后的日子怎么过，你的人生道路怎样走？看来啊，你还不如个小屁孩。”赵司令弹下的烟灰落在程怀远的影子上，严厉的目光落到程怀远脸上。

程怀远拉着个脸，上嘴唇翘着，一副老实的样子，似乎除了呼吸，另外的什么都不会了。

他的这副傻样终于把赵司令给逗乐了，感叹说天天一碗萝卜汤，吃得嘴里淡出个鸟来。又说你小子没良心，连里顿顿开兔子宴也不晓得给老头子送点过来？馋得动不动就流口水，别人还以为老头子仗没得打了，就得老年痴呆症。

程怀远脑子还迷糊着，但嘴巴没控制住，竟嘿嘿嘿地乐出声来。

没过几日，营地突然热闹了。地方上开始派来宣传队、慰问队，不仅送来鸡鸭鱼肉，还送来了欢呼与笑声。

在一次演出前，带队的副县长先上台给战士们作建设新农村的报告。程怀远带着自己的连队坐在下面听。副县长讲得其实也不咋样，但战士们听得眼睛一眨不眨的，唯有程怀远忧三忧四，一副六神无主的模样。联想到这些天来，不是钢铁厂的党委书记路远迢迢地来吹嘘什么钢花灿烂，就是公安局长来汇报剿匪斗争，程怀远心里的麻木已转变为担忧。现在美国鬼子不打了，接下来总不能天天守在这荒郊野地里追兔子吧？人心涣散，前途渺茫，他在为这支部队、为自己的前途担忧着，连红烧兔子肉端到他面前都没了胃口。他想去司令部找人打听打听，但能打听的人当数警卫员小林，这小子肚子里有墨水、机灵，能记事儿，可在离开朝鲜时信口开河地骗人，让人空欢喜一场，程怀远已经不相信他。

程怀远打起了赵司令的司机老张的主意。

司机老张坐下缩头缩脑的，似一块石头，站起来长手长脚，像一只高大的猿猴，人称长臂猿老张。老张最近也烦得不行。他被赵司令的警卫员小林缠上了，这小子一门心思想学开车，时不时地就跟老张黏糊。程怀远找到老张时，小林也在。

“你是老头子的警卫员还是老张的勤务员啊？我跟老张有点事，自个儿玩去。”

小林搞不懂程连长为啥一见面就冲他发火，守在一边就是不走。程怀远和老张对了对眼神，老张指了指一边的水桶，小林顺从地拎起水桶给老张擦车去了。

“什么事？说吧。”大家都是老熟人了，老张也不跟程怀远客套。两个人合抽一根骆驼烟，程怀远把心中的疑虑全倒了出来。

“哎呀，老程，你问的这个我不知道，即使知道也不能说。”

老张的口风很紧，程怀远一点也不意外。他问起了地方干部训练班的事，老张张嘴就是一句那是转业干部去的！程怀远咂出了点苗头，追问像他这样的情况，是不是也得上什么训练班。老张察觉到露了口风，便忙转换话题，问程怀远要兔子肉。

“你给我透个底，我就给你兔子肉！”

程怀远的话让路过的保卫处长听到了，板起脸当场训斥老张注意保密。

没等程怀远冲保卫处长翻白眼，老张已一声惊叫。只见不远处沙包后头的吉普车突然吼叫起来，喷吐出一股股黑烟。老张骂了声他妈的，拔脚就追。

“小林，小林……”程怀远也呼喊着追。

上了公路的吉普车猛地加速，扬起的灰尘把老张给吞没了。车子跑出几百米远，小林才从后视镜里看到老张和程怀远在后面没命地追，他心慌了，想让车子停下来，想不到把油门当刹车踩了。嘎的一声，吉普车停顿片刻，突然从高高的路基上一头扎下去。

营地里的人已被惊动，有谁不知道这是赵司令的座驾？个个都吓呆了。有人还当赵司令在车里，惊呼着拔腿就奔过去。好不容易钻出驾驶室的小林军帽掉了，额头上的伤口淌着血，脸色煞白。面对着四轮朝天的车子，小林傻呆呆地说不出话，只剩下哆嗦的分。他当然知道此车是赵司令的爱车，是程怀远从一名美军上校那儿冒了大险才缴获来的。

程怀远命令围拢来的战士们抬走已经摔坏的车子，而后猛地一拳将小林打进路边的泥坑。

第 三 章

自从1943年打日本鬼子时参加了八路军，部队就是程怀远的家。那时他才十四岁，小屁孩一个，长得又矮又小。但他凭着一股机灵劲以及天生胆大，竟独自一人从鬼子的马厩里盗取了一匹体形硕大的东洋马献给时为八路军团长的赵白驹。于是他当了赵团长的警卫员，又几次在枪林弹雨中救了首长的命。有的子弹赵白驹没挨上，程怀远替首长挨了，可他身体棒，枪子儿这里钻个洞，那里擦一下，对他来说是家常便饭，恢复起来也很快。没过多久，他成为赵白驹两样最离不开的宝贝之一，另一样当然是那匹东洋战马。

部队跨过鸭绿江，赵白驹司令员还是像“狐狸”，忍痛将“爱子”程怀远咬出自己身边，下放到基层连队当了一名连长。

程怀远不负赵司令之望，迅速将他的队伍带成一支能打硬仗的英雄连，自己也成了赫赫有名的战斗英雄。在部队这个大家庭里，赵白驹是家长，程怀远是他众多孩子中的一个，是最贴心贴肺的。被小林开翻了的这辆军用吉普，就是程怀远冒了大险从美国鬼子手里缴获的。当时，程怀远正执行穿插任务，看到了这辆正行驶着的吉普。程怀远暗呼着好车，竟甩开两腿去追四个轮子的汽车。他追着吉普车时，想到的是赵司令的宝贝——东洋战马。可惜的是，那匹马在进入朝鲜战场前战死了。程怀远一直寻思着要给司令员找一匹好坐骑，所以他一眼就相中了美军吉普。

程怀远抄小道滚山坡地狂追吉普，全然忘了任务，也忘了美军的卡宾枪对他疯狂扫射，最后以关了禁闭及差点失去一条腿的代价，好不容易才缴获了这辆车。

因为暴打小林，程怀远再一次被赵司令关了禁闭。出来后，他最担忧的事情还是发生了：部队整编的命令已经下达。

所谓整编，用程怀远的话说就叫散伙。整支部队只留下一个团，解甲归田的指战员达百分之七八十，可这些人谁都不愿意脱下军装复员。一时之间整个部队闹翻了天，写血书的、哭鼻子托关系的、寻死觅活的什么都有，整个军营乱得像个马蜂窝。更有一名叫大老刘的副营长朝天乱开枪，听到枪声，赵司令快速赶来。

要是在平时，大老刘一见赵司令早就俯首帖耳，但是这一回不一样，这家伙喝多了酒，瞪圆了眼睛豁出去啦。赵司令拿眼厉望他，他居然跟司令员对视了一分钟后，突然一把扯掉上衣，指点着胸前的几个疤痕嚷嚷道："司令员，你看看哪，你看看，这个枪伤是军阀王家烈留下的，这处刀伤是保卫延安时得的……老子的这身军装是拿命换来的，谁也休想让老子不当兵！蒋介石弄得我家破人亡，军队就是老子的家！"

"你倚老卖老是不是？你躺在功劳簿上不带头执行命令，那老子现在就让你当不成兵！"赵司令刚处理了一个连队全体绝食的事，心情本来就恶劣至极，此时更是勃然大怒。他当下就命令保卫处长将大老刘捆起来，声言要将他遣送回原籍。

"大老刘，你在赵司令面前撒什么野？比疤痕你小子比不过我！"保卫处长没有捆大老刘，而是敲了敲他的肩膀呵斥道，"你至少可以数清楚你的那几个疤瘌子，我身上的你数数看，你数得清楚老子佩服你！"

大老刘眨巴着眼睛，不服气地望着保卫处长。

保卫处长也脱去上衣，大老刘这才傻眼了，因为保卫处长身上是疤痕叠疤痕，根本数不清楚。

"能不能继续当兵，不是靠疤瘌子来说话的，明天我就和你一样，也脱掉军装！可不管到哪儿，扫大街还是修机器，老子照样干革命！"

大老刘眼角和嘴角全耷拉了下来，目光霎时暗淡无神。他的嘴一扁，忽然一把搂住同样光着上身的保卫处长，脸贴着处长胸毛茂盛的胸口，跺着脚哭号："这可让我怎么办啊？我真的离不开部队，除了部队之外我没有家了，我，我不活了……"

大老刘是程怀远的上级，程怀远站在一边也看到了这一幕。伤心归伤心，他知道如此胡闹是根本没用的。刚从禁闭室出来，这一回他总算没有好了伤疤忘了疼，做事谨慎周到些。这几天找赵司令的人跟走马灯似的不停，程怀远不去凑这个热闹，而是先去拉拢刚被他暴打过的小林。

小林这一回翻了车挨了揍，脸都丢尽了，程怀远几次三番找他，这小子鼻子不是鼻子，眼睛不是眼睛的，摆足了架子。后来实在被纠缠不过，便提条件："你小子下手那么狠，你想让我和你说话也行，你得打还我。"

"这不你已经和我说话了吗？"程怀远逗他，小林笑了。程怀远自己捶了自己一记，故意装得胳膊敲断了似的。

程怀远鼓动小林说:“你在板门店边上的山沟沟里就跟我嚷嚷过,胜利后愿意回家安安稳稳地开拖拉机种地,跟苏联一样,搞什么大农庄,眼下部队整编,那可是大好机会啊。”

小林望着不远处的山冈,那儿有一个解散的连队正在拆卸帐篷,乒乒乓乓的,把地上的麻雀都轰赶到半空中。他犹豫着说:“我学开车还不是为了这个嘛。”程怀远连连点头:“小林,我是大老粗,打仗拼刺刀那是没说的,可搞建设还得靠你秀才啊!你文化高,口才好。上次那个什么副县长来作报告,讲些什么都不知道,要是你上台讲,肯定比他好。你这样的人才留在部队太可惜。”

好话当然谁都喜欢听,小林拉了拉程怀远的手,说:“还是你老哥理解我啊!”程怀远一看有门,心中窃喜:“小林啊,我打你真是错了去了,可不是我说你,你偷开赵司令的吉普车,弄出这样大的事情,这警卫员你干下去还有意思吗?”

小林怔了怔,心情沉痛。

程怀远装出了十二分的真诚地说:“我也不瞒你,我找你是有私心的,我为你考虑也为自己考虑,只要你愿意走人,我程怀远就有办法重新回到赵司令身边再当警卫员,这也算是我程怀远欠你一个人情!”

话说到这份上,小林不由得不信,也开始主动行动了。

赵司令得知自己身边的小林主动要求复员,大为高兴,作动员报告时特意举了他的例子,号召大家转变思想,统一认识,向小林同志学习,坚决执行中央军委的命令。可没过多久,赵司令就听说是程怀远使诈怂恿的,他找到正与司机老张一起修吉普车的程怀远,张口就骂:“狗蛋!你无法无天了,竟敢打老子的主意?你的胆子也太大了!扔下你的连队不管,跑这儿来瞎捣鼓什么吉普车,你这个连长怎么当的?你这叫不务正业!少打你的小算盘,你以为当了老子的警卫员,就不会被复员了?”

被猛克一顿的程怀远当着老张的面眉开眼笑。司令员的脾气他太清楚了,只要司令员肯骂,骂得越凶越好,越狠越好,那他为自己能留在部队而使的计谋便可得逞。但这一回程怀远却心眼使错了。当天半夜,赵司令派小林把程怀远叫去。赵司令刚开完会,面前搁着一个吃了一半的铝饭盒,帐篷里冷飕飕的。

赵司令告诉程怀远,说原本是念他劳苦功高,想为他网开一面,调到能留下的那个团去,可他是搬起石头砸了自个的脚:“你的行为不仅助长了部队里自私自利的歪风邪气,也让我赵白驹不能再包庇你了。”

“不包庇就不包庇，我只要能当警卫员就成。”

“狗蛋啊狗蛋……”赵司令叫着程怀远的土名告诉他，“你这回是聪明反被聪明误了。干脆告诉你吧，此番连我赵白驹也在复员之列，我保不住你了。”

“那你能带我走吗？”

“不可能，我带不动你。”

“一个都不行？”

“是的，连司机老张也带不走！”

赵司令的话说得这么绝，程怀远这才震惊得无以复加。他屏住呼吸，眼珠子瞪成溜圆，许久说不出话来。他的手一松，一包新鲜的兔子肉掉到地上，散发出浓重的血腥味。赵司令起身倒了杯水，放到程怀远面前轻声说：“狗蛋啊，我知道你心里头难受，你想哭就哭吧。”

程怀远头一扬，顶嘴说：“你明知道我不会哭。”

“好！那老子命令你哭！”

程怀远像一座石像般站立着，脸上的咬肌鼓鼓的，唯一一次坚决拒绝接受首长命令。傻愣了一会儿，他反问赵司令：“我你带不动，那辆美军吉普你总要带着走吧？”

“可它已经不会喘气喽。”赵司令喜欢美军吉普的缘由，是它如虎啸般的轰鸣声，听了让人摩拳擦掌，热血沸腾。

“你放心，我一定能让它重新吼起来！”

程怀远给出了一个承诺，赵司令心头的伤感又加重了几分。他捡起桌上的红蓝铅笔，掂了掂，也给程怀远一个承诺，说：“美帝国主义在朝鲜这么一搅和，现在的台湾也不是想打就能打的，去地方也好，毛主席号召掀起建设社会主义新高潮。你人聪明机灵，可惜是个大老粗，没啥文化，搞建设没文化不行，不像小林，好歹也是高小毕业！”

上学读书的事，对程怀远来说就像教张飞学绣花，而且太遥远，他根本没工夫去想它。他上心的是要兑现自己的诺言。吉普车经小林这么一摔，发动机被摔烂，修是没法修了，但程怀远居然有本事不知从哪儿拆到了一台苏式的卡车发动机，与司机老张捣鼓了三天三夜，将苏联人的大发动机硬塞进美军吉普狭小的“心脏”，让几乎已报废的吉普车重又吼叫起来。两人得意地开着修好的吉普车来到赵司令帐篷前，喇叭摁得震天响，司令部的参谋们都夸他俩脑子灵，有办法，弄得程怀远晕乎乎的，不得不谦虚几句。

部队里每天晚上都是告别会，每天早上欢送的锣鼓掩盖不了指战员们悲痛的哭号。脱下军装的战友们成批成队地走了,刚布置得像点样子的兵营变得空空荡荡,有着一种东风也刮不散的萧条。程怀远的连队早散了,指导员倒捞着一个上海军学校的机会,高高兴兴地读书去。只有程怀远整天在司令部晃悠着。虽说名义上不是,但他还是自愿做着赵司令警卫员的工作,从送文件到倒茶水,样样事情跟小林抢着干。赵司令看在眼里,愁在心头。他明白这小子还不死心,就不得不想法子赶他走。

人心都是肉长的,赵司令这些天见识了太多的泪水,承受了太多的伤感,精神极度疲乏,一天下来,有时都开不了口了。他打了盆冷水洗了把脸,命人叫来了程怀远。两个人先是就着红烧兔子肉喝了两坛山西汾酒。谁也没醉,谁也没多言语,最后赵司令展开绿色军毯,和程怀远打了一夜的通腿儿。以前战场上的寒夜,雪花飘飞,两个人在掩体的角落里,背靠着弹药箱,程怀远常常和老首长打通腿。老首长的腰寒,腿也寒,程怀远其实是在为老首长焐脚。

这一夜,被程怀远的体温暖和着的赵司令流下了热泪。从1943年到如今,两个人在枪林弹雨中一路过来,值得回忆的往事多如牛毛。赵司令的思绪有如一叶扁舟,从时间的长河里顺流而下。他心情激荡,难以自禁。赵司令的脚踢了踢程怀远的肩膀,感慨道:“天下没有不散的筵席,以后再也没人帮我这老头子暖脚了。”

程怀远心里虽说是翻江倒海,可他牙齿咬着枕头,气息均匀地装睡着。

到了凌晨三点多,赵司令还在熟睡,装睡那么久的程怀远手脚都快麻木了。他硬撑着撩开毯子,轻轻地下了床。外面寒风呼啸,没拴好的篷布噼噼啪啪地甩动。程怀远收拾掉桌上的肉骨头和喝酒用的茶缸,接着蹲在灯下,默默地把赵司令的皮鞋擦得锃亮。裹着军毯的赵司令翻了个身,程怀远怕吵醒他,蹑手蹑脚地来到帐篷外。他找了把扫帚,独自一人打扫完了司令员帐篷外的简易小道,这时候东方的天际线已经露出了鱼肚白。残留着积雪的停车场上,停着好几辆地方牌照的大卡车,那是来接送复退人员的。程怀远手拄着扫帚柄,累了似的在卡车旁边站了会儿。

几个小时之后,又有多少战友将哭哭啼啼地被这些卡车送往汽车站、火车站,这样的场景都是程怀远不想看到,也无法面对的。他伸手从橡胶轮胎上抓了把积雪,塞进嘴里硬硬地咀嚼着。无论在朝鲜还是在淮北平原,这世界上各个地方雪的滋味恐怕都是一样的。突然程怀远似想起什么,手里的扫帚一扔,跑回到自己住处。他找出早就准备好的行李背到肩上,再一次进了赵司令的帐篷,悄无声息地站在床前。他的嘴角颤抖着,却始终无法开口叫一声赵司令，说一声我走了。赵司令双眼紧闭，眉头紧锁着，仿佛睡梦中也在绞尽脑汁地思考难题。那满头的皱纹和白发，看得程怀远鼻子一酸。他赶紧双脚一并，敬了个军礼，接着就大踏步地走出了军营。

太阳升起在毛茸茸的地平线上，刮了一夜的风小了，黄土路渗透着雪水，凝结成冰，踩上去咯吱咯吱地响。有一只野兔子蹿到路中央，蹲在那儿朝程怀远看了看，又一蹦一跳地钻进了一个树洞里。程怀远埋头疾走，过了一条小河，登上一座丘陵。那些山脚下的杂草近看仍是一片枯黄，远看却已透露出淡淡的绿意，如雾如纱地轻轻拂动着。军营里出早操的军号声隔着淡淡的晨雾传过来，像是送别又像是在召唤，程怀远几次想回头望望都忍住了，但头顶上一个他不愿看到的景象，却催生出了他的大泪。

那是一队大雁，正呈人字形在湛蓝色的天空里振翅飞翔！

“大雁既不散伙，更没有一只掉队的……”程怀远心里感慨万千。他不敢再往下想了，不然，他怕自己会伤心得迈不开脚，赶不了路。

第四章

程怀远的老家在山东乳山县的一个小村庄里。复员之后没过一个月，他竟为逃婚而不得不又离开了家乡。

在乳山县城，他去几个战友那儿转了转，乱开枪的大老刘干上了公安局副局长，正忙着跟一个脸上长着一对小酒窝的女护士谈恋爱。还有两个家伙当了乡干部，忙得四脚朝天，事多得似乎地球离了他们就不转了。程怀远闲人一个，老战友好酒好菜地招待，他却不好意思多耽搁。他已经打听到赵司令调到浙江省当了副省长，就买了张火车票，直奔老首长的所在地——杭州。

等到了杭州，程怀远心里头倒是犹豫了。他这个人性子急，好冲动，很少有停下来好好盘算的时候。这一次他比较慎重是因为他深知老首长的脾气。老首长一见面肯定要问他，不是复员了吗，怎么又从家乡跑出来？到时候他可怎么说呢？总不能说我跟县里、跟家里都没搞好关系，无奈之下才跑出来的。你跑出来想干什么？你会干什么？赵司令如果再这样一逼问，他肯定会傻了眼的。当时复员前的动员会、报告会，现在想来就是帮助大家调整思想，改变观念，但他一个劲儿地生闷气，什么话都一个耳朵进一个耳朵出。现在好了，闷头闷脑跑到杭州，别人都忙着在岗位上搞建设，而他倒成了流浪汉。程怀远越想越窝囊，狠狠地又骂了鸟，索性找了家旅店住下再说。

人一倒霉吃口豆腐都有可能噎死，他这一住店竟住出事情来了。旅店管事的在登记住宿时，总觉得眼前这个黑大个儿不对劲。问他来杭州干吗，他眼皮也没抬一下，只瓮声瓮气回了一句来玩。可有他这样玩的吗？大白天的，也不去游西湖，也不上灵隐寺，而是躲在房间里睡大觉，随身又带了那么大一个军用背包，鼓鼓的，不知装了什么。一连几天，旅店管事暗地里盯着他，越想越可疑，终于去公安局汇报了。几个公安一听有情况，马上赶来敲开旅店房门。

一见进来的是公安，程怀远冷着一张脸，重新躺回到被窝里。旅店管事的狐假虎威，喊程怀远起来，程怀远不理他。为首的公安问：你是干什么的？

程怀远懒洋洋地说是复员军人。什么部队的？程怀远闭上了眼睛说，部队从朝鲜战场上回来就解散了，没了。这样的解释肯定是过不了关的，公安走近床边，警惕的样子似乎生怕程怀远从被窝里掏出枪来，另一个公安动手检查桌子上的行李。程怀远心里虽然对公安的行为有气，不过脑子还算冷静，也就不说什么随他们去。大背包里什么玩意儿都有，子弹壳、旧汗衫、笔记本、宣传画片和手电筒、毛巾等，这些东西一一摊开在桌面上，都可以开个杂货铺啦。还找到了一张过期的介绍信，是乳山县民政局开给思贤乡政府的。搜到最后，公安在背包的夹层里翻到程怀远的立功证件和一大包军功章，这才知道大水冲了龙王庙，弄错了。

“程同志，对不起啊！”为首的公安躬了躬身子退出门去。程怀远从床上坐起身，叫住了那管事的：“你给我站住！”

那人被程怀远的声音镇住，回转身，脸涨得通红。

“你的眼神也太好使了！”程怀远斜睨了一眼摊在桌上的零碎杂物，“把老子的东西收拾整齐！”

管事的一见这阵势，撒腿就跑。程怀远不肯罢休，跳下床去追。一时之间，整个旅店被闹得鸡飞狗跳。

程怀远结清住宿费，骂骂咧咧地拎着行李从旅店出来时，口袋里只有一碗阳春面的毛票。他再也不敢花这几个小钱，独自一人走到西湖边，傻傻地坐在湖边的长椅上，心里头愁得肠子都打结了。

微风轻拂着湖面，粼粼的波光让天地间亮堂了许多，蜻蜓在湖边的荷叶上起起落落。程怀远已好几顿没吃，肚子早就饿得咕咕叫。他咽了口唾沫，心一横，想到老首长毕竟是老首长，要打要骂，都随他去，还是填饱肚子要紧，于是就硬着头皮以急行军的速度赶往省府大院。

当年赵司令的野战帐篷程怀远就跟上外婆家一样，走出走进没人管。但现在毕竟不是战争年代，省府大院门口人来车往的，繁忙中透露出一种肃穆。值班岗哨瞧见程怀远寒酸的模样，根本不相信他跟赵省长熟。他们拦着再三盘问，程怀远当时的身份可不是三言两语讲得清楚的，他急得说话都不利索了。被他挡住了的汽车在背后鸣喇叭，万不得已，程怀远想到在旅店里给自己解围的军功章。仍旧是这些闪闪发亮的军功章，程怀远一拿在手上就引起一个值班军官的注意。军官取过一枚军功章瞧了瞧，问了声：你的？程怀远严肃地点点头，军官双脚一并，同样严肃地朝程怀远敬了个礼。

程怀远狠狠地瞪了哨兵一眼，抓起脚边的背包跟随军官去接待室。走了没几步，他的肩膀突然被人一拍，回头一瞧，此人竟然是老首长的司机老张。

“你个长臂猿，怎么会在这儿？”程怀远瞧了瞧老张身后的吉普车，难以置信。

“你是找老首长的吧？走，我带你见老首长去。”

“你，你也是来看老首长的？”程怀远意识到了什么，瞪大了眼睛。

“什么看啊？老首长一直把我带在身边，他来浙江我也来浙江，老首长离了我可不行，他只坐得惯我开的车。小林也是，警卫员不干，升秘书了。啊哈，都是老哥儿们。”

程怀远本已不由自主地随着老张走了两步，听他这么一说，就站住了。

刚才老战友相见的欣喜一阵风似的刮过，心里头涌上的已是一股说不清道不明的滋味。程怀远当初是赵司令的贴身警卫时，老张只不过是个一般的勤务兵，后来他学会了开车，可开车程怀远也会啊，他费尽心机地想留在老首长身边，而老首长曾信誓旦旦地说过，他带不动一个人的。可他竟然，竟然带了老张？还带了小林？

程怀远低垂着头，开始怨老首长偏心，难过得都快要落泪了。老张也觉察到了老战友心中的不快，拍了拍他的肩膀开导说：“工作上的事情我们得听老首长的。”

程怀远强压下心头的怨气，明白如今再扯旧已经晚了，长叹了一口气，说：“我出来好多天了，也没啥鸟事，不过是要跟老头子借点钱，现在碰上你长臂猿也一样，有你花的也有我用的啦。”

老张赶紧带程怀远出了省府大院，就近找了家小饭店，大鱼大肉点了一桌子。黄酒一倒上，程怀远的话匣子也打开了，他说：“老张还是你好啊，老子在战场上冲锋杀敌可痛快着呢，一回到老家就开始遭罪了。要么是我老程这脑子打仗打坏了，要么是这个社会也开始搞歪门邪道了。一回到老家县城，老子先去县民政局报了个到。那什么局长大概知道我在战场上有点名气，端茶递烟不说，还立马上楼去叫来了县长。”

“苏大鼻子，原先六师的。”

老张端起酒碗，跟程怀远先碰了碰，程怀远先连着吃了好几筷子回锅肉，才一口把酒干了。他抹抹嘴唇，心里奇怪老张怎么也知道那姓苏的在自己老家干县长。他没问这个，而是继续说，那苏大鼻子一见面就夸个没完，什么战斗英雄，什么神枪手啦，什么威震敌胆啦，姓苏的越夸程怀远心里头越不舒服，原本装在口袋里的赵司令的推荐信干脆就没拿出来。想想也真是的，要司令员给姓苏的写信，这小子压根儿就不配。程怀远的工作来之前早就安排好，是去思贤乡当文书。

“你说我老程大老粗一个，没文化，怎么去捏笔杆子当文书呢？这不乱弹琴吗？老张，你再听听那姓苏的怎么解释，说你没文化，我苏大鼻子也没文化，还不照样当县长，大家都是扫过盲的人，字你总还认得几个吧？再说了，搞社会主义建设也是一场战争，从头开始嘛。姓苏的还以为我嫌这顶官帽太小，说眼下从部队复员回来的人太多，我手里的乌纱帽不够分，你暂时先委屈一下，过些日子给你换顶像样的。”

老张笑眯眯地不吭声。

“我程怀远是这样的人吗？”程怀远拍了下桌子，捏起酒碗咕咚咕咚地一饮而尽。

“更可气的事情还在后头呢。”程怀远嘴上刹不住车了，接着说起了接风宴。他说他本来都背起包裹要回老家去见嫂娘了，苏县长揪着背包硬留他住下，说是一个野战军出来的，都是打过淮海战役的好兄弟，说什么也要喝个接风酒。

这天晚上的接风宴声势浩大，县委食堂楼上的大房间里灯火通明，红木圆桌边摆着同样的红木太师椅，四个勤务员站在房间的四个角落里待命。程怀远在苏县长的引领下，一踏进屋子心里头就是一惊。他没想到地方上会是这样，在他看来这样的排场那可是比地主还地主，尤其不舒服的是站在身后等着伺候他的勤务员，都只有十八九岁，一副稚气未脱的模样，这让程怀远想起了自己连队里的小兄弟们，心里已开始难受得不行。

一行人各自坐下，只有客人还傻站着。苏县长也觉察到程怀远有所不悦，不习惯，忙叫着倒酒。勤务员看懂了苏县长的眼色，开始忙不迭地上汤上菜，结果忙里出错，在楼梯上把菜撞翻在地。一见这阵势，苏县长火冒三丈，冲到楼梯口训那两个急红了脸的勤务员。程怀远难受得头都抬不起来了，他忍耐了一会儿，最终还是坐不住，过去拉苏县长。

苏县长也意识到有客人在场发火不好，这才收敛了态度。

桌上摆满了大鱼大肉，别人见惯不惊，程怀远却看呆了。他人是坐在这里，心又回到了朝鲜战场，以雪充饥的往事不光他的脑子记得，他的胃也记得。蘑菇炖鸡的香味扑鼻而来，程怀远的喉结上下蠕动着，不知道说什么才好。他的手指头开始哆嗦，捏不住筷子。此时，有个干部急匆匆上楼，嘴凑到苏县长耳边说有两个村民从乡下赶来，报告说春耕没种子，想请政府救济一下。

苏县长的怒气还未消退，手一挥呵斥道：“没见我在陪程英雄吃饭吗？

种子的事等明天再说。”

坐在边上的程怀远听到这话,再也按捺不住。他涨红着脸,猛地拍了记桌子,站起身指着苏县长的大鼻子:“好你个姓苏的,老蒋逃到台湾还没收拾掉,你当县太爷倒蛮像样了,吃吃喝喝,骂东骂西,你看看你他妈的还像个共产党的干部吗?”

苏县长被骂晕了,夹着一筷子炒腰花,吃惊地半张着嘴。

“程英雄,县长也是一番好意,国民党喝酒吃肉,我们共产党也不是神仙。”一个戴眼镜的陪客大约是教育局长,连忙给县长帮腔。

程怀远把身后的太师椅一蹬,更火了。

“老百姓连种子都没了,你们这不是在喝酒,是在喝老百姓的血!”

“姓程的,你上过刀山老子也下过火海,你他娘的不要太过分!”苏县长手里筷子一扔,终于开始回骂。

“我过分?要是老子手头有枪,一枪崩了你这个当老爷的乌龟王八蛋!”程怀远愤怒地一掀桌子,扬长而去。

程怀远把那场接风宴绘声绘色地给老张描绘了一遍,老张也骂这姓苏的不是东西,说老战友这一架干得痛快,不愧是赵司令带出来的兵。两个人连着又干了两瓶黄酒,程怀远咂着嘴,发现问题大了。他们喝黄酒用的是蓝边饭碗,每一碗黄酒总有二两多,喝的方式又跟北方人喝白酒似的,一碗一碗地干。程怀远几碗黄酒连着喝下去,身子就有点飘了。他的手紧抓着桌子角问老张,说:“我们是在西湖里的船上喝酒吗?这桌子凳子怎么摇来晃去的?还有这电灯泡,怎么一会儿比你的脑袋还大,一会儿小得似花生米?”

老张一听,笑了。他也带着五分醉意,说:“老程,你醉了。”

“这么几碗黄汤想撂翻我,做梦吧!”程怀远敞着怀,豪气冲天。

“没醉就好,那我们现在就去见老首长。老头子工作忙,可还时常提起你,你去见他,他一定会高兴坏的。”老张的话再一次戳到程怀远的伤心处,他的脸色又变了,手托着胡子拉碴的下巴,脸冲着墙角,眼睛里有泪光闪烁。

老张好话软话都说尽,仍没用,程怀远摇了摇头,说除非老首长又带部队打仗他才会去见。老张知道老战友认定了的事,十头牛都拉不回,只好随他去。

找个内部招待所安顿好程怀远,老张联系上了熟悉的钱江汽修厂。但厂长有言在先,说你老张的战友,来可以,但只能干个普通工。

程怀远老是待在旅店里,吃用都花老张的钱,早就愁坏了。听了老张介绍，大腿一拍说："好啊！普通工就普通工，我老程也不能做寄生虫。再说了，捣鼓汽车我还是有一手的。"

不用程怀远提醒，老张也想起了他们共同把一个苏联卡车上的发动机硬捣鼓进美军吉普车的事。

有了工作，程怀远好歹安定了下来。天黑了也可以睡个好觉，天亮了也知道上哪儿去。他做的是镗工，整天捏着把锤子干着敲敲打打的活儿，叮叮咚咚倒有些儿滋味。他一边敲击着汽缸，一边心里头思量着要不要去见老首长。他人毕竟是在杭州，呼吸着同一个城市的空气，看着同一个城市的山水，况且赵白驹的大名时不时地从广播里听到，从报纸上看到，根本回避不了。当初老张要拉他去见老首长，他死活不肯去，现在觉得挺小心眼的，不是男子汉大丈夫的做派。他心态好了，只等着老张再提个头。奇怪的倒是司机老张，他经常趁隙来看望老战友，时不时地一起上汽修厂门口的小酒馆点上三两个菜喝酒，却再不提去见老首长的话题，反而几次说起小林要来看望老战友，程怀远顶了一句："老子不见。"

最终还是小林搭老张的车过来看程怀远。到了汽修厂门口，老张伏在方向盘上死活不肯下车。小林只好一个人去车间，半路上遇见厂长，厂长知道小林是赵省长的秘书，点头哈腰地陪着去找程怀远。

车间里停着好几辆待修的卡车，水泥地油汪汪的。程怀远蹲在一个铁槽边，捏着把刷子埋头洗零件。一台拆开了的发动机像座扒了一半的灶头，堆在他的身后，铁槽里的机油黑糊糊的似酱油汤。

"老程……"

程怀远浑身脏兮兮的样子大大出乎小林的意料，他惊愕地打了声招呼，不知说什么才好。程怀远扫了眼夹着公文包的林秘书，没反应。厂长赶紧介绍说老程，这是林秘书，今天特地来看望你。程怀远转身搁下手头的轴承，又捡起了另一个。林秘书嗫嚅着邀请程怀远去外面喝酒，说他请客。

"没看见我在工作吗？"程怀远头也没抬，手里的刷子一甩，黏稠的机油宛如一串省略号，落在林秘书一尘不染的裤脚管上。

日子过得很快，程怀远到杭州后，已转眼过去了大半年。这一天，老张从大华饭店送赵省长回家，车子拐上莫干山路，瞧见了路边钱江汽修厂的牌子。赵省长问老张："那个拗小子还在怨我吗？"

"谁？"老张一时没明白。

"还能有谁？"赵省长回头望着车窗外的法国梧桐，以及落到树背后的灰色厂房。

“噢,他,不怨,不怨。”老张搪塞着。

“还不怨,不怨他为啥这么久也不过来看看我?”

“首长,他也不容易。”老张放慢了车速。

“什么不容易,为了一个女人,他竟敢逃跑,什么大不了的事?这小子啊,也就那么点儿出息。”赵省长摇头叹息。

老张听了一愣,感兴趣了。自从那一次酒醉之后,老张几次跟程怀远打听他回乡后的情形,可程怀远嘴巴子紧得很。老张猜想,很可能是那个乳山县的苏县长向赵省长汇报的。老张心里有点埋怨这程怀远,那么重要的事情都瞒他,太不够意思。

车子穿过一个十字路口,老张试探着问:“要不,明天我叫他来?”

“不,不见。既然他怨我,就先让他在那儿好好做他的镗工。他捣鼓车的能耐不是挺大吗?”

“程怀远就是这么个臭脾气,那天我好心去看他,被他从厂里轰了出来。”一提起捣鼓车,坐在赵省长边上的林秘书插话了。

老张脸上却微微一笑,没来由地摁了摁车喇叭。第二天,老张送赵省长上火车赴北京开会。回省府的路上,他越琢磨越觉着老省长有点想念程怀远了,而且赵省长说的女人到底是怎么一回事,老张也好奇着呢。领导不在,没啥事情,老张下班后骑了自行车,直接去了汽修厂。一见面,他嚷嚷着要请老战友喝酒。

有酒喝当然好啦,两个单身汉嘻嘻哈哈地来到厂门口的小酒馆。老张今天要从程怀远嘴里套话,很大方地点了笋干炖鸡。装在紫砂锅里的鸡汤热气腾腾地一端上桌,老张胃口大开,扯了条鸡腿张嘴就啃,但是程怀远却傻愣愣地想起了心事。

“你怎么不吃?赵省长今天上北京开会去了,我也有空闲放开喝酒了。你小子别拉着个脸,莫非你有什么心事?”老张丢下鸡骨头的手指油腻腻的,他抓过抹布擦了擦手,端起酒碗敬了一碗酒。

程怀远小鸡啄米似的,连吃了几颗油炸花生,不接他的话。

“是不是想家了?”

程怀远瞧了眼油汪汪香喷喷的鸡汤,点了点头。

“算了吧,你小子别蒙我了,我知道你不是想家,是想女人了。”说完话,老张瞧着捏在手里的酒碗,嘿嘿嘿地一脸坏笑。酒碗里的黄酒晃荡着泼出,打湿了手指头,贪酒的老张嗞地吮了一口:“说说嘛,说说……”

“老张你吃菜喝酒,哪来那么多屁话!”他端起酒碗干尽了碗里的黄酒,又夹了筷青菜塞进嘴里，唯独对那盆油黄鸡汤碰也不碰。

“你小子假正经个屁，这鸡汤可是好东西，你不吃可浪费了啊。”老张吃得嘴角流油，发着牢骚。

“今天老子就是不想喝这油了吧叽的黄汤！”

挨了骂的老张觉着自个儿热面孔贴了程怀远的冷屁股，也不乐意了。他把沙锅移到自己跟前，闷闷地一个人对付掉大半只鸡，程怀远倒是把一盘青菜肉片、一份凉拌黄瓜一扫而光，两个人冷着个脸，在小酒店门口一声不响地分开。

第五章

程怀远背着大背包，踩着露水回到老家已是黎明。坐落在山沟里的小村庄静悄悄的，屋脊和树梢头挂着被阳光刺穿的白雾，毛茸茸的黄色鸡雏在围墙下散步。程怀远呼着“嫂娘、嫂娘”推开院门，家里却没人。到了堂屋里，他从肩头撂下行李，打开竹制的碗橱看了看，又掀开锅盖找吃的，锅底留有一汪温水，温着一小碗煎好的中药，黑如墨汁。饿过了头的胃一阵阵地抽搐，程怀远眼冒金星，手撑着锅台直喘气。

他坐到院子里的一座碌碡上，焦急地歇着。院子里的榆树，程怀远离家之时还是小树苗，如今已长成碗口粗的大树，相比之下，屋檐和院墙似都矮了半截，也破旧了许多。院墙上爬着绿绿的丝瓜秧，开着鲜黄色的丝瓜花。

一只从榆树背后钻出来的母鸡，绕过树底下丢着的一大摊中药渣，探头探脑地找到碌碡这儿。母鸡围着陌生人转悠，啄食起程怀远沾在裤脚管上的草子，越啄越起劲，轰都轰不开。程怀远打眼盯着看脚边的肥母鸡，苏县长接风宴上的那一盆鸡汤又浮现在眼前。

母鸡咕咕咕地叫着，鸡头一伸，在程怀远的脚踝上又啄了一下。程怀远被啄痛了，他咧了咧嘴，飞起一脚踢翻了这只母鸡。肥母鸡扑棱着翅膀在地上挣扎，程怀远老早就熬不住了，大馋起来，嘀嘀咕咕地说对不住嫂娘啦，狗蛋终于回乡，您得慰劳慰劳。说着他动作麻利地抓起母鸡，一把扭断鸡脖子，到灶上生火烧水。

水刚冒热气，程怀远极其毛糙地将母鸡褪毛开膛，煮出一钵头上面还漂着鸡毛的油黄汤。

当他刚端起鸡汤欲喝时，院子的柴火门吱呀一声被推开，走进一老一少两个女人。老的身材瘦小，头发花白，身上破旧的大襟衫上打着补丁，她便是程怀远的嫂娘秦凤霞。年少的是个二十多岁浓眉大眼的姑娘，身材修长，模样甜美，但额头一侧的伤疤略显破相，她是程怀远的童养媳喜梅。

“咕，咕，咕……”秦凤霞一见堂屋的门敞开着，心里一惊！又见地上有零星的鸡毛，还以为遭了贼，忙着唤家里唯一的一只母鸡。

听到嫂娘的唤鸡声，程怀远这才猛然警醒，白蜡般滚烫的鸡汤在舌头上打了个滚。他心里头一急，猛地下咽，喉咙便被烫着了。痛得跺脚之时，程怀远手里的鸡汤也打翻了，汤钵头在地上砸了个粉碎。

秦凤霞和喜梅听到惊叫，急赶进屋子，程怀远已像个做错事的孩子，站在灶边不敢抬头。嫂娘虽心疼正下蛋的母鸡，却更心疼这个既是小叔子又更像亲儿子的程怀远。多年未见，拖着鼻涕的少年想不到已长成一条硬铮铮的汉子，都快认不出来了。

"嫂，嫂娘……"程怀远开了口，刚被烫过的舌头火烧火燎地疼。

"狗蛋，你回来了狗蛋？"秦凤霞不信似的呼着。程怀远别过脸去，心头一颤，硬生生地把一泡眼泪咽回肚子里，他嘟哝一声："嫂娘，我狗蛋对不住您。"

"回来就好，回来就好。"

一旁的喜梅，喜悦和羞怯一齐在眼里闪烁着。她不知道怎么开口称呼程怀远，就很乖巧地蹲下身子，收拾掉在地上的鸡肉。

十年前，喜梅已是十六岁的小大姑娘时，程怀远十四岁。这在他家乡，是到了可以结婚拜堂的年龄。看着别人家和程怀远同龄的人都抬花轿，放鞭炮，风风光光娶上了媳妇，嫂娘是个要面子的女人，认为再不帮狗蛋成家立业，既对不住老程家祖宗，更会让乡亲们背地里数落她这个当嫂子的不是。家里头穷归穷，秦凤霞还是东挪西凑地张罗一番，让程怀远与喜梅成亲。

到了拜堂当天，程怀远却涨红着脸，躲在灶后头不肯出来。秦凤霞去拉他，他才说："嫂娘，我，我不愿意。"

"这种事不由你做主！"秦凤霞以为狗蛋在使性子，温和地说，"猪都杀了，亲戚们礼也送了，客人们都赶来了，你想让嫂娘出丑是不是？你要让四邻八舍的笑话我们是不是？"

当晚的洞房之夜便出了事。红烛高照的新房里，闹洞房的人早就各自散去，一对新人一个坐在床沿上，一个趴在桌子边，谁也不吭声，谁也不答理谁。最后还是喜梅腾地起身，端来一盆热气腾腾的洗脚水，重重地蹾在程怀远脚边。

新郎低头瞧了瞧散发着桐油味的新脚盆，又抬头看了看喜梅的脸，猛地一脚把脚盆踢翻。热水泼湿了喜梅的新裤子、新鞋子，程怀远拔脚就要溜走，喜梅的性子也上来了。她说："好你个狗蛋，你当丈夫了就算是爷们儿了是不是？你就不听我这个姐的话了是不是？你要走我偏不让你走！"说着话，喜梅使力抱住了程怀远的腰。程怀远去掰喜梅紧扣着的手指。一来二去的，毕竟是新郎官的力气大，他一把甩开喜梅，喜梅摔倒了，额头嗵的一声磕在柜角上。

不顾倒在地上的喜梅的哽咽，拔开门闩的程怀远撒腿就跑。他这一推一跑，给喜梅造成的后果是她不仅守了十多年的空房，而且还在她的额角留下了一条深深的疤痕。至今这条疤痕还爬在喜梅的眼角，成了她漂亮脸蛋上最为显眼的瑕疵。

望着已胡子拉碴的小叔子，最现实的问题再次摆在秦凤霞面前。灶台边，菜地里，秦凤霞总是长吁短叹拿不定主意，想找个人商量都不行。村里人的闲话也不管她爱听不听，总是在她耳边响起，弄得她的心一阵阵发紧。而程怀远呢，同在一口锅里吃饭，低头不见抬头见，他的目光时不时地，总会落到喜梅眼角的疤痕上，内疚之情更是油然而生。

程怀远一回来，喜梅就像是变了个人似的。她一天要照好几次镜子，梳好儿次辫子；她那最好看的几件衣服轮换着穿在身上，走出走进有时还哼着小曲儿。她的脸上还抹了什么香脂，人走到哪儿，一股淡雅的清香就飘到哪儿。嫂娘可是过来人，喜梅的这一变化她怎么会不懂？她的心头五味杂陈，一股说不出的苦涩味。

秦凤霞在井台边洗衣裳，程怀远帮嫂娘打水，嫂娘跟小叔子拉起了家常："狗蛋啊，当年我没跟你商量一声，就拉扯着你与喜梅拜堂成亲，强扭的瓜儿不甜，一桩好事闹成这般模样，是嫂子错了。"

"嫂娘，这事怎能怪你？是我不对。"

听小叔子这样说，秦凤霞似乎看到了一线转机。她停下手里正在绞水的裤子，试探着问："你看，喜梅都这么大了，她可再拖不起。"

嗵的一声，程怀远把手里的木桶砸向井底，吓了嫂娘一大跳。眼看着木桶沉入翻水泡的井水里，程怀远说："嫂娘，从小我就当你是娘，你的话我句句都听，可这终身大事，我不得不说清楚，我自小只把喜梅当亲姐姐看待，我和她没有夫妻的情分。"

"唉，都怨我作孽不浅啊。"秦凤霞明白了，但她更明白这些天变得爱打扮了的喜梅，知道这丫头心里头打什么主意，所以她的叹息更重了。

程怀远吊起一桶井水，放在嫂娘的脚边。井台边的青石板上，落着很多枯黄的叶子。嫂娘的背过早地驼了，头发也早就花白。

嫂娘抹了把额头上的汗水说："你和喜梅的事不操办好，我这个当家的，死了也不安心啊！"

程怀远建议说："嫂娘，我们找个好人家，让我姐有个好归宿吧。"

到了晚上，秦凤霞在喜梅的房门口徘徊了许久。想好的话排来排去，仍旧不知道怎么说才好。

"没缘分就是没缘分，这都是命啊！"秦凤霞一把推开喜梅的房门。

"嫂娘。"喜梅放下手里正在纳的鞋底，起身招呼。

"喜梅啊，我已经探过狗蛋的口风了，他只能当你是姐姐，心里头怎么也转不过弯来。我看还是得找个合适的人家，你就嫁了吧。"

喜梅一听嫂娘这么说，水汪汪的大眼睛里一下子涌满了泪花。她一把从秦凤霞手里夺过鞋底，盯着秦凤霞的眼睛，一字一句地说："嫂娘，你这是在逼我改嫁。我喜梅八岁踏进程家的门槛，生是程家的人，死是程家的鬼，我绝不再嫁！"

秦凤霞哪会不知道喜梅的烈性子，叹了口气，手抚着喜梅的背说："我身子骨有病，还有几年好活，我还想着帮你们拉扯孩子呢……怪我当初没安排好。现在看来，狗蛋的心不在这儿。"

"他不是！"喜梅急了，高声叫道。

"嫂娘没说错。"程怀远进了喜梅房间，"喜梅，是你领着我长大的，我尿床了，你给我焐干，有吃的，你总是让着我，我从来都当你是我的亲姐姐，我，我怎么可以当你是老婆呢？"

喜梅眼中的热泪已扑簌簌地往下落，她说："这个庄子内，人人都知道我打小就是你老婆！就因为你从战场上一回来，我就不是你老婆了？那你为啥要回来呀？"

秦凤霞说："喜梅啊，没有比我更知道你这苦日子是怎么熬过来的，你，你愿意挂这个空头？"

"挂空头没什么不好。每次庄子里有人指着我，说我是狗蛋的婆娘时，我心里根本不难受，反而高兴。我光荣。我一直都很自豪地跟他们说，我的男人是个打鬼子、打蒋介石反动派的英雄。"

程怀远遇上世上最难解开的疙瘩了。事已至此，他不是不想委曲求全，嫂娘也几次三番地劝他，说的也都在理，但他想到和一个早就被自己视作亲姐姐的人做夫妻，心里便有一种罪恶感滋生。他也考虑过就这么拖着，但如此一来，喜梅的一生就被他耽搁了。

找不到出路的程怀远苦闷至极，正好乡里催他去报到，他心想上班也好，大家拉开点距离。他正收拾东西，嫂娘听喜梅说了这事，从自家的番薯地里赶了回来。一进程怀远房间，秦凤霞手抓着程怀远的铺盖卷，反倒不让他去乡里报到。她告诉程怀远说:“你一旦去乡里工作,你和喜梅丫头的死结,就更难解开了。”

“我不上班,这死结也难以解开啊。”程怀远苦笑着。

“也许还有转头……”秦凤霞似乎早就思量好了,她扯下头上的蓝花布头帕,拍打着沾到裤管上的草叶子说,“好男儿志在四方,不是我嫂娘心肠硬,我也是没了法子,只好逼你再走,走得越远越好。只有断了喜梅这丫头的盼头,才好慢慢地劝她回心转意。”

程怀远听嫂娘叫他走,急了说:“现在从黑龙江到海南岛都解放了,都在搞生产、抓建设,我往哪儿走啊?嫂娘有病在身,我这次回来,就是想好好地孝敬你,让你过上舒坦的日子。”

“别说了狗蛋,有你这份心就够了,我造的孽,我自个儿担着。”说着话,秦凤霞帮程怀远收拾行李,抓起背包往程怀远手里一塞,让他面朝着大门,说,“走吧,走得远远的。”

程怀远嘟囔了一句什么,可嫂娘没听他的,在他的肩膀上推了推,程怀远只好再一次离家出走……

这就是程怀远的逃婚过程,也是赵省长所指的没出息!程怀远能落脚杭州,一直认定是老张帮了大忙,让他好歹有个人样地在杭州这么好的地方有吃有喝地生活下去。每次跟老张在一起,程怀远就要拿这事感谢老张。

几次三番,长脚长手的老张吃不消了,赵省长叮嘱的话都抛到了脑后,他取笑程怀远说:“你小子打起仗来可是个人精,就连美国佬也不是你的对手,可你也不想想看,我老张只不过是一个开车的,我有何能耐把你这个外省籍的复员军人安排进杭州?”

经老张这么一点明,程怀远才恍然大悟。

老张说:“你人还没到乳山,老首长的电话就打去了。姓苏的那小子你也知道,早些年打起仗来并不怎么的,只是运气好罢了,这不,就为了你回乡,咱老首长还亲自给苏大鼻子打电话关照。可你倒好,刚一回乡就摆什么英雄谱,掀了接风宴,把人家县长都给得罪了。调档案时,人家愣是不放你,还说你程怀远就是条龙,也要把你困死在山沟沟里。你听听,人家都放这样的狠话了,若不是老首长给人家县长再次打电话,若不是老首长让他的秘书给你张罗,你还镗工呢,镗你个屁,你只能干流浪的浪工,使出吃奶的劲头喝西北风去吧!”

程怀远咕哝着,把手里的报纸往桌上一拍,拉着老张立刻就要去见老首长。

老张后悔自己心直口快,把赵省长关照不该说的都说了,如果让赵省长知道,一顿臭骂肯定是少不了的。他借口赵省长不在省城而回避了程怀远的要求。以后很长一段时间,长臂猿老张的身影没在钱江汽修厂里出现过。

第六章

午后的骄阳曝晒着钱江汽修厂的铁皮屋顶，厂区内弥漫着一股机油味，程怀远撅着屁股正在车间里敲汽缸，刺耳的声波持续地震荡着。车间主任过来喊大门口有人找，让他快点过去。程怀远一个外来户，在杭州人生地不熟的，他猜得出是谁等在门口，就扯下破手套往地上一丢，拍拍屁股就去了。打老远就看见有辆吉普车停在传达室前，阳光打在车身上，反射出耀眼的光芒。汽车喇叭像是在拉警报，嘀嘀嘀地死命催着。程怀远跑步上前，驾驶室的门忽地打开了。老张也不理会程怀远的询问，大声催他快上车。

“老张，是喝酒吧？”吉普车超过了一辆大卡车，持续加速，“你小子这么长时间不来看我，可也用不着这么急啊。你看看我，手上的油污都来不及洗，脏衣服都没换，你这不是出我老程洋相吗？”

老张瞪着眼珠子，没理他。程怀远找了张旧报纸擦手。老张牙关咬得紧，怎么问就是不透露半点消息。车子进了省府大院，停到绿树掩映着的省长楼下。老张这才说，是老首长要见他，关照程怀远不管老首长发怎样的脾气，都得忍着点，别顶撞了老首长。程怀远鼻子一哼，心里说老子跟了老首长那么多年，老头子的脾气我还不清楚，轮得着你来吩咐？两个人左转右转，急匆匆地上楼来到老首长办公室门口。

这是一间有点年份的办公室，地板踩上去咯吱咯吱地响，门框和护墙均涂着暗红色的油漆，有的已经剥落，裸露出原木的本色。两扇镶着花玻璃的门，一扇关着，一扇敞开着。从程怀远站着的角度望过去，一个四只翼翅静止着的吊扇下面，赵省长坐在长沙发上，正听取汇报。好久未见老首长了，程怀远的嗓子眼发干，深呼吸了好几下，才让自己怦怦的心跳趋于缓和。他扯了扯衣襟，硬着头皮上前几步，庄重地敬个军礼，之后就想拔脚退回到门外走廊上。

“你站住！”

赵省长听出了程怀远咚咚的脚步声，花白的板寸头动也没动，就这么一嚷嚷，程怀远进退不得。他朝守在一边的秘书小林看了看，正在做记录的小林差点偷笑出来，幸灾乐祸地冲老战友点了点头。程怀远瞪了他一眼，默默地搓着两手油污，尴尬地守在门口。

赵省长的一声断喝，也把汇报工作的人吓了一跳。那两个人好奇地回头，打量着这个工人打扮的不速之客。程怀远的蓝布工作服上，满是黑糊糊的油污，左侧的口袋上方还印着钱江汽修四个红字；他穿着的胶鞋上有好几个破洞，有一只鞋子没了鞋带，干脆穿了根绿皮线拧个麻花代替了；他藏到背后的手指根根都是黑的，像酱过的小黄瓜，散发出浓重的机油味。

赵省长喝了口茶，端起的杯子放回到茶几上，咯噔一声响，汇报的人这才收回注意力，接着说："赵省长，据我们了解，新中国成立前，血吸虫病就已经在长江流域共十二个省、市、自治区流行，目前估计感染者已达数千万人，受此疫病威胁的人数超过一个亿。而浙江长期以来都是重灾区，其中重中之重的嘉禾县，不仅出现绝户，就连绝村的状况也已经发生！如血吸虫病猖獗的天凝乡翁家坟村，原先有二十七户人家，一百二十六人，十年不到，死了八十一人，留下的大都是老人和妇女。这几年，土改了，日子好过些，外地陆续有八人去做上门女婿，三年中先后病死了七人，所以当地有一首民谣这样唱道：不用刀上死，不用绳上死，只要到翁家坟去做女婿……"

赵省长的脸色像是霜打过一样，冷峻而又刚毅。刚才汇报的人是省卫生厅的李厅长，他似不敢再说下去，跟一旁的一名专家交换了眼神。赵省长瞥了李厅长一眼，李厅长只能继续说："我们来之前，作了初步统计，全省患病的人数约三百万，已死亡的人数估计不低于五十万，乡下有田没人种，有的县连续几年一个兵都征不到。血吸虫侵蚀老百姓的性命，我们卫生厅也无可奈何。现在对这血吸虫病没什么特效药，要做到防治结合更不可能，就算我们倾全省之力，组建出一百支血防队奔赴农村，每个队一年治疗几百个病人，预计一百年都治不完！"

"哼……"

李厅长的悲观惹得程怀远心里头冒火，他鼻子一哼。赵省长耳朵尖，听到了。

"你哼什么？"

赵省长回头注视着程怀远。

"没，没有。"

"小林，你听到了吗？"

小林停下手里的笔，点了点头。

"你小子敢抵赖？"

“没……”

“程怀远，你知道他们是谁吗？”赵省长指着面前的两个人，高声说，“他们俩一个是卫生厅长，一个是爱国知识分子、归国专家时教授。你哼什么哼，有话快说，有屁快放！”

“我哪敢啊？”程怀远嘟哝着，“这位首长把这血吸虫说得好像比美国佬都要可怕。这也不可能，那也没办法。可成千上万的老百姓过去受日本鬼子、国民党的罪，现在受血吸虫的罪，每天都在死人，一年要死多少人？一百年？一百年老百姓都死光了，还搞什么社会主义！”

“说完了吗？”赵省长表面上拉着个脸，心里却不一样。

“说完了。”

赵省长瞪了眼走到沙发对面的程怀远，程怀远又知趣地退回到门口。刚才汇报的李厅长听赵省长这样说，当然品得出言外之意，赶忙欠了欠身子，接口道：“赵省长，你别怪这位年轻同志，是我的口气不对，有点悲观主义，我检讨。”

“哦，没关系，你继续说，告诉我这病该用什么办法治？”

赵省长的急切让李厅长紧张了。他合拢摊在膝盖上的笔记本，求助的眼光落到一旁坐着的时教授脸上。李厅长开口道：“救治的情况，最好还是由时教授向赵省长汇报吧。”

时教授这时候的心思其实不在汇报上面。他对站在门口的程怀远很好奇，觉得这个黑脸大汉愣头愣脑的，也不知道赵省长既不让他进，又不让其走是什么意思，而且李厅长作汇报时，黑大汉还自说自话地乱插嘴，挨了训又装出一副老实模样。

李厅长的胳膊肘碰了碰时教授，时教授这才集中心思，沉吟着刚想张嘴，赵省长突然说：“时教授，对不起了，这名汽修工人曾是我的警卫员，我为他的无礼向你道歉。”

戴了副金丝边眼镜的时教授，原本一直高傲地架着二郎腿，见赵省长如此认真，他只好收起架势，起身躬了躬身子，回答道：“不敢当。”

“坐坐，请坐，”赵省长热情并且虚心地说，“请你介绍一下这瘟疫的来历，还有怎么治，怎么防，越详细越好。”赵省长抓起竹壳热水瓶，给时教授的茶杯里续了点水。赵省长的手抖了抖，有几滴水洒到了茶几上，赶忙找来抹布擦。

程怀远一看，气就不打一处来了，心想这戴眼镜的是哪方神仙，赵省长对他也太客气了。这端茶倒水，本来就是小林该做的工作，现在这姓林的头发梳得油光光的，坐在一旁写写弄弄，悠闲得不行，就差吹上几声口哨了，真弄不明白赵省长当初为啥留了小林却不留他。

“赵省长，”时教授优雅地托了托眼镜，用很专业的口吻介绍说，“人类血吸虫病主要是指日本血吸虫病、埃及血吸虫病等五种，目前流行于七十四个国家和地区，全世界估计有两亿感染者，百分之三十在中国，而我国的血吸虫病人百分之九十集中在南方。中国血吸虫病流行的历史可追溯到周朝，‘蛊疫’记载出现于《周易》、《周礼》，甚至有史家认为，赤壁之战曹操八十万大军之所以败给只有几万人的东吴军队，其真正原因是曹军在长江边进行水战训练时，大量将士感染了血吸虫病，这才真正丧失了战斗力。据本人所闻，1951年有三个军的解放军部队在嘉禾一带的湖荡里搞武装泅渡训练，八万战斗人员下水，几个星期之内便放倒了四万人……”

时习章的话一下子触到赵省长的痛处，他击案道：“那正是本人所率的部队。”

“噢？是这样。对不起赵省长。”时教授名习章，引经据典，正如其名。他俯身掸了掸笔挺的裤脚管，侃侃而谈，“当时所患病的四万人，因为是急性的，又加救治及时，所以死亡率不算太高，但其中很多人后遗症严重，肝脾等脏器都坏掉了。而当地乡村和另外疫区的病人，大多数一发病，就很快由急性转为慢性，只能活一天算一天，想治愈十分困难。”

时习章喝了口茶水，继续用不急不慢的话语提醒脸色凝重的赵省长：“目前血吸虫病患者虽然能够治疗，但治疗过程复杂，需要整合内、外、肛肠、肝胆、心血管等多科医生。按照浙江省目前的医疗条件以及专业人才，想把感染人员全部治疗一遍，基本上不可能，这还不包括新的感染者。至于防，更牵涉到植物学、水文学、土壤学，还有大量劳力的发动与组织，是一个巨大的系统工程，那就更加复杂困难了。刚才李厅长的百年之言，是出自本人之口。”

时习章为李厅长解了围后，故意抬眼望了望程怀远。

当天晚上，赵白驹副省长在楼外楼餐厅宴请时习章教授，卫生厅长是陪客。但奇怪的是，赵省长仍旧没让程怀远走，只是关照他站在一旁好好听。

程怀远可是彻底迷糊了，不明白赵司令成了副省长后，怎么行事做派让人摸不着头脑。不过，既然自己诚心诚意来见老首长，老首长又不让走，程怀远干脆身着一套油渍斑斑的工装，硬着头皮担当临时警卫员角色，和服务员一起站在包厢门口。

这楼外楼餐厅可是杭州有名的请客吃饭地方，画梁雕柱，气氛幽雅，窗户外边就是水天一色、雨意空濛的西湖。程怀远是个粗人，心里头搁着事，对周边环境视而不见。他一直琢磨不透的是这个穿西装打领带的时习章，再怎么说也不过是个教授，可赵省长待他像侍候什么大人物似的，当年在部队上，赵司令对陈老总都没有这样巴结过，真是岂有此理！

包厢里面的人边吃边聊，守在包厢门口的程怀远无聊至极。他很想溜到楼下去，跟老张一起坐在吉普车里抽抽烟，说说话，顺便打听一下这个时教授到底什么来头。但忙着劝酒布菜的赵省长没忘了门口的机修工，犀利的目光时不时地扫到程怀远脸上，让他忍不住打个激灵。程怀远尽量保持着立正的姿势，不敢手脚乱动。但他的脑子在动，一会儿想到朝鲜战场上的美军狙击手，一会儿又想到远在老家的嫂娘，不知道嫂娘的病怎么样了？还有喜梅，她能转得过弯来吗？程怀远内心一阵隐痛，长长地吁了一口气。

酒菜飘香的包厢里传来争论的声音，程怀远好奇地将身体朝里边移了移，集中起了注意力。

“时教授，你是专家，我打心眼里尊重你。但有一点我必须纠正。我始终坚信，没有共产党人越不过的坎，更没有我们干不成的事。你看好了，十年，只要给我们十年时间，我们就能灭了这瘟疫！”

时习章虽然微笑着，却摇头不答。

“时教授，你不要不信，我赵白驹敢拿命来打这个赌！”

“赵省长，我一介书生，不会打什么赌，如果真像你说的那样，那我会对中国共产党表示足够的尊重和拥护。”

“这还不够。如果我们共产党人做到了，你时习章要主动要求加入中国共产党……李厅长你作证。”

宴请结束之后，陪客人走出楼外楼的赵省长，站在一垛长满爬山虎的绿色高墙下。从西湖湖面上吹来的凉风，送来了荷叶的清香，赵省长拉起时教授的手，反复叮嘱说，下次还要好好聚聚，说个痛快，喝个尽兴！

程怀远捧着教授的大皮包，与司机老张驱车将时教授送回家，之后又到楼外楼餐馆接赵省长。

第七章

到了赵省长家里,程怀远就像回到自己家,随便多了。他一进门就嚷嚷着要饿死人了,赵省长夫人问清了情况,责怪赵省长怎么这样对待小程。

"这小子,到杭州大半年也不来家坐坐,眼里还有没有我这个老头子?饿一饿他,活该!"说着话,赵省长把手里一包东西蹾在桌子上,"这是打包回来的。知识分子讲究多,你脏成这样,能上桌?"

在楼外楼程怀远看得见闻得着,就是吃不着,心里头那个馋,肠子都快转得打结了。现在他一屁股坐到骨排凳上,抓了个烧鸡腿,毫不客气地大嚼大咽起来。

"没人跟你抢,你就不能先去洗洗手,慢点儿吃?"赵省长埋怨着,扔给了程怀远一块抹布,自己手焐着紫砂茶壶,坐在不远处的藤椅上,满眼爱怜地打量程怀远。等程怀远对付掉一只烧鸡腿,又夹了块西湖醋鱼,赵省长说:"狗蛋啊,你小子在淮北营地打指导员、打小林,回老家还敢掀了县长的接风宴,真狂啊!惹了事还得我老头子给你擦屁股。你现在也算是工人阶级,该长点脑子了,给我说说你的打算!"

"我继续修车。"程怀远瓮声瓮气地回答,埋头对付一块东坡肉。

"去——"赵省长抓起刚换上的软底拖鞋扔过去,差点便扔进了饭菜里。正在一边打毛衣的赵省长夫人跳起来,说:"你个死老头子,这么折腾小程干啥?"赵省长说:"我们是在谈工作,你别管。"继而骂道,"你真是个狗蛋,还敢跟我装模作样?"

"我哪敢啊。"如风卷残云,打包带回的食物让程怀远扫荡得差不多了,他在抹布上擦了擦油腻腻的手指,说:"先来根烟嘛,我知道你有好烟。"

赵省长笑了,笑得眼角处满是鱼尾纹。他嘀咕着探身拉开抽屉,扔给程怀远一包烟。程怀远拆了烟壳子,他一支,赵省长一支,都点上了火。

两个人面对面地抽着烟,蓝色的烟雾徐徐地飘飞到半空中,纠缠到了一起。墙上的挂钟滴答滴答地响着,屋子里突然出现的静谧,引起了赵省长夫人的不安。她瞧了瞧眼前这两个沉默的男人,搁下手头的毛线活,起身泡了杯茶端给程怀远。赵省长问程怀远:“在想啥?”

“听时教授说嘉禾县的情况,我突然想起了柱子连长,还有许多的好兄弟,他们就是在嘉禾县被血吸虫搞死的……”

“我就知道你在想柱子,想死在嘉禾县的战友们。我赵白驹跟国民党、跟美国佬打了那么多的仗,那些胜仗就不说了,偶有失手也不是没有过,但没有一次像在嘉禾县输得那么惨。三个主力军被这小小的虫子放倒了一大半,整个兵团丧失了战斗力,真是窝囊啊!问题的严重性还不仅于此,现在对于血吸虫,从大教授到我们部分的干部,普遍有一种失败主义的畏难情绪。多少的先烈抛头颅洒热血,解放了劳苦大众,但这血吸虫不除,国将不国啊!推翻三座大山靠的是我们自己,现在是到了我们主动出击大干一场的时候了!”

听赵省长这样说,程怀远才算真正明白老首长今天叫他来的用意。他为自己的小肚鸡肠而羞愧,耷拉着脸不吭声。

“就我掌握的情况,比时教授讲的有过之而无不及啊。上个月我去嘉禾县视察,那里的张县长、卫生局的王局长,都是枪林弹雨考验出来的有能力的干部,可对付血吸虫,他们都不知道该怎么办。现在我心里头有个计划,我要向党中央毛主席写报告,呼吁打一场血吸虫病的歼灭战!”

“歼灭战该怎么打?老首长你下命令吧!”程怀远捏紧了拳头,主动请缨。不知不觉夜就深了,程怀远打了个长长的哈欠。赵省长说:“你小子今晚就别回厂里了。”

程怀远说:“这么大的地方,我程怀远地板上能睡,沙发上也能睡,老首长你赶我走我也不走。”

程怀远的身体刚横倒在长沙发上,不一会儿就响起了呼噜声。他吃得实在太多,还时不时地放屁,声音响得就像打雷。连着打了好几个雷,程怀远舒坦地翻了个身,回头朝正注视着他的老首长一笑,又裹紧了被子沉沉地睡过去。

赵省长则还坐着,回忆起了他的兵团开进杭嘉湖平原的那天,迎接他的就是一场雷声隆隆的瓢泼大雨。乌云和屋面之间,雨点追逐着雨点,放眼望去,到处是白花花的水。雨天雨地里,骑在高头大马上的赵司令带着警卫员程怀远,一个团一个团地巡视过去。战士们浑身精湿,搞得跟泥猴子似的,情绪低沉,好几辆炮车崴进了路边的稻田,战士们拿撬棍抬,用绳索拉,哼唷哼唷地耗尽了力气。

回到司令部,程怀远提醒司令员该换下湿衣服了。赵司令正在火头上,头也不回地嚷嚷说:“换什么换,你少给我婆婆妈妈的!”正在打电话的参谋偷偷地朝别人笑笑,却被赵司令瞧见了。他眼一瞪,一把从参谋手里夺过电话机,命令说:“我是赵白驹。王师长你给我听着,你不是乾隆皇帝下江南,下雨怎么了?就是天上下刀子、下手榴弹你也得给我准时到达指定地点!我不跟你讨价还价。记住,我们这是为了打台湾,又不是抬花轿给你小子娶媳妇!”

嗵的一声,话筒砸到话机上,震得边上的铅笔跳了跳。

撑着一身黏滑如面的军服,赵司令好不容易将部队安顿好,两天两夜没打过一个瞌睡的他,身子歪躺在太师椅上不动了。程怀远踮着脚走上前去,伸出手掌在司令员眼前晃了晃。司令员的头扭向一边,嘴里啧啧有声,像是在吃什么好吃的东西。过了一会儿,赵司令的呼噜声响起,长一声,短一声。程怀远轻声叫来参谋帮忙,把身材魁梧的赵司令搬到行军床上。

兵团司令部临时征用的大宅院高墙黑瓦,条石铺就的天井里摆着硕大的荷花缸,墙脚处长着的墙硝白花花的,有如还没融化的积雪。疾风拍打窗户,狂雨敲击着一丛高过雕花木窗的大芭蕉,哗哗啦啦的如珠玉落盘,这也没能打断赵司令的睡意。程怀远全副武装守在门口,轻声通知过来的每一个人,说赵司令睡了,这一次真的睡着啦!

几天后,雨过天晴的万亩荡边空气清新,每片叶子看上去都是新的,绿得发亮。清澈的湖水浩浩荡荡涌向远处的地平线,湿润的和风吹拂着马鬃毛,水鸟时高时低地交叉飞行,鸣叫声清脆入耳。骑在高头大马上的赵司令大呼着:“这就是水乡啊——”

赵司令做了个深呼吸,仿佛吞纳的是水乡的灵气。他扫了一眼近岸处的水面,拿起胸前的望远镜看了看。镜头里有银光一闪,那是鱼儿跃出水面,但训练的战士却一个也没见着,赵司令的脸陡然拉下了。

发火了的赵司令打马在柳树林里找到一个连队。战士们这儿一堆那儿一伙地聚在一起,有的说笑谈天,有的在草坪上起哄摔跤,有的还在打小纸牌。为首的柱子连长坐在一个树桩上,嘴里哼着歌,自得其乐地擦拭着小手枪。眉头紧锁的赵司令飞身下马,站到紧急集合起来的连队前。他一眼就注意到战士头上还没来得及摘下的柳条帽,强忍着心头的怒火,沉声问柱子连长:“今天的训练课目是什么?”

“报告首长,是水上武装泅渡训练!”

“那你的连队为什么不下水?”

“报告首长,我们刚才下过水,可,可又逃上来了。”

“是没有教练？没有练习游泳的工具？饭没吃饱？还是有情绪？”赵司令的问话一连串地甩给柱子。柱子求救似的朝小老乡程怀远看了看，程怀远手牵着司令员的马，故意低头去看沾着烂泥的马蹄。柱子连长没办法了，只得报告说，是水中有拇指粗的蚂蟥，一叮一口血，这让北方来的战士很害怕。

“蚂蟥？蚂蟥算什么！不就是虫子吗？有啥了不得的，就算它是吃人的老虎又怎样？不怕坦克怕虫子，你们撒什么娇！还想不想横渡台湾海峡，将战旗插上台湾岛？”赵司令越说越气，回头命令程怀远去找条蚂蟥来。

蚂蟥，什么是蚂蟥？程怀远不知道这蚂蟥是个什么东西，急得双手朝柱子连长一摊。柱子泥菩萨过江，自身难保，故意不理。程怀远为难归为难，二话没说跑到了河滩边。疯长着的浮萍就如一层厚厚的绿色油漆，漂浮在近岸处的水面上。程怀远这儿瞧瞧那儿看看，脚步声惊起几只青蛙跳入了水里，可哪儿有蚂蟥的影子？他急坏了，不管三七二十一地一下跳进了水里，像个摸鱼佬似的把河水都给搅浑了。

赵司令那边都在催了，裤脚管上沾满绿色浮萍的程怀远这才上了岸。他哆哆嗦嗦地拂开挡在眼前的柳条，步履蹒跚地朝赵司令走来。

“蚂蟥呢？”赵司令问。程怀远回头瞧了瞧河滩，神色怪异地拎起滴水的裤脚管，裸露出的小腿上，竟已叮咬着四五条大蚂蟥！吸足了鲜血的蚂蟥胖鼓鼓水汪汪的，墨绿的表皮下透露出沉沉的紫红色。

程怀远看着战士们，战士们盯着程怀远小腿上的蚂蟥，不由得齐声惊呼！赵司令手一摆，战士们不敢再吵，但脸上惊恐未减半分。皱紧眉头的赵司令弯下腰，程怀远这才低下头。不看还好，他这一看竟然就哇哇地乱叫，头发着火了似的跑回柳树林。怒不可遏的赵司令朝天鸣枪，程怀远这才惊醒，立定在不远处的一株大柳树下。

“你给我回来！”赵司令下了命令，程怀远艰难地转了个身，顶着被吓出的一头大汗回到赵司令跟前。赵司令本来还想说什么，可一想到自己的警卫员都出了这样的洋相，话到嘴边又咽了回去。他指了指程怀远的小腿，程怀远再一次抖颤着双手挽起裤脚管，光溜溜的小腿上只有几个还在流血的伤口，蚂蟥竟一条都不见了。

“真他妈的是个狗蛋。这不白下水一趟吗？连这点小事都办不了。”谁也拦不住，赵司令虎着个脸，手里的马鞭一扔，大踏步地走到荡边上。赵司令拎起裤脚管，撩开河边的芦苇，嗵嗵嗵地下到万亩荡里。战士们都傻眼了，屏声静气不敢发出半点声响。柱子连长跺了跺脚，羞愧得无地自容。他自己不敢说话，就不停地推程怀远，想让警卫员去拉昂立在绿色浮萍中的赵司令。

程怀远惊魂未定，也怕首长的火暴脾气，不敢上前。站在水里的赵司令望了会儿浩荡的水面，回头冲岸上的战士们笑了笑，随手摸出根香烟叼到嘴上。他这个口袋拍拍那个口袋摸摸，没找到火。程怀远赶忙下到水里，给司令员划火柴点烟。他还想陪司令员站在水里，赵司令手一挥说："去去去，胆小鬼。"

赵司令不快不慢地抽完了一支烟，扔了烟屁股上了岸。卷起裤腿，上面叮着的蚂蟥，引来了战士们的尖叫。

"他奶奶的……"赵司令用大手掌啪地一拍，被拍掉的蚂蟥蠕动在草丛里，肉乎乎的恶心极了。赵司令哈着腰，摘取一根细树枝，抓住蜷缩成一团的蚂蟥，用细棍一捅，蚂蟥翻在了细棍上。赵司令举了举再也不能动弹的蚂蟥，又指着自己刚才被蚂蟥叮咬过的小腿，大着嗓门说，"同志们，你们都亲眼看到了，不就是流了一滴血吗？不就是一条蚂蟥吗？一巴掌就能拍掉的东西，竟吓坏了一个曾经身经百战的连队。同志们哪，我为你们今天的行为感到耻辱！我赵白驹告诉你们，不摘掉头上旱鸭子的帽子，不学会武装泅渡，你们就要掉队，就要失去机会，你们就再也捞不着仗打了！"

柱子连长急得心在嗓子眼里乱窜，脸上火烧火燎的。他整了整军装，两腿一并，双手紧贴在裤缝上，几乎用怒吼的声音下令道："同志们，为了打到台湾去，统一全中国，我们不怕这小小的蚂蟥。现在全体集合，听我口令，下水！"

数日后，参谋长汇报说这些天部队参训人员减员严重，出现了许多病号。赵司令提醒参谋长，部队里几乎都是北方兵，不大适应这儿的环境，连见个蚂蟥都怕，训练时的体力付出很大，伙食无论如何得跟上。又过了两天，野战医院的院长急匆匆地赶来说病号迅速爆满，医院里里外外躺满病人，昨天才五百病号，今天已经是几千了，部队极有可能遭遇了什么急性传染病！

"到底是什么传染病？你们搞清楚了没有？"赵司令急得站起身。

陪同来的卫生处长说："这病有些邪乎，上吐下泻，有点像疟疾又不像疟疾，体温不是很高，但也不低……"

赵司令手一挥，说："下不为例，没有搞清楚的事情不要来向我汇报，赶快向上级和地方联系，迅速查清病因！"

卫生处长一行前脚刚走，赵司令坐不住了。他叫上程怀远，两个人人急马快，一路狂奔至野战医院。

野战医院大门是用两根毛竹竿搭起来的，门里的大楝树下，有几排红砖黑瓦的平房，一条竹篱笆筑成的围墙把房子圈了起来。躺倒在屋檐下的战士，头碰头脚碰脚地挤满铺着稻草的临时病床。赵司令不由得倒吸了口凉气，心也跟着抽紧了。下马走到门楼下边，空气里那股浊臭的味道更浓了。赵司令一眼发现了柱子连长，程怀远大叫着柱子柱子，跑上前去。躺在柴草地上的柱子神情委靡，他挣扎着想爬起来，可身体实在太虚，嘴里发出的是呃呃的呻吟。真难以相信这就是十几天前还挨过训的尖刀连连长。赵司令俯下身，摸了摸柱子的额头，心疼地给他掖了掖被角。

野战医院遇此危急情况，人手不够，一些当地的民兵抽调来做临时看护。看护柱子连长的民兵只有十八九岁，嫩得跟刚剥了壳的熟鸡蛋似的。他根本不知道眼前这个大个子军官是谁，忍不住嘟囔说这个病老早就有了，老百姓都叫它天虫病。赵司令问什么叫天虫病。民兵噘了噘嘴，有点不耐烦地回答："你这个老同志，连这个都不懂，天虫就是天上放下来收拾人的虫子，先让人发烧发热，然后大肚子，然后瘦得只剩下一把骨头，然后天就收命了。"

赵司令可是个唯物主义者，哪会信什么天虫不天虫的。他批评说："你这个小同志，迷信。"

随后赶来的野战医院院长把赵司令请进办公室。赵司令召集大家开了个短会。来开会的医生对到底是什么病看法不一，有的坚持说是痢疾，有的说是霍乱，有的还猜测是国民党特务投毒，搞细菌战！

赵司令拎起院长的电话就和华东军政委员会取得联系，上面一听情况，也焦急万分，立即下令部队所在地的地方医生迅速介入。

吃住在野战医院的赵司令亲自接待赶来增援的地方医疗队。领队的周医生连看了三四个病人，摘下挂在脖子上的听筒。

"什么病？"陪在一边的赵司令轻声问。

周医生清了清嗓子，回答说："不用怀疑了，肯定是血吸虫病。"

"血吸虫？"赵司令一开始没弄懂，问，"血吸虫是不是像蚂蟥一样吸血？"

"有这么个意思，只不过蚂蟥在人的体外，明吸。而血吸虫在人的体内，不仅暗吸，还破坏人最主要的脏器。但血吸虫和蚂蟥一样，都在水中滋生和繁殖！"

"这么说，人一旦下了湖荡，这什么吸血的虫就会钻进人的体内？"

"不错，它是通过人的毛细血管而进入人体内的。理论上说，任何人只要接触疫水都会被感染，防不胜防啊！”

短短半个月，近四万人的血吸虫病感染者让整个训练区变成了一个大医院，营房改成病房，没感染的战士摇身一变成了临时护士，赵白驹的司令部成了防治指挥所，接待来自长江以南各个地方的救援医疗队。消息灵通的蒋军电台连续播出特别报道，吹嘘小小的虫子让共军主力不战自溃，全军覆灭。赵司令气得七窍生烟，要不是程怀远拦着，差点把收音机都砸了。限于当时的治疗条件，许多战士的命虽被保住，但他们将面临后遗症以及复发的生死考验。尤其让赵司令窝透了无名火的是，就因为他的兵团被血吸虫放倒，中央军委的战略部署被打乱，不得不命此兵团撤回北方。

撤离的这一天，本想沐海栉浪的赵白驹怀着不能饮马台湾的大恨，在司令部里自己把自己灌醉了。

全副武装的程怀远守卫在门口，柱子连长病亡的消息一传来，他真想哭号上几声，又生怕吵醒了司令员。一个小时后，酒醒了的赵司令骑着大洋马，两个人来到万亩荡边。军人墓地位于新开垦出的一片林中空地，柳枝轻拂，黄叶凋零。司令员打老远就下了马，两腿像是拖不动了般地朝前轻移。他顺着一溜儿排开的百多座墓看过去，像是在寻找着什么，但他能找到什么呢？弯着腰，读着墓碑上战士们的名字，时不时地驻足在一个墓碑前悄然低语。

最后，赵司令站在柱子墓前，仰望着万里无云的天空，对正在一边默哀的程怀远说：“狗蛋啊，这是我赵白驹最窝囊的一段日子。但它会成为一段历史，一段让我赵白驹莫名疼痛一辈子的往事！”

“首长……”

“丢人啊，十万大军，就连台湾海峡的浪头都没见着一个，雨里来雨里去，就这样屁颠屁颠地回北方了。”

“首长，这事你不要太放在心上。”

“敢?！”赵司令凶道，“我不会忘，你更不能忘……明白吗？”

“明白，我记住了。”程怀远后退了一步，喃喃而语。

“记住你长眠在这儿的战友们！记住这狗日的血吸虫！”赵司令正了正军装，双腿一并，朝着烈士们的坟墓立正。太阳光像一把金色的刷子，把天地万物刷得明晃晃亮堂堂的，空气中有一股水腥味，夹杂着树叶腐烂的味道，一群哇哇叫着的乌鸦从头顶飞过。

程怀远凝神屏气地等待着，本以为首长会行一个军礼。然而，这一回他想错了。兵团司令赵白驹此次竟不用军礼的方式跟长眠于地下的战士们告别,而是弯腰深深地鞠了一躬,说了一声对不起……

第二天,早早就起了床的赵省长走进客厅,他看到长沙发上叠着一床被子。

被子上压着一张纸条,上边歪歪扭扭地写了几个字:给我十年。落款是:狗蛋。

第 八 章

一大清早，嘉禾县卫生局的传达室门被人敲响。来者自报家门，说是找王局长，有急事。看传达室的汪老头还在睡觉，盘问了一声，之后悄无声息。

街上已有早起的行人，程怀远再次拍门，嚷嚷说自己是省城来的，汪老头这才开门把程怀远让进传达室，他披着衣服，打量眼前这个不速之客。

程怀远放下装了全部家当的背包，找了张凳子坐下。有只搁着引火柴的煤炉就在他脚边，他便手脚勤快地把煤炉拎到门外点火生着，浓浓的烟雾倒灌进传达室，呛得人快没法待了。汪老头下了床，开了大门，程怀远跟在汪老头屁股后头，嘀咕说："怎么王局长还不上班？"

"你也不瞧瞧现在是几点！"汪老头说着话，抓起门背后的扫帚，沙啦沙啦地开始打扫院子。

等汪老头把整个院子打扫干净，程怀远的煤炉早就生好了。只是炉子上坐着的不是粥锅子，而是一只陶瓷药罐，散发着难闻的中药味。

程怀远问汪老头怎么不做早饭，汪老头递给程怀远一块米糕说："同志啊，你拿这个垫垫饥吧。熬粥是来不及了，我得先煎好药，不然等上班后办公室的开水供应不上。"

"煎药？你有什么病啊？"到这时，程怀远才注意到汪老头的大肚子。

"还能是什么呢。都是下乡搞土改时染的。本来我是业务骨干，如今只能看看传达室等死喽。"汪老头的中药汤晾在了桌子上。程怀远嚼着米糕，嘴里干乎乎的辨不出啥味道。汪老头像只鹅似的伸长脖子，一口药汤灌下去却咳嗽了，黑色的药汤喷到墙壁上。程怀远不忍心看下去。

这时，有个中年男人进了大门。汪老头下巴一扬，说他就是你要找的王局长。程怀远水壶一丢，拔脚就追出门去。

王局长还没开办公室门，程怀远已经把自己的身份和来意诉说了两遍。

"你来跟我要医生？"程怀远的话越多，王局长的疑问越大。

"是啊，现在农村血吸虫闹得这么厉害，你王局长派些医生给我，我要下农村，救人去！”王局长还以为遇上疯子，心里埋怨汪老头怎么把这样来历不明的人放进来。

“王局长，我看你们连守传达室的都得了血吸虫病，这病有多严重你总不会不知道吧？”

王局长收拾了下办公桌，说：“这病在乡下闹翻天了，我不知道可能吗？我倒很想知道，你突然来跟我要医疗队，你学过医吗？你会治血吸虫病吗？”

“你这算什么话？我不是医生才跟你要医生啊！”

王局长冷笑了两声说：“你不是医生我也不是医生，医生在医院里。再说了，你跟我要这要那的，我也要跟你要一样东西。”

王局长向程怀远要介绍信，程怀远傻眼了。他摘下旧军帽，抓了抓头皮，那条不长头发的“三八线”赫然在目。王局长干脆把他晾在一边，程怀远几次招呼他都不理。

程怀远又去了县人民医院。院长是个老中医，挺和蔼的老头，但被程怀远缠来缠去，弄得头都晕了。

“程同志，我也不管你是哪来的，但我可以明确地告诉你，我这儿医生本来就不够，别说是三个，就是一个我也不会给你。”

程怀远赖在办公室不走，只好院长走。院长走后不久，进来一个小护士。

小护士看程怀远身背大包，胡子拉碴的一口外地口音，还当是什么盲流，就背着双手，小胸脯挺挺地逼到程怀远跟前。程怀远被小护士定定的目光逼视得低下了头，瓮声瓮气说：“我找你们领导，你想干什么？”

“哼，你先问问你自己想干什么！”小护士的声音尖尖的，柳眉倒竖，伸手就推。涨红着脸的程怀远一下子跳起身来，躲闪着避让到门口，差点大背包都忘了拿。

程怀远再次推开王局长办公室的门，王局长刚搁下电话。电话是林秘书打来的，王局长把林秘书的意思跟程怀远说了，要他回杭州。

“我到了血防前线，就不回去了。”

“可林秘书反复关照。”王局长劝解道。

“林秘书算个鸟，他想命令我，还早着呢。”

王局长转换话题，叹起了苦经，说：“不是不想帮你，血吸虫的疫情确实太严重了，只是城里的医生本来就少得可怜，以前清理阶级队伍清除掉一批，前两年三反五反又反掉了几个。像有个叫李宋唐的，本来治血吸虫病也有一套，可民愤太大，也反下去了。我也正愁手头没医生呢。”

“这姓李的，反到哪里去了？”程怀远像捞到根救命稻草似的，眼睛一亮。

"听说是在西塘,具体情况我也不太清楚。"

程怀远手里的茶杯一搁,站起身就走。第二天,程怀远就独自坐航船来到了西塘。

西塘是一座河湖环绕的古镇,人丁兴旺,街巷纵横,在杭嘉湖平原上相当有名。也许是镇上不下田的居民比较多的缘故,街头巷尾,大肚子病人与农村相比就少了许多,迎面碰上的人大都精神爽朗。小镇的居民有养花吟诗的传统,很多人家临水的河埠头、窗台上摆着一盆盆的月季,喷吐着安逸幽静的清新之气。

程怀远要找的李宋唐,此时正跷着二郎腿,坐在青云桥边得意茶楼底层的花窗旁边,喝着店家自晒的菊花茶。茶楼的墙上挂着毛主席像,柱子上贴着红色标语,里边人声喧哗,烟雾缭绕。有个叫徐洪泉的村民站在李宋唐身边,小声地求他:"李医生,我家的羊得了病,你行行好,去瞧瞧吧。"

"难道你没听人说过,我只看牛看猪不看羊吗?"李宋唐手指上夹着香烟,头也不回。

"你就行行好吧,我那羊可是我家里最值点钱的东西,我们全家就指望着它呢。"

"你听谁瞎说的,你家的羊是你家的羊,我不会看有啥办法。"

"李医生,行行好吧……"

茶楼窗外的市河里响起渔民叫卖野鸭的声音,临河的好几扇花窗一起打开,茶客们趴到窗台上,就像戏园子里的一群看客,划子船里的渔民手拎着鸭脖子,跟茶客讨价还价,李宋唐也很起劲地加入进去,再不理站在一边的村民。村民徐洪泉嗫嚅着说了句什么,李宋唐跟卖野鸭的吵得正起劲,对求他出诊的话只当没听见。无奈之下,徐洪泉走到茶馆的屋檐下,茫然无措地站了一会儿,接着就走过青云桥,去了镇上最大的副食品商店。

那个副食品店有四五间门面大,在西塘镇上算是最像样的。店里的东西好是好,但都很贵。徐洪泉弯下腰,眼睛凑到玻璃柜台前,左看右看,最后鼓足勇气问店主:"掌柜的,有啥好烟,我想买几包送人。"

"送人?你送谁呀?"

"李医生。"

"李医生?那你可不能买烟。"看在徐洪泉老实巴交的分上,店主很好心地提醒道。不买香烟买什么呀?徐洪泉没主意了。店主转身拉开一扇雕花的柜子门,抓出一只铁皮罐子,指了指上面的英文字母,说:"你可得听我的，你要买这个。李医生不吸烟。”

“这是啥？”

“咖啡。”

“啥叫咖啡？贵不贵？”

店主报了价，徐洪泉吓了一跳，心想是啥宝贝东西，都赶上一桌酒席的价钱了。店主不计较眼前这个穿着土布衣裳的农民没见识，真心实意地告诉徐洪泉：“你要送就送这个，送另外的东西没用。李医生是出了名的怪人，就好这一口。这还是从上海进的货，除了这家店，你跑遍西塘也买不到这样好的进口货。”

徐洪泉心疼他已养得很大了的肥羊，咬咬牙买下这罐咖啡，回到了茶楼里。李宋唐和几个茶客围着茶楼老板刚买的野鸭子，在讨论着晚上的野鸭煲怎么做，是不是放馄饨，还是直接做个红烧鸭。徐洪泉胆怯地扯了扯李宋唐的衣服，李宋唐转过身来：“你怎么又来了？”

徐洪泉躬了躬身子，赔着笑脸送上手里的纸包。李宋唐打开一看，见是一罐进口咖啡。

梳着漂亮分头的李宋唐大摇大摆地出了得意茶楼，徐洪泉帮着拎医疗器械的藤箱子，样子像个仆人。一直冷眼旁观的程怀远尾随着。到了徐洪泉家，李宋唐一看病羊，一口肯定是大肚子病，说是要开刀。

“羊也会得这种病？”徐洪泉很奇怪。

“人会得，羊为什么不会得呢？”李宋唐掰开羊嘴，眯着眼睛打量了一会儿羊舌头，又伸手摸了摸羊肚子，说治是能治，但命不会长，做了手术你再把它养养肥，还是能卖个好价钱。

“那是那是，我还指望它去换稻种呢！”

徐洪泉听从李宋唐吩咐，把饭桌抬到羊棚门口的场地上。李宋唐取出一块布铺开，码好做手术用的器械。邻居们听说徐洪泉请来了大名鼎鼎的李兽医，男女老少都赶来看稀奇。

病羊由徐洪泉摁在桌子上，咩咩地叫着挣扎，还排出了一粒粒黑色的羊屎。徐洪泉急得头上的汗都下来了。李宋唐瞧着徐洪泉的狼狈样子，根本没当一回事。他不紧不慢地吸完香烟，掸了掸衣襟上的烟灰，这才拿起了手术刀。

李宋唐没给大肚子羊打麻醉药，只是懒洋洋地刮了刮羊肚皮上的毛，忽地吹了一口气，裸露出粉红色的羊皮。一束斜阳落到锃亮的手术刀上，折射出的光线耀花了夹在围观人群中的程怀远的眼睛。他举手遮挡着，可等他的手掌从眼前放下，李宋唐的刀子已钻进病羊的肚子里。

用了不到半小时，李宋唐已为一只病羊开刀完毕。围观的村民啧啧称赞，说李医生真是神医，做手术像是猛火灶上炒鸡蛋，今天可算是开了眼啦。程怀远边上还有个村民用胳膊肘捅了捅另一个人，说："你整天难受得直哼哼，要不让李医生也开一刀？"

村民心里头紧张，手捂着鼓鼓的大肚子，在村民的哄笑声里逃走了。

给病羊打了止血针，李宋唐关照徐洪泉："这羊你得让它站上一天一夜，不能卧下，要是卧下了，死了我可不管。"

等到三只羊全都动完手术，摁羊的徐洪泉累得脸色煞白，左手扶着墙壁，站都站不稳了。但李宋唐身上却干净得没一点血迹，神情也像来时一样轻松自在。他用垫着的灰布卷好器械，又弯下腰，从开刀割出的羊内脏里拨拉出几颗东西说："这玩意我得带回去做研究。"

徐洪泉哪敢说个不字，殷勤地将李医生要做研究的羊内脏用荷叶包好，又奉上诊疗费，还对李医生千恩万谢。

李宋唐租住在石皮弄底的小阁楼里。他也入乡随俗地在窗台上、台灯旁摆了两盆绿意盎然的吊兰，这吊兰的藤须足有半米长，缠绕在脸盆架上，使得略显拥挤的屋子很有情调。他一日三餐大都在外面的小店里一碗面、一碗馄饨地随便对付，但是今天就例外了，他的藤箱里有几个让他想想就嘴馋的羊卵子。从徐洪泉家回来时路过一片蒜苗地，李宋唐偷摘了一把青绿的蒜苗。他哼着小曲儿，在一只酒精炉上炒了一小盘蒜苗炒羊卵，香喷喷的气味引来邻居家的黄猫蹲到窗台上喵喵地怪叫。李宋唐盛了一碗饭，屁股刚坐到方凳上，门吱呀一声被推开了。

程怀远可不管李宋唐惊不惊愕，将一包花生米、一包猪头肉扔到李宋唐面前，又从裤子袋里摸出一瓶酒，用牙齿咬开了瓶盖。

"你是干什么的？"

"我在想，那个村民的羊虽去了病灶，"程怀远拖来一把椅子，一屁股坐下，"可这个村民不知道，这羊的卵子让你偷割来当下酒菜，病羊要是因为这个死了，那村民会不会来跟你拼命？"

李宋唐一愣，说："你就胡咧咧去吧，那个老土才不会关心他的羊丢没丢卵子，他只会关心他的羊还能不能活。"

程怀远找了两只碗，倒上了酒："羊没了卵子还能活？"

"人没了卵子都能活，还在皇宫里活得舒坦着呢，一只羊少了两个卵子，那羊肉的味道会更好。这跟阉鸡的道理是一样的。看你笨的。"李宋唐拧开收音机，屋子里响起苏州评弹的弹唱。

"兽医做久了，还能不能给人开刀？"

"不光人，就是阎王爷想尝尝做太监的味道，我都敢给他的裤裆里划上两刀！"

"好！敢给阎王爷开刀的朋友，我交定了。"程怀远说着，一口便干掉了半碗酒，又夹了块羊卵子塞进嘴里。

"你就不担心它有病？"李宋唐的筷子让这不速之客用去了，他只好自己再找一双。

"你医生都不怕，我大老粗一个怕啥？"程怀远抓起一只蓝边碗，哧溜一口，大半碗豆腐汤就下去了。

"你找我，有啥事？"

"我要你去给人看病！"

"哈，你就死了这条心吧！老子被赶出人民医院时就发过誓，这辈子我只给畜牲看病。"

"什么只给畜牲看病！他娘的，这四乡八邻的到处是血吸虫病人，我看你真是长了一颗畜牲的心！"程怀远抓起酒瓶，咕嘟咕嘟地一饮而尽。李宋唐惊愕地瞪圆了眼睛，担忧这黑脸大汉会不会在这小屋子里发酒疯。

李宋唐是本地人，从小聪明调皮，父母辛辛苦苦开了家南货店，供他去上海上了医科大学，想不到没毕业就被国民党军队征去，干上了上尉军医。到了东北，还给一个叫什么杜聿明的大官看过病，拍了合影寄回家，很风光过一阵子。后来东北的国民党军被打散后，他一个人回到嘉禾县城，凭着手里的一把好刀在人民医院站稳了脚跟。这儿的血吸虫病人多，很快他有了名气，很多病人都称他为神医。后因为东北的事，他被说成是反革命，这才干不成人医。

程怀远说："你小子听着，你这样的人我见多了，就凭你过去的经历，老子一句话，就能把你给抓起来。可我来找你是认真的，愿不愿跟我程怀远治血吸虫？"

李宋唐有点六神无主。

"听着，只要你救下十个血吸虫病人的命，即使你真是反革命，我也保你无事，天塌下来由我顶着！"

到了后半夜，李宋唐困得连眼皮都睁不开。程怀远看了眼墙边的床铺，咕哝说要在李宋唐这儿打地铺，李宋唐差点从椅子上跳起来，说什么都不肯。理由是他这儿从不让外人住，无论是男人还是女人，今天让你坐在这儿喝酒聊天已经算是破例了。

“你小子嫌我脏？可我俩还用一个碗喝汤呢。”

“那是我先喝，然后你才喝。”

程怀远遇上这样穷讲究的主儿，没法子了，只好背起挎包回到黑咕隆咚的街上。街上没一个人影，多的只是家家户户搁在门口等待清洁工来清倒的马桶。程怀远一阵内急，随便揭开一只马桶盖子撒了一泡尿。弄头弄尾地逛了大半个镇子，才大呼小叫地敲开一家小旅社的门，睡了三小时得付一夜的价钱，这让程怀远心疼了许久。

第二天程怀远再去找李宋唐，但石皮弄内的屋子铁将军把门。程怀远问了好些人，等找到李宋唐时，李兽医正忙着给一条烂脚的耕牛做手术。程怀远守在一边，过了没几分钟，就黑着个脸，扯开嗓子嚷道：“我问你，组建一个血防医疗队需要些什么人，要多少医疗器材，多少药品？”

“大约一家小型医院的规模吧。”

“小型医院什么规模？”程怀远迫不及待地问。

两人回到李宋唐家里，程怀远立马拍了张纸在李宋唐跟前，要他开清单。李宋唐想洗把脸，手巾刚拿到手上，就被程怀远一把夺了，扔回到脸盆里。李宋唐无奈地皱着眉，接过程怀远递给他的钢笔，琢磨了半天却仍下不了笔。

“你在路上慢慢想，先跟我走再说。”

李宋唐嘴里一个劲地说不行。照他的意思，至少还得收拾收拾行李，把外面的赊账收收，过几天再走。可程怀远不让，他眉毛一竖，吼道：“你若再磨蹭，那你别怪老子说话不算话，我好心好意地拉你一把，你敢跟老子摆臭架子？”

第九章

好不容易支走了程怀远，王局长一开始没当回事，可等到下午下班时分，他突然接到赵省长电话，王局长紧张得额头上都出汗了。他以为姓程的去告状了，但电话里赵省长只是问了程怀远的去向。王局长老老实实地回说不清楚。赵省长就不提这个，而是叮嘱王局长，血防问题现在是安邦定国的大问题，嘉禾就全国、全省而言，疫情都是最严重的，得想方设法开创一个新局面出来。所以当程怀远和李宋唐这两位不速之客一出现在局长办公室，王局长客气许多，又是握手寒暄，又是端茶倒水地忙个不停。

“王局长，你别忙了！我说的血防队……”

王局长明白程怀远急着要汇报，就坐回到椅子上听。程怀远还是打仗的脑子，医学名词一时半刻记不住，扯了个开头就讲不下去了。他让李宋唐向王局长开清单。李宋唐一一报出医生多少名、护士多少名以及一批医疗器械与物资的数目。王局长越听脸色越差，他推了推从鼻梁上下滑的眼镜，真心实意地对程怀远说：“老程啊，我这点家底反正都在县城里摆着，你要不信我可以带你去看，这么多东西，这哪里是血防队，分明是要开设一家医院啊！”

程怀远正在兴头上，另外的人泼他凉水那还好说，可你是卫生局长却一见面就叹苦经，这就不是那么一回事了。他把手里的杯子往茶几上一蹾，吹胡子瞪眼地不乐意了。他信奉会哭的孩子有奶喝，就开始胡搅蛮缠。缠到最后，王局长说了实话，关于组建血防队以及队伍的规模，局里上午已开会作了研究。当然了，如今百废待兴，人才、技术以及物资都奇缺，考虑到实际情况，他个人认为，组建出两支勉强能治病的血防队伍就很不错了。

“两支？”程怀远的手摸了把后脑勺，还以为听错了。

“还得准备一段时间呢。”

“那你们要准备到什么时候？”程怀远不想听王局长唠叨，打断了说。

“这还要上报县政府批准。可血防工作从上到下，越来越重视了，谁也不敢拖沓，会快得很，至多半月一月就能批下来。”

“你说什么？半月一月……”程怀远惊讶极了，“农村里可是天天都在死人，拖上一天，会有多少病人死去？”

“这是治病救人，可不像部队打仗……”

“王局长，你什么意思？”程怀远急了，他觉得这治病跟打仗没啥两样。

“程同志，我理解你的心情。我们这是地方，何况卫生局底子薄，缺医少药，什么事都得一步步来，工作千头万绪，可以说困难重重啊。”

“那是你的事。”程怀远窝不住火了，腾地站起身，李宋唐扯他的衣服后摆，程怀远回头横了李宋唐一眼，满脸的愤愤不平。

王局长从没遇上过态度这么蛮横的人，完全是个横冲直撞的猛张飞。他压抑着又开口道：“程同志，有话好好说嘛。你是赵省长器重的同志，你的要求我们肯定重视，能满足的我们肯定满足。我还有会议，先这样吧，我已经给你在县内招要了房间，你还是先去那儿等吧。”

“等”这个字是程怀远最不要听的，他脸都气白了，刚想说点啥，李宋唐抓住程怀远的手臂，抢先说：“那好吧，王局长你忙，我们告辞了。”

到了街上，程怀远埋怨李宋唐：“你干吗拦我？”

“我不拦你，你今天非吵架不可。不瞒你说，王局长这人我知道，他在我们县也是出了名的火暴脾气，若不是你有来头，他早就……”

“早就怎样？有火气就冲我来。疫情那么严重，老首长都急成那样了，组建血防队的事可等不及啊！”程怀远的大嗓门已引来了路人的注目。

“想吵架还不容易，他恐怕是看在赵省长的面子上……”李宋唐已经从程怀远嘴里套出话来，知道了他的来头。

“放屁！什么赵省长的面子？我程怀远做事从不仗势欺人，我这是为工作，为救人！”程怀远哇啦哇啦地当街一嚷，气算是消了点。他点了根烟，转念一想，觉得王局长讲的也是实情，就只好去县内招住下。

王局长将程怀远这尊不是菩萨的菩萨送走后，明白这黑塔般的家伙窝着一肚子的气，出了这门肯定是要骂人的。他呆坐在办公室里考虑再三，立即去县政府找了县长。

县长一边批文件，一边听王局长的陈述。等到王局长汇报完毕，他搁下手头的笔，笑着说：“老王你啊，死脑筋一个，这可是赵省长白送给我们县的一块大饼啊。”

“还一块大饼？我看是一块铁饼。”

县长不理睬王局长的情绪，眼睛看着墙上的嘉禾县地图说：“你想想看，我们嘉禾县是血吸虫病的重灾区，却要什么没什么。这个家难当啊！行署按正常渠道会拨发一些医疗器械、药品给我们，可那只能是杯水车薪，无济于事。而省里却不一样，总比行署财大气粗吧，赵省长德高望重，是重点分管这项工作的……”

“我明白了，”王局长一拍脑门说，“是大饼，的确是块香喷喷的大饼。”

见王局长笑了，县长提醒道：“你可别光想着要钱要物，要想着摘掉我们县全国重灾区的帽子，打好这场消灭血吸虫病的翻身仗。老实说医疗器械倒还是小问题，关键是人，没有人不行，没有人才更不行。在我看来，这个程怀远虽是个大老粗，可他决心大，有闯劲，你得好好用他，用足。没有领着大伙往前冲的带头人，这才是我们卫生工作最致命的弱点。”

“那不应该让程怀远当什么队长，让他进我们局……”

“你看看你，又打小算盘。不过，暂时也可以这样安排，要不然，过不了两天，这程怀远就会吵到我的办公室来，跟我要人要药喽。”

王局长的思想通了，开心地双手一拍，兴奋之情溢于言表。

嘉禾县内招是中山西路上的一个大院子，繁花杂树环绕着两三幢旧楼房，环境挺幽静，是整个县城里最好的旅馆。一听说是卫生局的客人，服务员给程怀远他们安排的是底层一间见不到阳光的双人间。程怀远大老粗一个，打了那么多年的仗，雪地里都能打瞌睡，树杈上也能迷糊一阵子，根本不嫌弃底不底层，有得住就行。不洗脸不洗脚的程怀远倒头便睡，不一会儿就鼾声阵阵，没注意李宋唐拎着包，站也不是坐也不是地发起愁来。早在开房时李宋唐就提出要单独睡，服务员说卫生局要的是一间房，只能给一间。程怀远嫌这小子穷讲究，就说你个小白脸大少爷，有钱自己开房去。李宋唐忍了忍，没吭声。但到了此刻，耳朵听着的是程怀远的呼噜声，鼻子闻着的是程怀远的脚臭，李宋唐根本没法子睡，只能自个儿花钱开房间去。他找服务员，服务员问他要工作证，李宋唐摇头说没有。又跟他要介绍信，李宋唐当即跟服务员吵了一架。

沮丧的李宋唐回到房间，坐在床沿上生程怀远的气。程怀远四仰八叉地躺在床上，被子的一角盖着起伏的肚子，黑糊糊的脚一动，就在雪白的床单上留下一道脏印子。斜睨着睡得跟死猪似的程怀远，李宋唐越看越讨厌，便敲着床帮嚷嚷道：“吵死人，吵死人了！”

程怀远咕哝了一句什么，翻了个身，却不见醒。

住宿危机竟很快有了转机。傍晚时分，服务员敲开房门，微笑着说，对不起，县长有指示，请省里来的程怀远同志搬到楼上的套房去住。

程怀远刚睡醒，正低着头听李宋唐数落他的脚臭，一时不明白啥叫套房，懵头懵脑地跟着服务员上了楼。服务员开了套间门，程怀远探头一看，外边摆着成套的红木家具，铺了红地毯，紫红色的窗帘一直垂挂到地板上，里间的门也翕开着，望过去只见一张铺着织锦缎被子的雕花大床。

“我可不做地主老爷。”程怀远咕哝一声，扭头就走。服务员拦不住，刚想关门，边上闪出了跟上楼来的李宋唐。他潇洒地一甩分头，冲服务员嘿嘿一笑，说：“我们是一起的。程同志腰不好，睡不习惯雕花大床，他不住我住。”说着话，已兴致高昂地把自个儿的行李搬到楼上。

第二天，李宋唐坐在套间内的红木太师椅上，喝喝咖啡，看看报，时不时地跑到服务台前跟漂亮的女服务员开开玩笑。而程怀远却住在那间不见阳光的底层房间，心上挂着血吸虫病这块大石头，始终高兴不起来。

一直到了黄昏时分，王局长来了，说是要陪吃个饭。程怀远虽说也好酒，可一听是当官的请吃饭就头疼，刚想开口推辞，王局长早就料到了，赶紧声明那是他自己掏钱请客，是简单的便饭，程怀远这才不说什么。

晚饭就安排在内招的食堂里，三菜一汤，再加两瓶黄酒。喝酒时，程怀远本想催催王局长，不料王局长先向程怀远大叹苦经，让程怀远话到嘴边又咽了回去。

酒过三巡，程怀远坐在一边闷闷不乐。王局长端起酒杯安慰说：“我们县的血防医疗队快要组建了，心急吃不了热豆腐，你老程再等等。革命工作嘛，光有干劲和热情还不行，总要一切从实际出发嘛。”王局长的话说得程怀远没法不点头。

王局长又说：“老程你是久经考验的老战士，是战斗英雄，要是实在闲得慌，可以马上到卫生局报到，可以先熟悉熟悉卫生系统的情况，局里会安排好办公室的。”

“可我坐不惯办公室。”程怀远喝了口酒，说了真心话。

“看老程你这话说的，这办公室谁坐得惯呢？我也坐不惯。”王局长十分耐心地劝说着，“我已派人去杭州办理你的组织关系以及行政调动手续，估计明后天就会办妥。”

李宋唐的脚在桌子底下踢了踢程怀远。

“那这个人呢？”程怀远指了指边上的李宋唐。

“既然你老程说了，我们当然要。”

王局长回答得很爽快，李宋唐便庄重地敬了王局长一杯酒。

既然办了调动，王局长就是程怀远的上级了。王局长的决定也是组织上的决定，这程怀远是不敢违背的。他人虽然仍住在内招，但每天都早早地走着上班去。王局长的确很厚待他，给他一人一间办公室，局里有什么事，都来听听程怀远的意见。上行下效，另外的科长们也客客气气，什么会都请他列席参加。

程怀远见别人待他好，敬重他，他只能自己跟自己急。除了偶尔开开会，其他大部分时间他看文件，除了局机关以及县委、县政府的正常工作文件外，还有上级不断下发的血防工作文件。

第十章

坐在办公室里的程怀远度日如年。而没事干的李宋唐就在嘉禾县城里走亲访友地瞎转悠。这一天,程怀远背着黄挎包刚下班,李宋唐就下楼来敲门了。

“老程,我跟你说个正事。”李宋唐一本正经地。

“那你坐下说。”程怀远放下挎包,拉个凳子让坐,想不到李宋唐借口楼下又暗又闷,约程怀远上楼去说。

“你这人还算实在。”李宋唐背靠着红木太师椅,手指着红木家具,得意地说,“看在你让我住套间的分上,我得抖搂点事给你听听。”

“什么事神神秘秘的?”程怀远有点急。

李宋唐故意吊人胃口,起身给程怀远泡茶,给自己泡了咖啡,这才把探听到的事抖搂进程怀远的耳朵里。程怀远一听,有点迷糊,嘀咕道:“这是好事啊,可他王局长为什么瞒着我呢?”

第二天,起了个大早的程怀远破例没到卫生局上班,而是由李宋唐领路,去了勤俭路上的卫生学校。到那儿一看,学生们正在操场上排队,随着体育老师的口令做操。程怀远守在一边,等操散了,找了较为年长的几个学生一打听,有两个就是作为血防队员招进来的。他还去了教学楼,遇见一名叫来金沙的学员,正在跟同学学吹竹笛,程怀远上前跟他聊了聊,这才知道,这支队伍已开始接受短期的血防知识培训了。

“这老王,他是想和我藏猫猫啊!”程怀远这么说着,心里头又火烧火燎的,眼光打在阶沿石上,都快冒火星了。他强压着怒火,直奔王局长办公室。王局长见了他倒乐呵呵的,说:“老程啊,你来得正好,我去了你办公室好几趟了。我告诉你啊,这次得麻烦你陪我去省里走一趟。”

“我为什么要去省里?!”程怀远的语气中夹着火药味。

“省里召开各县卫生局长会议,布置血防工作。”

“那是你开会,又不是我。”

“我是想……是想顺便请你引见一下赵省长。”

“先不说见什么赵省长,我的关系调来了吗?”

程怀远的话这么冲,王局长很意外。他皱了皱眉头,告诉程怀远,关系已经调过来了。程怀远一听调过来了,张口就要王局长立即任命他为血防队长,还说这事情早就答应过的。

王局长心想有这么急吼吼地要官做的吗?却不便拒绝,只推说任命的事要下红头文件才行。程怀远说这只是一个队长,是个芝麻官,即使下红头文件,也是局里下就行。

逼到这分上,王局长没法子了。跟程怀远撕破脸皮当然不妥,王局长忍气吞声地问:“我要是下了文件你就陪我去省里?”

程怀远说:“那当然。”

王局长没退路了。他叫来了秘书,只一会便拟了文。王局长签发后又催程怀远跟他走,程怀远坚持要看到正式文件再走。王局长点着了一支香烟,坐在椅子里。程怀远像没事似的,喝茶喝出一片啧啧的声音。王局长等了会儿,自己跑到隔壁办公室去催秘书快办。两支烟的工夫,秘书将还散发着油墨与印泥味的文件递到程怀远手上。程怀远瞄了眼文件说:“王局长啊,开会时赵省长会坐在主席台上的,我保证你能看到。”

“你,什么意思?”王局长还想跟程怀远论理,他却拿着红头文件跑掉了。

程怀远得意扬扬地回到了卫生学校血防队的教室门外,里边正有一个四十来岁的男教师,起劲地指点着一幅人体挂图给队员们讲课。程怀远冲他点了点头,自我介绍说是卫生局的,有个重要的文件必须现在就跟队员们宣读。男教师支吾着说:“快下课了,能不能让我把消化系统讲完。”

“来不及了,现在我得给队员们把文件消化消化。”话音刚落,程怀远一把将教师扯下讲台。

程怀远拉长了声调,一字一顿地宣读完文件。坐在第一排有个岁数较大的男子站起身,上前一把握住程怀远的手,激动地说:“同志啊,我有眼不识泰山,原来你就是我们局里新调来的战斗英雄啊!”

队员们一听战斗英雄,掌声立即响起来。

程怀远威严地朝队员们敬了个漂亮的军礼。

“程英雄,你是第二血防队的,而我是第一血防队的队长,我一定要向你好好学习。”原来这个岁数较大的人也是血防队队长,他摇着程怀远的手,脸上洋溢着热情的笑容。

“啊?我是第二血防队……”程怀远这才醒悟,王局长这个人也不是好糊弄的，他跟程怀远玩了花样，因为他刚才宣读文件时，的确读出他是第二队的。程怀远愣了愣，立即松开了这个第一血防队队长的手，笑着问："同志，你贵姓？"

"免贵，姓董。"

"董队长，我是第二血防队队长，啊——这没错，可你问问这些医生同志们，他们是第几血防队的？"程怀远说着话，拼命向算是已经认识的来金沙眨眼睛。

"告诉程队长，你们第几队？"董队长弄不懂程怀远到底什么意思，就转身用生硬的口气催着他的队员们快回答。

坐在第二排的来金沙他们都是年轻人，还有那些护士，几乎都是清一色的小姑娘。他们望望董队长，又看看军人气质突出的程怀远，不约而同地心想董队长怎么能和程英雄比呀。董队长以前是矿山机械厂的车间主任，四十开外的年纪，还秃顶，性格古板得连姑娘们哼个歌都要臭骂。血防班开班这些天来，大家伙早烦他了。而程怀远血气方刚，朝气蓬勃。更重要的，是他身上有一种天生吸引人的气质。

来金沙站起身说，我来报到前，医院人事科给我的口头通知是……是第二队的。董队长听来金沙这么说，急了，竟问出一句糙话："小来你说什么？你他妈的愿做这个老二？"

听到老二这句粗口，姑娘们脸刷地一红，但还是唧唧喳喳地嚷嚷开了："是呀，我也记得是第二队的。"

"我是第二队的，我们单位就是这样通知我的。"

"我也是第二队的。"

"我也是……"

教室里没一个人说是第一队的，董队长被气蒙了。他用求救般的目光投向守在门口的老师，那老师拉着一张苦瓜脸，不敢上前插嘴。教室里静悄悄的，大家伙都在等着董队长的反应，可这姓董的还能有什么反应呢？他脚一跺，说了声我找局长去，气呼呼地走了。程怀远朝董队长的背影挥了挥手，开心极了。他一屁股坐到了董队长的座位上，摸了摸结实的桌面，舒心地说："老师，请您继续给我们讲消化吧。"

到了傍晚，董队长领着卫生局的钱副局长找来了。钱副局长没说几句，就被程怀远顶了回去。他说："第一队第二队，都是为人民服务的血防队，队员们都选择了跟我，这就叫民主。"一见程怀远铁了心，钱副局长也不多说什么，只是安慰董队长，这事情得等王局长从省里开完会回来再说。

董队长立马跟程怀远翻脸，叫嚷着说："姓程的，你跟我来这一手，老子跟你没完！"

钱副局长死拉硬拽地带着董队长走了。程怀远担心夜长梦多，一边让李宋唐去码头落实船只，一边召集队员们紧急集合，嚷嚷说疫情紧急，上级命令现在就上血防前线！他领头砸开了卫生学校对外门诊部的药房，把能搜罗到的药品器械一股脑儿地都带上。卫生学校的老师哪见过这阵势，只是聚在屋檐下议论纷纷，谁也不敢出头阻拦。

早有人给董队长通风报信了，第二血防队行进到跟李宋唐约定的落帆亭码头，程怀远只看见空荡荡的码头上有路灯亮着，河埠头停着一条大木船。有个船夫站在船头上，一见血防队的人，想张口喊又不敢，只是伸手朝亭子那儿指了指。只见董队长招呼一声，沉着脸从亭子里走了出来。他的身后跟着十几个穿着矿山机械厂工作服的工友，个个手里攥着一根铁棍，其中两个壮汉扭着李宋唐的手臂，像是要把他绑赴刑场。

程怀远拧亮手电，一束光照到董队长脸上，耀得董队长睁不开眼睛。"哈，我当是谁，原来是董队长啊，天这么晚了，谢谢你赶来送我。"程怀远打着哈哈，迎面走去。

"你少来这一套。"董队长一见自己的人马都扛着铺盖，拎着网兜跟在程怀远身后头，恨得牙根痒痒的。

"董队长，你来送我们也应该，可你叫了那么多工友干什么？"手电光扫过工友们的脸庞，最后落在李宋唐身上。程怀远掏出烟盒，自己点上一根，又晃着烟盒请工友们抽烟。工友手里的棍棒攥得紧紧的，谁也不接他的茬。

"哎呀，你们也算工人阶级，连我这个革命军人的烟都不敢抽一根，太小家子气了。"程怀远收起烟盒，摇了摇头，脸凑到董队长跟前，诚恳地叫了声兄弟，说，"我跟你之间的事，牵连到李医生总不太好吧？我跟你进这破亭子谈判，你把他放了！"程怀远的一口烟喷到董队长脸上，呛得他差点咳嗽。董队长手一挥，工友们放了李宋唐，却围紧了程怀远。

"还愣站着丢人现眼吗？"李宋唐明白程怀远的意思，一脱离工友的看押，直接就朝河埠头走去，还暗里挥着手，让另外的血防队员快上船！

董队长急了，刚要下令拦阻，程怀远的胳膊一扬，粗壮的手臂就锁住了董队长的脖子。

边上的工友挥起铁棍就要朝程怀远的头上砸。程怀远嘿嘿一笑，用空着的那只手扯下旧军帽："小子哎，你们都看到了吧，老子头上的这伤痕叫三八线，是美国佬打的，你再给老子添一条，老子无所谓。"

路灯光照着程怀远的头顶，长长的三八线竟然如玻璃一般闪着狰狞的光。那个准备打人的工友手臂软了，但心有不甘地一棍子砸向青石板。船里的队员喊着程队长，脸色刷白的董队长在程怀远的臂弯里挣扎着，被程怀远拖着往河埠头移。

董队长的鞋子蹭掉了，追随的工友们又想动手。程怀远大喝一声："谁再追，我就把他扔河里去！"

工友们只好止住脚步。程怀远扭住董队长，退到了河埠头，说："兄弟，你好久没洗澡了吧，臭烘烘的……"

程怀远的手一松，董队长一头栽进了市河。

"程怀远，你这个三八……"董队长在水里划拉了两下，身体就下沉了。岸上的工友们再也顾不上血防队，七手八脚地忙着救人。

程怀远则跳上了木船，大笑着嚷："姓董的，改日咱们喝酒！"

木船以最快的速度前进，没多久就出了嘉禾县城。乡村的夜似乎比城里的夜来得更黑，风吹着岸上的桑树地，发出瘆人的声音。船舱里的队员鸦雀无声。程怀远站在船头上，时不时地回头望着。他突然有点想念以前在连队里被他整得够戗的指导员，心想要是这小子在，两手一挥，让队员唱个歌什么的，总比现在这样一声不响地来得好。不过，队员个个年轻活泼，总不会连个歌也不会唱吧。程怀远问船舱里的人："谁会唱歌？"

回答他的是一只水鸟在湖羊草里的惊叫。

木船出了河汊，进入一个水面开阔的湖荡，浪头霎时大了许多。程怀远回味着刚才的那一幕，心头不免有些得意。水面上夜雾弥漫，都望不见圩岸的轮廓了，而且木船越行越慢，最后竟然停在荡中央。

"怎么不走啦？"程怀远回头朝船梢上喊。李宋唐顺着窄窄的船舷连走带爬地过来问："老程，我们要去哪里？"

"怎么？我没说过去哪里吗？"程怀远揿亮了手电筒，乱照一气。

第十一章

王局长赴省城开会的第二天，找他的电话追到了杭州。正在台下听报告的王局长，被会务组的同志叫进休息室。电话是董队长打来的。这小子一听到赏识他的王局长的声音，委屈得快要哭了。王局长手握话筒，董队长连声说："嘉禾出土匪了，我的血防队被人抢了！"

"你说什么？土匪？董队长你没喝多吧。"王局长也蒙了，有几名省政府的秘书听得耳朵都竖起来。王局长总算听明白了。他责怪董队长太熊包，遇事慌张，毫无主见！

有个秘书跟旁边的人开玩笑，说这嘉禾县也真是邪门，血吸虫病闹翻天，卫生局长居然还要兼管剿匪？王局长羞得搁下电话，连会场也没去，一个人躲进房间生闷气。

程怀远说的没错，王局长果然在主席台上见到赵省长，只不过台上台下，远远地隔着十几排座位。会后王局长也在走廊上和赵省长迎面相遇过，本来他可以迎上前去，作个自我介绍，握个手什么的，但程怀远抢队伍的事像一把刀捅在他的心上，王局长根本没想法去和赵省长搭话。

专家报告，参观医院，越剧团慰问演出，领导总结讲话，很快就到会议结束的这一天。之江饭店503室的房门被敲开了，一名自称林秘书的年轻人走了进来。王局长一听有人找，赶紧迎上去。林秘书只说了声跟我来，便前面带路，将忐忑不安的王局长领进赵省长房间。

王局长第一次单独被省领导召见，很紧张，捧着林秘书递上来的茶杯不敢说话。赵省长坐在灰布沙发里，边上的落地台灯开着，温暖的光线落到赵省长脸上，给人以和蔼可亲的感觉。

赵省长捏起茶几上的一支香烟，问王局长抽不抽，王局长想也没多想，很坚决地摇摇头。"卫生局长带头讲卫生，我得向你学习嘛。"说着话，赵省长把手里的香烟举到鼻子下面闻了闻问，"程怀远没给你添乱吧？"

王局长心想赵省长迟早会问起程怀远的，但省领导用了"添乱"这个词，让王局长怔了怔，思忖着该不该说。

王局长脸上的反应赵省长都看在眼里。他道:“小王啊,你在基层工作不容易,有事就直说吧,程怀远那小子的脾性我知道,不多看管着他点,他能把天给捅个漏洞。”

“也,也没什么,他居然抢了别人的血防队,已大模大样地下农村去了。”王局长尽量克制而又简短地回答。

“抢血防队……这个狗蛋!”

赵省长表面是骂,可心里头还真有些过瘾的感觉在滋生。虽说当副省长近一年,赵白驹仍旧不喜欢地方工作的条条框框和按部就班。他认为那是拖拉作风,是官僚主义,他很想改变但受着方方面面的制约。现在他用了程怀远,这小子曾创造过前沿阵地还没突破,他手榴弹已经扔进敌军司令部的奇迹,现在这敢闯敢干的作风又回来了。赵省长心里喜欢归喜欢,却不轻易表露。

望着茶杯里升腾而起的水雾,赵省长说:“程怀远这个人用不好,那是一头野马,甚至可能是一匹害群之马。用好了,他就是一匹骏马。你们不能因为他是战斗英雄,是在我身边工作过的同志,就纵容他。一旦发现他有错,该纠正的纠正,严重的,那就处分。”

“不管怎么说,程怀远是急群众所急,是为抢救病人。”

听王局长如此表态,赵省长脸上的皱纹舒展开来。王局长暗吸了口凉气,欣慰自个儿没多说程怀远的过头话。

一个印有“为人民服务”五个红字的陶瓷烟灰缸摆在赵省长手边,他捻灭抽了一半的香烟,问嘉禾县的血吸虫病疫情,还说小王你别客气,有什么事需要我出面协调解决的尽管开口。王局长以前在部队干过工兵营长,转业到地方当卫生局长,看了几年医书,也算是个懂业务的领导。他在分组讨论时发过言,但只有十五分钟时间,许多问题没法谈深谈透。这次单独面见赵省长,感觉赵省长不摆架子,待人诚恳,王局长也就直截了当地说:“血吸虫病祸国殃民,已到了,已到了……就像国歌中唱的,中华民族到了最危险的时候!一般的救治已不能从根本上解决问题。照眼下的医疗技术,对血吸虫病人的治疗不仅单一,周期太长,而且疗效不佳,医生没信心,血吸虫病人更没信心。像县一级的医疗单位缺医生,缺设备。最严重的,还是缺全面的、有进取心、敢于攻坚的专家。”

王局长的最后一句话,那可是向赵省长放了一颗侦察卫星。

起因是这一次血防会议上,赵省长请来时习章教授,花了半天时间让他上台给局长们作血吸虫病防治报告,局长们大多是枪林弹雨中钻出来的土包子，这一回可算是大开眼界，知道真正的专家是怎么回事了。已经不止十个局长跟赵省长提出要请时教授去指导工作。

赵省长当然清楚王局长心里的小算盘，他跟林秘书对了对眼神，笑了笑说："我知道你瞄牢的是谁，从南洋归国的时教授不仅你们想要，其他行署直至上海、北京都想要他。上海、北京来要，我们坚决不放。至于能不能下去，那要看他自己愿不愿意了。但只要时专家愿意留在我们省，他想去哪儿随便他挑。据我所知，省属几家最好的医院都想挽留他，开出很好的条件，请他去专攻血吸虫病的综合防治。这件事啊，我赵白驹虽有心帮，可也无能为力。至于其他要求你尽管提，因为你们是重中之重的疫区，我帮了，算不得偏心。"

从赵省长的房间出来，王局长似洗了个热水澡，浑身轻松了许多。可以明确的是，这找上门来胡搅蛮缠的程怀远，虽拿不出个正式的介绍信，但可以肯定地说，省长这样的布局，实在是想要嘉禾县的血防工作干出个表率来。县长不久前还告诉他，说这程怀远是一张香喷喷的大饼，不是一张啃不动的铁饼。现在看来，事情没那么简单，程怀远这小子仍旧是一张铁饼，这张大铁饼带着赵省长的厚望，又大又重！今后就看他王局长怎样扛了。

归心似箭的王局长上了回嘉禾县的火车。他沉着个脸，坐在靠窗的位子上。铁路沿线的田野当中，难得一见放满水的明晃晃的稻田，也很少有农民和耕牛在干活。

荒废了的田地连接成片，像条巨大的绿毯，望不到尽头。正是午饭时分，沿途的村庄升着屈指可数的炊烟，有如婴儿的手指，颤抖着抚摸苍凉的天空。路过的小站有叫卖粽子的，三个人中至少有一个挺着大肚子。一路上王局长盘算着，本系统稍微有点本事的医生他个个认识，这些人要叫他们改行搞血防可以，但想干出大成绩几乎是不可能的。

想着想着，王局长的思路又回到杭州。要想血防工作开创新局面，他没法不打时习章的主意。当然他也想到程怀远给他捅下的大娄子，这家伙居然抢了董队长辛苦组建起来的血防队，事情怎么处理，大家伙都在看着呢。

一回到嘉禾县城，王局长家也没去。董队长知道王局长的会议今天结束，从大清早开始一直守在局长办公室门口，庆幸帮他出头的人终于回来了。王局长也知道，为了组建出第一个血防队，董队长花了大量心血，整个人都瘦了一圈。所以没等董队长开口细说，王局长先拍着办公桌大骂程怀远是个无组织无纪律的浑蛋！我姓王的轻饶不了他。董队长等着听下文，王局长却道："你的委屈我知道，你不用说了，马上再招人，继续培训，向程怀远学习，争取早日下农村。我嘛，还有事，我得锁门了，你心里有什么疙瘩，等我空时再聊。”说着话，王局长当着董队长的面，嗵的一声锁了办公室，头也不回地走了。

董队长听王局长大骂程怀远，气倒消了一半，可问题却没有解决。他呆呆地望着局长锁上的门，回头再找王局长时，王局长早没了影子。

再回到程怀远抢了血防队的那天夜里，船夫问李宋唐去哪儿，李宋唐又去问站在船头上的程怀远。

“去哪儿？”程怀远重复一声，一下子愣住了。四下里的夜雾似一块灰布，把木船围裹起来，远处有苦恶鸟的叫声时断时续，像是鬼魂在哭叫。

我真的没说过去哪儿吗？刚才在落帆亭码头上，程怀远被董队长这么一纠缠，脑子都有点糊涂了。

“你没说过。”李宋唐急了，船舱里的队员们也议论着。程怀远这时反倒冷静了下来，点着了一支烟。天上不见星星，也没有月亮。程怀远想了想，猛然间一拍大腿，喊了声：“耿福贵！我们找耿福贵去！这小子的命都是我在战场上救的，他在栖真，我们就找他去！”

血防队总算有了明确的去处，船舱里响起了队员们的说笑声。来金沙跳到船梢上帮船夫摇橹，女护士夏沫她们央求着程怀远，要他讲革命故事。程怀远心里正高兴着，也下到船舱里，问队员们想听什么。

“我们当然要听程队长打仗杀敌的故事。要不程队长就说说头上的三八线怎么来的吧？”

程怀远不好意思地抓了抓头皮，说：“这个三八线不好说，我扯点别的。”沉吟了片刻，程怀远注视着木船前行的方向，讲起怎么救耿福贵的故事。

那是1947年，青石沟的拉锯战打了两天一夜，结束于漫天风雪之中。国民党军抢修的碉堡全都炸翻了天，乱石翻滚像一个个掘开的坟墓，空气中的硝烟味飘浮不去，怕得麻雀都不敢朝这儿飞。可对程怀远来说，这气味像酒香一般令他迷醉。战斗最激烈的时候，程怀远听着雷鸣般的枪炮声，身上奔涌的已不是热血，而是汽油，整个人都快要爆炸了。在前线指挥部，他跟赵司令软磨硬泡，要带一个突击队上阵地，惹得参谋长把他拽到一边狠狠地训斥一顿。

程怀远人在指挥部，心早就野了，他瞅准了司令员开会的空当，溜到刚拿下的阵地上。呼啸的寒风似一群惊马在青石沟里狂奔，把刚落下的雪沫吹刮到半空中。沟底的小溪流被鲜血染红了，宛如一条切割开的血管，热气腾腾地流淌着。程怀远加入了打扫战场的队伍,这儿捡一把手枪,那儿扯一袋军粮,快活得像个秋收的农夫。他恨不得自己多长几双手。很快地,程怀远身上斜挎着几条子弹带,手上捧着几杆长短枪,刚想返回,却一眼瞥见一把军刀插在坑道口,军刀的柄上雕刻着细密的花纹。肯定是一把司令员喜欢的好刀,有这把军刀在手,即使司令员怪罪他偷跑出来也没事了。程怀远大喜过望,喊了声刀是我的,撒腿就往那儿跑。他飞身跃过沙包,跨过一堆尸体,右腿却突然被人抱住。

他低头一看,雪花扑洒着的钢盔下面,一张血肉模糊的脸正向程怀远仰望着,眼神中满是求生的渴望。

"快放手,等老子拿了刀再来救你!"程怀远挂牵着军刀,拔了拔腿,那伤员喘了口气,把怀里的脚搂得更紧更死。

程怀远只好放下手头的东西,把这个国民党伤员从尸体堆里拨拉出来。此时,那把军刀早被人扫走了,程怀远心里火归火,还是小心地把伤兵送往医疗队。

这个伤兵叫耿福贵,康复后也加入了赵司令的部队,在后勤处当炊事兵。他视程怀远为救命恩人,每次遇上都要千恩万谢,有什么好吃的,总给程怀远留一份。当年大部队拉到万亩荡边整训前,要精简一部分解放兵,耿福贵的老家就在这儿,他不要什么复员费,好话说尽地跟后勤处要了条运军粮的黄牛来跟恩人程怀远告别。程怀远对他说:"福贵,回家可得把日子过好!"

"就不知道福贵的日子过得好不好。"说着故事的程怀远感叹着。

程怀远没忘了耿福贵,耿福贵更是忘不了程怀远。当年他戴着大红花复员时,见村子外面的高地上,新坟挨着旧坟,一片凄凉,村子里很多绝户人家的瓦房草棚都倒塌了,荒草湮没了窗户,藤蔓爬上了灶台,门楣上挂着粘着蚊蝇的蜘蛛网,剩下的人家穷得叮当响,一眼望去都是关门闭户的破败样。

毕竟耿福贵是戴了大红花回乡的,而且在革命队伍里,他还光荣地入了党,栖真村村民推举他当支部书记,带领大伙儿搞春耕生产。很多户人家没劳力踩水车给田里灌水做秧田,更不用说耕田种水稻了。村里的牛得大肚子病早死光了,耿福贵牵回来的黄牛到处给人帮忙,今天这家,明天那家,但还是忙不过来。耿福贵的老父亲白天唠叨还不够,常常半夜里起来,摸到灶边上,冲着一尊残破的陶瓷观音像和他死去老婆的牌位跪拜,嘴里念念有词地祈求菩萨保佑他大肚子病早点好,保佑福贵千万别染病,早点娶上媳妇给他生个大胖孙子。耿福贵哪会信这个,烦得不行,几次想跳下床去说他，都咬紧牙关忍住了。

一年后，耿福贵担忧的事还是发生了。老父亲插秧时突然一头栽倒在水田里，连着吐好几口鲜血，没多久就一命呜呼。村子里更加人心惶惶，人人自危。想到自己是党员、是支书，耿福贵逮住机会就跟村民说，现在是共产党的天下，毛主席是人民的大救星，肯定会来救大家的。当着耿书记的面，村民们点头称是，但心底里却很实际。

村里的大肚子病人接二连三地死去，烧在坟地上的纸钱被风刮回到村子里，黑蝴蝶似的上下翻飞，迷信思想在村民头脑中更是扎下了深根。有人说血吸虫是天上下来的“黑煞”，下凡要弄死多少人才回到天上去，我们做老百姓的，根本没啥法子可想。也有巫婆散布谣言说，村西头的大银杏树上有神仙娘娘显灵，树底下的小池塘里的水是仙水，喝了能治大肚子病。村民们白天不去晚上去，在树底下插香跪拜，还舀小池塘里混浊的“仙水”喝。耿福贵几次带民兵去劝说驱赶也没用，反过来倒被村民指责说，你耿福贵有办法，你老父亲怎么也死了？我们喝“仙水”治病是我们的事，就算喝死了也跟你无关！

更让耿福贵沮丧的，是他的黄牛最终也成了病牛，两肋瘦成“牛排”，肚子鼓得似吹足了气的气球，上面青筋暴绽，有如树的根须。这黄牛别说下田干活，晃荡几步就得停下来大喘气，耿福贵只得让他的宝贝待在牛棚里，自己背着草筐割来了最为肥嫩的青草……

老父亲死了，跟着他复员回来的黄牛也死了，耿福贵的心掉进了冰窟窿。很多得病的村民聚到耿福贵家，七嘴八舌地说，福贵啊，你打过仗，见过世面，快想想办法吧，这样下去怎么行呢？不是说毛主席会派人来救我们，怎么还不来啊？再不来人都要死光了！

耿福贵急火攻心，嘴角处都长水泡了。他去乡里找乡长，乡长皱着眉头说：“这大肚子病闹的，我也睡不着觉。人都没了，我这个乡长还抓什么生产啊！只是这要命的病从解放前到现在，那么多年了，死了多少人，多少人家绝了户，谁也没法子的。”

两个人闷头在办公室抽烟，耿福贵的眼光落到报纸上，上面赵白驹三个字引起了他的注意：“赵白驹，他不就是赵司令吗？怎么在浙江省？”

乡长回答说：“这赵司令现在是赵省长了，就管着文教卫，听说上个月还来我们这儿视察过。”

“他是我的老首长，那我上县城找他去！”

“什么县城？赵省长来了没几天，就回杭州了。”乡长以为耿福贵吹牛，语气略带讥讽。

“老首长人最好了，他喜欢吃我做的桂花糕，这儿的大肚子病闹成这样，我豁出去了，为了救人，北京的金銮殿我也敢去！”

其实耿福贵确实在乡长面前吹了牛皮，他知道自己即使到了省城，也不一定能见上老首长，所以压根儿就没到杭州去。他在村里盼星星盼月亮，盼来的竟是救命恩人程怀远和他带着的血防队。耿福贵惊喜得手里的脸盆掉到井台边，他拉住程怀远的手，嘴唇哆嗦许久，才迸出一句：“老程，你怎么来了？”

程怀远哈哈一笑，说：“我不该来吗？我在朝鲜战场上就收到过你的信，你不是邀请我来玩吗？你看看，这一次不光我来了，毛主席派的血防队也来了。福贵啊，我们又可以并肩作战了。过去我们一起打过国民党反动派，现在齐心协力治血吸虫！”

耿福贵看了看站着的李宋唐他们，以及停在河埠头的木船，一下子就明白过来：“赵省长……老程你是从赵省长那儿来的吧？”

程怀远说了声对，随手从墙头掰了半个老玉米棒子，嘎嘣嘎嘣地咬着。耿福贵抓起个破脸盆当锣敲，招呼全村的男女老少出来迎接。

几天之后，通向栖真村的乡间小道上出现了一个干部模样的人。这人卷着裤腿，扛着一辆掉链子的自行车，丁零当啷地进村子，逢人就打听血防队在哪儿。村民引领他到血防队驻地，程怀远跑出来看，愣住了。只见王局长手扶着一辆破自行车，衣服上沾着泥巴，修车时沾上手的油污抹到脸上，弄了个大花脸。

程怀远忙叫夏沫打盆水来，让王局长洗了洗，自己守在一边，就等着局长开骂。王局长洗手洗脸地忙活完了，接过程怀远手里的烟头，点上香烟，舒服地深吸一口。他静静地望着程怀远，既不怒，也不笑，更不轻易开口。如此一来，弄得程怀远心里反倒没底了。

还是机灵的夏沫帮程怀远解除了尴尬，邀请王局长视察工作。栖真村有个大户人家因为血吸虫病已经绝户了，留下的老宅成了血防队的落脚点。李宋唐戴着袖套，拴着破围裙，带领队员把一间厢房改造成手术室。旁边的一个堂屋内，几个小姑娘正撅着屁股，试图抬起一个木头稻筒，想把它移到角落里去。王局长见了，回头冲程怀远说：“愣着干吗？你是队长，还不帮个手？”程怀远一听，乐了。这说明王局长已认可他了，便故意大声嚷嚷：“走开，走开，花力气的事该我来！”

王局长站在空出来的方砖地上，问夏沫这堂屋作啥用。

夏沫说这儿可以改作病房，方砖上铺了稻草可以睡很多病人。

听了夏沫回答，王局长虽然佩服程怀远的魄力，但眼前的破窗户烂柱脚，怎么都没法让他跟想象中的病房联系起来。

两个男人里里外外转了一大圈，回到屋子内，王局长茶碗一端，这才说：“老程啊，省里对血防工作重视极了，赵省长我也见到啦。不过，我在大会上丢了人。”

“怎么丢人？”程怀远不明白。

王局长手捂着茶碗，故意低了头说：“你知道时习章教授吗？”

程怀远说知道啊，归国大专家嘛，连他家都认识。

“老程啊，那个时专家可了不得，这一次全省血防工作会议，他来做了个血防报告，讲起来头头是道，滔滔不绝，我们这些当局长的都佩服极了，个个都想把他请到手。”王局长看了看程怀远，见他听得眼都不眨一下，“我们虽然有你老程这样的闯将，可我们也需要实打实的专家啊。整个浙江，就数嘉禾县血吸虫病最严重。我们这儿病人最多，也最需要专家。我着急啊，越想越憋不住，就去找时教授。却撞上杭州的沈局长从时教授房间里出来。你知道姓沈的牛皮烘烘地跟我怎么说？”

“怎么说？”对于这种事，程怀远总是兴致勃勃的，就迫不及待地问。

“他说王局长啊，这时教授我们杭州已把他留下来了，你就省点心吧。嘉禾县嘛，地图上看还没有一个菱角大，小地方一个，赵省长不是把一个会修车的警卫员都派给你了吗，你怎么还不知足啊？”

“放屁，它杭州算个鸟！”程怀远一听就火了。

“是放屁，我当场跟老沈不客气，拖他到走廊的另一头，正式告诉他说赵省长的警卫员已带了血防队上了第一线，他是条龙还是虫，你就等着瞧吧！”

“你别说我啊，说时教授。他肯来我们这儿吗？”

“时教授当然不会像姓沈的这么没水平，他没答应也没拒绝，只是很关心嘉禾县的疫情。他也知道，整个浙江省，就数我们这儿血吸虫病最严重了。”

“那赵省长什么态度？”

“他呀，下面的局长都在争，手心手背都是肉，他当然要一碗水端平。”

“什么叫一碗水端平？胡扯！”

王局长还想说下去，程怀远手一摆，说：“老王你别说了，你的意思我明白。”

第十二章

程怀远去过时习章的家，那是他身着油污的工作服，与长臂猿老张一同送人的那一次。

这是杭州湖滨路的一幢小别墅，当程怀远轻手轻脚像姑娘绣花般叩响狮子嘴里的门环，等了半天不见有回音，程怀远便窃笑自己，装斯文是要吃亏的。敲门就是敲门，拿拳头砸就是了。哐哐哐！

还果真如此，很快就有个拴着白色花边围裙的女佣走下台阶，躬了躬身子说："你好。你找谁？"程怀远声音洪亮地回答："嘉禾县第二血防队程怀远队长求见。"女佣手绞着围裙下摆，对"血防队"这个称呼还相当陌生。重复好几遍，她才半懂不懂地进去通报。

程怀远不放心，踮起脚尖往里看，只见女佣站在门厅那边，和里边的人说了句什么，然后女佣跑过来说："对不起，时教授没空。"

第二天，女佣开门去买菜，又一头撞见黑塔似的程怀远站立在马路边。他竟对女佣庄严地敬了个军礼，大着嗓门请求用人再通报。女佣不耐烦了，说："你这个同志啊，怎么又来了？现在才几点？时教授晚上要看书，睡得晚起得也晚。"

程怀远说："早了，是来早了，不过正好碰上你，那我就帮你拎菜篮子吧。"女佣哪敢让这么个不明不白的人帮她拎菜篮子？但她见程怀远傻呵呵的神态很可爱，便说："你真有急事，等我从菜场回来再给你通报吧。"女用人转变态度，程怀远觉得时家的门已朝他开了一条缝，脸上便笑嘻嘻的。

八点钟刚过，陆续有几个领导模样的中年男人和女佣前脚后脚地到了时宅门口。他们跟女佣很熟，打老远就打招呼，一起说说笑笑地进了别墅。女佣忙着招呼客人，没顾得上答理程怀远，这下子，刚开心没多久的程怀远不干了。他眉头紧锁，目光中充满愤怒，挥起拳头就砸门。女佣听到砸门声，一下子想起刚才答应的事，赶忙跑了出来。

程怀远的忍耐已达极限，根本没给她好脸色看。他张口就责问女佣："刚才进去的那几个穿西装的家伙是不是美国佬？"女佣一下子蒙了。她的手搭在门闩上，迟疑着不敢打开。程怀远隔着镂空的铁门吼叫："你现在就去告诉时教授，穿西装怎么了？美国佬也穿西装，可老子照样敢揍他们的屁股！"

什么美国佬？什么穿西装？还屁股呢。女佣微红着脸，程怀远跺了一脚喊："还不快去！"

这时，有一个漂亮女人出现在门厅那儿。

"嘉禾县第二血防队队长程怀远求见时教授。"隔着铁门，程怀远又是打雷般吼一嗓子，漂亮女人竟什么也不问地领首让女佣开门迎客。

别墅的客厅很宽敞，足有七八十平米，早先进去的几个男人正围着同样也穿西装的时习章谈笑风生。窗边洁白的窗纱随风轻抚，墙上挂着好几幅静物油画，画的是昏暗灯光下的苹果、锦鸡和陶罐，一组皮沙发的背后摆了架黑漆锃亮的大钢琴，钢琴上两瓶红玫瑰喷吐着芬芳。

程怀远立定在门口，一眼找到他要找的人。他以为有过一面之交，时习章还认得他，就大踏步地从地毯上斜穿过去，上前敬了个礼，然后大声请示："时教授，我有事要和你商谈。"

时习章摇着王星记扇子，正跟客人解释什么事，程怀远的军人风度和粗大嗓门让他愣住了。他盯着眼前的黑大个儿，显然已忘记这个人是谁。

"时教授，我程怀远无事不登三宝殿，我们嘉禾县第二血防队……"

时习章搁下扇子，很客气地叫另外的人等等，便领着程怀远进了楼上的书房。程怀远又要开门见山介绍情况，时习章坐到书桌后面的皮椅子上，摆了摆手，示意他停一下。程怀远不知怎么一回事，强行让自己的嘴巴刹住车。一会儿，女佣泡了茶送进书房，给程怀远奉上之后，时习章才优雅地一摆折扇："请用茶。可以说明你的来意了。"

程怀远说："时教授，我叫程怀远，是血防队的队长。这一次专程从农村赶来，是真心实意地想请你加入血防队，和我们一起到血防前线去战斗，那儿大肚子病人太多，病人太需要你这样的大专家！"

时习章很客气地回答道："程队长啊，你们的血防队组建得很及时、很好，可我主要是搞研究。你知道客厅里那三个人是干什么的吗？"

程怀远摇摇头，说不认识。时习章直言不讳地说："他们是省城三家大医院的院长，以前还是一个一个相互避让着来单独请我，今天可是一齐来了，正唇枪舌剑地在争呢。你说我不要实验室，不要助手，会跟你的血防队下农村去？但是，你在第一线，我在杭州，我需要掌握第一手资料搞研究，我们可以互通信息，交个朋友，你看这样好不好？"

时教授拒绝得那么干脆，程怀远紧张了。他心里对自个儿说，我要不用你，我才不会跟你这样架子大的人交什么朋友呢。沉默了半晌，程怀远的眼光依次从书架上的那一排排医学书上滑过，最后投向时教授保养得很好的娃娃脸。他后悔自己刚才太直接，自己把自己逼上绝路，就转口声称自己打过鬼子，打过国民党还有美国佬，没啥文化，是大老粗，对血吸虫病不懂，而后，程怀远像个小学生似的，一个一个向时教授请教起了问题。

一提起血吸虫话题，时习章也来劲了，打开的话匣子滔滔不绝。不光是有问必答，他还主动跟程怀远聊起防治血吸虫病的最新进展，若手头有块小黑板的话，还恨不得把程怀远听不懂的药名写在上面，给他作详细讲解。时夫人方圆圆先是派用人为客人添水，进来探探势头，后来听到时习章于书房里不时传出欢声笑语，而客厅里的院长们坐立不安，方圆圆直接进了书房，轻声提醒时习章该出去陪客人了。时习章淡然一笑，不为所动。

程怀远第三次来时宅，只有时夫人在家。他脑子转得飞快，张嘴就说我今天就是来求见时夫人的。方圆圆正在楼上的卧室里收拾衣物，昨晚睡觉前，她已经从丈夫嘴里探听到程怀远的来意，把这事当做笑话来听。她不情愿地下楼坐到皮沙发上，程怀远恳请时夫人支持时教授下乡搞血防。

“什么？叫我支持老时去农村？”时夫人双手捂着嘴，笑得脸都红了。女佣站在门口也笑得咯咯咯的，花枝乱颤。

“程队长啊，谁给你出的这个馊主意啊？”

“没，没有，关领导什么事，我的主意我自己拿。”

“可老时留不留在浙江还不一定呢。我们回国前，基本上打算是留在上海工作，后来是老时喜欢西湖的山水才过来的。”

“农村血吸虫病人多，他们盼星星，盼月亮，就盼着时教授这样的大专家。”

“那，那你知道老时是学什么、研究什么的吗？”

“方老师，我听别人叫时教授、时专家，可不管是多大的专家、多厉害的教授，归结起来他就是个医生，是医生总得给病人治病吧。”

程怀远嘴虽拙，但他盯牢医生就该给病人治病这一点跟方圆圆纠缠。方圆圆连着被程怀远反驳，脸上的表情由晴转阴。她拿起鸡毛掸子拍打沙发扶手上的灰尘，嘭嘭嘭地，像是在打鼓。傻坐着的程怀远没明白时夫人送客的暗示，抓过张报纸看了起来。

女用人擦着手指进客厅，通报说厨房里的下水道堵了。方圆圆正要发话，程怀远手里的报纸一扔，拔脚就去了厨房。下水道虽被程怀远疏通了，可他一身脏水，臭烘烘的却浑然不觉。方圆圆讨厌程怀远的自说自话，但表面上又是端茶又是递毛巾，做足了工夫。她夸程怀远有本事，程怀远很受用，趁机提醒说，时教授该下到农村去！方圆圆好声好气地劝程怀远还是回嘉禾县去，强调说时教授是不会下乡的。

程怀远才不把方圆圆的话当回事，午饭后又来了。时习章仍不在家，方圆圆硬着头皮陪程怀远坐在客厅里。程怀远打了十来年的仗，根本没有跟知识女性打交道的经验，找不到合适的话题。他不吭声地干坐着，忽然瞧见钢琴上方的墙头，有一枚挂画的钉子松了，程怀远自告奋勇地说："用人呢，你叫她拿个凳子来，我把画挂正。"

方圆圆一听，吓坏了，坚决不同意程怀远在意大利名琴上方的墙上穷折腾。程怀远还不听劝，方圆圆越说越不客气，干脆下起逐客令，明确告诉程怀远，时习章已答应去省立第一医院！

"时教授这么做是不对的！你也不对！想当初老子打仗的时候，脑袋别在裤腰上，哪儿最危险就往哪儿冲，哪儿情况最危急就往哪儿堵。这是革命斗志问题。像时教授这样的人血防前线不去，反而上大医院，贪图名利和安逸，就是缺乏革命斗志。战场上，我们把这种人叫做什么你知道吗？是孬种，软蛋，熊包！"

程怀远这一顿好骂，可骂着骂着他回过了神，心里似乎明白，他骂错了时间、地点，更骂错了对象。

"我说你这个同志，你怎么这么没有修养啊！我不都跟你解释了吗？老时是个搞研究的人，他离不开实验室，你那儿工作条件、生活条件根本不具备，不行就是不行。我都跟你说了多少次，你还不明白吗？你到底还有完没完啦？你这是在干扰我们的正常生活你知道吗？"

方圆圆也不吃素，她尖着嗓子发脾气，完了还跑进儿子房间，拿了一张数学试卷，拍在程怀远面前的茶几上，鄙夷地说："程队长，跟你解释不清。可你若做得出这张卷子，那时教授跟你去任何地方我都不反对。"

"此话当真？"程怀远抬头问。

方圆圆瞧着窗户外边的紫藤架，不屑回答。

程怀远虽对于纸、字和笔很崇拜，却更有一种本能的恐惧。他慌里慌张地抓起茶几上的卷子，大手捏着一截铅笔像捏着一颗子弹头。女佣受不了客厅里的紧张气氛，踮着脚尖走到一边去收拾餐桌，不小心弄出响动来，程怀远正为一道填空题烦着呢，也忘了是在哪儿，冲着厨房门口就嚷嚷："别吵！别吵！"

墙上挂钟的滴答声不断，时间在分分秒秒过去，程怀远边做边改，把卷子弄得污七八糟，铅笔头揿断好几回，可是他连前边的题目都做不出，更不用说后面的应用题了。

方圆圆见程怀远再也做不出，便冷声说："这可是一张小学三年级的卷子，是我儿子的试卷。你连这个都做不出来，而我丈夫是高级知识分子……"

程怀远停止手里正擦着的橡皮，人似被兜头浇了一盆凉水，呆住了。他低垂着头，抓起卷子，认真地折了四折，塞进上衣口袋，还按了按，径直朝门口走去，不小心撞了一条凳子。这咣当的声响在方圆圆听来，是程怀远故意在挑衅，就哼了哼。程怀远急转身，真诚地向方圆圆一躬身道："时夫人，我，我程怀远是个啥也不懂的大老粗，我不懂数学，也不懂语文。我小时候穷，读不起书，穿不起鞋，可这不是我的错！我们穷人就是为了这个才跟着共产党翻身闹革命的。我程怀远脑子笨，是丢人，可我做不了数学题不代表我没有诚意！"

感觉受辱的程怀远夺门而去，一不小心碰翻花坛边的晾衣架。晾衣架上花花绿绿的衣服掉了一地，程怀远急忙蹲下身去捡。方圆圆站在门厅跺着脚叫他放下，女佣也急忙奔了过来……

程怀远低头一看，天哪，这什么玩意儿？他手里抓着的，竟然是女人的小衣服。程怀远大窘，满脸通红地跑出别墅大门。

回到招待所，程怀远懊恼得将拳头往墙上砸！针对时习章教授的这一攻坚战他打得太失败了，不光丢盔卸甲，还丢尽了脸。他脸上的皮像是被剥掉了，脑子火烫火烫的。原来预想的晓之以理动之以情的方案根本行不通，他问自己怎么办。问完了又骂自己，问什么问？问个屁！还能怎么办？软的不行就来硬的！

程怀远不服输的犟脾气上来了，他横下一条心，决定要做一件一不做二不休的大事。从女佣那儿，他老早打听到时习章有每晚沿西湖边散步的习惯。程怀远没敢惊动长臂猿老张，而是去了趟莫干山路上的钱江汽车修理厂。

厂里的工友们都知道程怀远跟赵省长的特殊关系，很敬重他。当程怀远找了个工友，借口说正在执行秘密任务需要借用一辆车时，工友想也没想，开上一辆吉普车就跟他走。

第十三章

这一天,时习章上午在医学会作了报告,下午又出席一个研讨会,回到家时已是四点多。他疲倦地坐在沙发里,听方圆圆在一旁摇着扇子,通报程怀远来找过他的事。修理下水道和撞翻晾衣架的事方圆圆略去不提,她强调的是她已经代替时习章表态了,坚决不去什么嘉禾县。时习章不置可否地听夫人唠叨,坐等用人把晚饭端上来。

晚饭之后,时习章又独自出门,按照老时间沿西湖边散步。经过一片柳树林时,早就等候着的程怀远闪身从树林里蹿了出来,捂住时习章的嘴,一把把吓蒙了的教授推进吉普车。

车子在望湖广场上掉头,轰着油门疾驰而去。路灯的光线在车厢玻璃上一掠而过,惊魂未定的时习章借着光亮认出了绑架者,急叫说:“程队长,你,你这是干什么?你不要乱来啊!”

程怀远的手仍紧抓着时习章的手,这时使劲捏了一把,疼得时习章一咧嘴。程怀远得意地嘿嘿一笑,说:“时教授对不住啦,我老程只能以这样的方式‘请’你上血防前线。”说着话,程怀远掏出绳子将时习章捆了手脚,还多余地问他疼不疼。

细皮嫩肉的娃娃脸时习章哪受过这种罪,一路上他不挣不扎,只是文绉绉地骂程怀远是土匪,是强盗。车子出了杭州城,到海宁境内时已是深更半夜,时习章喊着要小解,吉普车这才停在公路边。程怀远陪时习章下了车,时习章坚持要程怀远解开手腕上的绳子。

程怀远笑着冲时习章说:“时教授,我程怀远在战场上抓过的敌方舌头,小到上尉连长,大到上校参谋,他们想小解,都是我帮着掏那家伙的。来吧,我也给你掏。”

时习章听得心惊胆战,身体躲闪着嚷嚷:“这怎么可以?不行,坚决不行!”

“那怎么办?”程怀远双手一背,“那你尿裤子上得了。”

“我宁愿尿裤子上!”时习章的犟劲也上来了,“不过,姓程的你要记住,你让一个知识分子尿了裤子，你就等于把他给杀了！”

“有这么严重吗？”程怀远挠了挠头，看见时习章的脸色正急剧变化着，已变得有些狰狞了，便连忙给他松捆手的绳子说，“行，我给你解开，谅你也跑不掉。”

时习章终于能用手解开裤扣，但他见程怀远仍旧紧紧地盯住他，便愈加怒不可遏地说：“你……你还想看我撒尿吗？”

“你虽是个知识分子，可你也是个男的，我程怀远又不是没见过，稀奇得你。”程怀远骂骂咧咧地，不得不背过身，但他背着的双手，仍将时习章的另一只手握着。

时习章的嘴唇和膝盖都颤抖了，他挣了挣手，感觉程怀远的手就似铁箍般。无奈之下，时习章撒了泡平生唯一一次被男人握着手的尿。他的这泡尿撒得丁零咚隆，惊心动魄！完事后，时习章仰首星空而问：“姓时的怎么会遇上如此的一个浑蛋?！”

继续上路后，很快到了嘉禾县城，可县城里人多嘴杂，再说大半夜的也没开往灵溪乡的航船。程怀远驱车到离栖真最近的小镇王江泾后，请工友连夜将吉普开回杭州。程怀远和时习章摸黑走夜路来到栖真村时，天刚蒙蒙亮。时教授的领带松了，头发乱了，皮鞋上沾满烂泥巴，模样完全像个被程怀远从敌方阵营里抓来的“舌头”。为怕“舌头”逃走，程怀远把他关进栖真村的学堂内。

这是个星期天，学堂里没有学生。时习章被关在二楼久不开放的图书室内，刚进去的时候，里边脏乱不堪，地板上、书架上满是灰尘，从房梁上挂下来的涎尘，落到程怀远的头发上，有成熟的稻穗那么大。每走几步，就有蜘蛛网黏糊糊地缠到人脸上，小蜘蛛都敢往人的鼻孔里爬，空气里也散发着一股霉味和老鼠屎的臭气。

时习章坐在一个角落里，以不吃、不喝、不说话来表示他最坚决的抗议。程怀远指挥夏沫她们打来了水，找来抹布吭哧吭哧地抹地皮，扫垃圾。这一次程怀远去省城，本来就有许多议论与猜测，这回他突然押了个戴眼镜的娃娃脸回来，队员们更加好奇。来金沙趁程怀远与他搬床铺的当口，朝楼上努了努嘴，问楼上这人是谁。

“教授？”来金沙知道教授是什么，可从没亲眼见过，稀奇极了。

“老子把他绑架来的。”此言一出，吓得来金沙一吐舌头。不用程怀远强调，来金沙老老实实地楼上楼下跑着干活，再也不敢乱吭声。

整个白天，时习章用沉默来对抗程怀远，也对抗着一屋子的霉味。两个大男人,似宅院门口的两只石狮子,女护士夏沫惊奇地瞪圆了眼睛。程怀远知道自己嘴拙,但既然时教授都绑来了,觉得该讲的话他还是得讲。他讲到了救人如救火，讲到奔赴农村的血防队就像打仗时在前线开设的野战医院,讲到毛主席讲过的毫不利己、专门利人的白求恩大夫。

程怀远讲得口干舌燥,拿起杯子喝了口水,一想不对了。时习章的饭菜装在一个木制托盘里,动也没动过。更要命的是,从被绑架到现在,时习章连水都没喝一口。程怀远关照夏沫留在楼上看着点,自己端着凉了的饭菜去了血防队食堂,寻思着饭不吃就暂时不吃吧,可热茶总得喝上一杯。程怀远自己喝的从来都是最次的茶叶梗子,教授哪肯喝?他找了几个护士,跟他们要茶叶,但是小青年们不喝茶,只喝白开水。程怀远着急了,有人建议李医生不是有咖啡吗?那洋玩意儿教授肯定喜欢。程怀远拍着脑袋去找李宋唐索要咖啡。李宋唐不愿意给。程怀远自己动手乒乒乓乓地乱翻,弄得李宋唐火冒三丈。

程怀远亲自送来的咖啡,时习章虽忍不住扫了一眼,但还是别过脸去。以为时教授嫌烫,程怀远噘着嘴吹了好几下,弄得自己的唾沫星子都落进了咖啡里。他朝尴尬地站在一边的夏沫抬了抬下巴,夏沫小嘴儿一抿,心领神会,双手捧起大搪瓷缸送到时习章面前。时习章鼻子哼了哼，干脆闭目养神。

那杯冒热气的咖啡搁在桌子上,飘散着浓郁的香味,引得墙洞里的老鼠叽叽叽地乱叫。程怀远和时习章继续对峙着。他料想不到的是,看上去只是一个文弱书生,脾气居然比他这个刀口上舔过血的人还犟。

这时,有人在不远处的栖真寺敲大钟玩,轰鸣的声音激荡而至,让程怀远脑子里突然有了主意。他嘿嘿地干笑两声,把时习章吓得一个激灵。

“时教授,我老程跟你讲个美国兵的笑话。”程怀远舔了舔嘴唇,“有个美军下士去见长官,到了长官的帐篷门口被卫兵拦下了。下士就说我肚子痛,得跟长官请假。卫兵摆了摆汤姆式冲锋枪说,你必须答对口令我才能放你进去。下士一下子记不起口令是啥,说兄弟你能不能通融一下,卫兵说不行!下士火了,骂了句看门狗,不料那卫兵把枪口朝天一举说,口令正确,请进——哈哈哈……”程怀远自己笑得手舞足蹈,等他察觉到时习章压根儿没笑,顿时哑巴了。

时习章紧绷着脸,看程怀远的神情像看一个傻子。他严肃地说:“程队长,你这样对待我,我要到赵省长面前告你。”

“时教授,你总算说话了。哎哟妈呀时教授,我说你告什么?哪怕告到周总理那儿也没用。你不是也知道吗？我上杭州请你时，报纸上、喇叭里都说了，这一次毛主席下决心，发出一定要消灭血吸虫病的号召，周总理也得听毛主席的。”程怀远胡乱地应付，想不到竟有效果。时习章想了想，伸手托了托眼镜架，换个理由：“程队长，你绑架我，这放在哪个国家都是犯法的事情，而且是重罪！”

“时教授啊，是你理解错了。”程怀远振振有词地说，“这哪儿算得上绑架？毛主席教导我们，革命不是请客吃饭。我请教授来第一线救血吸虫病人的命，粗鲁是粗鲁，可我也是救人心切啊。”

时习章突然冒出一句：“那你怎么让我适应这儿的生活？”

“生活？生活上的事大家都一样，有什么适不适应的？更何况我们能照顾好你的生活。”程怀远说着，端起那搪瓷杯里满满的咖啡汤，往时习章手边一送，诚恳地说，“我知道你是怎样生活的，这可是我从李医生那儿要来的外国咖啡。”

时习章见程怀远一根筋，真有些哭笑不得。他瞧也没瞧这咖啡一眼，又赌气地说：“可平时我得弹钢琴，不弹钢琴我没法思考做研究。”

“钢琴？”程怀远在脑子里搜索了片刻，想不起来在什么地方见过这洋玩意儿。他手臂一张，来回摇摆几下，做了个拉二胡的手势，时习章撇了撇嘴，摇了摇头。

“钢琴就是钢琴，你不懂。”时习章嘲弄程怀远。

“你这叫穷讲究，无理取闹！”程怀远没耐心了，提高了声调。

“与你这样的浑蛋我无理可讲！”时习章也动了句粗口，之后再不理程怀远。程怀远呆望了会儿时习章，终于一跺脚，气呼呼地走掉了。

当一缕晨光终于又照到时习章脸上时，院子里竟传来叮叮咚咚的响声，仔细一听，像是钢琴所发出的声音。时习章突然记得昨晚上为了钢琴，他讥讽过姓程的。他又听了会儿，真是钢琴，就起床走到窗前看，程怀远竟不知从哪儿弄了架小钢琴，正指挥着人往楼上搬。但是门框太窄，小钢琴挤不进去，程怀远找来一把亮闪闪的柴刀，卷起袖子就要拆门。时习章扒住窗台朝楼下喊：“程队长，你以为弄来一架钢琴就能留住我吗？别做梦了。我告诉你，这是低等货，我打小时就没碰过这种五音不全的劣质琴。”

“你说什么？”程怀远急了，“这可是我们嘉禾县城里最好的钢琴！我知道时教授喝过洋墨水，跑过大码头，可你也不要瞧不起我们嘉禾县这样的小地方嘛！为这钢琴，为了你能治血吸虫病，耿福贵他们都忙活一夜啦！”

程怀远在楼下跳着脚嚷，但他没说自己，昨晚最遭罪的还是他。他带着一帮人到县城四处打听，卫生系统内只有周医生家有钢琴。程怀远老着脸皮去了周医生家，想不到琴被调音师搞坏了。后来好不容易才从县文化馆好说歹说借到这架琴，装上木船连夜运到栖真村。让程怀远没想到的是，这个时习章竟这么资产阶级，这么不通人情！

手里的柴刀当的一声，扔在门口的阶石上，心里的火噌噌地往上冒。程怀远挥起拳头朝楼上喊："时教授，你是专家，我也不说你资产阶级，可你真的有些好坏不分！你的眼界太高了，你只盯着天上，也不看看我们是在什么地方。想当初，我们用小米加步枪，打败了飞机加大炮的蒋介石。更用最简陋的装备，在朝鲜战场打败了武装到牙齿的美帝国主义。我们共产党人就是用你嘴里的低等货，取得了一个又一个胜利。跟国外的钢琴相比，这玩意儿是低等货，你是不是还想说我程怀远也低等，这栖真村的血吸虫病人也都是低等，他们不配得到你的救治，他们就应该等死?！"

时习章气得手指发抖，他这回生的是自己的气。他想不明白的是，明明理在他自己这边，却为什么倒被这个粗人占了上风。

耿福贵累了一夜，眼皮都撑不开了。这时见程怀远跟时教授针尖对麦芒地楼上楼下乱吵一气，怕事情闹得不可收拾，来劝程怀远，却被程怀远一把推开。

"琴都给你找来了，你不弹也得弹！"程怀远已经暴怒，眼睛瞪得似铜铃。他气极了而跑上楼，竟老鹰抓小鸡般，将时习章从楼上拖到院子里。一把揪住时习章的手，生拉硬扯地按到钢琴前："你弹，你不是说不弹琴就没法思考吗？你好好弹，弹它个三天三夜，你好好想，想它个三天三夜！你要是有我们共产党人的觉悟，就不会把穷苦百姓的性命不当一回事，就不会觉得这琴低等了！"

"你说我没觉悟？"时习章一直被程怀远穷追猛打，终于也抓住了程怀远的话把子。他咬着嘴唇，一掌猛拍在钢琴上，琴声轰鸣，直上云霄。他也大呼小叫道："姓程的，我在国外住洋房、开小车，我没觉悟就不会归国！我告诉你，连周总理都说我是爱国知识分子，你竟敢说我没觉悟?！"

时习章真抬出了周总理，程怀远这才傻了，不吭声，一张黑脸涨得通红。

"这琴哪儿来的就给我送回到哪儿去！"时习章不想再这么僵持着，扔下一句话，扭身上了楼。程怀远一屁股坐到一只石鼓上，手捂着脑袋，犯大愁了。耿福贵看出了苗头，也不跟程怀远商量，指挥村民将钢琴送回文化馆。

“福贵啊，这时教授会不会真的告状告到周总理那儿啊？”程怀远过了许久，才开口问道。

“别说是周总理了，就是赵省长……”耿福贵挨着程怀远坐，话却说了一半。

程怀远这才开始有些害怕，拍打自个儿的脑袋像拍打西瓜。

“连周总理都认得的专家，那这个人还了得？老战友啊，这下你可是捅出个天大的娄子来了。”耿福贵也开始心事重重，“要不我发动村民给赵省长联名写信，说你绑来这个时教授，都是我们村里的血吸虫病人坚决要求的？”

“算了吧，你以为一封信就蒙得了老首长？”

第十四章

时习章被绑架,惊动了半个杭州城。

那晚方圆圆守在别墅门口,望着渐渐冷清的湖滨路,脸上的表情已渐紧张。她清楚丈夫的生活规律,干什么事情都按部就班,连散步也是,固定的时间,固定的线路。时间已超过一个多小时了,还没见人影,方圆圆找了个手电筒带着女佣到西湖边找了一大圈,手电光照来照去,只在树丛里照见一对对情侣。

方圆圆反复盘问女佣,时教授出门时有没有关照要去哪儿转转,或者是去看电影什么的?女佣说没有啊,时教授就跟平时一样出门,没看出有啥异样。

越没异样越说明这其中有情况,方圆圆心乱如麻,回家后就给卫生厅李厅长打电话,说老时不见了。李厅长一听,立刻警觉起来,联想到时教授这样的归国专家,目标够大,会不会被台湾特务扔到西湖里给害了?会不会是个重大的政治阴谋?李厅长搁下电话就先报案,然后立即赶赴时习章家。

李厅长的车和公安的车几乎同时停在时宅门口,还没进门,就隐隐听到方圆圆的哭声。李厅长和公安带队的俞处长打了招呼,俞处长询问了时习章失踪的时间和地段,立即拿起时家的电话联系附近的派出所,让他们警力全部出动,大规模地沿着西湖边搜寻时习章。折腾了几个小时,仍没得到一点有用的线索。

时宅成了临时的公安指挥中心。公安局的一名副局长赶到时家,只见客厅内灯火通明,窗户被拉上窗帘,家里的小猫蜷缩在琴凳上,不再喵喵乱叫,气氛紧张严肃。联系到最近杭城敌特潜伏的秘密电台重新活跃,公安领导倾向于认为是台湾特务的黑手伸向了时教授。

李厅长着急地说:“这样的话,时教授就危险了。”

俞处长决定,侦破的方向从最近跟时教授有过接触的人入手,展开更大范围的调查。有个侦查员当场报出一个大致名单,其中就有程怀远的名字。李厅长前天刚看过嘉禾县送上来的文件,知道程怀远带着全省第一支血防队下到栖真村的事情。

这个程怀远怎么跑到杭州来了？李厅长有疑问，但一想到他以前是赵省长的警卫员，也就打消了怀疑的念头。

侦查员们分头行动，有的去各大医院，有的上火车站。到了第二天中午，有个侦查员带了莫干山路派出所的秦所长回到湖滨路的时宅汇报说，在他辖区内有个钱江汽修厂，厂长说昨天厂里有一辆吉普车被职工偷开出去，到今天早上才返回。

俞处长觉得这是个大疑点，亲自驱车到汽修厂，将偷开车子的职工扣留审查。不一会儿，这名职工便一五一十地作了交代。至此，时习章失踪案真相大白。

案情急报赵省长，连万马千军中处变不惊的赵白驹都连呼不可能！李厅长深知程怀远跟赵省长的关系，在电话里也不多说什么，只是强调：当务之急是找回时教授。

赵省长重重地搁下电话，仔细一琢磨，忍不住长叹了口气。他对林秘书说："我就知道程怀远这小子迟早要捅娄子的，但哪想到他会捅得这么大，这么快？"

热烘烘的太阳光照着铺了白花花的螺蛳壳的小操场，程怀远和耿福贵坐在石鼓上正商量着怎么办。乡文书一跑进院门就大喊着电话、电话。耿福贵迎上去问谁的电话，文书说是找程怀远程队长的。程怀远一拍膝盖，心里清楚杭州那边已得知时习章下落了。

程怀远不安地踱来踱去，沉重的脚步把脚底下的螺蛳壳都碾碎了。耿福贵安慰说："老程啊，你绑时教授这事是过分，但你是为了救这儿的大肚子病人才这样做的。你放心去吧，要是坐牢的话，我福贵陪你！"

"一人做事一人当，你当我怕了?!"程怀远手里的烟屁股一扔，慢吞吞地跟着文书去了乡里。

电话是程怀远打回给赵省长的，只听到那头劈头劈脑地大骂："你小子狗胆包天，撒野撒得没边了，竟敢进省城绑架专家！"

"我没……"程怀远支吾着。

"没什么没？你那点德行我还不清楚，你怎么就没长进呢？还以为是在战场上啊？你知道时教授是谁吗？"

程怀远还想赖，赵省长那头桌子敲得咚咚响，程怀远这才服了软，承认是他请的时专家，但坚决否认是绑架。

"是不是绑架由公安去定性，你若还想给自己一个赎罪的机会，立刻将时专家完好无损地送回省城！”

程怀远的大脑像是被一下子抽空，他丢了魂似的，从乡政府回到栖真村，好几次都走错了路。一直等候着的耿福贵和队员们无论问他什么话，程怀远都不开口，而是挥手让他们散开。他独自一人去食堂热了点饭菜，亲手端着上楼。

时习章态度已缓和了一些，他把桌子搬到采光好一点的窗下，正专注地在看一本不知何处淘腾来的旧书，右手边搪瓷杯里的咖啡汤已经喝没了。程怀远移开空杯子，把饭菜一样一样从托盘里拿出来，摆到时习章面前。程怀远手里提着空了的托盘，诚恳地说：“时教授，你吃点东西吧。我求你了，你是我们国家的大宝贝，是大专家，你要是饿坏了、饿病了，我程怀远连上吊都来不及。”

时习章听程怀远这样说，奇怪地抬眼一望，只见这黑塔般的大汉眉眼拧到一处，神情恍惚。

“时教授，你吃饭吧。吃完饭，我程怀远送你回杭州，然后我就去投案自首，要杀要剐随他们去！”程怀远这么一说，时习章明白方圆圆已经得知他的下落，心情放松了些，便脸色平静地起身说：“你先带我看看你那个血防医院吧。”

程怀远一下子没明白时教授什么意思，傻愣愣地不回话。时习章催了声：“走啊！”程怀远心想看就看，都到这分上了，你爱怎样，随便！

所谓的血防医院设在一户已因血吸虫病而绝了户的人家内，白天黑夜都阴森森的，犹如刚办完丧事的灵堂。宅院年久失修，檐角脱落了一部分，未曾脱落的，也摇摇欲坠。垃圾堆在院子里的树底下，上面丢着散了把的扫帚。歪斜的柱脚都腐朽了，长出了毒蘑菇，样子似小孩子衣服上的花边。地面的青砖破烂松动，高低不平，裂缝四处都是，蚂蚁在砖缝中钻进钻出，甚至有蜗牛爬行，在农具上留下黏糊糊的痕迹。

时习章跟着程怀远门诊室、检查室地一间间看过去，惊讶得目瞪口呆。到了治疗室，只见两张八仙桌拼成的手术台上，两只蟑螂爬在一起头顶头地摇动着长长的触须，像是在密谋什么。有老鼠一蹿而过，钻到箩筐底下，弄出一连串的响动……时习章的脸抽搐着，挥手驱赶停在手术器械上的苍蝇。程怀远见时习章的目光冷飕飕的，便赔笑说：“时教授，请多批评。”

“你这叫治病救人？”时习章冷峻地问。

“当然是救人。”

“什么救人，你这是草菅人命！”

面对勃然大怒的时习章，程怀远心想，老子最怕你闷葫芦似的，只要你开口，就是骂人也是好的。但转而一想不对了，什么叫“草菅人命”？肯定不是一句好话，便也怒了，回敬道：“你也太不知好孬了，我明明是在救人，你为什么要睁着眼睛说瞎话?！”

“你看看你这一摊子。”时习章手指一点，“人没救着，相反，倒有可能给你们治死了。”

“放屁！”程怀远破口大骂。

“你简直是不可理喻！”时习章气得扭身即走，却被程怀远拦住问：“哪儿去？”

“你不是说放我走吗？”时习章说着就要出门。程怀远抬起一条腿架在门框上，晃着下巴告诉时习章，说他又改变主意了。

时习章心凉了又热，热了又凉，感叹自己这回真是遇上无赖了。他干脆坐到一只方凳上，要走要留随程怀远去。正当两个人又僵住时，李宋唐上前拉程怀远到外边的屋檐下解释说：“这位专家是嫌这院子的卫生条件不行。”

程怀远仍旧火冒三丈，嚷嚷说：“什么行不行的，农村就这条件，跟战场上相比，已经不错了！”

李宋唐说：“那也不能蛇鼠乱窜，粪水横流呀。”

程怀远吸了吸鼻子，瞪着李宋唐嚷嚷：“你倒是说说，这儿哪有干净的地方？”

“有倒是有，就怕你不敢。”李宋唐嘀咕着。

“告诉我，是哪儿？”程怀远一副天不怕地不怕的神态。李宋唐只好说出是栖真寺。

栖真寺就在村子边上，是座千年古寺，四面环水，唯有东西两座小石桥与外界相连，寺院内古木参天，殿宇宽阔，清静得很也干净得很，条件比眼前这座破败的院落不知好多少倍。可是，那地盘属佛门净地，解放后绝大多数的僧人还俗了，连方丈都回老家种地去了，上头本想利用它作粮库，但被仍守在寺里的哑巴和尚顶了回去。

李宋唐本也是随口说说而已，岂料程怀远却当真了，一拍胸脯说：“佛门怎么了，敢见死不救?！”程怀远当下就要去寺里，却在院门口遇上了耿福贵。

“时教授呢？”耿福贵问。程怀远张口就是一句：“不管他。”耿福贵讨好地说：“老程啊，时教授在我们这儿的事已传开了，县上给乡里也打了电话，刚才乡长来找我，要我给你说说，我看还是早点把教授送走吧。”

看着耿福贵着急的样儿，程怀远一时之间也乱了方寸：“腿脚在他身上，要走让他自己走。”

“唉，人是你绑来的，送还是我来送吧。”过一会儿，耿福贵带人抬着顶轿子赶来。这轿子轿帘上绣着飞龙和彩凤，抬杠粗粗的，看上去还算结实。

“福贵，你这是干什么？”程怀远皱了皱眉。耿福贵说：“还不是为了你，只求这教授在赵省长面前少说你几句坏话，就谢天谢地了。”

程怀远回到手术室，时习章正弯着腰指点着让护士把手术器械统统放进铁锅，准备烧水消毒。程怀远定了定神，站到时教授跟前，两个人对视片刻，程怀远鞠个躬，右手朝门口那儿一摆，做个邀请时习章出门的动作。

时习章一眼就看到停在大门口的轿子和旁边站立着的六个村民。他愣了愣，很快就明白过来，朝程怀远轻蔑地笑了笑，迈开大步朝前走去，路过轿子时更是加快脚步。

程怀远一看这势头，急了，追上去拉住时习章的衣袖。

“怎么？还不放我走？”

“时教授，时老师，我是错了，人各有志，我不应该强人所难地拽你到这个穷地方来。我们让你住在破屋子里，也没啥好吃的招待你，这屋子里空气又不好，让你受罪了。我知道你到了省城搞研究也一样是为了血防工作、为了血吸虫病人。我程怀远是个粗人，脑子笨，等我想通了道理，就已经把你时教授得罪了。我对不住这些病人，也对不住你，请你别嫌弃他们。”程怀远指了指轿子边六个面黄肌瘦的村民，“就让这六名乡亲，再加上我和耿福贵，轮换着用大花轿把你抬回省城吧。”

所谓的六名轿夫好几个都腆着肚子，很明显早已患上了血吸虫病，时习章难受得不忍再看。他对程怀远的行事做派极度厌恶，讥讽道：“程队长，你若肯放我，我也长了两只脚，可以自己走回去。我没有那么资产阶级，更不是什么地主官老爷。我时习章若坐了这些血吸虫病人抬的大轿，就会八辈子不得安宁！”

“时教授，时老师，你误会了……”耿福贵在一边帮腔。

“误会？算了吧，你们绑架了我，还想羞辱我？”

“时教授，我们可是一片真心，一片好心哪！”程怀远明白时习章误解了，急得直跺脚。

这时，围墙那边传来激烈的叫骂声。有个声音嚷嚷道：“你们栖真村有啥牛×的，瞧不起人，大家不都是大肚子病人吗？”

“滚一边去，这是我们栖真的血防队，你们油车港人挤什么挤！”

“谁挤了？谁挤了？”有个大嗓门吼叫道。

“我说的就是你怎么了？你他妈的狗眼长到后脑勺上了，你踩了我爹一脚，你明明是故意的。”

“鸟，你杀千刀的敢骂我？你知道老子是谁吗？有种的你过来！”

“过来就过来，老子还怕你不成？”

程怀远越听越不对劲儿。时习章也听呆了。

轰的一声响，旁边有垛新砌的围墙竟被挤倒了。程怀远喊了声不好，忙跑进隔壁院落，见有几十个村民分成两帮对峙着，当中有大肚子病人，也有他们的家属。好些个村民手指着相互谩骂，更有个愣头青从一堆烟尘四起的乱砖头上抓起半块青砖，大有立即干上一架的狠劲。

程怀远二话不说，上前一把夺下小青年手里的砖头，高喊着：“有话好好说，不许打架！”

第十五章

拿着砖头要打架的一帮村民是油车港村的，之前他们也有人来看病，但老是被栖真村的人赶回去。这次邀集了更多的人，仗着人多势众，想拉血防医生上他们村看病去。李宋唐等医生劝说也没用。栖真村还没看上病的村民不乐意了，铁搭碰锄头地跟油车港人干了起来。

好在油车港村的支书老金也在。耿福贵跟老金熟，就从人堆里拽出老金，推他到程怀远跟前。老金也窝了一肚子的火，当着程怀远的面冲耿福贵嚷："不是我叫他们动手的。你们栖真人也太过分了！"

程怀远按着老金的肩膀请他息怒，又放开喉咙向全体村民大声说："大家静一静，静一静！乡亲们病成这个样子，你们急，我程怀远比你们还要急。可路得一步一步走，饭得一口一口吃，治病也总得一个一个来啊！"

话音刚落，油车港村民的声音又涨潮般响起："大家都有病嘛！你们说是共产党毛主席派来的，为什么先救他们却不救我们？"

"还不是因为程队长和耿福贵是老战友，所以他偏心！"几个油车港村民跺脚呼喊，如痴如狂。程怀远辩解着，但他的声音被村民们的声浪淹没了。之前耿福贵只觉得丢脸，现在倒真的害怕了。他的嘴凑到老金的耳边说着什么，老金一脸怒容，头摇得似拨浪鼓。耿福贵往他脚尖狠狠地啐了一口，生气了。这里毕竟是耿福贵的地盘，他见老战友难堪，二话没说，拉开挡他道的几个村民，走到油车港人面前。

耿福贵手叉着腰，训斥道："别吵了，别吵了。你们都听着，你们油车港人也不要不知好孬，只要你们不闹，血防队会很快把我们村的病人治完，跟着就能轮到你们村。"

"凭什么？我们不答应！"

"不答应？你们不要给脸不要脸，也不想想是在哪里，这里我说了算！"

耿福贵的话像是火上浇油，油车港村民的情绪被点燃。村民们七嘴八舌地嚷嚷着，一齐拥了上来。男人们冲到药房里去搬药品，女人们围住了夏沫她们，动手拉扯护士们去油车港村。李宋唐被几个村民挤在当中，村民们的脏手捏着他干净的白大褂，说话时的唾沫星子直往他的脸上喷。李宋唐伸手抵挡着朝后退，不料背后有个村民无意中胳膊肘一扬，正好击中李宋唐的鼻子，鲜血从李宋唐的鼻孔里恍若两条红色蚯蚓般钻了出来。

“不好了，李医生被打了，李医生被油车港人打了！”栖真村人比自己家人被打了还要愤怒，耿福贵再也无法拦阻。有人举着扫帚乱抽围着李宋唐的那些油车港人。刚才拿砖头的小青年跟别人撕扯不过，就一头撞到一个病人的大肚子上，疼得那个病人捧着肚子哇哇乱叫。化验用的烧瓶量杯掉到地上，响起一地的碎玻璃声，竹子搭起来的衣架撞倒了，晾着的白床单、白大褂掉了一地。

程怀远心疼得双脚直跳，可也拿不出更好的办法来制止，只能气急地叫喊：“村民们，你们住手！再这么乱来，老子也要动拳头啦！”

正在这时，不知谁喊了一声公安来啦！乱成一团的村民们这才愣住了。

有一队全副武装的公安冲进，带队的俞处长眼睛在人群中分辨着他要抓的人：“谁是程怀远？”

“老子就是。”程怀远挣脱了两个油车港村民的拉扯，整了整衣服走出人群。

俞处长和程怀远面对面，彼此打量着。

“程怀远，你把时习章藏哪儿了？”俞处长的声音低沉严厉。程怀远已经明白这些公安既是冲时习章来，更是冲他来的，便满不在乎地随手指了指。

俞处长手一招，身后的两个公安上来一把将程怀远扭住并戴上手铐。

耿福贵大声问：“你们是干什么的？为啥要抓程队长？”俞处长根本没把这个村支书放在眼里，没理他。耿福贵还想上前去拉程怀远，被一个公安推了一把，差点摔倒的耿福贵急中生智，突然叫喊：“公安要解散血防队啦！”

老百姓们嗡的一声，炸了窝。

油车港的村民和栖真村的男女老少齐了心，呼啦啦地一拥而上，把俞处长他们里三层外三层地团团围住。俞处长根本没法解释，只能捂着皮带上的手枪，叫村民们要冷静，快散开，可没一个村民听他的。

“公安同志，你们解散了血防队，那我们这些人只能等死啦！”刚才被撞疼了大肚子的病人拉住一个公安战士的衣袖，喊了一句，突然蹲下身，哭出声来。公安怕这个病人被拥过来的村民踩踏，伸手要去拉他，他弯着的腰忽然被人一拍，这名公安担心有人乘乱夺枪，身体猛地左右一撞，边上几个人已跌倒在地。四下里又乱成了一团。

有人喊：“公安打人了！”

百姓们仗着人多势众，想要对公安动手。程怀远更慌了，忙扬起铐着的双手，厉声喊道："谁敢动?！"

"程队长是好人，血防队都是好人哪！"有个脑后梳着发髻的老太太哭喊着，率先朝俞处长跪下，其他在场的栖真村和油车港的村民也纷纷朝围着的公安嗵嗵嗵地下跪。

这样的抓捕场面太让俞处长意外了。他放好拔了一半的枪，想搀扶老太太，可老太太死活不起来。俞处长手足无措，只得朝程怀远投去求助的眼光。

程怀远脸色凝重地大声喊道："乡亲们，你们都起来吧，公安不是来解散血防队的。是我程怀远绑架了人，闯了祸，这跟血防队跟你们没有关系！"

此时，长水塘里响起了一阵轮船喇叭声。这陌生的声音尖锐突兀，吸引了大家的注意力。村民们以为更多的公安赶来抓人，惊恐不安地窃窃私语。

"嗬，好大的场面啊！程怀远呢？"一个熟悉的声音传来。程怀远一看，赵省长魁梧的身影出现在台阶上，目光威严，满面怒容。

程怀远赶忙奔过去，说："老首长，你怎么来了？"还伸出双手想去跟赵省长握手。赵省长理也不理，就当没看见。程怀远心里咯噔一下，缩回被手铐弄疼了的手腕，自嘲地笑了笑，说："老首长你来得真快啊！"

"那么多人，你是组织群众欢迎是不是？"

"不是。"

"那你组织那么多群众，是欢送你程怀远去省城吃官司喽？"

"不，不是！"程怀远很想解释，可一瞧赵省长脸色，知道这时候说什么都是往枪口上撞，只好不说。

俞处长走上前，赵省长道："把程怀远这个浑蛋交给我的警卫员，你可以回去了！"

赵省长一边下命令，一边东张西望，终于看见独自站着的时习章。两个人的眼光一对上，几乎都同时迈开脚步朝对方走去。

"时教授……"赵省长握住了时习章的手，诚恳地说，"真对不住啊，让你受惊了，我向你表示歉意。程怀远这混账东西，改日我叫他专程向你负荆请罪！"

俞处长和赵省长的警卫员押走了程怀远，耿福贵只能在一边干瞪眼。赵省长的目光偶然间从耿福贵脸上扫过，突然停下了，问了句："你原先好像是后勤处的，是小耿同志吧？"耿福贵激动地连连点头。老首长果然还认得自己，耿福贵冲陪在一旁的乡长挤眼睛，又起劲地劝说栖真的村民，是病人的回病房，是病人家属的各自回家。

最难办的还是油车港的村民，他们目的没达到，就是不肯走，那个书记老金也不愿帮忙劝说。

看着耿福贵上蹿下跳，四处为难，时习章走了过去，拍拍他的肩膀，说让我跟村民们说两句。耿福贵犹豫着让到一边。时习章站到了油车港村民的面前说："乡亲们，你们的心情我也理解，但你们光把医生护士拖去了，还有很多医疗器械呢，光去几个人是看不成血吸虫病的。要不这样吧，别的医生嘛在这儿都有工作、都有任务，如果乡亲们不反对，我跟你们去油车港村察看疫情，怎样？"

油车港的村民都愣住了。看这个人长着张娃娃脸，戴着副金丝边眼镜，穿得跟洋鬼子似的，不光那个程队长怕他，就连省长都对他恭敬有加。村支书老金也算是见过点世面，认定此人是不得了的权威，他要愿意去油车港看看，那全村的血吸虫病人一定会有救了！

想到这儿，老金一带头，村民们热烈鼓掌。于是，闹哄哄的村民在前面开道，赵省长、时习章他们由老金陪着跟在后面，大部队浩浩荡荡地往油车港而去。田畈里稻田连成片，荒田也连成片，种田干活的人稀稀拉拉的，赵省长边走边跟金支书了解田里的收成。

一行人来到油车港村头的一座地主大院门口，大院看上去有些年份了，部分围墙都塌了。

"病人呢？"赵省长与时习章停下脚步问。

油车港的金支书赶忙上前解释，说："两位首长，血防队一到栖真村就开了血防医院，我们村里的人也高兴坏了，村民们都打算把本来在家里等死的重病人往栖真村送，是我怕乱套，所以才叫病人们暂时集中到这儿，然后带村民一起去栖真请医生的。"

"什么带着村民请医生？你是带着村民抢医生！"耿福贵不服气地嘟囔道。老金红着脸，急辩说："我没有……"

林秘书回头瞪了耿福贵一眼，耿福贵连忙躲到人群后面。

吱呀一声，红漆剥落的大门在老金手上打开了，门楣上有灰尘扑簌簌地落下来。赵省长抬脚跨过门槛，沿着石阶走过大天井，眼前的情景让身经百战的赵省长惊呆了。厅堂里的方砖地上铺着稻草，上面躺着的二三十个病人，个个肚子大得像是上面扣了口锅子，跟怀胎十月的孕妇差不多。他们的手臂细得像竹竿，一律僵硬着，动弹不得。屋子里光线灰暗，臭气扑鼻，病人们的嘴半张着，呼气和吸气同时进行。几乎分不出谁是老人谁是孩子。因为孩子们的皮肤也皱着,额头上刻满了苍老的抬头纹。躺在门口的病人认出老金,抬了抬手臂, 想说点什么, 可发出的只不过是一声声含糊不清的呻吟。

赵省长无言良久,轻声地感慨道:“长此下去,国将不国啊!”

屋子里的气味太难闻,时习章差一点憋不住要吐了。他定了定神,蹲到一个病人身边,伸手握住皮包骨头的手臂。他嘱咐病人放缓呼吸,他搭了会儿脉,又在病人的大肚子上按了按、摸了摸,说:“晚期了,脾脏已经非常肿大,估计肝也硬化了。”

赵省长问时习章病人还有没有救,时习章站起身,刚想张口回答,却觉得裤脚管被人扯了扯,他低头一看,有个离门槛远一点的病孩子,用胳膊肘支撑着,从地上艰难地爬过来,小手揪住了时习章的裤脚管。病孩细小的脖子支撑起的硕大头颅,有如结在枯藤上的南瓜。小孩可怜巴巴地看看这个,望望那个。时习章蹲下身,一把握住病孩肮脏的小手。

“医生,你行行好,给他也看看吧,他是我的独苗。”时习章听刚才他检查过的病人这么一说,眼里一下子泪光闪烁。

一行人回到栖真村,林秘书催赵省长回县城。赵省长拍了拍时习章的肩膀,说:“今天不走了。我要陪时教授在此住一个晚上,体验一下被绑架、没有自由的生活。”

简单地用过晚餐之后,耿福贵在学堂楼上的图书室里给赵省长又张罗了个床铺。

赵省长拨亮油灯的火苗,坐到时习章身边,沉痛地说:“时教授,这程怀远是我带出来的兵,他的鲁莽伤了你的尊严,我心里实在过意不去,回省城我赵白驹绝不轻饶他。他的这种行为,别说是开除党籍了,就是判上个三年五年都不为过。我要让这浑蛋伤筋动骨,好好吸取教训。不瞒你说,这小子手上的血防队也是从别人手里抢来的,这一次又绑架了你,真是拆天拆地了。这小子战场上是条好汉,可他浑啊!这次大罪小罪一起算,是到了和他算总账的时候啦!”

时习章眼睛盯着抖动着的火苗,陷入了沉思。

“不过,上次我来嘉禾县,也到农村看过。但这一次在栖真、油车港的所见所闻,震撼更大。这血吸虫是比国民党反动派还要坏的敌人,老百姓真是生活在水深火热之中。”

“对不起,赵省长,我累了。”时习章双手揉了揉太阳穴,说完话刚要脱衣服睡觉,耿福贵怯生生地推门进来。

“小耿，有什么事吗？”赵省长见耿福贵傻愣愣地站着，和蔼地招呼一声。耿福贵叫了声首长，话音刚落，两行热泪涌出了眼眶。

赵省长拉着耿福贵的手，让他坐到凳子上，让他慢慢说。

“老首长，现在这儿家家户户都有大肚子病人，连耕牛都死绝了，田地没人耕，到处是死人浜、荒田漾、寡妇村。小孩子不长个儿，妇女生不了孩子，没有种就没有收，到了寒冬腊月，这号称鱼米之乡的乡下会饿死人……”

赵省长长叹一声，眼光朝时习章看了看。

“老首长，前些年我复员时，部队上还给我一头黄牛，我本以为回到家乡有田有地的可以好好孝敬我老父亲。想不到这血吸虫害死人，我父亲得了大肚子病，我带他去陶墩村找陶医生看没用，我背着老父亲上苏州陆军医院找老战友治也没用，眼睁睁地看着我父亲没过上一天好日子就死了。”耿福贵哇的一声，哭得肩膀一耸一耸的。过了一会儿，他解开手里的包袱，掏出一只腌咸菜的陶罐，摆在赵省长面前，自己扑通一下跪到地上。

“老首长，我带着我父亲的骨灰瓮来求你放了程怀远。”

赵省长拉起了耿福贵。他双手叉腰，在屋子里走了好几个来回，然后看着骨灰瓮，说：“这个血吸虫病，小耿你痛恨，我也痛恨，当年我的三个军就是被这小小的虫子搞垮的。我听省委书记讲，前些年沈钧儒老先生回家乡扫墓，看到这个情况也心急如焚，回去就给毛主席写信了，最近老先生还来电话，跟我了解现状呢。小耿啊，程怀远这小子我自会处理，关键是你自己要有信心，要跟村民们说，一定要有信心！我们共产党人能得天下，也一定能治天下！”

这一夜，整个栖真村里，有两个人彻夜难眠。赵省长睡不着，是因为严重的疫情冲击着他的思维。毛主席发出了号召，可这血吸虫怎么消灭，赵省长心急如焚。程怀远抢了个血防队赶赴农村，就决心和闯劲来说是值得肯定的，可赵省长也看得出来，他在这儿搞的血防医院，乱糟糟臭烘烘的，是个烂摊子。省里好不容易有时教授这样的大专家，可被这浑小子一绑架，如果他回杭州后说声要走，他赵省长再没脸面硬留他了。

对面床铺上时习章的呼噜声跟墙洞里老鼠的唧唧声，组成了一支痛苦的协奏曲，折磨着赵省长的神经，他虽然睡不着，可也不敢下床走动，生怕发出什么声响，惊了时教授的好梦。

另一个睡不着的人是程怀远。他有如关进笼子里的老虎，手上的手铐虽说被俞处长取下带走了，但双手被捆绑的麻绳勒得生疼。林秘书出门前，还盘问他绑架时教授是否有人指使。

“你做事才受人指使呢！”程怀远气得牙齿咬得嘎嘣嘣地响。他一个人坐在一间黑屋子里，外面除了赵省长警卫员时而走动的脚步声，就是隐约传来的病人的呻吟声。此时程怀远的绝望已达顶点。他想到了头上的“三八线”，想到淮北丘陵上他殴打小林被关禁闭的情景，止不住地有些伤心。黄昏时分，耿福贵趁给他送吃的当口悄悄跟程怀远说，要不他引开警卫员让程怀远逃走，被程怀远一口回绝了。赵省长如此震怒，程怀远心里已没有一丝侥幸心理，认定老首长绝不会轻饶他了。要杀要剐都没啥可说的，可这支血防队怎么办？这么多病人怎么办？

赵省长与时习章起了个大早赶回省城。用早餐前，时习章见赵省长的双眼红红的，竟冷冰冰地一笑！两人一直无话，当时习章已上了汽艇，赵省长站在船头上问林秘书：“还有一个人呢？”

林秘书一声招呼，警卫员把反绑着的程怀远押到了船上。

程怀远眼睛里布满了血丝，低垂着头，怯怯地不敢看赵省长一眼。

送到河埠头的耿福贵叫了声怀远。时习章听到声音，头从船舱里探了出来看了看程怀远，问：“干吗让这个人跟着？”

赵省长一听，惊喜地握紧了时习章的手，眼神中满溢着感激之情：“时教授，我赵白驹很少求人，这一次……嘿，我也不多说了，我谢你！”

听到赵省长的那一声“滚”，林秘书刚给程怀远解了绳子，程怀远已身子一蹦，蹿进了河里。他脸上的笑容和水花一起飞溅开来，站在岸上的夏沫她们鼓掌欢呼。汽艇掉了个头，鸣响了汽笛疾驰而去，在浪头翻滚的长水塘上留下一股柴油味。

赵省长和时习章并排坐着，时习章摇了摇头说：“血吸虫疫区的现状太惨烈了。赵省长，其实程怀远把我一带到栖真我就开始反思。我也算搞了半辈子血防研究，在上海圣约翰大学学的就是这个，我在国外研究的也是这个，可我自问我见过多少血吸虫病人？我的案头都是些标本和数据，外文的、中文的，从文字到文字、从理论到理论的研究肯定没出路。赵省长，你们共产党人不是倡导从群众中来，到群众中去吗？这对我的研究大有启发，我的血防研究也要走出研究所，也要从病人中来，再到病人中去。”

“那……要不成立一个血防指导小组，时教授你来挂帅，主要在杭州搞研究，偶尔到全省各地巡视，我这条汽艇就交给你使用？”赵省长试探着问。

时习章张口说：“不！”赵省长愣了愣，时习章沉吟片刻说，“我已经找到了我该去的地方！”

第十六章

“滚”回血防队的程怀远换下湿衣服,队员们聚到队长室,唧唧喳喳地吵翻了天。程怀远随他们说去,自己把赵省长和时习章未吃完的早饭一扫而光,最后嘴一抹,伸手跟耿福贵要了一根烟,坐在一边吧嗒吧嗒地抽起来。

“你们别高兴得太早,我们血防队不干出点成绩来,赵省长迟早会把我逮到杭州去剥皮抽筋。”程怀远的话吓得队员们你看我我看你地不敢吱声。

这时李宋唐开了口:“老程啊,不是我们不努力,可这血防医院的条件实在太差了,要什么没什么,首先能否确诊病症这一关就很难过,不是个个大肚子都得的是血吸虫病,有的是肠胃问题,有的是肿瘤……”程怀远阴沉的目光扫到李宋唐脸上,李宋唐肩膀一抖,两手一摊,不说了。

“那你现在最缺的是什么?”程怀远尽量克制着。

“显微镜,当然是显微镜喽。病人的大便做成玻璃涂片,显微镜一照,是不是血吸虫病一清二楚。”

“那好吧,老子钢琴都搞得来,一个显什么镜算个鸟。不过,话我得说清楚,这玩意没搞到前你们照样得好好干。想当初,贺老总两把菜刀都能闹革命,是血吸虫病的当血吸虫病治,别的病也得治!”

没过几天,嘉禾县卫生局为了落实毛主席号召开血防会议。这样的会,程怀远不得不去。会场上,董队长一见程怀远,张口就是一句你这个强盗。

程怀远斜了他一眼,冷着脸回答:“姓董的,想打架,你定个时间地点,我奉陪!想吵嘴,对不起,老子没闲工夫!”

程怀远操心的是显微镜,他逢人就打听,大家都说这玩意儿可稀罕了,不晓得哪里有。急得程怀远去找王局长。王局长被程怀远绑架时习章的事给吓坏了,担心牵连到自己,这会儿他庆幸眼前这黑大个也算条硬汉子,一人做事一人当,没在赵省长面前供出是他在煽火。但程怀远开口要显微镜,王局长也为难了。显微镜县人民医院有两台,中医院也有一台,可它们都在派大用场,开口跟这两家医院要,无异是与虎谋皮。

“只要上头哪怕是就拨下一台显微镜来,我就给你程怀远!”王局长信誓旦旦地指天发誓,才把程怀远哄走。程怀远本想上人民医院去要,但他刚被赵省长收过筋骨,有些不敢造次。

建国路文化馆门口的宣传橱窗前聚着十几个人,都在看里边的迎元旦书法展览。琢磨着显微镜的程怀远上街乱溜达,他对这种舞文弄墨的东西本来就不感兴趣,人已经走过去了,但刮到他耳边的一句话却让他止住了脚步。一个老头感叹:“一粒米也拿来展览,真稀奇!”有个中年人驳斥说:“这粒米可不简单哪,上面有毛主席的三首诗。是在显微镜下雕的,神着呢。”

显微镜?程怀远急转身回到橱窗前,瞪大了眼睛,从这一粒米上瞧不出名堂。

“显微镜下雕的,当然要在显微镜下才看得清。”中年人说完这句话,袖着手要走。程怀远一把攥住了他的胳膊:“你说,显微镜在哪里?”

“你攥我干吗?想让我弄个显微镜给你?这展览又不是我搞的。”中年人一甩手,神色恼怒。程怀远赔着笑脸堵到他跟前。中年人烦不过,说:“这显微镜当然在作者那儿。弄这玩意儿的朱华丰以前是东丰纸厂的老板,公私合营后,留在厂里当了工程师,闲着无聊,就在家里搞微雕。也真是的,这一粒米摆在那儿,谁看得灵清!”中年人说:“你总不会想拜师学微雕吧?”

“我是想学,我这就去学。”程怀远把黄挎包卷在手里,撒腿往东丰纸厂跑。

朱华丰是在午休的床上被程怀远叫起来的。他扣着衣扣从里间而出,只见一个黑脸大汉坐在餐桌边,身上的黄军装洗得发白,眼睛却在屋子里四处观望。

“你就是朱华丰?”程怀远威严的口气让这屋子的主人一怔。朱华丰讨好地点了点头,忙着要给来客倒茶。

程怀远说:“你别忙活,我有事问你。”朱华丰赶紧两手贴着裤缝站在桌子边,紧张得连眼皮都不敢眨一下。程怀远架起二郎腿,摸出根香烟点着了,深深地吸了一口说:“文化馆门口橱窗里的那个微雕是你弄的?”

朱华丰连声说是,脸上立即浮现出一种得到赏识的惊喜,赶紧给程怀远倒了一杯水。程怀远对着精致的茶杯瞧也不瞧一眼,自顾自地吐着烟说:“我们首长看了说不错,只是具体雕得怎样看不清,有没有把字雕错更不晓得了,所以麻烦你把显微镜借给我,首长要在显微镜下亲自观看。”

一听说首长要，朱华丰哈了哈腰，转身就去里间取显微镜。程怀远得意地一咂嘴，将一沓钱放在餐桌的横档上。当朱华丰将显微镜递到程怀远手上时，却犹豫了："同志，是哪个首长要看？"

"赵省长。"程怀远一把抓过显微镜。

程怀远刚走，钱就被风吹落到地上。朱华丰这才觉着有些不对头，连忙去了文化馆，一问那儿的工作人员，什么省长不省长的，展览好几天，连县长也没来过。

落帆亭前，程怀远焦急地等着航船，手里捧着显微镜像捧着个婴儿。"骗子！"朱华丰大喊一声，冲上去一把揪住程怀远。程怀远侧着身子护着怀里的宝物，甩开朱华丰的拉扯，"你这个大骗子，你还我显微镜！"朱华丰再次冲上去抢夺，程怀远后退到河边，无处可躲了。码头上人本来就多，这时一下子拥过来很多人。朱华丰抢夺不成，嚷嚷："他冒充解放军！"

一个打扫卫生的老太太一听这个，拎起扫帚就抽，泥浆鸡屎糊到程怀远脸上。他扬起胳膊抵挡着，喊着："我没骗，这显微镜是他卖给我的，我留了钱，留了钱了！"

程怀远抬起衣袖擦着脸上的鸡屎时，竟突然从人群中瞧见了时习章。

时习章的那张娃娃脸笑眯眯的，根本没有上前劝架的意思，只是不时地歪着脑袋，跟边上站着的姑娘说些什么。程怀远知道自己在时习章面前又出大洋相了，涨红着脸，一口咬定一个买字，抱着怀里的显微镜就是死不松手。

锈迹斑斑的航船这时鸣响汽笛，开船的时间到了。还是不能脱身的程怀远只得说出自己的真实身份，还说这显微镜可以救很多人的命。大家要是不信，可以到卫生局找王局长问去。围观的群众散去了一些，朱华丰骂骂咧咧地跟到跳板上，把钱塞回程怀远的口袋，非要他还显微镜。程怀远这时真急了，他回头看了看时习章，猛地举起怀里的宝物，冲着朱华丰吼："你再不放我，老子现在就把这玩意儿砸了！"

朱华丰呆了呆，一看程怀远已急红了眼，心有些软时，程怀远已把钱又塞到他袋子里说："钱不够数，以后补给你！"

航船终于开了。先上船的时习章在船舱里给程怀远留了位置，他捧着显微镜坐下身时气喘吁吁，脸上仍旧是蛮横的表情。坐在时习章边上的姑娘朝程怀远看着看着，突然扑哧一声，捂着嘴巴笑了。程怀远也傻乎乎地跟着笑，笑得时习章莫名其妙。姑娘一只手捂着嘴，另一只手指点程怀远的脸，程怀远扬起袖子又擦了一把，瞄了瞄脏了的衣袖，脸腾地就红了。

许久后，程怀远这才想起，这时教授怎么会在这儿？便瞪大眼睛问："时教授，你这是要去哪儿？"

"你不是要我上血防前线吗？你看，这不自己送上门来了？"说着话，时习章踢了踢脚边的行李。程怀远全身的血往头上涌，嘟囔说："时教授你肯定在骗我……"

"你从别人手里骗显微镜，我可骗不了你程队长。"时习章说着，从口袋里摸出张介绍信。

"哎呀呀，我们血防队终于有诸葛亮啦！我这一趟收获实在太大了！"程怀远乐开了怀。旅客们都好奇地盯着他看，包括坐在时习章边上的姑娘。程怀远友好地冲着姑娘点了点头，问时习章："她是谁？"

时习章介绍说："这位是吴忝绮同志，我不光自己来了，还帮你从省红会医院把她也挖来了，她可是个顶尖的护理高手啊。"

"吴忝绮。"程怀远颠了颠捧着的显微镜，腾出一只手来跟吴忝绮握手，连声说，"欢迎欢迎！"

时习章从程怀远的怀里要过显微镜，摆弄一下，说："是好东西，镜头还很清晰。"说着就把显微镜交到吴忝绮手上，时习章感慨道，"程队长，治血吸虫病，显微镜是少不得的，判断病情全靠它啊。疫情紧急，我请吴忝绮一起来血防队，就是叫她给队里尽快组建一个化验室。"

一踏进栖真村的血防医院，时习章心中的欢快又被眼前的景象扫荡干净。医院里里外外仍旧没好好打扫过，到处是灰尘和垃圾，病人睡的厅堂地面潮得不行，垫着的稻草下还有虫子爬进爬出，诊疗室里老鼠乱窜。一个简易厕所就搭在屋檐下，上面也没啥遮盖，昨天刚下过雨，满溢的粪水流到天井的凹处，积成一个粪水潭，有个病人的小孩捏着根竹竿还蹲在边上玩，空气中一股潮乎乎的臭味。

"病区里谁负责？"时习章问程怀远。

"我是队长当然我负责，不过我不在，队员工作也很自觉。"程怀远没察觉时习章脸色的变化，只是招呼那小孩别玩粪水。时习章双手插在白大褂的兜里，进病房看看，又去了药房，脚步越走越快，越走越急。到了手术室，正好看到一个年轻医生手忙脚乱地在给大肚子病人做腹水引流术，地上接腹水的铁桶没放好，搞的地上到处都是，腥臭扑鼻。时习章皱紧眉头，一眼瞧见刀具镊子上暗红色的血迹，就急问道："你这些器械是否消毒过？"

忙活着的医生头也没抬，回答说："好像是煮过。不过没煮过也没啥关系，天冷了，不会感染的。"

“不会感染？你敢打包票？”时习章突然震怒，一甩手出去了。边上跟着的吴忝绮急了，拔脚就跑出去找程怀远。程怀远正在病房里服侍病人上厕所，一听说时老师生气了，跑到时习章那儿问怎么回事。时习章干脆关紧了房门不理他。

“是哪个浑蛋惹时老师生气了？老子要揍他！”程怀远站在屋檐下跳着脚骂了会儿，但心里清楚骂人是解决不了问题的。他又去找吴忝绮。吴忝绮这才告诉他说：“程队长，我们这是在治病，总得有点医院的样子。可病床呢？消毒炉呢？你去看看那些老鼠，再看看到处乱淌的粪水，病人感染怎么办？出现并发症了怎么办？流行起鼠疫来怎么办？这些你作为一队之长都考虑过吗？”

程怀远一听，嘴巴子软了，夸奖时老师生气生得好，吴医生意见提得对，还说：“你是专家，你说怎么办，我就怎么做，我什么都听你的。”吴忝绮皱起眉头，领着程怀远又巡视一遍，告诉他哪些窗户该堵起来，哪些地方必须用石灰水刷一刷，哪些医疗器械一定要严格消毒。还说如果因为这些病人交叉感染，那就是医疗事故，这可不是儿戏！程怀远听完，抓起手术室里的器械放到一个桶里，自己要动手去煮。吴忝绮拦住他，说这些事不该是你队长干的，而且你又没学过医，你干不好。程怀远心说，时教授厉害，这跟来的丫头也不得了。

吴忝绮开始指挥医务人员大扫除，程怀远抓着把扫帚也加入了进去，只花了大半天，用作血防医院的老宅在吴忝绮的整治下，局面这才真正有所改观。

“他娘的，这才像个血防医院啊！”程怀远心里一高兴，嘴巴又不干净了。

“程队长，你这些天好像都没刷牙吧？”吴忝绮一本正经地噎了程怀远一句，扭身去了病房。程怀远手里拄着把大扫帚，目送吴忝绮的背影嘿嘿一笑，对李宋唐说：“你看看，你看看，外行还真不能领导内行啊。”

时习章看到血防医院的环境卫生焕然一新，神色开朗了许多。吃过晚饭后他到了吴忝绮的住所，问她生活上是否习惯。吴忝绮回说：“归国专家都能习惯，我怎么能不习惯？”

至于对程怀远的印象，吴忝绮长长地叹了口气说：“我看这个人打仗肯定行，干医疗工作可真不怎么样。”

第十七章

病人源源不断地送进血防医院，病房里睡不下就睡到了走廊上，走廊上也安排不下了。程怀远看在眼里，急在心头，担心乱糟糟的环境又会惹时老师发脾气。这时他想到李宋唐跟他提过的栖真寺，就一个人去了那儿。

寺庙山门紧闭，程怀远拍门拍了好久，里边一点动静都没有。有个村民背着箩筐路过，说："程队长，这庙里的和尚是个哑巴，他不会理你的。"

程怀远使出更大的劲嗵嗵嗵地擂门，过了几分钟，山门翕开了一条缝，露出了一只眼睛半张嘴唇。

"和尚，血防队程怀远登门拜访，有事……"话还没说完，山门重重地关上了。之后程怀远再砸门，回答他的只是一阵敲木鱼的咚咚声。程怀远没法子，绕着围墙走了一圈，越看越喜欢。程怀远去找了耿福贵，耿福贵一听程怀远打栖真寺的主意，也犯难了，说："这个哑巴和尚最难弄了，我的话他不听。"

程怀远搬不动耿福贵这个救兵，吃过中饭后又自己去了。

程怀远翻围墙进了栖真寺，见那大雄宝殿前的地上，挺立着两棵高大的银杏树，金黄色的叶子跟琉璃瓦屋顶交相辉映，院内的通道均由青砖铺成，边上还有石凳子，整个院落整整齐齐。程怀远兴奋得摩拳擦掌，为自己终于找到一个好地方而庆幸。他看到藏经阁前的一排厢房门口，两棵树之间拉着个绳子，上面晾着条灰色的布衫，正随风轻拂着。他心想哑巴和尚应该住在那儿，就快步走了过去，眼睛凑到窗户上朝里瞧。里边黑洞洞的，什么也看不见，程怀远尝试着想推开窗户，却不料肩膀被人一拍，哑巴和尚头皮光光地站在他身后，瞪着他看。

"师父，我们血防队来栖真是为了救苦救难，跟观音菩萨是一路的。我们想借用你的宝地，把医院搬过来……"程怀远说了半天，可和尚脸上毫无表情，手朝山门处指了指，请他出去。程怀远好不容易进来，岂肯罢休，又说，"师父，出家人慈悲为怀，你得支持我们的血防工作啊！"

这哑巴和尚叫智了，他最讨厌别人跟他啰嗦个没完。他一直做着手势让程怀远离开，还连连跺脚，且脸涨红着，目光愈显凶狠。

“师父，你这么大的地方空关着，也没人来烧香，这不是浪费吗？”程怀远继续啰唆，逼得和尚啊的一声怪叫，竟一把拎起程怀远的身体就像拎着捆稻草，把程怀远从围墙上甩了出去。

程怀远摔在围墙外边的河滩上，过了许久才缓过气来。他昂起脑袋朝四下里瞧了瞧，好在这地方偏僻，没人瞧见，庆幸自己这一回没丢大脸面。程怀远捏胳膊揉腿，还好骨头没断，就坐在那儿抽烟。他抽完一根烟，也想不出整服哑巴和尚智了的法子来。他闷闷不乐地回到血防医院，越看这地方越不顺眼。他东逛西逛地进了化验室，吴忝绮在指导夏沫用麻醉剂，程怀远听了会儿，问：“这一小瓶药水真的能麻倒一头猪？”吴忝绮笑着回答：“那当然，麻倒你程队长半瓶也就够了。”程怀远便趁别人不注意，把一瓶麻醉药和一个针筒藏进裤兜里。

晚饭时分，程怀远又翻围墙摸进了栖真寺。寺庙内的屋顶上、树枝上栖满了归巢的麻雀，唧唧喳喳叫个不停。暮色沉沉，和尚智了的住处亮着一豆灯火。

程怀远猫着腰，埋伏到厕所旁边的树丛里，灌了麻醉剂的针筒在他手里攥着，就似一把暗器。智了用过晚餐，先绕着围墙巡视一圈，之后就站在两棵银杏树中间的空地上打了一趟拳。程怀远耐心地等待机会。当智了从厕所出来，站在门口伸懒腰时，程怀远猫腰自智了身后贴近，手臂一伸，针筒以闪电的速度扎中了和尚的屁股。

智了急速回首，见是被他扔过的人，又想出手，却动弹不了了，等他苏醒过来，发觉身体已被绑在一间黑屋子的柱子上，窗外晃来晃去的是手电光和火把。

程怀远麻翻了智了之后，大开了山门，回去让血防队员搬东西，换场子。

大家将信将疑地搬了药箱铺盖踏进寺庙，不见了哑巴和尚智了，还以为程怀远把他轰走了。寺庙里很多屋子的门都打开了，男男女女嘻嘻哈哈地出出进进，脸盆锅子乒乒乓乓响成一片。到了第二天天亮，程怀远给智了松了绑，智了追着要揍程怀远，程怀远赶忙叫夏沫她们劝阻，自己躲得远远的。

智了不跟夏沫她们纠缠，啊啊叫着冲进天王殿，抓起一个躺在地上的病人，扛到山门外头放下。来金沙上前阻挡，智了的肩膀一撞，来金沙摔了个嘴啃泥。智了搬了一个又一个，等到他的手抓住一个孩子的身体时，只见这大肚子孩子正睁着一双死鱼样的眼睛定定地望着他。智了怔住了,脸上的五官拧成了一团。

智了终于心软,放下孩子躲进自己的小屋子。

栖真寺除了大雄宝殿之外,所有的殿堂都改作病房,医院的卫生状况和收治能力大有提高。队员们仍按老习惯,什么事都来请示程怀远,程怀远让他们去请教时习章。可时习章却犯难了,一是找他的人不断,弄得他无法安安静静地给人看病,二是他毕竟不是队长,许多事他不方便做主。时习章被杂七杂八的事烦得头昏脑涨,就去找程怀远。可里里外外不见人影,一问李宋唐,才知道程怀远招呼都不打一个,背起黄挎包上周边村镇调查摸底去了。

程怀远先去了万亩荡边的墓园,找到尖刀连连长彭柱子的墓。当年程怀远亲手移栽的小柳树已长高许多,左右两根树杈犹如招魂的手臂,披挂下来的柳条似绿色的水袖,正随风舞动。程怀远盘腿坐到草地上,点了一根烟,以烟代香,插到墓碑前。他含泪叫了声柱子兄弟,说:“我程怀远又回来了。这一回我要找这血吸虫算总账,好好大干一场,替兄弟你报仇雪恨!”

手持一挺机枪俘虏了一排敌军的三连长王得魁、爆破专家歪嘴老四、自己给自己取绰号草上飞的通信员张家祥……程怀远沿着湮没在草丛中的小路转一圈:墓碑上很多名字他都熟悉。见环绕墓园的排水沟里塞满了树枝和烂树叶,程怀远清理了排水沟,又拔去湮没墓碑的杂草,最后庄严地朝墓群敬了个军礼。

邻近的村庄寂静得令人心悸!许多房屋倒塌了,木头门窗被当柴火烧掉,留下的碎砖乱瓦上疯长着枯黄了的爬山虎和牵牛花;原先是门的地方长着半人高的紫红色鸡冠花,犹如地底下喷出的血柱;雨水冲塌的坟包露出一个个骨灰瓮,一个垮塌的坟中人的腿骨镰刀柄似的硬生生翘在外面,黄白色的骨头上爬着蚰蜒。程怀远一路上不是踩到蛇,碰上黄鼠狼,就是遇见一条狗。田头村尾,所见之人,大半都挺着难看的大肚子,如蜗牛般蠕动而行。偶尔碰上个肚子不大的,也是面黄肌瘦,身上长满了虱子般,这儿搔搔,那儿挠挠。

程怀远来到一个茅草棚前,这茅草棚也奇特,厚厚的草房顶上竟长着一株向日葵。程怀远站在屋檐下,拿出点钱,想跟一个大肚子村民买点吃的。再三招呼,大肚子村民不情愿地转过身,头像钟摆似的摇晃。程怀远扬了扬手里的钱,村民上下打量着程怀远说:“我自己都吃了上顿没下顿,哪有吃的给你啊。你要找吃的,还是去镇上吧。”

程怀远回到小镇上,才吃到一碗热乎乎的雪菜肉丝面。正午的阳光照耀着店门口泼了水的青石板,水汽蒸腾,市河里停着一艘卖猪船,有个农民跪在船板上,费劲地点燃柴灶,青烟袅袅升起在河水的反光里,蓝色的晴空白云朵朵,干干净净地铺排向无边的远方。

收拾掉碗筷的阿三坐到程怀远旁边,手里的抹布这儿擦擦那儿揩揩的,终于他好奇地开口问程怀远是干啥的。程怀远说是上级派来调查血吸虫病的。哪晓得话音刚落,阿三把抹布一丢说:“早知道你是为这个来的,我胖子阿三就不收你的面钱。”

程怀远指间夹着根烟,却无心点火。

“共产党打跑了蒋介石,打退了美国鬼子,能耐大了去了,却不知道为什么一直不管管这血吸虫。血吸虫这个事再不管的话,天就要塌了。”卖猪船上的农民跳上岸,阿三随着程怀远的目光也看了看,接着说,“血吸虫这个事啊,闹了那么多年了,这四乡八邻的,家家户户遭殃,也弄得人心惶惶,神汉巫婆们可起劲了,今天说哪里的榆树皮可以治大肚子病,明天又吹张家小孩的手是神手,摸十次可以让大肚子小下去,这不都是瞎扯淡嘛!”

“还有的神汉,六十多了,老猴子似的借口有神功给妇女病人看病,借机搞流氓呢。”卖猪农民黄金贵插了句嘴走上前来,身体散发着猪粪的气味。

程怀远拍拍长凳,叫他坐下,问黄金贵是哪里人,养猪的收成怎样。

“你听口音也听得出来的,我当然是这儿乡下的。养猪的收成嘛,唉,别提了!你想想看,到处是血吸虫病人,田地没人种、没人耕,我们这些乡下人吃都吃不饱,手头哪来的钱吃肉?这年头,都说解放了,毛主席这个大救星来了,可欢喜了没几天,这日子还是愁得我卵筋吊,做人没啥做头了。”

“我也是一副烂摊子。这个面馆可是我爷爷手上传下来的,你吃过就知道,小小的一碗雪菜肉丝面,窍门多了,好歹差别大了。我这百年老店,即使东洋鬼子来的时候,我爹雇了两个伙计都忙不过来。可现在,一个人守着这破面店,关嘛对不起地底下的祖宗,开嘛,从早到晚也卖不掉几碗面。都是这血吸虫闹的,难死人啦!”阿三挥拳击掌,长叹一声。

程怀远越听心里头越沉重。他掏出烟来请阿三和黄金贵抽,又问黄金贵家有没有血吸虫病人。黄金贵闷头抽烟,脸色阴沉着,似乎在考虑着该说不该说。胖子阿三抢在前面替他回答:“怎么没有啊?他老婆以前多水灵的一个女人,人称万亩荡边一枝花。可现在倒好,万亩荡边一棵草,枯骨鬼一个,只是肚子大到走来走去都要用手托住,整个样子都没法看了!而黄金贵你也不像话，借口在镇上卖小猪，口袋里有了一点点小钱，就往小寡妇家里跑……”

“阿三你这个死胖子,你也好不到哪里去。”黄金贵嫌阿三在外人面前出他丑,抓起阿三的毛巾扔到地上。

以前在这儿搞军训时,每次出门都骑高头大马,遇上小河浜,打马一跃就过去,现在这大半天跑下来,才知道在水网地带跑村庄搞调查,没一条木船是不行的。程怀远问胖子阿三什么地方可以租得到一条小木船,阿三为难了。

黄金贵已走到小街的另一边,听程怀远讲要租船,回头说:“程同志,我船里的最后三只小猪已有人付了定金,讲好天黑前来买走的,要不你今晚住镇上,明天一早我摇船送你下乡。”

胖子阿三也说:“住下吧住下吧,那边南货店楼上就是旅馆,晚上我炒两个菜,我们三个人好好喝顿酒。”

第十八章

沉寂了多年的栖真寺山门大开，迎接从四面八方赶来的血吸虫病人。这一天天气尚好，血吸虫病人和家属早早地就来了，就诊的队伍排起了长龙，从门诊室一直延伸至寺院大门口。

病人有本村的，也有外村的，其中一高一矮的父女俩引人注目。高个的女儿白皮肤大眼睛，虽满脸愁容但掩饰不住她模样的俊秀，一根长辫子垂至腰间，更显出她婀娜的身姿。认识她的人都叫她大粒米，而她扶着的矮个儿是她的父亲金星奎。金星奎已被血吸虫病折磨得不成人样，身体的一半体重都集中在突出的大肚子上，这大肚子让他身体的重心前移，要不是手里的拐杖支撑着，风一吹都有可能摔倒在地。

排队前，金星奎先上了趟厕所，出来时他两手提溜着裤腰，身体靠在墙上，却没法自己拴裤子。大粒米蹲下身，给父亲系好裤带，又把竹节拐杖交到父亲手上。金星奎拄着拐杖，晃晃悠悠地走了十几步，路过手术室时，一眼瞥见有个血吸虫病人坐在椅子上。只见那人蓝布罩衣敞开着，裸露着鼓胀的肚子，像只大冬瓜似的反射着亮光。

李宋唐用脚把一只铁桶拨拉到病人跟前，手术刀在大肚子上轻轻一割，一点点血水流淌了之后，随之喷涌而出的是腥黄的腹水，哧哧地射到了铁桶里。金星奎看得眼睛都不眨一下。里边的病人龇牙咧嘴，脸上的皮肉皱成一团，狂喊着舒服啊。金星奎跟着呻吟，颤抖的呻吟声里竟也充满了释放后的快意，一脸羡慕至极的表情。

原来放腹水是这样的，大粒米惊奇归惊奇，但还是拉了拉父亲的衣袖，催他快走。金星奎手一甩，拄着拐杖就进了手术室。他站到李宋唐身后，讨好地叫了声医生，说:“我的肚子也胀死了，求求你也像他一样，给我划一刀吧！”

李宋唐回头一瞧金星奎，立马火冒三丈地一指门口:“你怎么进来的？快出去，要动手术得老老实实排队去！”

等候就诊的队伍隔了好久才移动一下。排队的人脸上写满了焦急，吵吵嚷嚷得像是在赶庙会。金星奎手里拄着竹节拐杖，熬了几个小时，身体有点支撑不住了。就跟颈椎断了似的，他的头耷拉到胸前，大口地喘着粗气。大粒米踮起脚尖朝前边望了望，见轮到她父亲看病还早着呢，就扶着老人家穿过一扇月洞门，让他坐到天王殿前的石阶上。那儿躺着好几个候诊的重病人，有的坐在椅子里，有的躺在担架上。大门敞开着的殿堂里面，高居在莲花座上的弥勒佛袒胸露乳，笑哈哈地散发着香火味。

金星奎牵挂着能否看上病，一安顿下来就挥挥手让大粒米继续排队去。

等大粒米重新回到队伍，原先的位置已被人占了。看着前胸贴后背地挤到一起的人群，大粒米绞着长辫梢踌躇着，心想退到最后去的话那今天就白来了。大粒米顾不上姑娘家的羞涩，拧着身子往原来的位置上挤。排队的村民哄笑着，嚷嚷道："你干吗？"大粒米低下头，继续往里挤，不小心踩着了一个村民的脚。

"没长眼睛啊？"这个叫王春和的村民大声斥骂，大粒米涨红着脸，嘟囔说："我原先就排在这儿的嘛。"

"老子一泡尿都憋了小半天！谁让你自己走开啦？你走开就没你的位置了。"王春和甩着踩疼了的脚尖，恨不得踹大粒米一脚。大粒米不知道说什么才好。这时本来和王春和搭话的村民瞧了瞧大粒米，嘀咕说："金星奎是富农，怎么也来看病？"

"来了还乱挤，也不想想自己是谁，就怪我们贫下中农批斗时心太软了，没把他们这些人整老实！"有村民插了句嘴，目光紧盯着大粒米的乳房。

"血防队是毛主席派来的，就该我们贫下中农先看。我们只要还有一个人没看上，就轮不到他！"王春和话音刚落，大粒米脸色煞白，肩膀剧烈地颤抖着。她猛地头一扬，喊了声："你们凭啥欺侮人？"

"欺侮你又怎么的？富农滚回去！富农滚回去！"等候太久了的村民心情本来就不好，这时趁机起哄。有个叫林五七的二流子在前边招了招手，喊了声大粒米，说："春和他老婆看得紧，你还是到哥哥这儿来吧！"

"哈，大粒米，五七发情了，叫你，还不快去！"王春和冲着大粒米挤眉弄眼，听到吵嚷声又摸回到这儿的金星奎火了："姓王的，庙里的菩萨都在听着呢，你的嘴巴就积点德吧！"

"积德？积个屁的德！老子上辈子是积了太多的德，老天爷让我得了这瘟病！"王春和说着，伸手推了一下大粒米。金星奎高喊一声："王春和，你敢打人！"急冲过来，却一下子站立不稳，身体撞到了王春和的肚子上。王春和冲金星奎的脸上啐了一口，反推了一把，金星奎后退两步，摔倒了。

大粒米惊叫了声爹,一把揪住王春和的衣服,两个人扭扯起来。整个队伍一下子乱了,有人趁机摸大粒米屁股,还有人抓大粒米乳房。大粒米惊叫一声,逃了出来,胸脯急剧地起伏着,脸涨得通红。

队伍里爆发出下流的大笑声。

大粒米愤怒地注视着嬉皮笑脸的男人们,却不知道哪个男人冲她下了黑手。她蓬乱着头发,又羞又急,憋了好久才让自己不哭出声来。这时,两手插在白大褂口袋里的李宋唐走来问怎么回事。刚才哄笑着的男人们吓得都不敢吱声,大粒米抬眼看了看李宋唐,脸更红了。李宋唐凶了句吵什么吵,随手一指已归队的王春和。王春和乖乖地向后退了退,让出一点空隙,但是大粒米已经低头走到队伍的最后面去了。

大粒米蹲在队尾,孤零零地手捂着脸,肩膀一耸一耸地抽泣。金星奎从别人脚下找到了拐杖,可拐杖已经折断了。他一手按着剧痛难忍的大肚子,一手扶着围墙艰难地移步到月洞门那儿,耳边回响着的仍旧是村民戏弄大粒米的嬉笑声。他用两只手掌撑着,在地上爬着走。爬几下,就伸长脖子干呕几声。

李宋唐走到门诊室门口,心里却在想着那个姑娘。刚才村民戏弄她的场景他都看在眼里,心里滋生的是气愤和同情。这同情里也夹杂着几许的迷乱,那是因为大粒米红扑扑的鹅蛋脸,水灵灵的大眼睛和凹凸有致的身材。他有点不放心地回头看了看,忙返回到队尾找到大粒米说:“你别哭了,你父亲的病很重,你带他过来,我先给他看。”

大粒米不敢相信,瞪着泪水迷蒙的眼睛不知所措。等到李宋唐又催,她才点了点头。

天王殿里的金星奎扶着红漆香案,哆哆嗦嗦地站起身来。阳光照着门前满地的落叶,也折射到弥勒佛袒露着的大肚子上。恍惚中像是有谁在给笑容满面的大佛挠痒痒,弥勒佛的肚皮波浪般地阵阵颤抖着,里边冒出来的笑声听得金星奎毛骨悚然,形神俱散。金星奎的大肚子上起了个硬块,他手捂着疼痛处,抬头用求救的眼光望着弥勒佛喃喃低语:“我为什么是个富农?他们为什么这样对我……”

弥勒佛无声地微笑着,金星奎的耳畔传来了大粒米寻找父亲的呼喊声,他的额头上全是冷汗,哼哼着疼死我了,右手用力地拍打着香案。突然香案上的一台烛签,咣的一下震落到地上。金星奎猛地一愣,眼睛里射出奇异的光来。他抓起烛签,使尽全身力气狠插进腹部。腹水喷溅到香案上,喷溅到弥勒佛的大脚趾上……

金星奎的大肚皮爆裂了！急奔而至的大粒米吓得哇哇大哭。

待李宋唐赶来，天王殿前已围满了人。大粒米蹲在老父亲身旁，手捂着父亲的伤口，连喊救命！空气中弥漫着一股血腥味，夹杂着粗重的呼吸。时习章也赶来，大叫："李宋唐快准备急救手术！"

"可他是个富农啊！"有个村民还要啰唆，时习章说："富农、贫农都是人，救人要紧！"猛然惊醒的李宋唐一把推开大粒米，随手扯下经幡裹紧了金星奎开裂的肚子，又叫上来金沙抬起痉挛着的病人冲向手术室。血水滴滴答答流了一地，失血过多的金星奎握着大粒米的手，脸上满是黄豆大的汗珠。

李宋唐卷起袖子上手术台操刀急救。他神色严峻，手势坚决、果断、准确，每一刀下去都正中要害。他穿针引线的手是如此灵巧，宛如天上的织女下凡，夏沫敬佩得五体投地，心里感慨要不是这一场突如其来的急救手术，打死她都不会相信油头粉面的李宋唐会是一个如此杰出的手术大师。病人敞开着的大肚子缝合了，手上也挂上了盐水。金星奎保住性命，收治到观音殿改成的病房里，留下夏沫做二十四小时的重症监护。

李宋唐头发根里冒着蒸气，脖子那儿汗津津的，累得实在不行了。即使是时教授要跟他交换意见，他也摆了摆手，说了句改日再聊。他刚走出手术室，夏沫追了上去，激动地说："李医生，你的白大褂脏成这样，要不我来帮你洗吧？"李宋唐瞧了瞧胸前的血污，眉头一皱，潇洒地脱下衣服扔到夏沫手上，说声谢了，就转身回房间休息去。

如此准确有力的手术，让见多识广的时习章都惊讶得目瞪口呆。他像是自己亲手操刀完成了这一手术，手臂上的肌肉与神经持续地颤抖着，跃动着。吃过晚饭后，时习章又跑去看金星奎。只见病人躺在铺了稻草的方砖地上，虽说麻醉药劲儿消失后的疼痛让他时不时地抽搐，但脉搏已经趋于正常。大粒米一见时习章就要下跪，被时习章制止了，说："手术这么成功，你要谢也得谢李医生啊。"眼含泪花的大粒米哽咽着，连连点头。

调查回来的程怀远听说了此事，高兴得嘴巴都合不拢了。他兴冲冲地去找李宋唐，李宋唐却关门不见，他只好去时习章住的藏经阁。时习章心情激荡，连书也没心思看了。一见程怀远，时习章就说："老程，这李宋唐真是把好刀啊！"

"那还用说，不是把好刀我还不要他呢。"

"你是从哪里把这个李宋唐找来的？"

"西塘。原先他是个兽医。"

兽医？时习章听呆了，但转念一想，在程怀远这个疯子手下，什么人都有，什么事情都会发生，也就不再细究了。

第二天一早，大粒米去栖真寺前的河埠头给老父亲洗衣服，夏沫也在。大粒米一眼看见浸在夏沫脸盆里的白大褂洇出一盆血水，问夏沫这衣服是谁的。“当然是你父亲的救命恩人的。”听夏沫这样说，大粒米一把把脸盆夺了过来，说什么也要亲手给李医生洗手术服。大粒米还把夏沫的衣服也一起洗了。

两个姑娘年岁相仿，在河埠头聊起了天。河面上波光粼粼，清风荡漾，对岸芦苇丛里水鸟悦耳的叫声一如大粒米的好心情。她又跟夏沫提到了要谢谢李医生的话。夏沫小嘴一抿，说：“医生救死扶伤是应该的，要谢也得谢毛主席，谢共产党。”

这样的大道理大粒米也明白，可心里总觉得谢毛主席跟谢李医生是两回事情。她回了趟家，捉来了一只老母鸡，提溜着正往门诊室走去，却遇上程怀远。程怀远本来就长着一张包公脸，问大粒米干什么，吓得大粒米愣在银杏树下张口结舌：“我……找李医生。”

“找李医生拿着母鸡干什么？我们血防队不搞这一套，快拿回去。”

大粒米不肯走，程怀远生气了，说：“你这个女同志怎么回事？你父亲刚做完手术，你多花点心思服侍，少搞这些歪门邪道！”大粒米的好心情一下子让程怀远说没了。但她是个脾气执拗的姑娘，送母鸡太显眼，而且李医生自己动手弄鸡汤很麻烦，她责怪自己考虑不周全，便换了一篮子鸡蛋放到了李宋唐的宿舍门口。队员们走来走去，很多人都看到了这篮子鸡蛋，弄得连着好几天，小护士们一见李宋唐，都跟他讨鸡蛋吃。

李宋唐心里还是很自豪的。有大粒米这样漂亮的姑娘崇敬着，让他在这个偏僻的乡村自我感觉好了许多。有事没事的，他总是跑去看金星奎，顺带着也跟大粒米说说话，但大粒米模样俊俏，言谈和风情却终究是一个乡下姑娘，这让自以为交了桃花运的李宋唐有些遗憾。

大粒米是个实心眼儿，李宋唐的撩拨暗示她根本不懂，在李医生面前永远是一副毕恭毕敬的样子。李宋唐几次邀请晚上去他宿舍坐坐，她答应是答应了，等到了约定时间，她还是叫了已成好友的夏沫一起去。李宋唐欣喜地开了门，一看到笑嘻嘻的夏沫从大粒米的身后出现，李宋唐的情绪一落千丈。他请她们听收音机，这对于大粒米来说可是稀奇货，无论夏沫如何讲解都搞不明白，这黑匣子里怎么会有人在说书。等李宋唐泡上了咖啡，大粒米更惊奇了，第一口喝下去就吐到了地上。等李宋唐说了价钱，大粒米心疼极了，最后横下一条心，像喝中药似的三口两口把这一小杯咖啡全喝了。

喝了咖啡的大粒米回到地上躺满人的大病房，给老父亲擦身洗脚地服侍好了，眼光扫到窗户。她看见那儿趴着一个黑影，定睛一瞧，黑影怎么看都那么眼熟，便披上衣服出门。黑影正等在屋檐下，见她走到近前，才轻轻地叫了声："姐。"来者是大粒米的双胞胎弟弟金满家。

大粒米拽着金满家就要进去见父亲。金满家挣脱了姐姐的手，闪身躲到黄桷树后面。大粒米追了过去，说："满家，你前些年突然不见了，爹爹急是急，但你回来了爹爹是不会怪你的。"

"嘘……"金满家的手指竖到嘴唇上，眼睛朝四下里看了看，弄得大粒米也跟着紧张了。

"满家，你怎么了？"大粒米随着弟弟躲到树后，金满家这才交代了他这些年的经历。

金满家曾是附近学堂里读书最好的小伙子，可是等到他父亲得了大肚子病，他的老师和同学也得了大肚子病，他的担忧与日俱增，觉得自己在这儿再待下去，得大肚子病就是迟早的事。他生活在这样的恐惧里，连着好几个月都睡不好一个安稳觉。他最后下定决心，在一个风雨之夜不辞而别。他顺着大路朝西走，翻过横跨古运河的长虹桥去了盛泽，又沿着太湖南岸的小村庄一直往有山的地方前行。他走到太平县境内的一个山沟里，除了山间的溪水之外，再没有什么湖荡，这让金满家感觉安全了许多。那山沟的深处有个采石场，金满家就在那儿落脚，天天放炮炸山采石头。

有一天，金满家刚布好雷管点燃了导火索，正要往安全区跑，却看见一个姑娘赶着一只羊从危岩下转了出来。金满家急得乱喊，那姑娘也吓呆了，站在危岩下不动弹。金满家跑上前去，拉起姑娘的手躲到河滩上的岩石背后，头顶上天崩地裂的一声巨响，碎石雨点般地落下来，金满家撅在外面的屁股上砸到了好几块，那叫小明的姑娘却安然无恙。

脱险后，小明情感的闸门也被炸开了，乱石翻滚的山坡上，芦花飘香的溪水边，留下了小明和金满家爱情的足迹。最后金满家到小明家做了上门女婿。生活安定了之后，金满家竟然胖了，小肚子圆滚滚的。小明跟丈夫开玩笑说，自己的肚子还没大，丈夫的肚子倒大了许多，逗他是不是得了大肚子病。金满家一听这话，脸上顿时变色，摔凳子拍桌子地大发脾气。

但小明的话还是说中了，金满家的大肚子病症状很明显。从此开始，小山村里的大肚子病人越来越多，几个急性的病人连着死去，村子里的闲话多了起来，矛头对准了小肚子鼓鼓的金满家，说听口音就知道金满家是嘉禾县人，那是血吸虫的老窝，这村里的血吸虫病肯定是他带来的。先是他们养的鸡鸭被人毒死，井里时不时地浮上来死老鼠，堆在房子后头的柴垛不明不白地起火，要不是抢救及时，差点连房子都烧没了。外乡人金满家成了这小山村里的瘟神，死者的家属动不动地找上门，往大门上泼粪，哭骂。有一户无儿女的人家死了丈夫，氏族里的人竟然强迫金满家披麻戴孝，跪到死者的棺材前给非亲非故的死者送终。金满家白天都不敢出门，怕被人敲闷棍砸死。他知道，在这个小山村再待下去是死路一条，于是只好逃回了家乡。

"那小明知道你回老家了吗？"金满家的话让大粒米悲喜交加。

"小明想不到我在这儿的。她晓得我怕血吸虫，不会走回头路的。但是我记得一本书上说过，最危险的地方最安全。"金满家的嘴附到大粒米的耳边窃窃私语，神色诡秘。树杈上的鸟弄出些响动，金满家转了个身，躲到一个月光照不到的角落。

金满家的举动弄得大粒米心里头发毛，她急得快哭了，追着问金满家："怎么了，你到底怕什么呀？"

"那个山村里的人野蛮得很，他们肯定已经派人来追杀我了，我听得到他们的声音。他们说只有杀了我，他们村里的血吸虫病才会没有。"

过了许久，安静的栖真寺让金满家放松了些。他和姐姐坐到一个石凳子上，金满家问起了老父亲的病情，大粒米三言两语介绍完了救治的经过，安慰弟弟说："现在有了血防队的好医生，这儿的大肚子病人有救，小明那儿的病人也会有救的。你不用怕，他们不会来害你的。"

金满家长叹了一口气，抬头望着星斗，似乎在考虑着姐姐的话。突然，藏经阁那儿传来脚步声，还有巡夜者的手电光照射过来。金满家哎呀一声，三蹿两蹿到围墙那儿，像只野猫一样翻墙逃走了。

第十九章

白茫茫的晨雾还没从栖真寺里散尽，看病的村民已守在门口了。前些日子天天有人争吵，耿福贵派来了民兵，排队的秩序才有所改观。李宋唐给金星奎做的成功手术，时习章看出了其中的学术价值，让李宋唐整理一个手术记录出来。李宋唐拿来草稿，一眼注意到时习章头发梳得光光的，白大褂里穿了灰色隐条的毛料西装。李宋唐夸时老师的领带漂亮，时习章微微一笑，说是国外带回来的，早上太匆忙了，领带没打好。

李宋唐对穿着兴趣浓厚，很想跟时习章探讨一下。时习章让他把草稿放下，说今天病人多，下午他还有事，咱们还是各忙各的。

忙忙碌碌地一直到午后三点钟，时习章跟队里请了假，也没说什么事，他一个人出了栖真村，兴冲冲地沿着田埂来到灵溪乡政府的所在地池湾镇上。他的手里拿着一束田畈里采的野花，西装革履的样子跟衣衫破旧的行人相比像是来自两个世界。船码头隔着一条小街，北面就是茧站白墙青瓦的大房子，瓦楞上的枯草在春风的吹拂下绽出了一点绿色，石灰墙上新刷着红色的大幅标语：消灭血吸虫，建设新中国！

比预定的时间迟了十分钟，航船鸣着汽笛开进池湾镇，站在船头上的方圆圆，打老远就望见自己的丈夫，激动地挥手示意。时习章举起手里的花束，头和花束一起左右摇摆，一副憨态可掬的模样。靠岸的航船还没停稳，方圆圆便纵身跳到岸上，时习章也跑下台阶迎接，两个人不顾别人惊讶的目光，依旧用他们在国外时养成的习惯礼节，彼此亲吻了脸颊。时习章拍了拍方圆圆的背，在妻子耳边说了句什么，方圆圆脸微红，嗔怪地噘了噘嘴。时习章还想说什么，可方圆圆的身体却和他分开了。

微风轻拂着方圆圆的脸庞，她含情脉脉地与时习章对视着。身边挤来挤去的旅客让她回过神来，方圆圆的手一摆，指了指身边的年轻人："老时，我还带来了一个客人。"

"客人？"时习章愣了愣，马上就说，"客人，好啊！"说着热情地和年轻人握手。年轻人自我介绍说叫杨初，是中科院血吸虫病研究所的研究人员，以前在学术会议上听过时老师的讲演，更看过许多时老师的论文，几年前就是时老师的崇拜者了。年轻英俊的杨初话说得很诚恳，但时习章不习惯别人当面恭维，连忙说不敢当，我们互相学习。

“你的研究方向也是血吸虫病?”稍过了会儿，时习章才问杨初。杨初说是的，他一直对此很有兴趣，还自我介绍说，他翻译过杰菲逊教授的论文。

“杰菲逊教授?”时习章头一摆，“美国的?”

“对，我从您的论文里看到多处引用杰菲逊教授的观点，就在读外文杂志时留着心，还试译了几篇杰菲逊教授的大作。”杨初如实汇报。

两个男人站在码头上还要聊下去，方圆圆撒娇说，她的手快要断啦，时习章赶紧接过她拎着的行李包，又把手里的野花献给夫人。捧着鲜花的方圆圆瞄了丈夫一眼，微笑的嘴角上娇含着一丝羞涩。

走在乡间的田埂上，方圆圆什么都好奇，什么都要问，从大麦的播种到小鸟的名称，时习章一一指点着回答。路过一片荒田时，方圆圆感慨道：“这么好的良田怎么没人种啊?”

“圆圆，你别忘了，这儿是疫区。多病人，少劳力，没法种啊。”时习章说着话，迎面遇上几个挖农沟的村民，其中有一个还是时习章治疗过的。那村民一见时医生西装笔挺地过来，笑呵呵地避让到路边，叫了声时医生。时习章叫出了村民的名字，村民更高兴了，非要把刚抓到的两条黄鳝送给他，时习章摇着手谢绝了。

想到了此行的目的，方圆圆不再跟久别重逢的丈夫说笑，脸上心事重重。等到一踏进栖真寺，方圆圆更是惊呆了。怎么世界上竟然还有这样的医院?医生和泥菩萨同住在一个屋檐下，几十个病人的身体严重地畸形了，头碰头脚碰脚地直接躺在只铺了点稻草的方砖地上，角落里的马桶臭气扑鼻，手术台竟然是用一个红漆香案改建的，而她的丈夫住的地方是个藏经阁，床铺的边上围着东倒西歪的书架，乱堆着的经书散发出一股霉味，地板踩上去吱吱嘎嘎的，窗户被一座缺胳膊的韦陀像挡住了大半，唯有屋角的漏雨处倒是有一星天光照射进来，使这个房间在白天有了一丁点亮度。

方圆圆气蒙了，随手把野花一扔，沉着脸不吭声，时习章倒了一盆水叫她洗脸她都不应。时习章知道她受不了这环境，可也不知道说什么才好。他默默地安放好行李，又捡起方圆圆扔在床铺上的野花，找了个药瓶灌上清水，把插了野花的药瓶郑重地摆在小书桌上。

时习章关上小窗户，紧了紧房门，回到方圆圆身边。他的手紧握着方圆圆隐约颤抖着的胳膊说：“圆圆，你要说什么就直说吧，可是，声音轻点。”

看看眼前的一切,方圆圆既心疼又恼火。几个月不见,方圆圆已感受到乡村生活对丈夫的改变,他黑了,壮了,也变得不那么好说话了。

“我能说什么?”时习章的眼神看得方圆圆心软了,“那个程队长呢?我要见他!”

其实这时候程怀远就等候在楼下,心里已做好被方圆圆斥骂的准备。方圆圆来了的消息还是夏沫告诉他的。程怀远领教过时夫人的厉害,深知她是个难缠的角色,要是她拖时习章后腿,那动摇的可是血防队的顶梁柱和血防队的军心。

“哎呀呀,时夫人,你可是稀客啊!”方圆圆一出现在楼梯口,程怀远拿出了十二分的热情,“老时也真是的,也不说一声,要不,要不我弄个花轿去池湾码头接啊。”

“花轿?算了吧。”方圆圆打量着程怀远,表情不愠不怒,“你弄个花轿来接我,总不会想把我也留下吧?”方圆圆话里有话,程怀远和时习章都尴尬地笑了。

夜幕降临,劳累了一天的队员们早就饿了,程怀远带着时习章、方圆圆他们走到食堂门口,杨初已经在那儿,夏沫带着全体护士列队拍手欢迎,方圆圆停下了脚步。时习章对程怀远说:“老程,你这是干吗?搞得跟迎接首长似的。”

“这不怪程队长,是我们大家都要看看师母,所以我们自发组织的。”夏沫快嘴快舌地接上了话,“师母可真漂亮。”

方圆圆大大方方地冲大家点点头,说:“什么漂不漂亮的,我一把年纪了,哪能跟你们比呢!老时在这儿,多谢大家照顾了。”

程怀远陪客人喝豆腐汤吃韭菜炒鸡蛋,方圆圆看了看满屋子的年轻人,偷偷问时习章:“护士们怎么都叫我师母呢?”时习章停下手里的筷子,解释说:“我白天工作,晚上给她们上夜校,她们这样叫也对。”

方圆圆撇了撇嘴,说:“老时啊,不是我说你,你也别听了不开心,你那么操劳,确实是老了好多。”

“方老师,老时是不是老了好多我看不出来,只是他在这儿饭量大了好多。”程怀远添了碗饭,大大咧咧地插嘴。时习章面对这个话题有点尴尬,沉默着加快了吃饭的速度。方圆圆在人群中找到认识的吴忝绮,微笑着打了个招呼。

夜晚的栖真寺静悄悄的,偶尔有狗叫声传来。藏经阁一楼三楼是血防医院仓库,二楼就时习章一个人住,倒也清静方便。时习章本来还想上夜校教课,可夏沫她们个个都有意请假,他只好早早地跟方圆圆待在一起。

方圆圆记挂着时习章有晚饭后散步的习惯,提议去外面走走。时习章无奈地摇了摇头:“村子里没路灯,村道上到处是鸡屎猪粪,我早就不散步了。”

方圆圆用了大小不等的三个脸盆,别别扭扭地草草梳洗好,坐到床上焐被子。没多久,方圆圆的身子就痒起来,这儿搔搔,那儿揉揉,没效果,痒的地方更痒,不痒的地方也痒了。拍打了床单还是不行,方圆圆就问时习章这床单是啥时候换的。

“知道你来,我今天特意换的。怎么,有虫子?”时习章撩开被子,只见方圆圆洁白的大腿上已经有好几个红色斑点。

两个人拍床单抖被子地忙活一阵子,方圆圆依旧痒得不行。时习章纳闷这虫子是怎么到床上去的,歉疚地说:“我已经做准备工作了呀。”他指的准备工作是把四个床脚都浸在四个大海碗里,每个海碗注满了水,以断绝虫子们的通道。方圆圆明白丈夫为了她的到来确实是花了心思,就关心地问:“那你平时难道不痒吗?”

“你可能是刚来,这跳蚤欺生呢。我初来乍到时也一样,后来那痒让我熬过来了,再后来这虫子也就不咬我了。”时习章建议方圆圆穿上单裤,再把裤脚管扎紧试一试。方圆圆只能这样办了,可心头却注满了酸楚。对于时习章的去留,她咬咬牙,想开口劝说,但想想夜深人静的,话到嘴边又咽了回去。方圆圆提起儿子的学习,说小家伙参加了少先队,都戴上红领巾了,成绩也非常好。时习章放下病历,夫妻俩就儿子的话题聊了很久。

方圆圆难受了一夜,程怀远这边却担心了一夜。

之前他陪杨初聊天时,一直想从这小伙子口中探听方圆圆此行的目的,可杨初的口风很紧,只要程怀远一提这个,就拿别的话题岔开。反倒是程怀远被杨初盘问再三,跟他打听这儿血吸虫病治疗的进展情况。程怀远心不在焉地应付着,只是几次强调这血防队没有他程怀远无所谓,没了时习章可不行。杨初当然体谅程怀远的警觉与戒备,早早地告辞去睡了。

程怀远考虑来考虑去,心依旧悬着。第二天他刚开了队长室的门,方圆圆就找过来了。程怀远给客人倒了杯茶,没等方圆圆先开口,先检讨自己的不是,说:“当初绑架老时是我不对,赵省长骂过,公安也给我戴了手铐,要不是老时宽宏大量,我程怀远老早就去吃官司,蹲大牢了!这份恩情我程怀远时刻牢记心头。我们血防医院条件是差,可这儿的农民的生活比这儿还要苦还要差。大家都是阶级兄弟,我们血防队为农民服务,条件今后肯定会慢慢好起来的。”

方圆圆哼了哼，眼望着角落里的蜘蛛网，不理程怀远。

忐忑不安的程怀远搓了搓手又说：“方老师啊，说句心里话，我们整个血防队都当时老师是宝贝，我们队里把最好的藏经阁，都安排给老时一个人住。”

“可那屋子里满是跳蚤！”

“跳蚤？这还算个事吗？”程怀远想不到方圆圆会纠缠到什么跳蚤。

方圆圆不想与程怀远就跳蚤争论，不客气地说：“程队长，老时是不是你们血防队的宝贝我暂且不说，他在国外医学界的声望，他的学术能力我是知道的，你把他绑架到这个要什么没什么的穷乡僻壤来当一个普通医生使用，你这不是在尊重人才，而是在浪费人才你知道吗？”

“浪费？什么浪费？我觉得时医生有那么大的本事，待在城里开开会，散散步那才真叫浪费呢！”

“程怀远，你也不懂，你根本不懂一个高级知识分子的价值……算了，我也不跟你说这些。单说老时在这儿，你就没有照顾好他的生活。”

“生活，生活还不就是吃喝拉撒，大家都一样。”

“既然大家都一样，那老时就不是你所说的什么宝贝。你拆开我们的家庭，我和孩子有多痛苦你懂吗？更何况你强留老时在这儿，让他天天晚上过着被蚤子咬的生活！”

程怀远的脑子被方圆圆说糊涂了，愣在那里，什么话都说不出来。

既然方圆圆反复跟他扯什么生活不生活的，程怀远决定要在照顾时习章和方圆圆的生活上动脑筋、下工夫。村里有一户人家儿子新结婚，程怀远觉得整个栖真村那么多户人家，也就这一间新房还拿得出手。他要求村支书耿福贵想想办法。耿福贵二话没说，带着程怀远上门去这户人家做工作。那户人家的叔叔也是个晚期血吸虫病人，正在栖真寺内住院治疗呢，一听是时医生的家属来了没地方住，当下就全家人齐动手，腾出了婚房。

方圆圆实在受不了讨厌的蚤子，早上一起床，就在井台边拆洗时习章的被褥。她父亲以前在无锡开纺织厂，从小到大，家里的脏活粗活都有用人干，这些洗洗涮涮的活儿对她来说是个大难事。方圆圆从食堂里打来了开水，烫了床单、被单、枕巾，搓搓弄弄，一个人忙活得头都晕了，总算把该洗的东西洗好、绞干，搁在最大的脚盆里。她伸手擦了擦额头的汗水，看了看阴沉沉的天空，没有太阳，也没风，她这才傻眼了。到了下午，方圆圆为晚上的铺盖发愁了。

晚饭后，程怀远送时习章夫妇到那户新婚的人家。

那是个三开间的旧瓦房，本来高翘着的屋脊掉了一个，屋面上开着天窗，靠东的这一间是包檐的，也最宽大，门楣上挂着块红布。时习章推开红布下的木门，只感觉整个屋子红艳艳的，喜庆的气氛扑面而来。一张重新油漆过的雕花大床上堆着两条厚棉被，一条大红一条大绿，橱柜上、樟木箱上到处贴着大红喜字，烛火燃着，冒出缕缕青烟。几只提桶和木盆叠放在门背后，提桶的抓手上系着红绸，散发出一股桐油气味。

用不着时习章介绍，方圆圆也看得出这新房婚庆的味道还没散呢。她局促地站在小方桌边上，批评丈夫将别人家的新房借来住，那新郎新娘住哪儿呢？

"在农村，没啥过多的讲究，这儿的农民淳朴着呢。"时习章宽着方圆圆的心，一副来了即安的轻松样子，还拍了拍床沿，示意方圆圆坐。

方圆圆脚底像是生了根，站在那儿不动。

"方圆圆，我请你注意影响，农村就是农村，我看你的资产阶级脾气得改一改！"

方圆圆极不习惯时习章用这种口吻跟她说话，气得眼泪都快流下来了。她定了定神，开口回击："时习章，我是资本家出身，但那是过去，现在我是省歌舞剧院的编剧，自食其力。可看看你自己，这就是你的生活、你的工作、你的研究？我一个人在省城独守空房，到这里还要钻这样的被窝，你要我跟着你漂洋过海回国，难道这就是理由吗？"

方圆圆声音一高，时习章紧张得瞪圆了眼睛。他怕主人听到他们在吵架，双手作揖，请求休战。

方圆圆还是不让步："我这次来是有目的的，我已通过老同学的关系，给你联系上中科院血吸虫病研究所，他们欢迎你去工作，聘请你主持血吸虫病新疗法的研究。老时你是个学者，是教授，英语、法语、德语你都精通，你应该知道你不该待在这种地方。只要你研究成功，你也可以帮助更多的患者，从更高的意义上达成救治所有病人的心愿。老时，跟你直说吧，跟我来的杨初就是代表研究所来接你并帮你办手续的。"

一席话让时习章颓然坐到椅子上，沉默了。

第二天，和衣而卧的方圆圆醒过来一看，时习章已经不在了。她一阵内急，下了床在屋子里转了几圈，才在雕花大床背后找到一只红漆马桶，极不适应地方便了一下。

"什么破地方！"她嘀咕着，房门一开，吓得差点背过气去。憨厚的新郎拎着个热水瓶，脸蛋红扑扑的新娘子捧着脸盆和新毛巾站在门口，小夫妻两个露着一口白牙，正冲她笑着。而且看样子已等了好久。方圆圆不用猜也明白，这肯定是程队长一手安排的。她对程怀远所做的一切腻烦透了，脸一板，张口就叫他们带她去时医生的办公室。

方圆圆赶到时习章的门诊室，见门外等着三个大肚子病人，对着门的办公桌后面，时习章坐在椅子上，正看着一份化验单。吴忝绮半个身子也靠在椅子上，两个人头挨着头，吴忝绮的手指在时习章拿着的纸上指指点点。方圆圆早就认识吴忝绮，知道她一直单身，跟时习章很投缘，这一次时习章不光自己来血防队，还把吴忝绮调过来，这事本来就让方圆圆心里不舒服，只是碍于面子不好开口说罢了。方圆圆放轻脚步，走到门口，抬手敲了敲门问："我可以进来吗？"

吴忝绮听不出这是谁的声音，头也不抬地说了声请进，等方圆圆走到桌边，吴忝绮才看清楚来者是时夫人方圆圆。

方圆圆的眼神让吴忝绮怔住了。好在她反应快，拉开一个椅子给方圆圆让座，慌乱中竟带落了一个水杯，这使得屋子里的气氛更加紧张。只有女人最懂得女人的心思，方圆圆脸上的敌意吴忝绮都看在眼里，知道方圆圆误会了。她微红着脸捡起杯子，之后从时习章手里接过化验单，急匆匆地回化验室去。

目送着吴忝绮的背影消失在树丛后面，方圆圆说："看来，老时你是铁了心要在这儿战斗下去了。那好吧，你不走，我也不走，儿子反正有用人照顾，就让他一个人在杭州没爸没妈地生活吧。"

第二十章

在村民家的婚房只住了一晚，第二天被子一干，方圆圆就回到藏经阁里住了。她白天看随身带的书，晚上在油灯下织毛线，时习章想跟她说话她爱理不理。就是到食堂吃饭也一样，对夏沫她们都冷着个脸，吴忝绮更是看到方圆圆就远远地避开。

队员们也感觉到方圆圆的这一番探亲探出问题来了，背后都议论纷纷。时习章的心理压力大了，中午在银杏树下遇上程怀远，主动停下来跟程怀远要了根烟。

程怀远帮时习章点了火，没等他开口，程怀远说了句清官难断家务事，拔脚想溜。

“老程，你这个态度，那我只好回杭州了。”只吸了一口的香烟扔到地上，时习章真生气了。程怀远赶紧拉着时习章去队长室，关上门，跟时习章叹起了苦经：“不是我不想帮你，只是方老师太厉害了。不瞒你说，我见她有点怕。”

“你怕她？”时习章难以置信。程怀远点了点头说：“我程怀远从小就怕跟女人说话，遇上你老婆这样的女知识分子，更是有理没理都说不清了。”时习章起身说：“既然这样，那我先陪方圆圆回杭州，把她安抚好了，我再想办法回栖真。”

“你说什么？老时你别吓我，你这一走，血防队可就乱了，那么多的门诊病人住院病人，靠李宋唐一个人怎么行？”程怀远又把时习章拖回到椅子上，建议他跟方圆圆好好谈谈，说，“她应该是个明白人，她难道看不出来，我们干的血防事业有多重要吗？”

“我也不是没想过，可这儿不是杭州西湖，山美水美，人的心情也顺畅，即使谈崩了，大叫大嚷一番也没啥。这里是血防医院，我若跟她吵起来，她一哭一闹，那还像什么话？病人们、村民们会怎么想？难啊！”时习章算是跟程怀远交了底。

“不管怎样，谈还得谈，至于在哪里谈，地方我来安排。”

程怀远叫上耿福贵，把村里大大小小的船只看了一遍，最后相中一条新打的小木船。这船下水没多久，刷了清漆的船身亮锃锃的，木板上的节疤都清晰可辨。程怀远借来了村里唯一的一口黄铜火锅，锅底下燃上木炭，火锅里炖着野鸭、笋干和千张结。他用一只篮子装了当地的三白酒，还有碗筷、茶叶等物。又从李宋唐那儿拿来了收音机，还准备了一把二胡放到船舱里。

阳春三月，暖融融的太阳光照得河面银光闪烁，照得程怀远头顶上的"三八线"痒痒的。他对自己的安排挺得意，问耿福贵还缺什么。耿福贵搞不懂程怀远，说："你想去游山玩水吗？"

"你这什么话？我程怀远大老粗一个，没那么风雅。这不，我们血防队有客人，打算送客人游万亩荡去。"一听说送方圆圆去春游，耿福贵嘀咕说，水面上光线厉害，城里的女人怕晒黑，得备把伞。程怀远一拍脑袋，连声说对，命令耿福贵马上办。

藏经阁楼上的屋子暗沉沉的，一股霉味，方圆圆天天躲在里边看书生闷气，偏头痛都犯了。听到敲门声，她还以为时习章回来取什么东西，开门一瞧，却是程怀远。程怀远说："方老师，你来到栖真，我们也没啥好招待你。今天天气很好，队里备了一条船，我们送你去看看乡野的风景。"程怀远的建议太突然，方圆圆愣在门口不说话。站在程怀远背后的夏沫插嘴道："方师母，万亩荡风景很漂亮，当地人都叫它小西湖呢。"

方圆圆手握着一卷书，还在犹豫着。夏沫很机灵，不用程怀远示意，上前连拖带拉地让方圆圆下了楼。

程怀远摇船，夏沫陪着方圆圆坐在船头说话，一行人出了长水塘往万亩荡方向而去。黄铜火锅里冒出了炖野鸭的香味，收音机里放的越剧婉转悠扬，在水声叮咚的船上听起来非同寻常。夏沫撑开油纸伞，替客人遮挡太阳光。方圆圆不由得为程怀远的细心周到而略略感动了。

船进了万亩荡，浪头就大了些，但视野一下子开阔许多。夏沫问方师母在杭州做什么工作，方圆圆说是在歌舞剧院做编剧。

"那是作家呀！师母你真厉害，你跟时老师一样的了不起！"方圆圆被夏沫夸张的样子逗笑了，主动跟夏沫聊起了家常。

程怀远心里暗暗高兴，就让夏沫唱歌。夏沫小辫子一甩，说了句唱就唱，说罢就放开嗓子唱起来。方圆圆手敲着膝盖打拍子。一曲终了，脸蛋红扑扑的夏沫反过来要程怀远唱，程怀远说不会，夏沫不答应，一定要他唱。方圆圆也说你程队长要是不唱的话，这万亩荡我就不去了。程怀远抓了抓头上的“三八线”，胳膊下夹着支船橹，唱了首《三大纪律八项注意》，唱到高昂处，程怀远按部队里的老习惯，右脚把船板跺得咚咚响，惊得鱼儿都跃出了水面。方圆圆先是憋着一肚子的笑，实在按捺不住，手捂着嘴跟夏沫两个笑得直不了腰。

长满了芦苇的尚书圩像一条灰绿色的舌头，伸在万亩荡里。木船经过之处，有一匹石马的头露出在碧波荡漾的湖面上，造型古朴笨拙。不远处的水底下，一个歪倒着的石人的轮廓若隐若现，生动的样子似乎刚停止了呼吸。方圆圆猜测这儿过去肯定埋过大官，程怀远朝岸上的几棵大柏树看了看，说：“听耿福贵讲起过，这儿以前有三座大坟，有砖窑那么大，里边埋了个明朝时的大官，说是什么国防部长。”

“什么国防部长呀，那叫兵部尚书。”夏沫纠正完了程怀远的口误，船靠到岸边。程怀远跳上了芦苇滩，把缆绳系到墓碑上。

像只老鹰似的，程怀远蹲在高高的墓碑上抽烟，眼睛朝栖真村方向瞭望。按照预定的计划，他这边把方圆圆哄上船，耿福贵就去了时习章的门诊室，谎称有个村民在荡边割草时肚子痛，都走不动了。时习章也没多想，跟着耿福贵就走。两个人出了村子，走过几个废弃的鱼池，又穿过一片柳树林。尚书圩这儿荒无人烟的景象让时习章心生疑虑，就打听病人的情况。耿福贵的回答前言不搭后语，时习章不肯走了，反复追问耿福贵到底是怎么一回事。耿福贵慌里慌张地解释不清楚，好在这时候程怀远已看见他们俩，他手里的烟一扔，跳下墓碑跑了过去。

程怀远在时习章的身后推着他走，到了荡边上，一看所谓的“病人”竟然是方圆圆。方圆圆一看是时习章来了，惊讶得从船头上站起身。

“程队长，你这是唱的哪出戏？”面对方圆圆的询问，程怀远嘿嘿一笑，说：“我哪会唱什么戏呢？我只不过是想让你们夫妻俩在这小西湖里生活生活，把心里的戏好好唱一唱。”方圆圆知道自己上了圈套，回转身看夏沫。夏沫低着头，捡起一把鱼叉、一只竹箩跳上岸。程怀远接过鱼叉扛在肩上，乐哈哈地跟时习章说：“老时，有话好好说呀，我跟夏沫去那边抓鱼去。”

时习章拦阻不成，瞧着滩边的水草丛里，有条泥鳅快活地打了个滚，一股浑水升腾而起，洇散开来，不一会儿湖水又变得清澈见底了。方圆圆抓起黄铜火锅的盖子瞧了瞧，催时习章：“还是下来吧，你跟程怀远花了这么多的心思，酒也不喝一口总不好吧。”

“这都是程怀远玩的把戏，跟我可没关系。”

“你是主角怎么跟你没关系？你想跟我说什么你就下来说吧，我方圆圆洗耳恭听。”时习章虎着一张娃娃脸,知道再跟方圆圆解释也没用,就下到了船舱里。

蓝天白云映照在湖面上,银亮的小寸条鱼在白云之间蹿来蹿去,悠闲自在。细小的浪头像一只只翻着白沫的嘴巴,一口吞咽下河滩边芦苇的根须,含了没多久又吐出来。火锅里野鸭的香味勾引起了水鸟们的食欲,呀呀叫着贴着水面乱飞,翅膀和翅膀都差点碰在了一起。时习章拘谨地坐在方圆圆对面,当中摆在小茶几上的火锅冒着热气。方圆圆给丈夫倒了酒,自己弄了杯茶捧在手里。时习章依旧沉默着。方圆圆拢了拢齐耳的短发,看着不远处水面上的马头,说:“这万亩荡人称小西湖真的不假,西湖里有三潭印月,这儿的水里有石人石马,当然也有血吸虫。”方圆圆见时习章还是不吭声,举起手里的茶杯说,“老时,我们俩好久没这样浪漫过了,这芦苇滩跟美国的西海岸有得一比。来,我方圆圆以茶代酒敬你一杯。”

两只碗碰了碰,时习章把碗里的三白酒一饮而尽。他明白程怀远的良苦用心,也知道有些话已到了非说不可的时候,但他想不好该怎么说。

方圆圆似乎被眼前乡野的景色调整了心情,微笑着又给时习章倒上了酒,说:“老时啊,你记得吗?抗战结束后,我们复旦的学生剧团到你们医大来演戏,你本来不喜欢看戏,只晓得一天到晚泡在图书馆里。那天你的好友硬拉你来,想不到你看着看着竟不肯走了,散场后还硬邀我们剧团的人去小酒馆喝酒。你没忘记吧?”

“我怎么忘得了?你演戏的水平一般,反内战反饥饿的口号倒是喊得很响。”往日的回忆也带动了时习章的情绪,他关了收音机,深情的目光注视着妻子,在寻找着当年那个穿阴丹士林布旗袍的女学生的身影。

“你当时就居心不良,手头没几个钱还装阔,酒量那么差却一个劲地跟我的男同学们拼酒……”方圆圆揭了时习章的老底,时习章羞涩地一笑,拿着酒碗的手抖了抖,又闷头闷脑地喝了一大口。

“你说,你是不是当时就看上我了?我也真是的,当年在复旦,追求我的男生一个连没有,一个加强排总有的吧,我却一门心思跟定了你。你说出国就出国,你说钱不够,我去跟我父亲要。到了国外,进了威斯康星大学,你倒是如鱼得水,我却没一个专业可上。你说曹禺不是戏剧博士,照样写出了《雷雨》,一句话,就让我成了陪读的家庭妇女。”方圆圆说着说着,心里的愤愤不平压都压不住,时习章听了倒宽心许多。

他承认自己太自私,没照顾好方圆圆,不是一个好男人。

方圆圆要一吐为快:“后来你的论文一篇篇发表,飞来飞去地到处参加学术会议,成了美国医学界的明星。我呢,只能给国内的报刊写写小文章。你博士一毕业就当教授,你说要孩子我就给你生儿子,你说要回国,我二话没说,变卖家产跟着你就走……我也是个知识女性,我凭什么这么做?我每次作决定的时候也难啊,但一想起你向我求婚时的誓言,就什么都不管了。那誓言你还记得吗?"

"圆圆,你别这么说,'不离不弃,朝夕相依'这八个字我怎么会忘记!"说完这话,时习章的内心突然惶恐起来,自责像一把锉刀,折磨着他的神经。他像是喝多了似的,手掌搭在额头上,手指摩挲着疲倦的眼皮。

方圆圆的胸脯起伏着,拿起碗来想喝茶,碗里却没水,就把时习章碗里剩下的酒一口喝干,然后掏出白手绢拭了拭嘴角。她打量着低垂着头的丈夫,沉吟许久,方圆圆才说:"我回国后的脾气是越来越不好了。但我讲的是实话,我方圆圆的性格和人品你老时最清楚。你看这蓝天白云,多么亮堂,你也敞开心扉说点亮话吧。"

"圆圆,我能说什么呢?我想说的,只是对不起。"

"一声对不起有什么用?当初程怀远把你绑架来,你一回到杭州我就跟你说,浙江我们不待了。你倒好,我的话听都不听,像吃了迷魂药,打起包裹就要下乡。我劝你三思而行,你糊弄我说,你下乡是收集血吸虫的研究资料,少则几个星期,多则几个月就回来。你这不是把我、把我们这个家都不放在眼里吗?"

"情况随时随地都在发生变化,我也想不到嘉禾县这儿血吸虫的疫情会如此严重。我是专家,是教授,可我首先是个医生啊。病人在等着我救治,我怎么能一走了之呢?"

"请你不要再用这种理由应付我。我也看到了,这儿的疫情是严重,但栖真最缺少的是像李宋唐那样的医生,你这样的人待在这儿是大材小用你知道吗?还有,你可以不在乎我,可你不应该抛下年幼的、渴望得到父爱的儿子!"

儿子虎头虎脸的样子浮现在时习章的脑海中,他的眼泪水都快流下来了。他抹了把眼睛,给自己倒了半碗酒,一口灌了下去。他的脸红红的,热辣辣的酒精刺激着他的胃,他说:"圆圆,儿子是你的心头肉,也是我的心头肉,我人在栖真,却每夜都想你、想可爱的小家伙。说句你不爱听的话,我时习章位卑未敢忘忧国,现在国家有难,百姓遭殃,我不能不管。我们回国的目的就是报效祖国啊!"

"报效祖国,难道只有在栖真才是报效祖国吗?我们单位的演员们、研究所的专家们，他们难道不爱国？我看你心里是有国无家，是另有所谋！”

“你别说了！”时习章手里的酒碗嗵的一声扔进湖里，溅起的水花有如硕大的雨点砸到伞面上。两个人同时想起了在门诊室里，方圆圆撞见时习章跟吴忝绮在一起的那一幕。湖上的微风轻轻吹拂，芦苇叶子沙沙沙地响着，方圆圆心里像刀割般的难受。她比时习章先冷静下来，收起手里的油纸伞，搁在船舷旁，起身上了岸。

“老时，你别忘了当初立下的誓言，你爱国我方圆圆也爱国，抗美援朝时我把我个人的陪嫁都拿出来，捐献了半架飞机呢！”方圆圆怔怔地抬头望天，突然手捂着脸走了。等程怀远和夏沫抓了一竹箩的鱼回到这儿，只有气呼呼的时习章坐在船舱里。

方圆圆继续呆在栖真寺，继续跟时习章打冷战，弄得时习章都没心思看门诊了。他找到程怀远，告知方圆圆此行的目的，还说跟她来的杨初就是上海的单位派来接头的。程怀远耷拉着嘴角，摇了摇头。时习章一声叹息，说：“老程，怎么你也变得缩头缩脑了？要不你当初怎么把我弄来的，你就怎么把她弄回去得了。”

“什么？你让我绑架方老师回杭州？”程怀远的头摇得跟拨浪鼓似的。

县人民医院几次来信请时教授去作学术报告，第二天，时习章跟程怀远招呼也不打就去了县城。本来两个人的门诊现在由李宋唐一个人对付，住院的病人又要做手术，栖真寺的偏院里顿时挤满了等待看病的村民，还相互打听时医生哪里去了。程怀远明白时习章在给他施加压力，手托着腮帮子琢磨了半天，好歹想出了个主意。

中午在食堂，程怀远一见方圆圆连忙从口袋里摸出他珍藏着的卷子，问方圆圆是不是说话算话。方圆圆还以为程怀远手里拿着的是什么文件，回说别看我一个女人家的，我还从来没有说话不算话过！

有了方圆圆的这一承诺，程怀远把来金沙、夏沫叫到队长室，让他们给他辅导方圆圆曾考过他的那张试卷上的题目。小学三年级的题目对来金沙、夏沫他们来说，可谓小菜一碟。他们讲解一题，程怀远手捏着铅笔做一题，几个小时下来，这张试卷上的题目居然让程怀远都做出来了。他看着黑糊糊地写满了字的卷子，兴奋得直搓手，感慨地说：“这下子好了，我老程终于有了给老时解围的法宝了！”他兴冲冲地当下就去了藏经阁。程怀远嘻嘻一笑，说：“你在杭州给我的卷子我做出来了。”

方圆圆说：“你即使做出了，也不过是小学三年级的水平。”

“三年级、四年级的我不管，也不在乎。当初你说了，只要我老程做得出这张卷子,时老师随我去哪儿都行。”

方圆圆终于掂量出程怀远的意图,冷笑一声:“程队长,也难为你煞费苦心了。这张卷子真的是你做的?我看到中午在食堂里你跟夏沫、来金沙在嘀咕些什么,你别蒙我了,我再重复一遍,我方圆圆说话算话,要不我再叫一个小学老师出张小学三年级的数学卷子,你当着我的面做。你要是真做得出,我还是那句话,老时跟你到哪儿去我绝不拦着!”

程怀远手捏着卷子,傻掉了。

“这小学老师你去找还是我去找?程怀远,你连小学三年级的水平都没有,有什么资格跟我提老时的去留问题。”

第二十一章

程怀远告诉吴忝绮,他得出趟远门,让吴忝绮多照看着队里的事。吴忝绮听夏沫描绘过万亩荡里的“春游”,猜测程怀远的此行跟时习章、方圆圆有关。但她不多问,只是叮嘱急红了眼的程怀远早去早回。程怀远先到了嘉禾县人民医院,逮住时习章,告诉他:“快回栖真,这几天病人多,李宋唐都扛不住了。”

“你这是去哪里?”程怀远拎着的一大篮子鸡蛋引起了时习章的注意。程怀远的手掌抹了抹下巴,说:“我上趟省城,到你家里看看。小家伙一个人待着,别说你不放心,我也担心着。我去探望一下,另外也办点事儿。”

时习章心里一阵感动,又埋怨方圆圆。程怀远叫时习章别说了,到了栖真也不许说有伤和气的话,事情肯定会很快解决的。

到了杭州,程怀远果然先去了湖滨路上的时宅。孩子和用人都在。八岁的时斌起先躲在一旁不说话,只是用警惕的眼光打量着突然出现的大个子叔叔。等到用人跟程怀远打听时教授的近况,他抓着一只玩具鸭,走过来问:“我爸爸什么时候回来看我?”

程怀远摸了摸时斌的红领巾,说:“小朋友,你想妈妈、想爸爸了吧?你妈妈很快就会回来的,你爸爸嘛,在前线打仗,可能要过一段时间才会回来。”

打仗这个词激发起了时斌的想象力,他眼睛一亮,说:“我爸爸真的在打仗?”程怀远呵呵一笑,说:“是的,你爸爸打仗很勇敢,都成战斗英雄了。你在家里乖,下次叔叔来,带一个炮弹壳子给你玩!”

“真的?”时斌手里的玩具鸭扔到地板上,双手揪住程怀远的衣襟,问,“叔叔下次什么时候来?”

“快了,只要你听阿姨的话,好好学习,你肯定会有一个大大的炮弹壳子。”程怀远张开双手比画着,逗得时斌亲热地依偎到他的膝盖上。

把鸡蛋等土特产撂给了用人,程怀远一身轻松地找到长臂猿老张。

“你小子算是露脸了,老首长好几次都表扬你呢!”老张的羡慕是真心的。但是程怀远坐在老张的床沿上，神情落寞。抽了一会儿烟，程怀远示意老张去把林秘书叫来，说是三个人一起喝顿酒。老张奇怪了，说："小林这家伙你最不愿见了，今天太阳从东边落下去了，你真的请他喝酒？"

"哪来的那么多废话！"程怀远瞪着铜铃眼，都快要拿脚踹老张了。老张一看势头不对，赶紧跑回省府大院，楼上楼下地到处找小林。

三个人仍旧到了钱江汽修厂门口的小酒店里喝酒。小林在来的路上，就听老张说程怀远这次从乡下回来，脾气臭得不行，心里忐忑不安。一见面，小林拿出十二分的客气，程怀远也很给面子地敬了他酒。之后就说现在他遇到了个难事，事关嘉禾县，乃至全省血防工作的大局，这个忙你一定得帮！

小林心里有点虚，不敢贸然答应。程怀远瞧也不瞧他一眼，自顾自地说下去："我把时专家弄到栖真不容易，差点让老首长剥皮抽筋。可这时专家来是来了，也得让他安心才是。他爱人是省歌舞剧院的编剧，夫妻俩老是这么两地分居不行，得把方圆圆调到嘉禾县去。小林你得帮我出把力。"

事关时教授没小事，小林深知这一点，他想拒绝又不敢，就推说最好请示一下赵省长。

"屁大的一点事都去麻烦老省长，怪不得老首长瘦多了。"程怀远杯子一蹾，骂了人，小林只好应承下来。

小林毕竟是赵省长的秘书，电话打到歌舞剧院的院长那儿，院长急了，说方圆圆请假是真，可要调离本单位，根本没这样的事！小林不听院长的解释，只说："毛主席都发出号召了，血防工作是当前的中心工作，大家都要支持。而且方老师调到嘉禾县去，一是解决她跟时教授夫妻分居的问题，另外我也听说她想创作一个关于血防工作的剧本，她这也是深入生活嘛。"

小林的最后几句借题发挥让院长无话可说。他搁下电话，想了想觉得这事太离谱，干脆按兵不动。第二天程怀远找到歌舞剧院，说是来帮方圆圆办手续的，这下子院长真的慌了，他一口咬定调动手续得由本人亲自来办，程怀远跟他顶起来。剧团里本来在排现代戏，院长室里的争吵声引来了众多的围观者，程怀远扫了眼外面穿着国民党军服的演员，走过去夺下一把木头手枪，挥舞着威胁院长，说："你放不放人？你再不放人，老子毙了你！"

院长是鲁艺出来的老革命，不吃程怀远的这一套。只见他手一招，十几个脸上搽着胭脂、身穿国民党校尉军服的演员一拥而上，当下就把程怀远架了出去。

轰走了程怀远，小林的电话又打来了，限院长三天之内放人！院长嘴上应承着，私底下派人事科长急赶栖真面见方圆圆本人。方圆圆人在栖真寺里，两天不见程怀远，也正奇怪着呢，一听说有这样的事，气得脸都白了，转身就收拾行李。

正在看门诊的时习章得知方圆圆单位里来人，也提早下班回到藏经阁楼上。

“好你个时习章，你跟着个疯子搞血防，你自己也变成了疯子。你跟程怀远串通好，竟然背着我干出这样的事情！”方圆圆手里的包裹扔到地上，气得直抹眼泪。时习章急问方圆圆发生了什么事，方圆圆背过身去不理他。这时，站在边上的人事科长告诉时习章：“有人来歌舞剧院办方老师的调动手续，说是要调到嘉禾县文化馆。”

“别说了！”方圆圆抓起包裹走到门口，从口袋里掏出房门钥匙挂在墙头的钉子上，回头说，“老时，你跟我来这一手。你给我记住，我方圆圆永远不会原谅你！”

时习章本想送送方圆圆，可追到楼梯口又止住了脚步。他聆听着妻子的脚步声远去了，就坐回到床前的椅子上，全身像是刚做完一个大手术一样酸痛无力。插在药瓶里的野花已经枯萎，星星点点的花瓣散落在桌面上，时习章想起了一个人去码头迎接妻子的情景，犹如蚂蚁挠心。过了一会儿，他感觉有人进了屋子，抬头一看，杨初站在他面前，脚边搁着一只人造革提包。

杨初叫了声时老师，时习章摇了摇手，不让他说下去。

这些天，杨初在血防医院也没闲着，主动到住院病房当值班医生，工作细致认真，时习章都看在眼里。

“你回去后，代我向秦所长、雷教授他们问好。你自己也要好好钻研，血防工作很需要你们这样的青年才俊，有什么问题，面谈没机会了，我欢迎你写信来笔谈。”时习章正说着，楼下传来方圆圆催杨初快走的喊声。

傍晚时分，时习章待在空荡荡的门诊室里，饭也不吃，茶也不喝地生闷气，刚返回栖真的程怀远在一边安慰他。木门咣的一声被推开了，走进来的竟然是杨初。

“杨初，你的行李怎么忘了？我正想着明天派人给你寄回上海去呢。”愁容满面的时习章指了指桌上的人造革提包。

“噢，时老师，我不是回来取包的。我送方老师上了回杭州的火车，又到邮电局给所里打了电话，我介绍了这里血吸虫病的治疗情况，秦所长、雷教授非常支持我的决定。我要求加入嘉禾县第二血防队，请求程队长批准！”

“哈，那太好了！”程怀远的手在杨初的肩膀上重重一击，连说欢迎欢迎，并感慨着说，“老时啊，你别太难过了，夫妻嘛，船头吵架船梢上好，过几天回杭州一趟，跟方老师道个歉，说说好话，解释解释不就行了？我们血防队现在又多了一员强将，如此看来，我还得感谢方大姐啊。”

弟弟金满家的精神不大对头，这让刚愉快了没多久的大粒米心又沉重了。她想让弟弟到栖真寺替她看护父亲，自己也好脱身回家干点活，可金满家借口寺里人太多，不安全，死活不肯。大粒米都被弟弟的执拗气哭了，好说歹说，金满家来是来了，但是天黑之后躲躲闪闪地摸到栖真寺。跟上次一样，他翻墙进了寺庙，却被哑巴和尚智了撞了个正着。

黑灯瞎火的，智了当是进来个贼，不声不响地移步上前。金满家脚刚落地，心还没着没落地扑扑乱跳着，就被一条黑影扑上扭住。金满家还当是追杀他的人来了，左冲右撞，上蹿下跳地挣扎。智了没法说话，张开的手臂越箍越紧。金满家的骨头都要箍碎了，喘不过气来，急得他在智了的手背上咬了一大口。智了怪叫一声，一把把金满家甩出去三丈远。

小厢房这儿弄出了大动静，程怀远拧亮手电赶过来，耿福贵带着民兵也来了。大家伙都不认识金满家，审问他是干什么的，哪个村的。金满家想说又不敢说，急得脸上的五官都扭曲着，身子往树丛后躲。民兵当场就要用绳子捆他，大粒米跑过来挡在中间，叫嚷说他是我弟弟，程怀远不信。

“他真的是我弟弟。以前这儿血吸虫闹得太厉害，我弟弟想活命，逃走了，现在又回来了。”大粒米哭着求程怀远。金满家藏到姐姐的身后，瑟瑟发抖。程怀远挥挥手，示意放人。智了揉着手背上的伤口，认定金满家是贼，不满地冲着程怀远啊啊叫着。耿福贵上前拍了拍他的肩膀，智了看在寺庙归血防医院后，村里作为补偿给他提供口粮的分上，才梗着脖子回屋子里去。

大粒米领着弟弟，想去天王殿那儿见父亲，程怀远叫住了金满家，说：“你来一下。”大粒米生怕弟弟不会说话，也跟着来到队长室。程怀远拧亮了油灯，出现在他眼前的，是一张极度惊恐的脸，嘴角处的皮肉抽搐着，戒备的目光盯着门口，生怕有什么陌生人闯进来。

程怀远问金满家逃亡的经过，起先金满家还不敢说，大粒米站在弟弟身后，摇了摇他的肩膀，他才断断续续地开了口。说到在小山村被人欺侮的事，金满家控制不住地抽泣着，惹得大粒米也跟着抹眼泪。

程怀远很同情这姐弟俩，轻声说：“满家你受苦了。”此言一出，金满家像小孩似的，突然号啕大哭。

金星奎治愈出院了，大粒米姐弟俩摇着一只小木船来接父亲。人逢喜事精神爽，大粒米开心得脸笑成了一朵花，她的辫梢上扎了条新手绢，脚上的布鞋也是新的，见了程怀远，说不完的感谢话。金满家站在船梢头，胳膊下夹着一支橹，一见程怀远走到河埠头，虔诚地冲着岸上鞠了一躬。

夏沫跟大粒米并排站在石阶上，姐妹般地说说笑笑。李宋唐陪金星奎去药房拿了些口服药，这时也来到河埠头。

“李医生，谢谢你。”大粒米接过药盒说。李宋唐抓住大粒米的手握了握，说：“他就是你的傻子弟弟啊？”李宋唐扬了扬手，露出手腕上锃亮的手表。大粒米的心像被针刺了下，不吭声。虽说李医生对她父亲很客气，也很照顾，可大粒米在陪护时看到过他冲其他的病人呵斥来呵斥去，凶得很。

冬日的寒风送来几场鹅毛大雪，积雪融化之后就到了年底，上级要求嘉禾县第二血防队总结经验上报。杨初脑子灵，笔头快，帮着程怀远七弄八弄就搞好了。程怀远卸掉重担，一身轻松，对杨初也刮目相看。报告送上去没多久，县卫生局的钱副局长带着董队长来到栖真血防医院。董队长新组建的血防队培训得差不多了，过了年也要下农村，他这次来，口头上说是要跟程怀远取经，其实也是实地察看一下名声在外的第二血防队的状况，掂掂这头上长了条三八线的黑大个的分量。

队长室门口，董队长迎面遇上来金沙，来金沙尴尬地打了个招呼。等小来一走开，董队长愤愤不平地冲着小来的背影骂了声叛徒。

“董队长，这就是你不对了，时间都过去了那么久，你怎么还记恨这事？”程怀远冲董队长开了火。董队长早有防备，说：“你个三八，别得了便宜还卖乖。你抢我一个血防队，你说过去就过去了？你程怀远有啥了不起的，老子一旦带队下去就要和你比一比！”

“比就比！我有时教授在，谅你就算有孙悟空的本事也比不过的。”程怀远得意地哈哈一笑。

钱副局长、程怀远、董队长三个人巡视了一遍病房、手术室和化验室，最后来到门诊室。

候诊的病人很多，忙碌着的时习章站起身，和钱副局长、董队长握了握手，又扶着一个大肚子病人躺到检查台上。检查台缺了一条腿，垒着砖头支撑着。钱副局长看见时习章的手搭到病人圆鼓鼓的大肚子上，小手指像唱戏的女人似的翘着。钱副局长很奇怪，问时教授：“这有什么讲究吗？”

“没啥讲究，这只不过是我的一个习惯，”时习章笑着回答，“小手指处于循环末梢，比别的手指都凉，我翘起来，这样就不会凉着病人了。”

钱副局长一听，肃然起敬地说：“时老师，真遗憾我改行搞了行政，医术荒疏了，不然真想也来血防队做你的学生啊！”

巡视完食堂，钱副局长还在感叹。程怀远感觉脸上很有光彩。他说：“老时伟大的事多了去了，下次我好好跟你聊上一天一夜。我们还新来了个杨初，那可是从大上海的传染病研究所来的，说起洋文来叽里咕噜，本事也相当了得。还有李宋唐，做起手术来那真叫漂亮，这李宋唐原先是兽医，我去西塘……”程怀远还要说下去，钱副局长打断了他的话，说：“其实我来这儿不是检查工作的，有一件急事要跟你商量。”董队长鼻子哼了哼，脸部表情幸灾乐祸。

三个人回到队长室，钱副局长从包里掏出一份材料递到程怀远手上。材料最上面是卫生局的红头文件，下面是公安局的协查报告，最后是一封匿名的检举信，信上说李宋唐解放前是国民党上尉军医，有着复杂的社会关系，还给战犯杜聿明看过病，进了血防队常常关门闭户地收听敌台，行动诡秘，很有可能是个埋藏极深的台湾特务。

“什么？李宋唐是特务？”

程怀远是枪林弹雨中活过来的人，对特务这个词极度敏感。他看看这个，瞧瞧那个，钱副局长和董队长都一脸严肃：“你们说李宋唐是特务有啥证据？”

钱副局长解释说：“不是我跟董队长说李宋唐是特务，是公安的同志说的。证据也在公安的手里，正在一条条查。”程怀远点着一支烟，皱紧眉头回忆了跟李宋唐相识至今的大致经过，觉得没啥异常的。他又把检举信看了一遍，找出几个疑点跟钱副局长商讨着，没注意血防队的朱医生进来取报纸，一听钱副局长在举证李宋唐是国民党特务，苦大仇深的朱医生站在一旁不走了。听了没几句，朱医生大声嚷嚷着，要求程队长立马把这个国民党军医赶出血防队！

“你这头蠢驴，乱嚷嚷啥？这种事能嚷嚷吗？声音轻点行不行？怎么处理李宋唐自有组织决定。”程怀远支走了这个莽撞的年轻医生，关上队长室的门。

钱副局长倒是很理解朱医生的愤怒，叮嘱程怀远说：“你们的报告我们几个局长都看了，血防队成绩大，影响更大。你们是我们卫生战线的一面旗帜，越是这样，越要纯洁。局里正与公安局联系怎么处理，而你们的任务是必须看住李宋唐，万一他逃走，那就出大事了。”

送走钱副局长、董队长，程怀远召开支部紧急会议，一致决定由中共预备党员来金沙先把李宋唐看起来再说。

第二十二章

当天晚上，有村民用门板抬着一个病人送进栖真寺，病人家属在院子里哭喊救命。披衣而起的时习章奔下藏经阁，一看病人手捂着肚子，痛得满头大汗，乱蹬乱踢的双脚把门板都砸出个破洞。村民们手举火把，火星哔哔剥剥，见有医生过来，家属央求医生快救人！

时习章蹲下身拧亮手电筒，初步诊断这病人不像血吸虫病，应该是急性阑尾炎，得马上动手术，不然阑尾穿孔后果不堪设想。

手术室里一下子点亮了三只汽灯，吴忝绮、夏沫齐上阵，准备手术器械。本来这样的手术都归李宋唐做，可他正被看押着，只好由年轻的朱医生主刀。

朱医生从卫校毕业没多久，哪见过这阵势，脸上的汗都下来了。他摇着双手说："我不会，真的不会做。我只是看李医生做过，没经验啊！"

吴忝绮打完麻醉针，针筒还没放下，病人的呼吸突然变得急促。夏沫叫了声救人要紧，说着把手术刀硬塞进朱医生的手心。面对袒露着的已消过毒的肚子，朱医生急得干瞪眼。他的嘴呜噜个不停，但没人听得清在说什么。时习章退守在后边，等了会儿，想让朱医生定下神来，可朱医生的状态越来越糟糕，膝盖打着战，站都站不直了。

"你怎么这么没用啊！"夏沫上前踢了朱医生一脚，朱医生手里的手术刀当啷一声掉到地上。

"李宋唐呢？快找李宋唐。"时习章急得火烧眉毛，指派夏沫快去叫李宋唐。

"时老师，李宋唐被关起来了，不然早就去叫了。"夏沫跺了跺脚，头上的两根小辫在肩膀上乱跳。

"管他特务不特务的，救人要紧！"时习章推了夏沫一把。夏沫急奔而出，不一会儿，带来了衣衫不整的李宋唐。

手术台上的病人脸色蜡黄，快痛昏过去了。

"割阑尾，快！"时习章说着推开呆立着的朱医生，示意李宋唐准备。

“时老师,这……”

“李宋唐,你想眼睁睁地看着病人疼死在手术台上吗?”时习章还从没用这么大的嗓门吼叫,李宋唐不再犹豫。一拿起手术刀,李宋唐像是准备捕杀猎物的猎手,脸上是专注凌厉的表情,眼睛里只有病人,没有其他。朱医生躲在时习章背后,悄悄提醒说:“时老师,李医生可是特务啊,万一手术失败,治死了人怎么办?”

闻听此言,时习章有点被吓着,他很想找程怀远请示一下,但一是时间来不及,二是知识分子的面子又扛着他。他狠下一条心,回头瞪了一眼说:“我时习章就是相信李医生的医术,出了事我承担!”

李宋唐手握着手术刀,心头涌上来的是无言的感激。麻醉药产生作用,手术台上的病人死了般直挺挺地躺着。李宋唐稳了稳神,一刀下去,病人的肚子绽开个口子……

手术在紧张进行,看守在李宋唐宿舍门口的来金沙也像是肚子上被人扎了一刀,不知如何是好。刚才黑暗中冒出个夏沫,来金沙手持着跟村里的民兵借来的步枪,不买夏沫的账,夏沫抬出了时习章,来金沙这才犹豫了。夏沫拨开横挡着的枪,冲进屋子,拉着李宋唐就跑。来金沙在后边追,跑了没多远,他转而去了程怀远那儿,把队长室的门拍得震天响。有点感冒的程怀远吃了药片,正在蒙头睡觉。

来金沙拍打了几下见门没闩推门而进。程怀远腾地坐起身,说:“刚才是你小子在院子里发神经,乱嚷嚷?”

“那是病人。村民送来个病人,得开刀,小朱不行,时习章把李宋唐找去做手术了。”

来金沙划亮了一根火柴,程怀远抬起头来忽地吹灭了,说:“时老师叫李宋唐去做手术你管个鸟,守在门口就是了。”来金沙还想说什么,程怀远钻回被窝不理他,来金沙只好走了。

过了没多久,来金沙再次急奔进程怀远的宿舍,没等他开口,程怀远嘟囔了一句:“你还让不让我睡觉?”

来金沙说:“我哪敢啊?是公安来人了,要把李宋唐带走。”

程怀远心里一急,顿时睡意全无,披衣而起。来的两个公安就等在门外,这时也进来了。来金沙点亮了油灯,指了指说:“他就是程队长,有什么事你们跟他汇报。”

带队的吕公安一见程怀远衣衫不整,踌躇了一会儿,才公事公办地说明来意。程怀远摸索着找了根烟,问:“那你们怎么深更半夜来?”

“这乡下的路七拐八拐的，我们迷路了。”

程怀远将嘴上的香烟凑到灯火上点燃，深吸了一口说：“你们的协查报告我看了，不就是有人检举他吗？我们早把他押起来了。至于转送，我看等查清楚了再说吧。”

“不行，有些事得当面审问。再说了，押在你们这儿，要是跑了怎么办？”

“跑了？这小子没那本事，也没那个胆。”程怀远吐口烟，眯着眼睛瞧了瞧来金沙手里的那杆步枪。来金沙提了提步枪，赶忙补充说：“李宋唐跑不了，我看得可紧了！”

“那他怎么不在看押的地方？”吕公安说出了心中的疑问。程怀远知道再也绕不过去，只好说：“李宋唐在手术室里做手术。”

“什么？你们还让一个特嫌分子上手术台做手术？”吕公安的声音一下子高了，脸上显出了责怪的神情。

“我们这不是医院嘛，李宋唐在问题没查清之前还是医生，有急诊病人需要手术，他捏个手术刀又怎么了？”程怀远才不把这两个公安放在眼里，一根烟抽得吞云吐雾，悠闲自在。

“告诉我，手术室在哪里？”带队的吕公安按了按武装带，回头问来金沙。程怀远只好趿着个布鞋，带他们到了手术室外。

手术室里灯火通明，除了手术器械清脆的碰击声，没有别的声音，静谧中透露着紧张。吕公安想推门进去，来金沙一把拉住他的手叫：“不行，这是手术。”

程怀远不屑地哼了哼，关照小来别拦着，说：“你们进去想带人就带吧，只是你们俩谁会捏手术刀，得把李医生的手术接着做完，不然死了病人我把你们俩跟李宋唐一起关起来！”

沉浸在手术中的李宋唐，其实已感觉到外边来了陌生人。夏沫想开门去看，被吴忝绮一个眼神制止了。汽灯静静地燃烧着，割下的阑尾扔在一只腰子形的搪瓷盘里。李宋唐拿起一根针，就着灯光高举着，穿上了腊肠线，吴忝绮用药棉揩干净伤口处的血水，李宋唐弯下腰缝合伤口。

病人身上麻醉针的效果已经减弱，开始哼哼着。

李宋唐抬起头，他一下子捕捉到门外两个公安的身影。李宋唐手上的动作停止了，心里一下子便明白怎么回事。他的头低垂到胸前，眉头紧皱着，像是要把喉咙口的什么东西强咽下去。

“李宋唐。”时习章脸色凝重地叫了一声。李宋唐只当没听见，他把手里的针往病人的肚子上一丢，也像是阑尾炎发作，手捂着肚子坐到凳子上。

“李宋唐，把手术做完！”时习章厉声喝道。

李宋唐的手敲击着膝盖，头左右摇摆着。

时习章按捺住心头的怒火走到李宋唐身边，两个人对视着。病人的呻吟声更响了，时习章长叹了一口气，右手按到李宋唐的肩膀上，轻轻地推了一把，李宋唐这才起身，把病人伤口上剩下的几针草草地缝完。长长的腊肠线还有很长的一截，夏沫拿过剪刀想剪，李宋唐眼一瞪，伸长了脖子一口咬断腊肠线，恶狠狠地把线头啐在地上。

病人在家属的帮扶下转移走了，时习章他们脱了白大褂，默默地洗手。李宋唐的目光依次在他们的脸上扫过，伤心欲绝。他挥了挥手，说：“你们走吧，全都走吧。”

“李宋唐……”时习章不知道该说些什么，难过地出了门。等急了的公安刚要进屋，李宋唐突然一跃而起，抓过门闩往吕公安的胸口上一顶，接着就封死了手术室的花格子门。

吕公安拿脚踹门，程怀远担心吵醒病人，赶忙劝阻了。程怀远自己在外面拍着门喊李宋唐，李宋唐起先不应声。过了一会儿，隐隐地传来了他的抽泣声，绝望而又无助。

程怀远说：“公安也是为了早点把问题查清楚啊！”回答他的是李宋唐一脚踢飞铁桶的咣啷声。李宋唐在里面砸手术台，并喊叫着：“滚开，滚开！”

“李宋唐，你冷静点！你小子别损坏集体财物！”程怀远心痛极了，跑到窗边推开了窗户，只见李宋唐脸色惨白地站在手术台边上，手里攥着把锋利的手术刀，目露凶光。

“你们都别进来！”李宋唐手里的刀尖指向窗口。吕公安本想翻窗进去，被程怀远拉住。

李宋唐如困兽般急得大骂：“姓程的，你这个不要脸的骗子！老子在西塘好好地干兽医，是你好说歹说让我来血防队的，还说只要我救下十个病人，天塌下来你也给我顶着。你说，我李宋唐现在救了多少人？我没有功劳也有苦劳啊！”

“李宋唐，你听我说，你让我进来，我跟你说……”程怀远的手摁到窗台上。李宋唐的手术刀顶在了自己右手的手腕上，一阵冷笑：“你进来？你进来我就把我这只手废了！”

吕公安拔出手枪，时习章拍了拍吕公安的手，说：“这儿是医院，你把它收起来。”

时习章叫了声李宋唐，说：“你别这样，我时习章行医那么多年，手术做得如此漂亮的，除了你李医生我还没见过第二个。你是个手术天才，可千万别毁了自己啊！”

“救人有什么用？手术漂亮又有什么用？我还不是反革命，还不是特务！”

“问题总会查清楚的，别人不相信你，我程怀远相信你！”

“算了吧，我再也不上你的当了！我救病人，可谁能救我？你们说说，现在谁能救我李宋唐？”

李宋唐的手术刀寒光闪闪，又威胁要割下自己的右手。正此时，吴忝绮过来了：“请让一让。”她的口气淡淡的，但有一种说不出的威严与自信。

程怀远和时习章都让到了一边。吴忝绮走到窗边说：“李宋唐，你听我一句话，别做傻事，好吗？”

“傻事？老子在三反五反时已经吃过亏了，我这一进监狱肯定出不来，判个十年二十年，让我怎么做人啊？”

“你想怎么做人？”

“做人得有希望、有事业。”

“还有吗？”

“有女人。”

“女人？女人有那么重要吗？”

“当然重要，哪个男人不想有个女人！”李宋唐为自己的直言感到诧异。

吴忝绮长吁了一口气，抬头望了望夜空说：“那好吧，你别自残。只要你放下刀跟公安走，劳改上十年二十年的，我吴忝绮等着你！”

在场的所有人都为之一惊！

李宋唐目送着消失在黑暗中的吴忝绮的背影，人一下子竟有点痴迷了。吕公安趁机翻进窗，一把将李宋唐铐上。

时习章随程怀远到了队长室，来金沙也跟来。三个人围着一盏油灯坐着，沉默许久，程怀远劝时习章：“你该休息了，明天还有那么多的门诊。”时习章摇了摇头说：“老程啊，我怎么睡得着？我们在栖真的这些日子，收治了那么多病人，那是城市里的医生想都不敢想的。病人肚子里的血吸虫就算我们全灭了，但水里的呢？就比如那个万亩荡吧，人称小西湖，但那湖水里肯定有很多钉螺，人一接触这疫水就会感染。更要命的是，嘉禾县这儿是江南水乡，到处都是水。老百姓生产生活不下河那是不可能的，所以消灭血吸虫病只能是一个长期反复的过程。照现在的治疗速度，三个月约二百个病人，一年二千四，就嘉禾县病人的情况，果然如我当初跟赵省长说的，治疗完这些病人需要一百年，这还不包括其间复发和新增的血吸虫病人呢！”

不算不知道，一算吓一跳。时习章放下扳着的手指头，白皙的手掌无力地搁到膝盖上。程怀远的脸色凝成冰霜，垂头丧气地点着了一根烟。

"老时，我程怀远在赵省长面前可是立过军令状的，这治疗是得想想新办法了。所以说，这治疗重要，你老时的研究也重要。我老程目光短浅，耽误你了。"

"我到血防队接触了那么多血吸虫病人，这也为我的研究打开了思路，只是形势太严峻，时间也太紧迫了。"

"也是啊，治不完的病人，还有这虫子，肚子里的、河里的……这血吸虫就像打不完的敌人，没个底啊。"

听着对话，来金沙屁股下像长了痔疮般坐不安稳，他伸手向程怀远讨了根烟，夹烟的手指一直颤抖着。

时习章道："救人如救火啊，这轻些的病人能让他们等，而晚期病人则不能等，总不能眼睁睁地看着他们死去吧？远的不说了，李宋唐这一走，当务之急是血防队缺一把好刀。你还得再去找一把好刀来。"

"老时，我程怀远也算是枪林弹雨中走过来的人，死人我见得多了，有敌人有战友，可现在……"程怀远长叹了一口气，"我已经看不得病人死在我眼前了，但有什么办法呢？李宋唐这一走我也心痛啊。真奇怪，是谁写了检举信？是他以前医院里的同事吗？"

"程队长……"来金沙这时突然手里的烟一丢，站到了程怀远跟前，"我，我知道这检举信是谁写的！"

"谁干的？快说！"程怀远的目光紧盯着来金沙。

来金沙膝盖一软，扑通一声就跪倒在程怀远面前……

第二十三章

来金沙一说是他写了检举信，程怀远便咆哮了，有如发狂的狮子。他飞起一脚把来金沙踹倒在地，接着抓起步枪，将枪口对准了来金沙！

时习章抱住了程怀远，大叫："老程，你不要乱来！"

"程队长，你打死我吧，我来金沙是浑。我错了，我不是人。"来金沙抱紧程怀远的双腿哀求着。程怀远将手里的枪一扔，回到座位上，结结实实地拍了三下桌子。

"小来，你干吗写这样的信？你知道后果吗？"面对时习章的责问，来金沙结结巴巴地交代了写信的原因。

原来李宋唐在血防队里仗着资格老、本事大，来金沙这样的小年轻他根本没放在眼里，平时对他常取笑奚落不说，就是来金沙向他虚心请教也都爱理不理。他打发蜡、喝咖啡的做派也遭队员们非议。前不久上级给了血防队一个先进个人名额，有人会上提名来金沙，李宋唐却阴阳怪气地说："小来这样的人，连阑尾就是盲肠、盲肠就是阑尾都搞不灵清，他能当先进我为啥不能当？"他自己推荐了自己。来金沙气不过，当夜就写了匿名信，但也只不过想让公安暗地里调查调查，刹刹李宋唐嚣张的气焰……

"来金沙，你他妈的别说了！"程怀远从地上一把揪起他，两个人撒腿就往村外跑，引来村子里狗的一阵狂吠。

星光照耀在田野上，树木庄稼都黑糊糊的，远远地望见吕公安他们的手电光在不远处的桑树地里移动。程怀远抄近路将他们截住，连声说弄错了。

吕公安奇怪地问："什么弄错了？"

程怀远跑得上气不接下气地一指反绑着的李宋唐，说："是这个人弄错了。"

"错什么？我有带走他的文件，也征得你们血防队同意了。"

缩在程怀远身后的来金沙惊魂未定。他颤抖着叫了声："李医生，对不起……"

话还没讲完，程怀远将来金沙推到吕公安跟前，强调说是他弄错了。来金沙赶忙交代那封检举的匿名信是他写的，他向毛主席保证，信上的内容都是他瞎猜瞎编的。

"什么？你竟冲我打冷枪！"吕公安还没反应，李宋唐一听就按捺不住了，要跟来金沙算账，吕公安赶紧将两人拉开。

程怀远说："都清楚了，把人留下吧。"

"哪有这么简单？"吕公安道。

"公安同志，要不你把我押走，让李医生留下来吧。"来金沙哭丧个脸，身子又往前凑。李宋唐也使劲挣扎，想让公安把他手腕上的铐子打开。

"叫你别动就别动！"另一个公安火了，一掌劈在李宋唐的右手上，李宋唐哎哟一声，叫喊着我的手我的手！

"别伤了他的手！"程怀远见公安冲李宋唐做手术的手下重手，火得眼冒金星，噌地蹿了过去，推了那公安一把，"你他妈的滚一边去！你知道这是一双什么手吗？手术天才的手！你们伤了它，割了你们两个的头都赔不起！"

吕公安内心再不满，也不想跟程怀远在这黑咕隆咚的桑树地里纠缠下去，他正了正身上的武装带，冷冰冰地开了口："程怀远同志，你们血防队里的矛盾你们回去自己解决，现在已经很晚了，请不要妨碍我们执行公务。"

"妨碍，这叫妨碍吗？这是发现错误及时纠正！我们这儿的病人离不开李医生，今天你无论如何得把李宋唐还给我！"

"要是不还呢？"吕公安急了，拔出手枪对准了程怀远。

程怀远瞧着枪口，轻蔑地摇了摇头说："你们真是嘴上没毛办事不牢，来之前就没打听打听我是谁？竟敢在老子面前玩枪！"

说时迟那时快，眼睛一眨，公安手里的枪就撸到了程怀远手上。

"你敢夺枪！"想不到这个血防队长敢跟他玩这一手，吕公安更是气坏了。

"老实跟你讲吧，玩手术刀，这整个嘉禾县没人比得过他。"程怀远指了指李宋唐，"可玩枪，全浙江也没几个人比得上老子！小伙子，老子走过的桥比你走过的路还多，你还嫩着点，回去时眼睛睁大了，可别再迷路。"

吕公安嚷嚷着要告程怀远，程怀远把手枪插回到吕公安的枪套里，又拍了拍他的手臂说："你告吧，随你怎么告，老子正烦着呢，全身的骨头都在痒，正巴不得有人来敲打敲打。"

李宋唐总算留在了血防队。只是他很记仇，一见来金沙就骂个不休。程怀远劝也没用，后来吴忝绮开了口，李宋唐才收敛一些。这之后，他有事没事，总往化验室跑，吴忝绮从不提那晚上的承诺，每次见李宋唐眼神迷离，吴忝绮便冷着个脸离开。李宋唐认定这是吴忝绮难为情，心里仍旧美滋滋的。

来金沙因为这件事，先进肯定是评不上了，预备党员的考察期限也延长了半年，他心服口服，平时干活更加努力主动。

血防队开着个小食堂，很费柴火，这一天，程怀远拿了扁担和砍刀进了万亩荡边的芦苇荡。他砍好一担柴，正要返回，杨初找来跟他说："上边来人了，像是省里的，等在队长室已经很久。"程怀远以为是来检查工作的，急急地挑着柴火往回赶。刚到山门，便一眼看见长臂猿老张正抽着烟，坐在台阶上懒洋洋地晒太阳呢。

"老张，老首长呢？"赵省长上次杀到栖真来接时习章，至今还让程怀远心有余悸。

老张看了看程怀远肩挑担子腰别砍刀的模样，笑嘻嘻地说："你小子想得倒美，赵省长得管全省人民，哪有闲工夫老是往你栖真跑。"程怀远把柴火撂了，抽下挂在脖子上的毛巾，拍打着沾到裤腿上的草子，说："我知道了，你小子杭州呆腻了，来支援血防工作是吧？"

"算了吧，我给赵省长开车难道不是革命工作？如果不是赵省长命我带个人来给你，我老张又不想当和尚，上你这破庙来干啥？"

"带个人来？"程怀远朝山门里边瞄了瞄，说："我知道了，专家，一定又是血防专家！"程怀远指点着大老张的鼻子，嘿嘿嘿地乐坏了。大老张又好气又好笑，说："老程，你也老大不小了，能不能偶尔也想点别的，比如想想你老家，想想喜……"

大老张嘴里的梅字还没出口，程怀远拉着大老张的手一下子甩开了问："她在哪里？"

"怎么？人都给你带来了，你急什么呀？"大老张嘿嘿一乐，"她人在队长室里。你去吧，我再在这儿晒会儿太阳。"

"你个长臂猿！"程怀远又羞又恼，嘟囔说，"你快把喜梅给我送回去，好不容易刚弄走个方圆圆，喜梅这一来，这血防队不又乱套了吗？我不想见她，你快把喜梅送走。而且我警告你，你小子今后再也不许瞎掺和我的事情！"

"谁瞎掺和了？是赵省长派我送喜梅来的。"

"老首长也是瞎起劲！"

"程怀远，你小子真够浑的，把老头子的好心也敢当成驴肝肺，你瞧瞧这个吧。”大老张掏出一封信，交到程怀远手上。只见赵省长在信上写道：

狗蛋，我把你媳妇给你送来了。这姑娘我见了，是个好姑娘，好好待人家，男大当婚，女大当嫁，不要总那么没出息！

老首长的信像是唐僧和尚戴到孙悟空头上的紧箍咒，程怀远没法子了。大老张押犯人似的，督促程怀远回到队长室。喜梅一见程怀远，紧张地站起身来，生怕他说什么生气的话。可有大老张在场，两个人还能说什么呢？大老张感觉到了多余，哈哈一笑，说我的任务完成了，杭州事儿多，得赶回去了。

程怀远和喜梅送大老张到村口，回来的路上，程怀远问喜梅："嫂娘还好吧？"喜梅摸着长辫梢说："还算好，只是身体更不如以前了。"程怀远又问喜梅："你出来嫂娘知道吗？"

"嫂娘知道，但我这一走，肯定伤透了嫂娘的心。"脸色绯红的喜梅眼泪汪汪地瞥了眼程怀远。程怀远长叹一口气，加快步伐走，把喜梅远远地落在身后头。

程怀远出走后，回了家的喜梅白天没说什么，可到了晚上，她闷头闷脑地大哭一场，此后不再抹头油换新衣地打扮，一副失魂落魄的模样，人也消瘦了许多。她去村头干活，不是落下锄头，就是走错了路。她做个饭都做煳了，下田时连稗草和秧苗都分不清。嫂娘几次开口，但只要一提狗蛋这两个字，喜梅就装聋作哑地躲到一边去。每到邮递员来村里的日子，喜梅总是早早地守候在村口，盼望着有一封信能递到她的手上。一连几个月都这样，邮递员看不过去了，说："姑娘，你是在等谁的信吧？他不写来，你可以给他写啊！"喜梅想想也对，就顾不得脸面，央村里的会计帮她写信，又交给邮递员带走了，一封、两封、四封、五封……回信仍旧没来。会计再帮喜梅写信时开了句玩笑，说："这个狗蛋，真成陈世美了！"喜梅最不想听的就是这句话，当下板着脸就走了。不久村里办起了扫盲班，喜梅成了班上最积极的学员，她会认字写字了。之后就自己给程怀远写，凡是程怀远待过的部队和有地址的战友，喜梅都写信去问，偶尔她也收到过程怀远战友的回信，可他们都不清楚程怀远的去向。

有一天傍晚，喜梅上山给嫂娘采治病的草药，回来时路过村口的小石桥，桥下的河滩边满是鹅蛋大的卵石，溪水哗哗地流淌着，有个快嘴胖婶跟身边的人议论喜梅，说："男人就是这样，有了新的，扔了旧的。去了外边的花花世界，谁还会想着老家的破房子、丑婆娘。”

“胖婶，你说谁？”喜梅横眉立目，腾腾腾地跑到河滩边。胖婶一脸的尴尬，可她不是一盏省油的灯，嚷嚷道：“我说谁就是谁，你管不着！”

喜梅一脚踢翻胖婶脚边的木盆。

“狗蛋不要你了，喜梅你拿我胖婶出什么气？”胖婶手里的洗衣槌一指喜梅，喜梅不顾一切就冲上去揪住胖婶的头发，两个人抱在一起，从河滩边打到了小溪里。当天晚上，被众人劝回家的喜梅号啕大哭，嫂娘怕喜梅想不开，寻短见，颤巍巍地搬了条凳子坐在喜梅的房门口守了一整夜。

冬去春来，喜梅时不时地还给程怀远的战友写信。大老刘回信说，程怀远像是去了杭州，投奔老首长去了。喜梅这才直接给赵省长写信，写了好几封，赵省长终于亲手接到了一封，就让林秘书回了信，告知喜梅，程怀远在浙江，一切安好。喜梅得知程怀远的确切下落，当下就赶往杭州。赵省长在办公室接见了喜梅，一听完姑娘的哭诉，赵省长也骂程怀远混账东西，耽误别人也耽误自己。他叫来大老张，命他用自己的吉普车送喜梅来栖真，临出门时还不放心，又写了封短信，让大老张带着。

喜梅在血防医院安顿下来，脏活累活都抢着干，几乎成了血防队的编外队员。程怀远有意无意，总是回避和喜梅单独待在一起。他更不许别人开他和喜梅的玩笑，谁扯这个，他吹胡子瞪眼地凶相毕露。有一次，两个人在井台边迎面相遇，喜梅瞧瞧四下里没人，提出留在血防队的要求。

程怀远帮喜梅打了一桶水，之后就蹲在一边闷头抽烟，许久都不吭声。

喜梅本来还热乎着的心，一下子又变得和井水一样凉了。

第二十四章

血防队的治疗很有成效,可病房里的住院病人却越来越多,有的只能安置在走廊。寺前的河埠头停满了大木船小划子船,挤挤挨挨的,都快看不见漂着烂菜叶的河水了。每到中午,船梢上的人撅着屁股烧炉子做饭,蓝色的炊烟夹杂着吵嚷声升腾而起,走村串户的小商贩也挑着担子来兜售针线煤油,兴盛的景象有如这儿是通江入海的大码头。

观音殿里病人爆满,其中大多数病人的症状很严重,正在接受为期二十天的锑剂注射疗法。病人躺在铺了稻草的方砖地上,护士们打针只好跪着,一天下来,膝盖都肿了。每次进病房看到这情形,时习章心里就很难受。他曾提议从村民家中征集一些床铺作病床,但这样一来,病房的条件是改善了,可病床支支棱棱地占地方,血防队收治的病人人数肯定会大大减少,这又是个难题。大殿门口有个病人昨天锑剂注射出现中毒反应,好在护士立即给他注射大剂量阿托品,今天看上去已经好多了。时习章蹲下身,把脖子上挂着的听筒在自己手心里焐焐热,然后给病人查了查心律。脸色苍白的病人咕哝着打听病情,时习章让他放宽心,安心养病,最后问他是哪个村的。

"我家离这儿可远了,有二十里路,我老婆来看我一次都要走小半天,所以我在这里待不住啊!"病人急得坐了起来。

"你不是栖真人?"站在一边的程怀远听了很惊奇。他不再陪在时习章身旁,而是沿着走道,挨个问病人是哪里的。这一问,程怀远才知道,住院病人将近一大半都是从离这儿很远的村庄摇船送过来的,真正栖真村及附近村的住院病人人数不是很多了。

怪不得寺门口停了那么多的小划子船,程怀远如梦方醒。他跟时习章说:"我们组建血防队的目的是为了方便病人,提高治病效率,可一不小心,我老程又要犯错误哩。"只是下一步血防队该转移到哪里去,程怀远犯难了。这儿毕竟有屋宇连绵的栖真寺,有干着村支书的耿福贵,其他地方还会有这么好的条件吗?程怀远跟时习章、杨初商量,两个人对周边的情况一无所知。

“老程，我们听你的。”时习章信任的目光注视着程怀远。程怀远摸着下巴一想，感慨道：“转场是大事，再说他娘的卫生局小气得很，要药没药，要人没人，老子得找他们去。”

王局长其实也惦记着第二血防队。他在局党委会上嘀咕说：“第二血防队工作出色，堪称一面旗帜。只是程怀远大事不请示，小事也不汇报，跟个土匪似的，公安去押李宋唐，他居然还下了人家的枪，他是不是想在我们嘉禾卫生系统搞个独立王国出来啊？”王局长的话当然是开玩笑。

这天，一见程怀远黑熊似的推门进来，王局长张口就问：“老程你怎么来了？”

“我怎么来了？你不是说坐不惯办公室吗？这么长时间了，也不下乡看看，你在这儿一张报纸一杯茶地当官老爷，那只好我来了。”程怀远大大咧咧地身子往椅子上一躺，歇了口气，一抬头，目光停留在垂挂着的电灯泡上。

“局长，这玩意儿是啥呀？”知道他明知故问，但王局长还是一愣，拎起热水瓶的手抖了抖。程怀远起身找到灯绳，拉了下，电灯亮了，电灯光融进了日光，程怀远孩子似的眯眼看了会儿，又拉了下，灯灭了。他接过王局长泡的茶，瓮声瓮气地说：“看着这电灯，我老程眼馋啊，老实说我恨不得旋下灯泡带回血防队去。”

“想要你就拿吧，可拿回去没用，你那儿没电。”王局长打量着程怀远，掂量不出他的葫芦里又要卖什么药。

“唉……”程怀远叹了口气，“乡下是没电，可血防队做急救手术离不开好灯啊。每次我看到护士站在凳子上，手举着个汽灯给手术照明，一个手术下来，做手术的医生眼珠子都快掉出来了，举灯护士的手臂也硬成了木头。我心里头那个滋味，不说也罢。王局长，你想想办法，给我们血防队配个柴油发电机吧？”说着说着程怀远就动情了。王局长为之一怔。他神色严峻地说：“这很难，得跟物资局商量，但我向你老程保证，一定努力！”

“你总不会单单为这个事情来吧？”王局长吃准了程怀远还有话要说，催促道。

程怀远沉吟着，喝了口茶水，声音低沉地说：“栖真村那边能治的血吸虫病人都治得差不多了，我在考虑第二血防队转场到哪里去的问题，所以特地来跟局里请示。我知道董队长他们去了嘉禾县的南片，我们栖真在北片，具体去哪儿我想听听局里的意见。”王局长没吭声，只是站起身，走到墙上的嘉禾县地图前,看了许久,又回到办公桌拉开抽屉,把一封信递到程怀远手上。

信是求救信,是写给县委书记的。说是一个叫陶墩的地方,一个月之内死了六个血吸虫病人,有一个还是三代单传的独生子。这独生子病故后,他的母亲也上吊自杀了。村子里人心惶惶,已有人家收拾东西准备逃难了,村民们渴盼着共产党毛主席早点派血防队下去,信的末尾是密密麻麻的签名,字迹呈红褐色。

"是血书?"程怀远问王局长。王局长点了点头,告诉程怀远:"那天县委书记一接到信就跑到我这儿,坐了很久,也谈了很多。书记焦虑万分,跟我详细了解了血防队的情况,还说要是程队长会孙悟空的法术就好了,拔根毫毛变出十几个血防队,那不管是陶墩还是栖真的病人可都有救了。"

程怀远阴着个脸,又瞧了瞧血书。

"省里、行署三天两头地下文件,要求加大救治力度。老程你刚才错怪我了,我跟县委书记都说过,我这个局长不想当了,我也要学你老程的样,带上个血防队下农村去,可书记不同意!"

"王局长你别说了,这封信你就让我带着吧,陶墩那个地方你也交给我,请你相信我们第二血防队的战斗力!我老程不是孙悟空,但我们有时习章这样的大专家,我坚信我们一定会取到消灭血吸虫的真经!"

回到血防队,程怀远连夜召开了全体队员大会。原本挂在手术室里的汽灯吊到小食堂的横梁上,队员们就着亮光传阅了陶墩村民的血书,大家心情沉痛。转场势在必行,可也有人提出不同意见,问程怀远这栖真村里还剩下的病人怎么办?这时时习章插话了,他说:"我同意程队长的意见,要想更好更多地救治病人,必须转场。我们血防队就是机动队、游击队,哪儿血吸虫病人多,疫情严重,我们就去哪儿。至于目前这些栖真的病人,都是慢性的、晚期的,只能慢慢地靠药物救治。"

时习章的话一言九鼎,队员们的意见统一了。

寺前的黄色围墙上贴出了红色告示,宣布血防医院不再接收新的住院病人,可仍旧有病人送到这儿。程怀远急火攻心,嘴角都长泡了。他守在河埠头,跟船上的病人家属反复劝说,并许诺只要陶墩的血防医院一设立,他们就可以来就诊,好说歹说把他们劝回去了。但最让他头痛的是栖真村里的病人。很多村民拥进寺内的队长室,请求程怀远留下来,有些治好了的村民赖在观音殿里,谎说这儿痛,那里酸,死活不肯出院,程怀远只能请求耿福贵出面了。

耿福贵在村里威信高，大嗓门一嚷嚷，老老少少，没一个村民不听他的，但要让他开口，首先他自己得想通。耿福贵认为栖真寺的血防医院好不容易有点样子，村里的血吸虫病人是治愈了不少，但复发的也有，更不用说没治好的那些病人，程怀远他们这一走，让他这个当支书的怎么交代？病人家属才不管大局小局的，不说他偏心才怪呢。耿福贵越想越气，一连好几天都不到血防队去，只是闷在家里修理农具。

耿福贵闹情绪不出门，有人就找上了门。那是附近村庄里的几个支书，他们是为血防队的去留来讨主意的。

“老耿啊，这程队长拔脚要走，人心不稳啊。我们村子里没治好的病人家属天天跟我吵，还说要到乡里、到县里闹去。”说话的是油车港村的老金，耿福贵想起这家伙带着村民抢医生的情景，横了他一眼，不回话。

“福贵啊，你跟程队长不是老战友吗，你劝他他怎么会不听呢？”另一个村的章支书开口了。

“难哪，程怀远认准了的事，十头牛都拉不回，我说有什么用？”耿福贵吸了口烟，皱了皱眉头，“弄不好，这小子的牛脾气一上来，不说吼一顿了，我被他打一顿都不一定。”

“那我们一起跟他说说。”老金提议。耿福贵想想也好，你这程怀远程队长不是开口群众闭口群众吗？难道我们这些个村支书不是群众？况且老金来时都看见队员已经在收拾东西，血防队是走是留也就今明两天的事情。

有众人撑腰，耿福贵大腿一拍，豁出去了。他如此这般地交代了自己的打算，来访的几个村支书都点头称好，大家于是分头行动，杀鸡的，抓鱼的，生火的，洗锅子准备柴火的，搞得刚娶了媳妇的耿福贵家又像是要办喜事了。

耿福贵独自来到栖真寺血防医院。他先背着手，房前屋后地转了一圈，看到的情况跟他心里担心的完全一致。时习章的办公桌上摆着个纸板箱，装满了病历资料，化验室里的那些个瓶瓶罐罐已撤到几个箩筐里，挑箩筐的扁担就竖在一边。喜梅戴着袖套，收晾在院子里的被单，夏沫她们更是忙得跑进跑出，都没工夫跟他打招呼。耿福贵走进队长室，程怀远翻抽屉整理文件。

“你怎么搞得跟蒋介石逃离大陆似的。”

程怀远说：“福贵啊，我有事要你帮忙，你再不来，我待会就要去你家去找你了。”耿福贵瞅了程怀远一眼问：“什么事？”程怀远说：“血防队走了，村里病人药还得吃，村子里得有人管这个事。我看你媳妇惠英人热心也聪明，要不我们把药存在你家，让她分发给病人，好吗？”

“惠英是我老婆，也是你的弟妹，你关照的事哪有好不好的，你就放心吧。”

程怀远笑着赶忙请耿福贵抽烟，耿福贵把香烟叼在嘴角上，却不让程怀远点，问：“你们真的要走？”

“我想把医疗器械先运走再说。”

“你们真要走，我也不说啥，想当初你突然带着血防队顶着一头大雾来我这儿，我只请你喝过一碗薄粥汤。我耿福贵的这一条命也是你在战场上捡回来的，你是我的恩人，我没啥讲究，就在家里备几个菜，送送你，行不？”

“好啊。”程怀远说，“我们血防队给栖真、给你添了很多麻烦，也多亏了你相帮，你这酒我一定喝。”

程怀远跟着就去了耿福贵家。到那儿一看，堂屋里一张从地主家分来的八仙桌上，摆了好几碗热气腾腾的菜，有鱼有肉的，围在当中的大沙锅里，一只肥母鸡皮黄肉嫩，油汪汪的鸡汤上撒了把翠绿的葱花，让人一看就胃口大开。

“老金，你们怎么也在？”看到有那么多村支书围着八仙桌坐着等他，程怀远奇怪了。

“程队长，今儿个不光是福贵送你，我老金，还有附近的几个支书都想好好地谢你、送你哪。”

没容程怀远多问，老金和章支书联手架着程怀远，非要让他坐了上座。

耿福贵抓起酒甏给大家的碗里满上杜作酒。这杜作酒又称三白酒，是用蒸好的糯米加酒药发酵成的，酒色青绿纯澈。程怀远闻了闻酒香，大赞了一声好酒。耿福贵的老婆惠英端着一碗菜出来，笑着朝程怀远点了点头，转而问耿福贵：“喜梅呢？”耿福贵一拍脑袋，骂自己糊涂，说：“惠英反复关照过的，一定要叫喜梅也过来吃顿饭，我把这么大的事给忘了！”

“男人们喝酒，叫她来干吗？”程怀远皱了皱眉头。

“哈哈，怀远啊，这你就不对了，喜梅是你从小定下的老婆，她那么远地赶来看你，你一次都没带她上我家来过，你太见外了。”

“别乱说，喜梅是我姐，不是我老婆！”程怀远的脸一下子严肃了。惠英责怪地瞪了丈夫一眼，手在围裙上擦了擦，说：“怀远大哥，我家福贵不会说话，你可别介意。喜梅是大哥家的人，也就是我们的亲戚。喜梅呀，我去请。”另外的支书都说对，程怀远也不好拂大家的意，只得看着惠英解下围裙风风火火地往栖真寺跑去。

程怀远虽端上了酒碗,却声明自己不能多喝。

"不多喝,"耿福贵朝几个书记使眼色,"但要喝个痛快！我代表栖真村民敬你。"说着话,耿福贵一饮而尽。

程怀远不得不喝一口,以示回敬。

耿福贵在桌子底下踹老金一脚,老金吓了一跳。他看了看耿福贵脸色,知道该轮到他上场了,就站起身来说:"程队长,我一听说你要走了,就想起你刚来时,我老金还带着村民来栖真寺抢医生。那个场面乱啊,险些弄出事情来,我,我老金对不住你啊！"没等程怀远反应,老金就端起酒碗朝喉咙口灌,程怀远拦阻不成,急忙也把自己碗里的三白酒喝干。

等惠英带着喜梅到了这儿,堂屋里的男人们个个敞着怀,你劝我我劝你,喉咙更是啷啷响了。屋子里热气腾腾的,酒香和鸡汤的香味混杂在一起。众人夸惠英菜烧得好,耿福贵觉得脸上很有光彩,但程怀远一提起淮海战场上的青石沟战役,耿福贵头一低,眼角却湿润了。

"你小子当时还是国民党呢,老子急着救你,好好的一把军刀都不知给谁抢了去。"惠英要敬喜梅酒,程怀远说,"不行,喜梅喝不来酒,她的一碗我替她喝！"

支书们彼此交换了眼色,个个开心极了,竟然全都离开了座位,排着队要敬程怀远和喜梅。程怀远已有些把不住劲,当即甩了披在肩头的外套,卷了卷衬衣的袖子,说:"我老程是刀口上舔过血的人,你们想跟我玩这个,那就一起上吧！"他一碗一碗地连着喝,等再坐下,身子已摇晃了。

喜梅掏出手绢为程怀远擦额头上的汗,耿福贵趁机开了口:"怀远啊,我福贵说句不当说的。上次老张来过栖真,走得急没遇上我,他回杭州后写过信来,让我也劝劝你。连老首长都发话了,照我看,你跟喜梅的喜事也早点办了吧。"

"什么?"程怀远一拳砸到桌角上,吼叫道,"福贵,要喝酒,老子陪你！我不告诉你了吗?喜梅是我姐,你小子哪壶不开提哪壶,看我不扒了你的皮！"

一看程怀远真生气了,众人赶忙替耿福贵赔不是,又连哄带劝地让耿福贵给程怀远敬酒,程怀远已喝到来者不拒的分上,有多少喝多少,很快就醉了。

第二十五章

呼啸的北风吹刮着榆树梢，干枯的树枝抽打着夜空，喜梅搀扶着程怀远，深一脚浅一脚地往回走。程怀远早就烂醉如泥，嘴巴除了啊啊地干呕，就是反复嘟囔："福贵……给我倒酒，我，我没喝够，我们再喝……"程怀远的身体越来越沉，东倒西歪地，像根随时都可能倒下去的木头，喜梅使出最大的力气，才好不容易将程怀远背回到队长室。

把程怀远安顿到床上，又点上了油灯，喜梅这才松了一口气。狼狈不堪的程怀远衣服上沾着脏东西，散发出难闻的气味："狗蛋，你怎么喝成这样？要是让嫂娘知道了，不骂死你才怪呢！"

"嫂娘……"躺得四仰八叉的程怀远难受地摆了摆头，咕哝说，"我狗蛋长大了，我不怕她。"说完嘿嘿一笑，气得坐在床沿上的喜梅扭着身子不理他。油灯的火苗扑扑扑地跳动着，一缕青烟升腾而起，喜梅心事重重，想哭又哭不出来。"你，你是谁？"程怀远突然握紧喜梅的手，温柔地摩挲着。喜梅的血往头上涌，牙齿打着战。程怀远仰起身子瞧了瞧，粗重的鼻息喷到了喜梅脸上。

"你不是喜梅。"程怀远的手一拉，喜梅差点倒在程怀远身上。

"狗蛋……"喜梅的心咚咚乱跳，不知道说什么才好。

"你别叫我狗蛋，狗蛋不是你叫的。你不是喜梅，喜梅在老家呢。"说着话，程怀远长手一揽，搂住了姑娘的细腰，喜梅涨红着脸，头晕眩得不行。起先她还掰着程怀远的手指挣扎，可姑娘的身子很快地酥软了，羞答答地依偎到程怀远身边。两个人头靠头地躺着，除了心跳声，整个栖真寺静悄悄的。过了很长一会儿，浑身燥热的喜梅才缓过劲来，她受不了程怀远身上难闻的气味，手脚利索地把程怀远的衣服脱了，又倒了点热水，给程怀远擦干净身子。她检查了一下门窗是否关紧，就把油灯吹灭了……

程怀远在一阵鸟叫声里醒来。他看天色，天已大亮。又发现床上还躺着一个人，心里一惊。他揉了揉眼睛，看到的竟然是一个女人赤裸的肩膀。这女人侧着身子，脸冲着墙睡得还很香甜。不用再看，程怀远也知道那是喜梅。他的脸顿时白了,手指哆哆嗦嗦地顺着自己赤裸的胸脯往下摸索,发现下边只穿个裤衩,程怀远呼了声糟啦,忙从床上一跃而起。他手忙脚乱地找衣服穿,一不小心踢翻了脸盆。喜梅听到声音醒了。她慵懒地坐起身子,被子捂在胸口上,头发凌乱地朝程怀远望着,红润的脸蛋像个新娘子。

喜梅深情的目光注视着,吓得程怀远身子往后退了一步,像个罪人似的开了口:"喜梅,我,我那个你了吗?"

喜梅捋了捋乱发,莞尔一笑,问:"什么?哪个了?"

程怀远咬紧牙关,无比痛苦地说:"那个就是那个……"

"那个了你会不知道?"

程怀远身子中弹了似的一震,继而咆哮着喊道:"耿福贵,看我不揍死你!"

程怀远跑到院子里,本想着去找耿福贵算账,可整个寺庙内已乱成了一锅粥。银杏树下停着不少平板车,上面躺着不知哪儿来的大肚子病人,病人家属挤在已锁起来的观音殿门口,拍着门板要求住院。时习章站在台阶上,苦口婆心地解释着,可没人听他的。一阵更喧闹的声音从围墙外传来,其中还夹杂着耿福贵的大嗓门。程怀远跑出山门,到了河埠头,只见寺前的长水塘里满是大大小小载着病人的木船,船头顶着船尾,进不得退也不得,几只装有血防队家当的木船都快被挤上岸了,整个河道已经堵塞。

真是酒醉误事啊,程怀远脸色铁青,恨不得扇自己一耳光。

正在劝病人不要上岸的吴忝绮一见程怀远,赶忙跑过来请示该怎么办。程怀远拧着眉头,叮嘱她立即去通知队员不能收下一名病人,不然局面将无法收拾。吴忝绮拔脚要走,程怀远又叮嘱道:"现在是非常时期,队员们必须做到打不还手,骂不还口,拣好听的话跟老百姓说。"

吴忝绮受命而去。程怀远东张西望,认为首先应疏散河道里的船只。他朝河的两头望去,一眼看见仍有船只从东西两边朝这儿靠过来。事不宜迟,程怀远扛起一根竹篙跑上司马高桥。

耿福贵正站在桥下,给船梢跟船尾相撞的村民劝架。跑到桥顶上的程怀远迎风站立着,他浑身一激灵,酒彻底地醒了。回想起昨晚那一杯杯酒、一张张脸,他认定和耿福贵有关,眼下这家伙还充好人,打着手势唾沫星子横飞地正维持秩序。程怀远拿下肩上的竹篙,一把杵下去,包着铁头的竹篙擦着耿福贵的耳朵扎到船头上,吓得耿福贵一缩脖子,刚想张嘴骂人,抬头一瞧,见是程怀远。

"程怀远,你不要乱来!"耿福贵举手警告,回答他的是嘿嘿嘿的冷笑。

相持不下的村民还在喋喋不休，耿福贵心头冒火，一掌就把一个不听劝的村民推翻到船舱里。

“叫你们不要吵了，别他妈的给脸不要脸！这儿是栖真，得听我的！”伴随着嚷嚷声，耿福贵挥舞拳头，吓得村民们朝后退缩。

程怀远更看不惯了，他用手里的竹篙又撩了耿福贵一把，耿福贵的脸一扭，躲开了。还没等耿福贵开口，程怀远的大嗓门砸下来：“姓耿的，你还算不算个人？这些来看病的都是乡亲姐妹、阶级兄弟，你还挥拳头打人，你他娘的是什么态度！”

“姓程的，你他娘的还算是血防队长？这河道里船碰船人挤人的都来看病，你说该怎么办？”

“程队长，他就是程队长——”嗡的一下，河面上喧腾起一片议论声，耿福贵的这一招很灵，他故意骂明程怀远的身份，好让老百姓留他。顿时船上的人踩着船舷走，岸上的人沿着石帮岸跑，人群都拥向司马高桥，吵嚷着要求程怀远在栖真收治病人。

现场鸡飞狗跳的一片混乱。

程怀远脚踩着石拱桥的桥栏杆，左手握着竹篙支撑住身体，右手冲下面的群众摆了摆，示意大家伙安静。头顶的大太阳照耀着白墙黑瓦的廊篷和铺满了船只的长水塘。今天讲什么大道理都不管用，只能豁出去了。程怀远朝夹杂在村民中的吴忝绮她们看了看，心里说对不住啦小姑娘们，我程怀远他娘的只能动粗口了。他不骂耿福贵，不骂缩在人背后的老金，只能冲着黑压压的人群大骂自己：“乡亲们哪，我姓程的小名叫狗蛋，我真是个狗日的狗蛋。我狗蛋恨哪，恨自己没有生出十个八个血防队来，也恨我的那些医生、队员们，他们生不出百八十双手来！我他娘的恨自己没本事，不能用几天时间全治好那么多的血吸虫病人！他娘的我丢人啊，我无能啊！”

程怀远狠狠地捶打着自己的胸口。

“我对不住你们，我们血防队也对不住你们。我真应该下狠心，叫这些队员们别吃饭睡觉，一天二十四小时给你们治病。血防队员累死了拉倒，累不死的继续干，不要命地干！”

“程队长，你这算什么话？”

“这是绕着弯子在骂我们！”

村民这么喊着。程怀远道：“我骂人？我怎么敢骂你们？你们是贫下中农，你们是新中国的主人！我怎么能骂你们？我这是在骂自己，我他娘的就是贱，昨晚我还喝酒去了，让几个王八蛋灌醉了，我程怀远对不住你们！可我向大家保证,一定会想尽一切办法多治病。血防队今天要按上级命令转场到陶墩去,也会很快地到你们村里去。”

“你的很快是几年?”有个坐在船舱里的大肚子病人用尽力气喊道。

“一年,我以一年为限!”

“一年太长了程队长,你知道一年中又会死去多少人?我老婆可撑不了一年啦!”

“一年可以了!”耿福贵这时帮腔了,“以前十年二十年的,年年不都死很多人,可有谁来救你们哪?”

“一年就一年,你用什么来保证?”刚才被耿福贵打翻在船舱里的村民站起来说。

“我向毛主席保证!”程怀远杵了杵手握着的竹篙,杵得船头咚咚响。

“毛主席能听到你的保证?”

“毛主席发出了一定要消灭血吸虫病的号召,毛主席的话我听得到!”程怀远用手拍着胸脯,“毛主席的话我程怀远牢牢地记在心里!你们要是还不信,我可以向你们写保证书!”

“好,那你写。”

“写就写!”程怀远低下头,瞧见司马高桥的石头缝里,生长出一丛苍老的荆棘,他搁下手里的竹篙,探身从荆棘上捋了一把刺。桥下的村民们鸦雀无声,不知道程怀远要干什么,都睁大了眼睛,死死地盯着看。程怀远脱下棉絮都绽露而出的军棉衣,就像给弹舱压子弹般,仔细地将荆刺一颗颗钉在军棉衣的夹里上,然后又决然地穿上刺尖对着他后背的军棉衣,挺起了胸膛。

“程队长……”桥下很多人不约而同地喊。程怀远抿着嘴,紧了紧衣服,眉头一皱,显然已有刺刺进了他的皮肉。站在人群中的喜梅呀的一声,心疼地闭上了眼睛。程怀远挺直了腰杆说:“乡亲们对不住啦,这桥上无笔无纸,这一把荆刺就是我程怀远的保证书。乡亲们的病一日不除,我狗蛋永远心如刀扎,芒刺在背!”

有了程怀远这份独特的“保证书”,村民们感慨着说,我们别再为难程队长了,说着摇着船推着车陆续散去。队员们回到栖真寺,继续忙着搬运东西。程怀远扛着竹篙下了桥,到处找耿福贵,耿福贵却早就躲起来了,程怀远只能逮住老金臭骂一顿。

时习章劝回了程怀远,又将他推进手术室,朝吴忝绮努嘴,示意吴忝绮帮程怀远处理一下。

吴忝绮请程怀远脱去上衣，程怀远这时也感到背脊疼痛，便听话地脱去上衣。猛地一股浓烈的男性气息扑面而来，吴忝绮的心像被火燎一下似的，定睛细看。他的脊背在吴忝绮眼里是一副铁打的身坯，那一棱棱的肌肉间枪伤和刀疤或隐或现，荆刺扎出的新伤口上挂着血珠。

时习章不忍看，已扭头走掉。

“吴护士长，好了吗？”程怀远局促不安地问。

吴忝绮一边为程怀远做消毒处理一边说：“程队长，你怕什么，我又不会把你吃了。”

“我身上脏……”程怀远红着脸不好意思。

吴忝绮被逗乐了。消毒处理完毕后，她细心地为伤口涂上药膏，又一把抓起那件棉军衣，要把上面的荆刺给拔掉。程怀远急了，揪住吴忝绮的手腕说：“这衣服你别动。”

吴忝绮的手腕让程怀远紧握着，脸上升起了红晕。

“程队长，这又何必呢？”说着话，吴忝绮还想拔刺，却不料两只手都被程怀远抓紧，吴忝绮动弹不得。程怀远解释：“吴护士长，我老程不会那么形式主义，可我至少在未兑现诺言前，每天都要看看我当着老百姓的面写下的保证书！”

两个人的距离这么近，吴忝绮耳朵里回荡着程怀远的声音，鼻子里满是程怀远身上散发出的男性气息，手腕处感受着程怀远蛮横的握力，吴忝绮快停止呼吸了。

听到外面有人走过，吴忝绮不安地回头瞧着敞开的门。

程怀远这才发觉自己抓着吴护士长的手腕，他赶忙松开手说：“吴护士长，我，我弄痛你了吧？”

吴忝绮的脸烫得通红，她什么也不说，一阵风似的跑出门去。

自打听说程怀远开始，吴忝绮就开始对这个男人充满好奇。他是个身经百战的战斗英雄，却去做了汽修厂的修车工；他对医学一点也不懂，却带着全省第一支血防队下到农村救治血吸虫病人。最让吴忝绮震惊的是，他绑架了时习章，而时教授竟被他吸引，抛妻别子地下乡搞血防。

吴忝绮从小无爹无娘，在美国人的育婴堂里度过童年，一名终生侍奉天主的戴眼镜嬷嬷教她识字，送她学医并带大了她。眼镜嬷嬷把吴忝绮修炼成一名娴静的淑女。杭州解放时，眼镜嬷嬷回国了，吴忝绮仍旧穿着白大褂，白天在红会医院打针喂药，晚上看书做手工，生活一直风平浪静。眼镜嬷嬷写信来介绍她认识归国专家时习章教授，把她托付给时教授照顾。时习章也尽心尽责地关照她的工作，邀请她去参加医学会的联谊活动。一直到时教授失踪，两个公安侦查员到医院找她，让她详细汇报和时教授的交往，医院里的医生、护士对此竟议论纷纷。好在时教授被绑架事件水落石出，议论才自动平息。由此她不喜欢红会医院。后来时习章和她大谈程怀远。发生在西湖边的绑架事件就像一个传奇故事，吴忝绮越听越觉得有趣，像是看了一部外国惊险电影。等来到嘉禾县，在落帆亭码头上，程怀远为了一台显微镜被朱华丰弄得狼狈不堪时，吴忝绮对程怀远的印象又大打了折扣。他们一起坐在乒乒响的航船里去栖真，时教授跟程怀远谈笑风生，吴忝绮其实在一边暗暗地观察着，她觉得这个程怀远长得也就是个黑大个儿，粗糙的皮肤，粗声粗气的声音，黑硬的头发丛里还有一个疤，在这样的人手下工作，吴忝绮不禁为自己担心起来。等到了栖真，看着粪水横流的血防医院，还有要什么没什么的工作条件，吴忝绮确实后悔过。程怀远的粗鲁也让吴忝绮受不了，他的某些生活习惯更是让淑女吴忝绮瞠目结舌。

是的，吴忝绮的一切都被这个粗鲁、暴躁，什么都敢玩命的男人打乱了。可如今，吴忝绮的心也被打乱了。

满载人员器械的船队驶离栖真寺前宽阔的石河埠，队员们挥手跟站在岸上的村民一一告别。程怀远依旧没在人群中瞧见耿福贵，心中气愤难平。长水塘朝东入还龙河，出石灰漾进了万亩荡，一时之间开阔的水面上波光粼粼，浩荡的长风吹得插在船头上的红色队旗啪啪地响。夏沫她们平时太忙了，如今难得清闲，个个兴奋得像是春游的中学生。来金沙吹起了笛子，声音清丽悠扬，时断时续。

“你别显摆你的笛子了，也不嫌难听。”李宋唐还讨厌着来金沙，来金沙就一脸歉意地收起了笛子。夏沫她们坐的船响起了欢快的女声小合唱，一曲唱罢，叫好声拍手声四起。夏沫挑头要跟来金沙他们坐的船赛歌，男医护们当然也不是好惹的，回了句比就比，可他们的歌声不够整齐，引来了夏沫她们的笑骂。

吴忝绮坐在喜梅边上，主动跟她搭话。喜梅瞧着河岸上的景物，嗯嗯啊啊地应付着，没一点说话的兴致。

“喜梅，你与程队长为啥不结婚呢？”

喜梅手捂着脸，扭转身子不睬吴忝绮。坐在一边的夏沫冲吴忝绮使了个眼色，吴忝绮有点明白了，她朝前面船上的程怀远看了看，见程怀远跟时习章坐在一边，严肃地在讨论着什么问题。吴忝绮突然为自己的好奇与冲动自责起来，就从挎包里摸出一把水果糖，分给夏沫她们，又剥开一粒糖，递到喜梅手上。

正在此时，夏沫站起身，一指船队后面的河荡，尖声喊道:“快看！快看！”

来金沙他们船上的歌声戛然而止。程怀远也直起了身子,打眼一望,见有好几艘载着大肚子病人的小划子船正朝这方向划来。很显然,这些大肚子病人是想追随血防队一直转场到陶墩去的。

程怀远踮起脚尖,冲着小划子船招手,小划子船上的村民也朝程怀远挥手。程怀远关照船队慢一点,别让后边的小划子船紧赶慢赶地追不上。

喜梅终于抬起了头,看了看程怀远,也望了望后边的小划子船。她的两眼含着泪,把水果糖放进嘴里,可是品出来的味道却是苦的。

卷　二

明　烛

第二十六章

陶墩位于嘉禾县的最北端，由大大小小几个圩组成，地势低洼，是个远近少有的大村落。村里社员大都姓陶，从明朝开始就出举人、进士，子孙中的精英分子，延续着一手舞文弄墨、一手把脉治病的传统。到了陶明珠这一辈，他有个哥在上海大通银行做高级经理，跟搞乡村建设的晏阳初他们是好朋友。受其影响，有一段时间他回乡开学堂，教农民采用优良稻种，组织小型合作社，甚至还运来了发电机，在村里办起了碾米厂。日本人打来了，一把火烧了陶家在城里的产业，老家的乡村建设也不了了之。村庄里的人吃着它周边的圩上盛产的稻米，婚嫁殡葬，子孙繁衍。在这些田圩的边上，围墙似的环绕着茂密的芦苇丛，春夏季节一片青翠，到了冬天则满目苍黄。外面环绕着的河道弯弯曲曲，是鱼虾的乐园，也是血吸虫的老窝。以前河上有过石拱桥，兵荒马乱的年代拆掉了，现在社员进出都要靠船。人们从疫水里讨生计，感染上血吸虫病的实在太多，前一段时间连着死人，弄得村子里阴气沉沉。

血防队就落脚在一座大宅院里，主体建筑是一幢高大爽气的大洋房，用石头垒成半人高的墙基上砌着红砖，坚固得有如碉堡。窗框和窗台都用水泥抹平整了，只是在岁月的冲刷下，露出拌在里边的小石子。屋顶铺盖着此地少见的大洋瓦，滴水檐下挂着的铁皮落水管显示着当初兴建时的考究，但现在已经生锈的生锈，脱落的脱落，有一截还在风中晃荡着敲打墙壁，发出哐哐的声响。洋房西侧有一排白墙黑瓦的旧房子，本是大队支部的办公地，现已腾出来，用石灰水粉刷一新的房间门窗敞开着。大洋房前后各有两口井，最北侧的围墙上还有边门和一个旧地主家的大院相通，有点曲径通幽的味道。大宅院朝南的围墙一半已经倒塌了，碎砖头上爬满碧绿的藤蔓和狗尾巴草，似披盖着一条厚厚的绿毯。从缺口处往外看，是一片铺了青砖的大晒场，微微拱着，状如龟背，再南面就是血防队靠岸的大河埠。

陶明珠、陶小明父子陪着程怀远与时习章，推开那幢红砖洋房的大门，一股潮气扑面而来。地上虽堆着烂稻草，可程怀远用脚拨拉开，一瞧地面竟然是水泥的，且非常干燥，他兴奋地说："老时，想不到乡下还有这么考究的地方！"

时习章回想起栖真寺大殿里的潮湿，微微一笑说："本以为栖真寺那儿条件已经够好了，这儿竟然比那儿更好。"

程怀远赞叹着走到窗前，手指在窗玻璃上敲了敲，抹了抹，转身跟陶明珠打听这房子的来由。时习章站到屋子中央，抬头望着天窗，一线光柱打在时习章的娃娃脸上，他的脑海中已浮现出病人满员的情景。他动情地说："怀远，有了这样的好房子我心里就有底了。我们好好干吧，我相信一定能把它建成一个造福四方、像模像样的血防医院！"

"对，我要把这儿变成消灭血吸虫的前沿阵地，好好地打上一个阻击战，歼灭战！"

"我们村里的民兵以及党团员就是你们的支前小分队，你要我们干什么，程队长你下命令就是。"村支书陶小明年轻气盛，一跟程怀远接触，就心生敬重。

陶明珠老先生手握拐杖，表示说："老夫也可助上一臂之力！"

"老先生德高望重，名声在外，我们血防队少不得您的指导。"在来的路上，时习章就得知陶明珠老先生是当地有名的老中医。

"哪里，哪里。"陶先生谦恭着，与时习章边走边聊。他们转到了河埠头，时习章耐心地介绍着血防队摊在石阶上的家当。陶老先生一一看着，走到吴忝绮边上时，见她的手里正捧了台显微镜，陶老先生眼睛一亮，要过显微镜左看右看地摆弄着。

时习章说："老先生，这是我们血防队最先进的设备，我们就是用它来化验病人的粪便，用以确诊病人是否患上血吸虫病。"

陶老先生点了点头，说："老朽也知道，这东西神奇着呢，能帮助人眼看见本来看不见的东西。我行医一辈子，也算是有点手段，有些个方子人称一帖灵，可对付这血吸虫病，真让人羞愧啊！"

"老先生，恕我直言，中医中半边莲合剂消腹水、马鞭草汤退热还是有一定效果的。"

"我知道，这些方剂是老祖宗传下来的，可治标不治本啊。这些日子，村里老死人，有时半夜我听着邻居家守灵的哭声，就整夜整夜都睡不着！我这个做医生的，真是没脸再活下去。"

药品器械堆在河滩边，陶小明派来了民兵看守，清空了的木船返回栖真村，河埠头的空当被追随而来的小划子船占据了，病人就等着血防队安顿下来好入院治疗。队员们站在露天开了个短会，程怀远的意见是那幢红砖大洋房用作病房，病人仍旧睡在铺了稻草的水泥地上，白墙黑瓦的旧房子依次是队长室、门诊室、化验室和手术室，队员们都住到北侧的旧地主院子里去，那儿成为血防队的生活区。队员们鼓掌通过。为了谨慎起见，程怀远请陶小明帮着把倒塌的围墙修好。

陶小明一口答应，立即叫来了村里的泥水匠砌围墙。

当天晚上血防队员就睡在水泥地上，男的睡一边，女的睡另一边，中间隔着夹在铁丝绳上的破被单。第二天，队员们欢天喜地布置医院，程怀远由陶小明陪着去了趟田乐乡政府。

程怀远坐上了陶小明的小划子船，到了乡政府所在地马厍镇。傅乡长五大三粗，是一个干劲冲天的干部。一见面，傅乡长就握着程怀远的手不放，说："程队长，你可是大名鼎鼎啊，听说栖真那边的村民都称你为活观音、活菩萨。我还以为是个女医生呢，想不到你是黑大个，我也是黑大个，你当过兵，我也扛过枪，好啊！"

"县官不如现管，你可得支持我们的工作！"程怀远喜欢傅乡长的直率。

傅乡长一连声地应着，一指陶小明："听说你们给县委书记写了血书，书记急，我这个乡长能不急吗？这下子好了，程队长的血防队一来，陶墩的、田乐的老百姓都有救了。"

"傅乡长，我们大队连着死了六口人，我们也是没办法……"

陶小明不安地解释着。傅乡长说："我不是批评你，我还要表扬你呢。要不是你们的血书，程队长他们能来田乐吗？现在文件上、报纸上都在提倡以互助合作为中心，要再掀起社会主义建设的新高潮，我们乡那么多的壮劳力都躺在床上，连走路都困难，还高潮个屁！"

这时有两个干部模样的人从走廊上路过，傅乡长把他们叫进来，告诉程怀远说："这两个家伙是我的副乡长。你看看他们的大肚子就知道，他俩也是血吸虫病人。许多老百姓给他们取绰号，叫孕妇干部，难听死了。什么时候你先把这两个孕妇干部给我治好？"

屋子里的人一齐哈哈大笑。傅乡长要招待程怀远吃饭，程怀远坚决推辞了。等他回到陶墩，围墙已经修好，杨初拿着刷子，在墙上写了"陶墩血防医院"几个红漆大字。

看看另外的队员都置好了窝，程怀远问吴忝绮，他的行李哪儿去了。吴忝绮欲言又止，带他到了一排平房前。平房最北一间的门楣上已钉着队长室的木牌子。程怀远推门进去，只见外面的小间里摆着一桌一椅，均擦得一尘不染。窗户下搁着个脸盆架，两块毛巾整齐地晾在横档上。里面卧室里床铺已经铺好了，近床的墙头还粘了一排报纸，几双新旧不一的鞋子在床底下摆成了一排。

"谁收拾的？"

"还能有谁？"

"是喜梅？她人呢？"

"喜梅在你去乡政府的时候，背着包裹走了。"

"走了？"程怀远咧了咧嘴，颓然地坐在床沿上，问，"她怎么走的？"

吴忝绮说："是跟运器材的船走的，可能是去了栖真。"

程怀远厉喊："为什么不留住她？"

吴忝绮一惊，她虽知道程怀远经常凶人，却从没有对她吴忝绮凶过，就惊愕着，竟不知如何回答。

"回头找你算账！"程怀远扔下这么一句后，抽身便朝外跑。他找到村支书陶小明，要到了一条划子船往栖真去。

追到了栖真村，程怀远找到了耿福贵，开口便大声问："喜梅呢？"耿福贵闪烁地说："我哪知道？她不是跟你一起走的吗？"

"还想骗我，你把她藏哪了？"程怀远想起耿福贵设计灌醉他的事还有些耿耿于怀，便一把抓住耿福贵的胸口骂，"你狗日的害惨我了！"

耿福贵听程怀远这么凶，只好实说："我已让人把喜梅送嘉禾火车站去了。"

程怀远猛推耿福贵一把，拔腿便跑。耿福贵在他身后大叫："我挽留喜梅了，可她伤心得非走不可，这才……"

耿福贵往下的话，程怀远就听不到了，因为他跑得飞快。

到了火车站，程怀远候车室、售票处地到处找喜梅，却怎样也找不着。急得满头大汗的程怀远见车站的月台上停了一列客车，便不顾一切地冲上了月台。

上下客车的人很多，程怀远挤着人缝儿，沿着车厢的上客口找，仍旧不见喜梅的身影。眼见着火车已鸣响汽笛将开，程怀远便不顾一切地大叫："喜梅，喜梅——"

喜梅其实就在这趟火车上，她掩身在一面车窗后看着程怀远，数番欲探出窗口，但她还是忍住了。委屈的泪花一直在喜梅的眼内翻滚着，她在心里说："狗蛋，你忙着吧，多救些人……婶娘你放心，我会替你好好孝顺她……"

找不到喜梅的程怀远呆立在月台上，一瞬间竟显得茫然无措。一名五大三粗的男性旅客不小心撞上他，程怀远瞪圆着两只大眼，几乎就要与这名旅客冲突起来。好在这名旅客在与程怀远对视了数秒钟后，软下了眼帘而去，程怀远这才愤愤地沿着铁轨往回走。

并行的铁轨竟一眼望不到头。程怀远孤寂地走着，脑海里不断闪现的是嫂娘，是喜梅……他想起了小时候第一次远行去小镇，回家路过一片高粱地时竟迷了路。他在漫无边际的高粱地里穿行，两条稚嫩的腿都走得酸胀难忍了，他仍找不对回家的路。眼看着黄昏将至，猫头鹰已在皂角树上如鬼魅般哓叫，他无助地害怕极了。

"狗蛋——"高粱地的地头响起喜梅的叫声，闻着这叫声的程怀远，撞着还稚嫩的高粱，不顾一切地朝喜梅狂奔而去。当他终于看到了喜梅时，程怀远扑进了喜梅的怀里，不住地喃喃呼着："姐……"

一直到了晚上九时多，程怀远才回到了陶墩血防队。当他路过一间宿舍时，忽然见到了在宿舍里洗着衣服的吴忝绮。程怀远已经走过吴忝绮的宿舍，竟又折回头，敲了敲吴忝绮的宿舍门。

吴忝绮甩着两手肥皂泡沫打开了门，见是程怀远，淡淡地一笑问："有工作吗，程队长？"

"白天我……不该对你发火。"程怀远竟作了检讨。

吴忝绮略有些诧异，她愣了愣却问："没找回喜梅？"

程怀远摇了摇头。

吴忝绮说："我要是喜梅，我也走！"

"为什么？"程怀远竟傻傻地问。

"因为你不懂女人。"吴忝绮说着已一把关上了门。

程怀远还想问，举手又要敲门时却停下了。半晌后，他无奈地垂下了手，想起晚饭还没吃，这才去食堂找饭吃。

第二十七章

程怀远一心扑在血防上，平时看个文件都嫌麻烦，根本不知道外面的形势发生了诸多变化。来自党中央的红头文件一个接着一个，城里在搞公私合营，农村是互助合作，从黑龙江到海南岛，整个中国内地的政治空气一下子热了许多。从上到下的各级机关都在开会，商讨着第二个五年计划如何实施。程怀远本来对开会什么的消极得很，但这一次王局长亲自在会议通知里写着请程怀远务必到会，程怀远只好去了。

他带了杨初做记录，自己头趴在膝盖上打瞌睡，还不合时宜地发出很响的呼噜声。同在会场的董队长示意别人朝程怀远看，台上的王局长皱了皱眉头，突然点名请程怀远发言。程怀远懵懵懂懂地起身，嘟囔说："五年计划嘛，就是五年计划，怎么个计划法，我还没搞懂。我们这儿有个董队长，他姓董，什么都懂，王局长你先让他说吧。"

会议室里哄堂大笑，董队长狠狠地瞪了程怀远一眼，胳膊肘一搡，董队长旁边的逯医生站了起来。逯医生原先是县人民医院的，时习章去作的讲座对他触动很大，也主动报名参加了第一血防队，担任副队长。逯医生显然是有备而来，一说就提到他们尝试了锑剂七日疗法，治愈人数成倍地提高，按照现在的治疗速度，五年内消灭血吸虫没把握，把已有的病人治个遍那是没问题的。

"从二十日缩短到七日？"程怀远一听，像是突然打了兴奋剂，睡意全无，精神振奋。

逯医生的发言以及董队长的补充，让第一血防队在动员会上出尽了风头。

散会前，憋了一肚子气的程怀远嚷嚷说："董队长，你第一血防队先进了，我们第二血防队也要先进。你别科研科研的，好像就你们能研究发明，我们有老时这样的大专家，今天我程怀远就跟你挑战挑战！七日疗法有啥稀奇的，我们搞个三日疗法出来让你瞧瞧！"

本来已起身要走的与会人员一听，觉得有好戏可看，都围了过来。董队长骂了句你个强盗，要跟程怀远争辩。王局长拍了拍他的肩膀，说："我不想看你们在这儿打嘴仗。你们谁法子多，治愈的病人多，我老王佩服谁！现在我再宣布一遍——散会！"

回来的路上，杨初埋怨程怀远，说："太冒险了。现在到处都在用锑剂二十日疗法看病，董队长他们为了争先进，争面子，放了锑剂七日疗法的大话，可这治病是门综合科学，稍有不慎就会翻船！"

"不会吧……"逯医生的发言程怀远竖起耳朵听了，听的时候就暗暗埋怨时习章和杨初太保守，凡事都不敢闯一闯，试一试。程怀远问杨初："这锑剂三日疗法的事，时老师会不会支持？"杨初有点暧昧地笑了笑："时教授是不是支持我不敢说，我只知道他是一个非常严谨的学者。"

本来按照惯例，程怀远每次赴上级单位开完会回来，总会召开全队会议，叫杨初把小本子记的跟大家念念，也算是传达了会议精神。可这回程怀远心里没底，就谨慎地在队长室召集时习章、吴忝绮和杨初开一个意见统一会。主持会议的程怀远站在屋子中央，手叉在腰上，说："现在革命形势一片大好！怎么个好法呢？就是粮食连年丰收，钢铁基地一个个建成了。可这狗日的血吸虫病已经成了我们前进的绊脚石、拦路虎。我们不能辜负了毛主席一定要消灭血吸虫病的号召以及赵省长对我们的厚望！今天开会的目的，就是让大家一起来说说，我们血防队该怎样又快又好地消灭血吸虫。"

形势大好的报道，时习章在报纸上看到过，看得满心疑虑，此刻就低着头不吭声。

"要不杨初你来讲讲？"程怀远历来性子急，已开始催了。

"程队长，你说，我们都喜欢听呢。"杨初拍了拍笔记本，竟推还给程怀远。

程怀远抓起杯子灌了一大口水，然后用手背抹了抹嘴，提高了嗓门："同志们啊，我程怀远是个大老粗，我虽不聪明，却不傻。在栖真时，老时就给我算了一笔账，说照我们现在治疗的速度，治完这些大肚子病人至少得一百年！一百年哪！这些天虽然忙，可我心里一直搁着这个事。现在国家在搞第二个五年计划，农村现在虽说仍有这样那样的困难，但和解放前是两重天，如今农民家里有了粮食，大肚子病人的体质也好多了。我想我们能不能鼓鼓劲，冲一下，用一个月的时间治疗完陶墩村的血吸虫病人。过去，一个月一名医生平均治疗十个，现在，能不能治疗二十个，甚至三十个！那个狗屁第一血防队的董队长，仗着手下也有几员干将，狂得很，竟敢跟我们挑战，他们都要试出个七日疗法，我们为啥不能比他们好呢？"

程怀远边慷慨陈词，边拿眼睛瞅时习章。时习章这时已听出点门道来，沉默地手焐着茶杯，脸上波澜不惊。杨初见时习章仍不吱声，便站起来反对。

"杨初，叫你说你不说，不叫你说么你乱嚷嚷。现在全国人民甩开膀子在搞建设，人人争先进，原先走路的人撒开腿跑，跑着的人都已张开翅膀飞。我们血防队是先进，就必须要有决心，要坚决保住这个先进。"

时习章长时间的沉默让程怀远有些不解，他抓起热水瓶，讨好地要给时习章的茶杯里续水，时习章摆手拒绝。

"老时，对不住啦，我老程当着全县卫生系统头头脑脑的面，已放了话啊。"

时习章终于开口说："不可能，这违反医学规律。"

"什么医学规律？"程怀远举例说在打济南战役时他上吐下泻，天天发烧，当时战斗紧张，就把三天的退烧药一口气吃下去，也没啥事，烧却半天就退了。

"医学就是医学，它是有规律的。你的情况只是个案。"

"去他娘的医学规律！"程怀远急了。

"老程啊，这可不是你一个血防队长该说的话。"

"噢，我怎么又骂娘了？"

"骂几声娘是小事，蛮干、瞎干是大事，会出乱子的。"

"老时你太胆小了，干革命就是需要闯劲，你不试怎么就知道会出乱子？"

"什么叫试？血吸虫病人的性命是可以随便试的吗？"时习章说着已拂袖而去。

四月的夜雨落在瓦楼上，落在天井的荷花缸里，也落到院子外面的竹林子里，沙沙沙地有如织布机的声音。回到小楼上的时习章在密集的雨声中失眠了。不是因为跳蚤，而是程怀远的决定给了他莫大的震惊。程怀远是枪尖上杀出来的人，死个把人对他来说可能没什么，可时习章所受的严格的医学训练让他根本无法接受这种冒险。

第二天，时习章刚送走最后一个门诊病人，程怀远已推门而进。程怀远坐在还留有病人余温的骨排凳上说："老时，你没生我的气吧？"

时习章取下脖子上的听诊器说："我没生气。"

"没生气就好。"程怀远屁股挪了挪，又说，"老时，我的态度我能改，可疫情不等人哪，你看这三日疗法的事……"

时习章耐心解释说："一个新疗法的试行，是有严格规定的。必须先在小动物身上做实验,然后才可能考虑找病人试,而且这实验是一个长期的过程。”

“小动物? 什么小动物?”

“比如小白鼠什么的。”

“老鼠还有白的? 稀奇。田鼠行不行?”

时习章被程怀远缠得头都晕了,疲倦地点了点头。程怀远兴奋得摩拳擦掌说:“他娘的,不就是抓些个田鼠吗? 老时你为啥不早说呢?”

当天夜里,程怀远叫上了陶小明,两个人一个拿电筒,一个持火把,来到万亩荡边的围堤上,用水灌烟熏地抓了八只大田鼠,装在布袋里送到时习章的门诊室。

时习章见程怀远仍如此热心,知道不试一试,是怎样也过不了关的,便按照二三三的比例,把田鼠分成了三组,剂量最大的一组,锑剂一打下去就死了,另外两组的情况也好不了多少。程怀远来问试验的结果,时习章给他看了死老鼠,说要是人的话,那我时习章就成杀人犯了。

“这不还有六只活得好好的吗?”

时习章苦笑笑说:“这六只虽活着,可中毒的症状极其明显!”程怀远说:“中毒? 中毒怕什么? 要干成事,不付出点代价怎么行?”

程怀远仍满不在乎地催促时习章继续试验,时习章嘴上应着,但程怀远再问结果,他都用正在试验来搪塞。时间过去了一个星期,那六只关在铁笼子里的田鼠还活着,整天在门诊室的床底下唧唧唧地叫个不停,程怀远辨出时习章在敷衍他,无比失望。有一次时习章去马库镇上取邮包,回来时却发现这六只田鼠都被人捏死了。

事情僵在了那儿,两人在食堂、在院子里碰面也别别扭扭的,没有了以前的那种融洽。吴忝绮看不下去了,她就住在东厢房楼上,和时习章住的屋子隔了一个铺着条石的大天井,窗户正对着窗户。这些日子时习章屋子里的灯火总是亮着,有一天甚至鸡都叫了,吴忝绮看到时习章还坐在窗边的书桌旁看书。她知道他在忙什么,于是借口还书,敲开了时习章的房门。

屋子里弥漫着书卷气,楠木书桌上放着一摞医学书,床上挂着的蓝色夏布蚊帐撩开着,一本厚厚的《医学大典》扔在席子上,旁边的好几本书夹了许多纸条,纸条上写着密密麻麻的英文和分子式,一摞杂志搁在地板上,旁边放着一个没洗过的饭盒。时习章的头发乱了,脸也瘦了好多,眼睛下面的眼袋又黑又肿。他的手上居然还夹着一支抽了一半的香烟。

“你怎么抽烟了?”

“秀才遇见兵，有理也讲不清。愁啊！”

“要不我去劝劝他？”

时习章说：“老程这个人，一旦杠上了，恐怕谁的话也不听。”

“真的一点把握也没有？”吴忝绮扫视了一眼摊开着的书。

一只从房顶上垂挂下来的蜘蛛吸引了时习章的目光。过了许久，他才声音缓慢地告诉吴忝绮：“缩短疗程的办法，从理论上讲并不是不可能，锑剂二十日疗法会出现一些副作用，缩短到三日也会有副作用，主要是多少的剂量可行以及注射的时间间隔。最重要的是疗程缩短，锑剂的毒性会加大，人体的心脏和肝的最大承受量是多少，中毒之后阿托品抢救的注射量是多少，这些问题得有一个系统的方案。”

“重要的还是实验，对吗？”吴忝绮问。

时习章拍了拍书说：“理论层面我已计算论证过了，剩下的就是实验，但靠田鼠不行，得在人体上做，可这是一个系统工程，至少应该在大型的实验室里去做。”

吴忝绮说：“大型且设备齐全的实验室，只有上海或者北京才有。”

“是啊。我可以和人联系，请上海方面进行。可老程竟如此急迫，我真不知拿他怎么办才好！”

“什么怎么办啊？”程怀远兴冲冲地推门进来，弄得屋子里正在谈话的时习章与吴忝绮满脸尴尬。程怀远根本没把两个人的表情当回事，大大咧咧地拖过一张凳子，落了座，眼睛忽闪着朝时习章望了会儿，突然一咧嘴，嘿嘿嘿地笑了。

“程队长，什么事这么高兴啊？”吴忝绮为了活跃气氛，故意这样问道。

程怀远搓了搓手说：“我刚从大病房回来，我把搞锑剂三日疗法的事跟病人们说了，大家都很支持，好几个病人当场就报名了，说这狗日的血吸虫弄死了那么多人，为了试验个新疗法出来，我们就应该拿出点大无畏的革命勇气来！”

“报名干什么？”

“报名试三日疗法啊！”程怀远对时习章和吴忝绮的疑虑很是不解。

“你要直接拿病人做试验？”

“是啊。”

“老程，我是个搞研究的人，如果我有研究所，有得力的助手，也许快则一两年，慢则两三年，我会试验出个新疗法。可我已经被你绑到这儿，天天看门诊，你还要怎样？你，你就别逼我了！”

“我逼你了吗？老时，都什么形势了？用毛主席的话说，你这是小脚女人走路，跑不快。想当年，战斗一打响，敢死队、冲锋队，还不是大家伙抢着上。现在我们就在血防前线，舍得几个人，换来更多人的命，这有什么不行的！”

“老程，你真是个文盲加法盲，你疯了！”

“你说我什么都行，可你得把试验搞起来！”

“我要是不搞呢？”

“不搞……不搞我就发动群众批斗你！”

砰的一声巨响，时习章的右拳狠狠地砸在桌子上。

第二十八章

第二天，吴忝绮由夏沫陪着找程怀远请假。程怀远一听就急了，说："我和老时吵架，是我们两个男人之间的事，你闹什么情绪？"吴忝绮淡然一笑，告诉程怀远不是闹情绪，是身体不舒服。

"什么不舒服？你不是好好的吗？"程怀远声音急切，眼光中满是怀疑。

吴忝绮回避着程怀远灼人的目光，不吱声。站在她身后的夏沫听不下去了，夏沫说："女人的不舒服你程队长怎么晓得？整个血防队，就数吴护士长的化验工作最累最苦，那个气味多难闻啊。吴护士长没日没夜地埋头做化验，休息一下还不行？你这叫大男子主义，不爱护革命女同志。"

被夏沫这一顿抢白，程怀远才意识到女人有些特殊的事是男人不该问的，这才勉强同意。

"这程队长是怎么了，跟谁都急！"夏沫边走边抱怨，愤愤不平。吴忝绮反过来倒批评夏沫对程队长不该这么凶。两人回到东厢房楼上，夏沫见吴忝绮行走的脚步依旧轻快，实在憋不住，追问吴忝绮到底有什么不舒服，严不严重。

吴忝绮坐到床沿上，安慰夏沫说："没事，慢性病，养一养就好了，只是这三天里我下不了楼，你帮我个忙，早晚两次从食堂打点吃的放到我门口。"

夏沫从吴忝绮的脸色上观察不出一点病容，但是房间的桌上却摆着好多小药瓶和注射器，窗钩子上还吊着一大瓶亮闪闪的盐水，绕着长长的输液管子，搞得这屋子就跟危重病房似的。夏沫声音颤颤地说："忝绮姐，要不我们送你去城里吧？这血防队缺医少药的，你要是有个三长两短那可怎么办啊？"吴忝绮摇了摇头，送夏沫出门时还关照她不要跟别人说。

"我知道，我们队里的男医生呀，都怪怪的。"

上一次公安深夜来押李宋唐，吴忝绮的承诺早就在队里传开了，李宋唐更是缠得紧，言谈间处处以吴护士长的男朋友自居。吴忝绮也不作解释，只是注意和李宋唐保持距离。夏沫她们当然震惊，可后来一看吴忝绮的态度，终于明白过来，吴护士长当时只是救人心切。每当李宋唐泡在化验室里跟吴忝绮套近乎，夏沫便有意守在一边当电灯泡，搞得李宋唐灰溜溜的。

这天吴忝绮没在食堂出现，李宋唐问夏沫吴忝绮怎么了。夏沫说可能出差去了吧。李宋唐将信将疑，就去敲吴忝绮的房门，可门内声息全无。

李宋唐竟急成了热锅上的蚂蚁。

小朱医生的腹水引流手术出现了意外，夏沫跑出手术室，把吊在屋檐下一截示警的铁轨敲得当当响。时习章跑到手术室，一面命令李宋唐帮着处理，一面问夏沫："吴护士长哪里去了？"

"护士长病了，在房间里！"夏沫内心焦急，舌头动得比脑子快，一下子就说漏了嘴。

"好你个夏沫，你竟然敢骗我！"李宋唐一边给病人开裂的伤口缠上绷带，一边回头骂夏沫。夏沫说："是吴护士长关照的，你别搅得大姐没法安心养病。""你个小丫头，少管大人的事情！"病人一脱离了危险，李宋唐就没心思待在手术室了。

李宋唐竟穿着沾了血水的白大褂再次去敲门，还说："忝绮，我知道你在里边，你病了为啥不告诉我呢？"起先吴忝绮依旧不吭声，但李宋唐敲门的声音越来越响，惊飞了窗台上的鸽子，睡在床上的吴忝绮抓起个杯子摔到地板上。李宋唐听到吴忝绮摔东西了，举起的手只好又放下。他走到天井里，气恼就烟消云散，又开始为吴忝绮的病情担忧。他又盘问夏沫，夏沫甩着小辫，一口一个不知道，李宋唐越发着急，只好去找时习章。

时习章正跟程怀远在一起，李宋唐一提这事，引起程怀远的斥骂，说："女同志身体不舒服，你一个大男人的，管这个干吗？"李宋唐支支吾吾地辩解，眼睛却还看着时习章，不肯走。时习章不得不挥手请他出门，拍了拍他后背说："吴护士长病了，我也刚知道，会去看她的。有什么情况，再说。"

傍晚，心事重重的夏沫在食堂里急匆匆地扒了几口饭，拎起送饭的小篮子就要走。时习章坐在她对面，问："这饭菜给谁送？"夏沫瞧了眼坐在另一头的李宋唐，压低声音说："吴护士长。"

程怀远停下手里的筷子，问："吴忝绮现在身体怎样，好点了没有？"夏沫说："我也不清楚。吴护士长一直把自己关在房间里，我送饭，可她的面，我也见不上。"

"那这饭菜我来送。"时习章说。

东厢房的门窗紧闭着，躺在床上的吴忝绮听着木楼梯上的脚步声响上了楼。这两天，她还以为程怀远会来看她，可骚扰她的人却是李宋唐。吴忝绮身体难受，精神上更难受了。终于，吴忝绮听见是时习章轻声唤她，就挣扎着下了床。

时习章一走进房间，一眼看到床边吊着的盐水瓶，脸霎时变色。吴忝绮示意时习章掩上门，时习章掩上门后又走到床边，俯视着吴忝绮说："老程骂我疯了，其实真正疯了的人是你！"

就像小孩做了件胆大妄为的事被大人发现，吴忝绮的眼神中掠过一丝怯意。她搁在床边上的手松开了，手掌心里握着的赫然是一个锑剂药瓶。

"你用了多少剂量？"

"一半。我听你说过的。"

时习章一把把枕头边的锑剂药盒抢在手里，说："忝绮，你太冒险了，你怎么可以做这样的事情？"

"没什么，我只是不想看你为难。"

"到此为止！"锑剂药盒塞进了时习章白大褂的口袋，他坐下身，掏出听诊器焐着。

"时老师，你让我试下去吧。"

"不行！"焐暖和了的听筒扣到吴忝绮的胸口，她白衬衫下的胸脯起伏着，一丝乱发咬在她的嘴角上，羞涩的目光落向枕头边的小本子。

"时老师，你别拦我，不然……不然我真的是白吃了这两天的苦。"

外边传来了叩门声，跟踪而至的李宋唐喊了几声吴忝绮，又叫时老师。吴忝绮的头在枕头上摇了摇，关照道："别让他进来。"

时习章点了点头，但门外的李宋唐就是不走。时习章开了门，口气严肃地说："李医生，今天你值班，回大病房去。忝绮在以命试药，谁再不好好工作，谁就对不住她！"

"试药？试什么药？"

时习章重重地碰上了门，李宋唐悻悻地下了楼。吴忝绮忽然呼吸急促，恶心的感觉折磨得她牙关紧咬，虚汗迅速又在她额头如豆子般绽出。

"是不是有幻听？"时习章问。吴忝绮微点头时，更觉着双耳变成了蜂巢，四处是持续不断的蜂鸣声。

"忝绮，你跟我来这穷乡僻壤，吃了那么多的苦，要是你再有什么意外，我时习章对不住你，也对不起把你托付给我的嬷嬷啊！"

一提起眼镜嬷嬷，吴忝绮眼睛亮了一亮。她握了握时老师的手，说："我是自愿的，我这样做很值得。我们从医的人，生死病痛见得多了，能用自己的病痛换来血吸虫病人的健康，眼镜嬷嬷在的话，她也会，也会赞许我的。"

吴忝绮湿润的眼睛红红的，射出迷乱的光来，呼吸也变得不再齐整。她推了推被子，头颈挣扎着，裸露出的白皙的脖子因汗而在油灯下微微泛着光泽。时习章找了条毛巾在冷水里浸了浸，拧了一把敷到吴忝绮的额头上。他怕过度消耗吴忝绮的体力，不想多说话了。可吴忝绮拉了拉时习章的手，让他坐近一点，又开口道："时老师，我吴忝绮从小就没了爸妈，他们不要我了，我是好心人从门洞里捡来送进孤儿院的。眼镜嬷嬷跟我说，我爸妈都在天堂里……时老师，这世界上真的有天堂吗？"

"可能有，也可能没有吧……"

"有时我也怀疑，但我强迫自己相信，我今后肯定会在天堂里见到我爸妈的，所以我的心皈依了上帝。我虽命苦，好在我遇上许多好人，眼镜嬷嬷、时老师你，还有程队长，我爸妈没来得及教我做人的道理，可你们却让我感受到了生命的意义。"

时习章拍了拍吴忝绮的手背，示意她别说了。

屋子里弥漫着一种恍惚的气氛。过了片刻，吴忝绮又说："打小我就很乖巧，很努力，每次有一点进步，像考试得了一百分，手工做得好，眼镜嬷嬷总要吻我一下……"吴忝绮闭上了眼睛，似乎在回味着记忆中的亲吻。过了一会儿，她忽然轻声问，"时老师，你吻我一下，好吗？"

时习章的错愕是暂时的。他淡然一笑，迟疑着整了整白大褂，庄重地卧下身，在吴忝绮火烫的额头上，留下纯洁的一吻！

吴忝绮长吁了一口气，轻声说："谢谢。"

时习章庄重地取过吴忝绮放在枕边的小本子，轻轻地翻看。吴忝绮用娟秀而工整的笔迹，记录下了锑剂的用量、体温反应和身体反应的程度。时习章见吴忝绮已睡着，便细心地检查了输液瓶，又轻轻为她掖了掖被子，这才轻手轻脚地退出了屋子。他刚要下楼梯，却看见程怀远坐在楼梯上，双手抱着头，背影一下子苍老了许多。

"吴护士长怎样？"程怀远的问话里含着关切甚至是自责。时习章说还好。程怀远要去叫夏沫过来护理，时习章制止了他。

"吴护士长由我来护理！"时习章的口吻很坚决，根本不容分说。

程怀远帮着时习章把急救设备搬到东厢房楼上。

血防医院的气氛一下子凝重而又紧张。队员们都踮着脚走路，唯恐有什么声响打搅了吴忝绮。李宋唐更是快急疯了，那个刚做过腹水引流术的病人哼哼几声，就引来了他严厉的呵斥。半夜里他还几次爬起来，光着膀子跑到天井里，怔怔地抬头眺望着东厢房楼上的灯火。陶老先生得知消息，让小明熬了鸡汤送过来，程怀远亲自端着送进吴忝绮房间。

三天终于过去了，吴忝绮除了一次连续呕吐，情况较为危急之外，另外的反应基本正常。时习章关照吴忝绮仍要注意休息，自己回到了门诊室，把小本子上的记录再次看了又看，而后去找程怀远。

“老程，有了吴忝绮的这一次试药，我看在病人身上……可以一试。”

程怀远兴奋难抑，他告诉杨初，一定要挑选几个身体较好且自愿的血吸虫病人进行锑剂三日疗法试验。

挑中的病人听说是时医生要在他们身上试验新疗法，二话不说，个个答应。有的反倒过来安慰时医生，说：“时医生，你是个有大本事的人，是个大好人，我们大伙都相信你。即使有啥意外，也跟你时医生无关，我们愿立生死状。”没挑中的病人拍着胸脯报名，激烈的场面有如参军。

人体试药的这三天，时习章既是医生又是护士，一直守在小病房里，几乎没合过眼。他亲自发药。一分钟脉搏，三分钟体温，他每隔两小时就要做一次。所有的测量和症状反应记录即使是夏沫想帮他都不行。时习章盯得再紧，意外还是发生了。病人朱琦是这一批病人中身体最好的，锑剂打下去之后副作用也小。就在试药后的第二天晚上，他突然不见了。队员们把血防医院的里里外外找了个遍，也没见人影。程怀远和陶小明便发动村里的民兵几乎找了一整夜，一直到天色微明，两个直接去了朱琦老家的民兵背着朱琦回来了。原来朱琦家里只有寡母，也是大肚子病人，小伙子好些天没见母亲了，实在放心不下，就拿了两个从自己伙食里省下的肉包子，回家去孝敬母亲。

程怀远生怕再有什么不可预料的事情发生，他在病房里蹿进蹿出，轰都轰不走，几乎没一个消停的时候。时习章被折腾得没办法了，怕他的大嗓门和沉重的脚步声会影响病人休息，就说：“这些病人需要补充营养，程队长能不能去抓点鱼给病人补补身体？”

“那还不是小事一桩！”程怀远觉得自己能派上点用场，高兴极了。他叫上了陶小明，两个人驾着一只小划子船去村外的荡里，用拖网抓了几十斤花鲢、白鲢，熬成了浓浓的鱼汤给病人喝。

最后的时刻到了。一大清早，从食堂里就餐出来的血防队员们都自发地聚到化验室门口。试验三日疗法的病人粪便掺了沙子，用漏斗放到三角烧瓶上冲调好，沉淀过的粪水经过煮沸消毒和孵化已做成检验样品。值班的化验员踌躇着，看了看门外守着的同事，走到化验台前，她竟紧张得不敢看。

时习章知道化验员心慌了,便镇定自如地亲自去看结果。

守候在化验室外面的人群更紧张了,队员们小声议论着。

几分钟后,脖子上挂着听筒,双手插在白大褂口袋里的时习章神情肃穆地出现在实验室门口。朝阳打在他的娃娃脸上,他像是很享受这阳光似的眯了眯眼,接着环视一圈,从人群中找到程怀远。

程怀远胆子天大,可到了这会儿也紧张了。他见时习章望着他,便走出人群。时习章竟又望了他好一会儿才说:“你是对的。”

“什么,我是对的?”程怀远还没反应过来,时习章已转过一个墙角走了。

程怀远转身瞧着时习章的背影,脑子转不过弯来。他吃不准时习章是什么意思。他粗鲁地推了一把化验员,让她进去再看。

化验员跑进屋子,拿起已被时习章盖过橡皮图章的化验单,挥舞着双手冲出门大叫道:“阴性,是阴性！我们成功啦！”

人群欢呼起来。程怀远挥着手,想喊声什么口号却没合适的词。女护士们彼此拥抱着,有的队员失声痛哭。

程怀远突然撒腿跑到食堂,找到半碗菜汤,也不顾脏不脏,一口气喝干了。一屁股坐到灶边的一只小板凳上,掏出一根烟来,却没有火。见灶膛内还有火星子,竟伸手抓出一颗火炭,他将火炭在他粗糙的手掌心里抛抖着点着了香烟,喷吐出一口烟雾后,这才独自一人爆发出一阵大笑:

“哈哈哈……”

第二十九章

“怎么样？姓董的算个鸟，敢跟我比？”程怀远一见王局长的面，就不客气地显摆开了。王局长也打内心为第二血防队终于树了一面几乎不可逾越的红旗而高兴，夸奖的话不断地往外冒。程怀远心想不对了，便把功劳往时习章、吴忝绮身上推。王局长问第二血防队下一步打算，程怀远又放大话道：“我正打算分派六个小分队出去，争取一年内，把田乐乡的血吸虫病人治个遍！”

时习章闻听此言，不由得担心起来。等上级领导走后，他提醒程怀远，锑剂三日疗法虽然试验成功，可由此产生的并发症的应急经验不够，治疗还得以稳扎稳打为上。

“老时啊，我现在可是越来越了解你喽。你们知识分子啊，想得多，顾虑也多，有时候难免跟不上形势。”

“老程，治病是人命关天的事，你可千万别头脑发热。”

“你别担心，我体温正常。血防队从成立到现在，当初那些啥也不懂的小屁护士，经过你时老师在夜校里的培训，个个都成了精兵强将。小来、小朱、李宋唐和杨初等医生，也个个能独当一面。搞分队的事就这么定了。有了三日疗法，血吸虫的末日到啦。”

“其他地方根本没有陶墩这么好的条件，血防点的卫生不好，万一感染了怎么办？”时习章摘下眼镜，掏出手绢擦了擦镜片。程怀远想说你找都没找过，怎么知道没好地方，但怕惹急了时习章，话到嘴边又咽了回去。

没有调查就没有发言权，程怀远去了趟田乐乡政府，和傅乡长大致商定了六个血防点的布局，便独自背起黄挎包，开始实地踏勘。

去天星村的早晨，天空中飘着牛毛细雨。程怀远走得急，伞都没带一把，就沿着泥泞的田埂路出发了。路边的农沟里，油菜田的积水汇成涓涓细流，排向水面上疯长着湖羊草的小河浜。有泥鳅和小鲫鱼在农沟里追逐嬉戏着，时不时弄出小生灵们才有的奇异声音。麻雀们躲进绿油油的青草丛中，程怀远一走近，突然轰的一声飞起，在油菜田上空盘旋着。

程怀远转过了一处乱坟墩，开始觉得背后有人一直跟随。

雨越下越密，程怀远衣服湿了，脸上潮乎乎的，头皮上的“三八线”痒得难受。他躲到一株大桑树底下，见身后不远处有个戴着浅黄色箬帽、身披棕色蓑衣的姑娘也跟着立定了。这姑娘手握镰刀，怔怔地朝他望着。忐忑不安的程怀远一时想不起附近有谁跟他认识。雨水淋过的桑树叶绿得鲜亮，叶尖摇落的雨滴在泥地上打出一个个小孔。程怀远抽了一根烟，见姑娘没过来的意思，程怀远便继续前行，过了小木桥他又回头，见那姑娘也下了小木桥。

奇怪极了的程怀远不得不朝那姑娘挥了挥手，姑娘喊了声程队长。来到程怀远的面前姑娘止住了脚步，微张着嘴喘息着，目光微望着满是雨水的程怀远，这才摘下头上的箬帽，轻声说：“我叫大粒米。”

原来她是拿烛台扎爆肚子的金星奎的女儿：“哈，是你啊，你父亲可好？血吸虫病没复发吧？”

大粒米站在程怀远面前，手里捏着湿漉漉的箬帽，眼睛在笑，嘴唇在笑，眉毛和刘海也都在笑。风吹落了油菜上最后的黄花，飘落到草地上，绿色之中散布着星星点点耀眼的金黄。大粒米目光一直不离程怀远，程怀远被看得有点不自在，低下头瞧了瞧自己，旧军衣早就湿透，灰色的裤脚管虽说是卷着的，上面也早已溅满了泥浆。

大粒米这才猛然想起似的，将箬帽往程怀远手里一塞，又要脱下自己的蓑衣。程怀远却不肯要，说反正已湿透了。

“你还是穿着吧！”大粒米仍将蓑衣撳到程怀远手里。程怀远不得不接过问：“可我怎样还你？”大粒米便指了指不远处的一个小村子，说：“我家就住那儿，要不程队长去坐坐？我爹要是看见你，会高兴坏的。”程怀远想到天星村的干部在等着，就说：“我还有事，等有机会再去你家。”

“你答应了？”

“我程怀远从来说话算数！”

雨越下越大，青绿的田野上雨雾蒙蒙，暗沉沉地犹如黄昏。

程怀远说：“我走啦，回去问你爹好。”雨水把大粒米的头发洗得滑溜溜黑亮亮的，她抿着嘴，认真地点了点头，目送着程怀远走远，这才深一脚浅一脚地往回走。有意无意地，大粒米踩着泥路上程怀远留下的大脚印，恍惚中像是和她心目中高大英俊的程队长融为一体。姑娘的心似浸了蜜，都快甜醉掉了。

走到小木桥下，灵机一动的大粒米蹲在路边，张开手指丈量起程怀远的脚印。她怕大小尺寸不准,又解下辫梢上的红头绳量了量,但这脚印却被雨水模糊掉了。

割草用的竹筐和镰刀扔在小木桥另一边的农沟里,绵绵春雨中,大粒米找了好久才找到。她的脸蛋红扑扑的,胸口像有一头小鹿在撞。老父亲出院后,身体恢复得还好,可弟弟金满家的状况让她这个当姐姐的寝食难安。她几次想去栖真见见程队长,但自卑和羞怯消磨了她的勇气。村里也有村民去血防队看病,他们带回来的一丁点消息,大粒米都听在耳朵里,记在心坎上。她本以为这辈子再也不会和程队长说上话了,可偏偏有这雨中相遇,而且程队长答应到她家去。

午后,天已放晴,落实了天星村血防点的程怀远兴冲冲地回返。当他路过小木桥时,窄窄的斜坡上撒了石灰,白得就跟刚落过雪似的,程怀远踩过,留下了一串脚印。

守候在河边芦苇丛中的大粒米等程怀远走远了,这才闪身而出,用一张旧报纸蒙到那一对清晰的大脚印上,铰下了一双鞋样。

回到血防队,程怀远对时习章说:“天星村村民听说要去血防队,大家都愿意拿出最好的房子安置。”

时习章说:“护理人员也是个大问题。”

“这更简单了,招兵买马的事可是我程怀远的老本行,打鬼子、打国民党时老子就这样干过。”

当地的年轻人干农活当然是把好手,可护理病人那是另一回事了。程怀远越是胆子大,时习章越担心。

嘉禾县第二血防队要招人的消息一传开,陶墩附近的村庄都轰动了。杨初负责这事,每天他的办公室门口围满了从四乡八邻赶来的青年农民,有的写了血书,有的拿来青年突击手的奖状,更有的让村党支部团支部写推荐信,争得杨初头昏脑涨。杨初是个做事认真的人,他把关严,问得细,不光要看文化和人品,还反复盘问报名者加入血防队的动机。

大粒米家在村子边,独门独户,周边是一望无际的桑树地。白天她干活,晚上还赶着纳鞋底儿,等消息传到她耳朵里已是血防队招人的最后一天。起先她还以为别人寻她开心,等到本家的婶子也说有这事,她的心就开始怦怦乱跳。她把淘米的箩筐往父亲手里一塞,一个人焦急万分地跑到陶墩村。她先找到程怀远的宿舍,瞧瞧四下里没有人,就往窗台上放了一双新布鞋,紧接着就去杨初的办公室门口排队。

李宋唐拎着个竹壳热水瓶从食堂打开水回来,路过排队报名的人群,一眼认出了个子高挑的大粒米。他过来打了招呼,说:“你也来报名啊。”大粒米正听身边的人讲这一次血防队招人可严了,刚才连着进去的十多个人都不行,心里正着急着呢,见是给她老父亲做过手术的李医生,慌乱地点了点头。

李宋唐眼中的大粒米脸蛋白里透红,身材健壮匀称,有一种跟吴忝绮不一样的美,他心里一下子浮想联翩。大粒米前面还有好多青年农民前胸贴后背地挤在一起,瞧那架势再过几小时也不一定轮得上。李宋唐问大粒米:“要不我进去跟杨医生说一下,让你先面试?”

大粒米哪好意思做这样的事情,连连摆手说:“不用不用,我排队等。”

轮到大粒米已是下午四点。面试了那么多人的杨初已经很累了,他头也不抬地问:“姓名?”

“我叫大粒米。”

“你姓大?我问你姓名。”见面前这个浓眉大眼的姑娘涨红着脸,杨初的第一印象就不太好。

“我叫金彩珍,可村里人打小就叫我大粒米。”

“你为啥要参加血防队?我们血防队工作辛苦,要求严,补贴少,这些情况你都知道吗?”杨初喝了口茶水,眼光从大粒米的肩头越过去,瞧了瞧排在门口的长队。

大粒米迟疑了一下,细声细气地说起了血防队刚到栖真时,她爹用烛台扎破大肚子,是血防队救了她爹的性命,她对程队长,对血防队心怀感激。杨初说,用烛台扎肚子的人就是你爹?他现在身体可好?

“我爹的病治好了,也能下地干点活了,他一天到晚念叨着血防队的好!”

“你家的成分?”

“是……富农。”

“富农?”

大粒米回答是的,杨初张口就说:“虽说是血防队给了你父亲第二次生命,你对血防事业有感情这我不怀疑,可你的情况似乎不适合参加血防工作。我看,你还是回去吧。”

“杨医生!”大粒米听得心都凉了,但还想争取,可杨初已经在叫下一个了。

大粒米不情愿地让出位子,到了队长室外,人站在那儿不肯走。等了一会儿,她看见程怀远从大病房那儿急匆匆地过来,就克制不住地叫了一声程队长。

程怀远一抬头，见是大粒米也很惊奇。他回想起曾经答应过大粒米一定要去她家看她爹的，可人一忙，就忘了这茬，于是说："你也来面试？杨医生那儿通过了吗？"

大粒米被程怀远这一问，脸藏往怀里，不吭声了。

程怀远已明白，竟大咧咧地拉着大粒米又进了杨初的办公室。由程怀远陪着再次应聘，杨初同意录用，大粒米高兴坏了，出来时遇见夏沫，张口就说："夏沫姐，我也要来血防队工作了。"

夏沫喜欢大粒米，拉着她的手说："太好了，你到了队里就跟着我，我来教你打针喂药。"程怀远一见夏沫和大粒米聊得起劲，就顾自去了宿舍。

一双新布鞋摆在窗台上，香喷喷地散发着阳光的味道。

程怀远愣了愣，当是谁把布鞋忘在这儿了。可到了晚上，布鞋仍旧在老地方，程怀远只好满腹疑虑地把布鞋拿进了屋子。他里里外外地看了看，试了一下，竟然大小正合脚。

第三十章

有了锑剂三日疗法的成功，嘉禾县委对程怀远刮目相看，大会小会都请他去做报告。程怀远嘴拙，大着嗓门嚷嚷几声就完了，但话都说到实处。他自己讲完了也得听别人的，这一听，才发现外面各条战线都在热火朝天地建设社会主义，可谓群星闪耀，硕果累累。有个丝厂女工样子长得像《红楼梦》里的林黛玉，一年却完成了以前十年的工作量。有个武装部干事每天坚持做两件好人好事。灯具厂做的工艺台灯送到国外得了金奖。造纸厂一下子出了二十多个革新能手。程怀远听得热血沸腾，整个会场上就数他的巴掌拍得最响。

程怀远的报告说来说去，只是一些乏味的数据，县里的头头们不满意了，暗示他能不能喊响几句口号，表个什么时候彻底消灭血吸虫病的态。程怀远酒照喝，脑子却不糊涂，坚持说："不行，军中无戏言，血防更无戏言，睁着眼睛说大话说瞎话的事情我老程不干！"领导们内心失望，脸色就难看了。程怀远反击说："你们不了解下边情况，血防队缺医少药，要什么没什么。乘胜追击、扩大战果哪个不想？可我们没这个条件啊！"

嘉禾县卫校办了个血防班，也请程怀远去作报告。程怀远坐航船从乡下赶来，可船在中途抛了锚，程怀远步行到那儿已是中午时分，约定的时间早就过了。校门口写有他名字的黑板还没抹去，操场上有四五个男生在打篮球，女生们往铁丝绳上晾晒衣服。程怀远跟门卫作了自我介绍。

"你就是程队长啊，校长上午一直等在传达室，你怎么才来？"程怀远歉意地一笑，打听血防班的教室在哪儿。门卫说："上午为了你的报告停了半天的课，现在学生们早回宿舍去了。"

程怀远可不想白跑一趟，这方面他的脑子特别好使，便直接去了女生宿舍。挤挤挨挨的木头做的高低铺，把屋子撑得满满的，空气里弥漫着一股雪花膏味儿，墙上贴着值日生表和人体解剖图，姑娘们花花绿绿的内衣外衣都挂在横贯整个宿舍的铁丝上，鲜亮得让程怀远都快睁不开眼了。

正是午休时分，姑娘们有的在看书，有的聚在一起做针线活儿。

“姑娘们，同志们，天使们，你们好，你们学习辛苦了，我代表嘉禾县第二血防队来看望大家！”女生们的注意力一下子被程怀远吸引了。

“我今天迟到，让大家等了一上午，对不起啦。”程怀远敬了一个军礼，好几个姑娘站起身，看得伸长了脖子。

“姑娘们，天使们，你们是早上八九点钟的太阳，是天底下最为光荣神圣的白衣战士。你们知不知道时习章时教授？”

程怀远的大嗓门着实把大家伙镇住了。好一会儿她们才反应过来，齐声说知道。有个小个子学员紧接着问：“你是谁呀？”

“我是谁不重要，重要的是我程怀远身边有时教授、时专家这样的大人才。”

“你真的是程怀远程队长？”

程怀远一脸天真无邪的笑，刮去胡子的嘴角竟然洋溢出青春的朝气。

姑娘们使劲地鼓起掌来，程怀远放宽了心，他开心地说：“谢谢！谢谢大家！我真的有这么受欢迎吗？”

“我们老师说了你太多的故事，我们早就崇拜你啦！”

“崇拜还是免了吧，现在疫情紧急，农村里到处是血吸虫病人，我有医生可缺少护士，怎么忙都忙不过来。眼睁睁地看着大肚子病人不治而亡，我程怀远着急啊！”

姑娘们也知道疫区形势严峻，个个脸色沉重。

“可再大的困难也压不倒我们，最近我们第二血防队试验成功了锑剂注射三日疗法，本来需要二十天收治一个病人，现在三天就行啦。用时教授时老师的话说，这是血防治疗史上巨大的突破，用我程怀远的话说，是我们卫生战线的最新革命成果！”

等门房领着校长赶来，程怀远正被姑娘们围着，在她们的小本子上一一签名。校长说：“我们好不容易请到你这个大英雄，你就在宿舍里讲讲怎么行？要不下午我们召开全校师生大会，你再给我们作个大报告？”

程怀远晃了晃手里的香烟，说：“我还真有事，抽完这烟就走。”

分派小分队的事，程怀远不顾时习章反对，已铁了心要做。可他也明白，光有人下去是不行的，他总得备点家当给各个血防点。他心急火燎地赶到县卫生局楼上，见王局长办公室闪出第一血防队的董队长。程怀远停下脚步守在楼道口，等董队长一过来就把他堵住了。

“啊呀，这不是董队长吗？好久没见，你那七日疗法的科研弄得怎样？王局长召见你，有什么大事？”程怀远热乎得有点夸张。

“是三八英雄啊，我还当是什么省长县长呢。王局长见我，我也得跟你汇报吗？你也管得太宽了！”

“别生气了老董，大家都是搞血防的，以前多有得罪，改天我请你喝两杯。”

“免了吧，你的酒我不敢喝！我还急着上火车站呢。”

“你什么意思，我的酒有毒啊？”

“不是有毒，是有害。”

董队长的七日疗法其实才刚有点眉目，要不是程怀远取笑他，说他董队长什么都懂，他还不想让逯医生公开汇报呢。想不到逯医生这么一说，客观上泄了密，启发了程怀远把锑剂三日疗法搞出来了。这些天他对程怀远嫉妒得牙根都痒痒的，没心思跟程怀远瞎扯，可他脸上却带着美滋滋的表情下楼而去。

程怀远越想越觉得这小子肯定从王局长那儿得了什么好处，于是，他换上一副面孔去见王局长。

一开口，程怀远便责问王局长，做领导的就该一碗水端平，想不到你这么偏心眼！

“我偏心眼？老程你别乱扣帽子，如果真的一定要说我偏的话，我可是偏了你的。你也不想想，前数日我将从别人牙缝里抠来的一批血防物资，都悄悄给了你。”王局长放下手里的文件瞧着黑不溜秋的程怀远，顿了顿又说，“偏心眼这话，也只有董队长他才可以这么说我。”

“可他在楼梯上还跟我显摆呢，你给了他们队最好的器材，还拨了大量的药品，还有柴油发电机，是不是？”

“这是他告诉你的？”眼镜滑到了鼻梁上，王局长翻着眼球瞧程怀远。

“董队长他们困难我程怀远更困难，我愁得头发都白了。反正你不再多给我点物资，我今天就把你局长室的电灯泡旋去。”

“你每次来怎么都跟我办公室的电灯泡过不去？你说，要什么？要多少？”

程怀远掏出张清单放到局长面前，王局长左看右看，为难极了：“你这是要东西吗？是要我命来了。我就是把整个卫生系统都刮光，也凑不齐你要的。除非你向省里去要，打个电话跟老首长要嘛！”

“要打你打。”程怀远白了王局长一眼。

“你打合适。这一次锑剂三日疗法试验成功，我文件老早报上去了，赵省长肯定高兴。”

程怀远抓了抓头皮，自信了些。他拎起话筒，拨通的却是林秘书的电话。

林秘书说赵省长几天前刚给嘉禾县特批了一批医药物资。

电话打完，王局长问程怀远怎样，程怀远说："阎王好见，小鬼难缠。这林秘书很官僚主义！"闷头抽掉一支烟，程怀远一副欲言又止的样子。最后他骂了一声狗日的，抓起黄挎包就出门而去。到了嘉禾火车站行李房一问，果然有一批医药物资从杭州托运过来，说有个姓董的拿了卫生局的介绍信刚来办了接收手续，说是明天下午来装货。

"货是我的！"程怀远一急，揪住了行李房师傅的手，边上的人嚷嚷着你想干吗，围了上来。

碰了壁的程怀远杀回卫生局，本想上楼去跟王局长吵，可转念一想，竟满脸坏笑地直接去了落帆亭码头。码头上的凉亭边迎春花开得正艳，有两个小姑娘坐在行李卷上，一看见程怀远，就跑上前叫了声程队长。

程怀远眨巴着眼睛问："你们是谁？"

"程队长，你中午还给我们作报告，不认识我们啦？"

程怀远这才想起这两个小姑娘是卫校血防班的。小个子姑娘介绍说她叫季小英，边上戴眼镜的姑娘叫许勤，她们不想再上学了，正要前往陶墩。

"你们想加入我的血防队？"

"我跟许勤商量好了，与其在课堂上听老师唠叨，还不如去实践中锻炼成长。"

"我们要跟着程队长搞血防！"许勤在一旁帮腔。

"你们都会什么？"

两个姑娘齐声回答："我们在南瓜上打过针。"

"没问题，南瓜上能打针，屁股上也能打。"程怀远高兴了，夸姑娘们人小志气高。

三个人上了船，轮船驶离码头。许勤犹豫着跟季小英嘀咕道，我们是在南瓜上扎过针，可人就不一样。程怀远满不在乎地说："你们就当病人的屁股是南瓜不就得了！要是还不敢，那你们把我程怀远的屁股当南瓜来练扎针好了！想怎么扎都行，我保证不叫疼！"

"我们可是偷跑出来的。"

"没事儿，一切都有我呢。我们血防队刚招了人，正好有个血防速成班，时教授会给你们上课，手把手地教你们。"

季小英凑到许勤耳畔，说："我们参加革命喽！"许勤激动地点头，与季小英紧紧地搂抱在一起。

第三十一章

黄店镇山村的河浜里风平浪静。

董队长鼻子都气歪了,香烟快烧到手指也忘了丢掉。几只麻鸭从桥洞那儿游过来,不时地啄食着绿色的浮萍,其中一只还竖起半个身子,鸭翅膀扇着风,吹皱了一小片河水。大木船空空荡荡地停在董队长面前。看船的两名队员站在船头上,其中一个叫小卜的,胳膊下夹着条破被子,眼里含着一泡泪。

“这么一船东西被人搬空,会不知道?”

“我真的,真的没听到动静。”

“你们两个是猪啊,会睡得这么沉?”咆哮着的董队长抓起半块砖头扔进河里,水花飞溅到小卜脸上,吓得他一哆嗦。

“董队长,”小卜指着同伴低垂着头,“昨天我们摇船去火车站,回来的船也是我们一起摇的,到了这儿,累得胳膊都举不起来。可队里的人却没来。我们边等边躺着歇息,哪想到,哪想到……”

“哪想到哪想到,我开除你们俩!”董队长骂着,正准备去公安报案,队员小卜却在船舱里发现了什么,一指说:“队长!”

那是石头压着的一张香烟壳纸。董队长捡起的香烟壳子被水打湿,上写着两行字:“赵省长特批给我的东西,你们也敢拿?程怀远”

“欺人太甚!欺人太甚!”暴怒的董队长抽身去卫生局告状。

满木船的医药物资停靠在陶墩的河埠上,血防队的队员们悉数而来,他们心怀敬仰地称赞程队长胆子大,有办法。程怀远也不谦虚,说:“姓董的算个鸟?老子当年从鬼子手里夺粮食,拦截国民党运输队,这种事我干得多了。关键是这药品明明是赵省长批给我的,王局长偏心眼,逼我老程上梁山。我们这不叫抢,也不叫偷,这叫物归原主!”

杨初坐在船舷上,一直冲他笑。程怀远横了他一眼,责问杨初:“我说得不对?”

“我们第二血防队是先进,我们怎么会偷?是叫物归原主。不过,这姓董的会不会追来啊？”

“他敢？且不说这东西本来就是赵省长特批给我们的，就算是给嘉禾县的，也该分给我们一大半！是谁树起了锑剂三日疗法这面红旗？是谁一下子治愈那么多病人？他董队长能跟我们比吗？小子们，你们都给我听着，只要工作干好了，治愈病人多了，我们的队伍人强马壮，好日子还在后头呢。”程怀远的豪言壮语鼓舞着队员们，大家嘻嘻哈哈地开始搬运物资。

李宋唐头发上发蜡抹得锃亮，斜披着件灰色的外套。他拿起捆盐水瓶，掂了掂，觉得重，放下，又抓了抓纸盒子，嫌没抓手，得用背驮，又放下。队员们急着搬东西，踩得木船晃来晃去，李宋唐胳膊下只夹了一小捆纱布就想抬脚上岸。杨初半蹲在船头上，背上驮着一只药箱，重得腿都撑不起来，李宋唐正好打边上走过，杨初急叫李宋唐搭个帮手。李宋唐亮了亮夹在胳膊底下的纱布，张口就说：“我的手是要做手术的，干不得脏活重活。”

“你那手要做手术，我的手就不做手术？”杨初气得够戗，他赌气挣扎着站起身，箱子压得他腰都挺不直了。

队员们议论纷纷，冲李宋唐翻白眼。

程怀远刚搬了一个大件上岸，李宋唐的言行没逃过他的耳朵，于是他张嘴便骂：“李宋唐，你这鸟人屎怎么这么多啊！能不能把你那一套小资产阶级派头给我收起来？”

“我怎么啦？”

“你看你夹的那点东西，一个大男人真不害臊！”

这一骂，李宋唐觉得没面子，竟将手里的纱布随手一扔，不搬了。这可把程怀远气坏了，他脸色铁青说：“同志们辛苦了，我看剩下的东西让李医生一个人搬吧，另外的人该干啥干啥去。”

“老程，你……”

“我命令你搬！”

“我不搬！”李宋唐的牛脾气也上来了，索性一屁股坐到一只药箱上。

程怀远气得要抽李宋唐耳光，吴忝绮、夏沫一把拉住了他。

董队长刚找王局长告完了状，卫校的校长也赶来，说有两个血防班的学员偷偷地去了第二血防队。

“再这样胡闹下去，怎么得了啊！”董队长感慨着，观察着王局长脸色。

王局长皱着眉头，抬了眼皮问董队长：“你说怎么办？”

“我看得撤他的职，至少得给个党内严重警告，全县通报批评。校长你说是不是？”校长嘿嘿一笑，不言语。

说说容易，倒了程怀远这面红旗，眼下的血防现场会怎么开？王局长其实也气坏了，他想一切等到即将召开的血防现场会开完了再说。

浙江省血防工作现场会，是赵省长看了锑剂三日疗法的报告后，亲自敲定下来的。县委书记觉得极有面子，把它当一件大事来抓。王局长忙里忙外地张罗，本应该高兴的事，可程怀远一连串地犯事，惹得卫生系统上上下下议论，让他哑巴吃黄连，有苦说不出。

午饭后，赵省长他们还没到，赶来接人的程怀远像个没事人似的，待在王局长的房间里抽烟，绝口不提偷抢物资的事。王局长为了现场会，暂不想惹毛程怀远，抢物资的事他忍耐着，但那两个血防班学员的事他不得不说。程怀远人逢喜事精神爽，难得地没跟王局长急，只是感慨道："以前我老程得鼓动张三李四下农村，那个难啊！现在不同了，年轻人自愿打起铺盖加入我的血防队。这充分说明，我们的事业大有希望！"

"年轻人的热情应该肯定，可有个很现实的问题不知你是否想过？这些学生是招考进来的，毕业后可都是捧着铁饭碗的国家干部，不管分到哪儿都有工资。可现在这么一走，谁给她们编制，谁给她们工资？学校的意见大着呢！"

程怀远愣了愣，王局长知道程怀远根本没考虑过这样的事，继续说："像你老程，是我卫生局开的工资，时习章、杨初他们都是省里和上海方面在开着工资。另外我听说你在当地村里招了些人，这个也好办，当地村里可以补贴他们粮食。可这两个学生就不同了，她们都出身农村，父母培养她们不容易。家长们已找过我了，估计他们也会跟你要人的。"

"这么一点事，看把你局长愁的，不就是个编制问题吗？有编制不就有工资了吗？"正此时，楼下院子里传来吉普车的声音，程怀远说了句首长来了，扔了香烟就跑下楼。

赵省长下了吉普车，地区和县里领导前呼后拥地陪着，程怀远上前招呼一声，就不想凑这个热闹了。他跟老张说了一会儿话，等再回到楼上，王局长的房间已经关门。

程怀远干脆四处瞎逛。这一逛竟逛到了招待所的库房里，见两边木头架子上摞着一捆捆雪白的被单床单，散发出好闻的香皂味。程怀远摸摸这个，捏捏那个，看得眼睛都直了。他想起大粒米来陶墩报到时，只带了个旧棉絮，破得跟鱼网似的，手术室里的那几套行头也破烂得不成样子。

程怀远的心又动了。他找到管库房的服务员，问了姓名，知道她叫小顾，便自我介绍。小顾听到程怀远三个字，一下子热情起来。程怀远直截了当说："小顾啊，我跟你商量个事行不？我们血防队治愈了很多很多病人，可我们条件太艰苦，队员没铺盖，病人们缺被子，你这些东西能不能借我一点啊？"

"那不行，领导知道了要骂。"

"你这一屋子的被子，借走两捆领导也不一定知道。再说我程怀远明人不做暗事，我给你打借条。"

小顾咬着牙不吭声。

"借我两捆被子，这也算是对血防工作的支持啊！"

小顾说："不行，一定要借，你得找所长拿个批条来。"

"县长的批条行不行？"程怀远一脸认真地问。

小顾说："那你拿省长的批条好不好啊？"程怀远竟说好。

小顾以为他只是玩笑，岂料，程怀远去转了一圈，还真拿了张"省长"的批条来。小顾傻愣住了，张嘴结舌地半天说不出话。

"省长今晚就住你们这儿，不信你去问。"程怀远说着，将批条往小顾手里一塞，便开始打包了。

程怀远也不玩什么迎接会议客人了，怕夜长梦多，还是先回陶墩再说。他背着两大包被套床单下了楼，到了大门口，传达室的门卫把他拦下。程怀远自报名号，门卫可不管这一套，说有上级首长来，进出的东西都得检查。

"什么，你当我老程是阶级敌人？去你妈的！"程怀远推了门卫一把，背着大包裹扬长而去。

第二天大清早，县内招大门口站着几十个穿灰衣服肩背黄挎包的干部，他们都是从全省各地赶来参加血防现场会的。王局长拍了拍手，招呼大家步行到码头上去乘船。招待所所长拦住王局长，问："你们是去陶墩？"

王局长说："是。"

"那程怀远是不是在陶墩？"所长又问。

王局长瞧了瞧手表，觉得这招待所长不分场合，有点烦，但见他一副着急的样子，还是耐心地回答说："我们是去陶墩，是锑剂三日疗法现场介绍会，程队长还要给大家作经验介绍呢。你还有要问的吗？"

"没有了，但我也要去！"招待所长说着竟加入了队列里。

“这是血防现场会，你去干什么？”王局长觉得不合适，不客气了。

“王局长，如今血防工作是我县的中心工作，我这个当招待所长的，去听听也好嘛。”

“血防工作关心的人越多越好，他要去你就让他去嘛。”董队长昨晚上已经跟所长碰过头，赶紧上来帮腔。

王局长没办法再拒绝了。赵省长他们已坐吉普车去了码头，王局长只好说：“你爱怎样就怎样吧。”

第三十二章

这一天，可谓是陶墩村的节日。村子里的白墙上，贴着红红绿绿的血防标语，那一手漂亮的行书出自杨初的手笔。从医院门口一直插到河埠头的彩旗，拍打着水面上吹来的每一缕微风。鸡鸭都关进了竹棚。大晒场打扫得干干净净，没了一点鸡屎鸭粪的痕迹。队员们身上的白大褂干净整洁，刚招来的血防队员们还没白大褂可穿，就戴了副白袖套，精神抖擞地像是有使不完的劲。

程怀远兴冲冲地蹲在花坛上，手里捏着一张纸，正眯着眼细看着。他要赶在现场会召开之前，将各小分队分派好。名单准确无误，程怀远站起身，开始分配名额，一名医生配两名护士，再加上临时从村民中招来的青年护工，组成血防小分队，分派到周边的各血防点去。已列队站着的新老队员们不知晓自己会分到哪个组，都兴奋地猜测议论着，吵得程怀远几次停止讲话，挥手示意大家安静。

院子朝南的墙根下，堆放着许多待领的药品和器材，大多数还没装箱整理，几个刚招来的小伙子和姑娘由季小英领着，正凑在一起收拾。其中有个叫薛癞子的男青年，说他癞子，其实是小时候头上长疮，掉了几块头发而已。血防工作又脏又累是出了名的，薛癞子陪着同村好友来报名，一见到队里有那么多漂亮姑娘，眼睛都直了，心里打起了小算盘。他当场写了血书，跟杨初软缠硬磨，也就加入了进来。

程怀远在前边讲话，薛癞子听也没听，只是不时地扶一下旧军帽，生怕露出头上的疮疤。他瞅了瞅季小英白里透红的脸蛋，觉得这刚来的小姑娘年轻单纯，他们在血防速成班上已经混熟。

薛癞子随手捡起一个大针筒，涎着脸说："季护士，不知道程队长会不会把我俩分在一起？"

"在不在一起有什么关系？到哪儿都是工作。"季小英说。

"那可不一样，我就是喜欢跟你在一起。你信不信，这打针我不用学也会？"季小英回了他一句吹牛，薛癞子色迷迷道，"我下面也有一个针筒，比这还粗、还硬呢，哪天夜里你跟我去芦苇荡，我打你一针，保管让你舒服。”

季小英脸颊绯红，骂薛癞子是流氓。

正在此时，杨初跑进院门，高喊着：“来啦、来啦！”程怀远跑到河埠头，两艘汽艇已经靠岸。赵省长在锣鼓声里踩着跳板走到大晒场上。程怀远上前跟赵省长握了手，连声说欢迎欢迎。赵省长抿着嘴，不吭声。他扫了一眼围观的人群，看到时习章矜持地站在一边，赵省长大步走上前去，拉起时教授的手，上下打量着说：“时教授，好久未见。人是晒黑了，可倒也没瘦，好啊！”

时习章也摇了摇赵省长的手，脸上喜气洋洋的。

程怀远跟县委书记、王局长打了招呼，最后看到招待所所长时，心里不由得一惊，急忙转身引领大伙去血防医院。

整装待发的各个小分队仍旧排成纵队等在院子里，赵省长他们一进来，杨初带头鼓掌，兴奋的队员们把手掌都拍红了。

领导们在几个长条桌后边落了座，来自全省各地的与会代表们也跟血防队员们站在一起。卫生厅长宣布现场会开始，先是由嘉禾县委书记致欢迎词，接着就是程怀远的经验介绍。

事到临头，程怀远手脚像是不听使唤似的，有点怯场。他迟疑着回头看了看时习章，说：“老时，你内行，有文化，要不你替我上去说说？”时习章推了程怀远一把，耳语了一声：“赵省长在看着你呢。”程怀远这才硬着头皮走到发言席上。

会场上霎时安静下来，所有的目光都集中到了程怀远身上。他局促地扯了扯衣角，嘿嘿一笑，朝着台上台下敬了两个礼，把手就伸进口袋里。他掏摸完了裤子口袋，额头上就冒出了急汗，求救的目光投向了杨初。

杨初在下面也急了，踮起脚尖指了指上衣口袋。程怀远忙不迭地又掏一遍上衣口袋，把里边的香烟钥匙串都掏出来，一一摆放在桌子上，仍旧没有他要找的东西，程怀远的嘴张大得塞得进一个鸡蛋。他捏着衣袖，擦了把额头上的急汗，竟撒腿就跑。

“站住！”赵省长大喊一声，程怀远像是中弹了似的，肩膀一晃，不仅没有停步，反而加快速度躲到了香樟树后面。

与会代表们早就憋不住了，哄然大笑，薛癞子更是开心得拍脚拍手，惹来了夏沫的白眼。

“狗蛋，你给我回来！”赵省长的手习惯性地往腰间一摸，但他早就不带手枪了。

“哈——”董队长手指着程怀远逃走的方向，幸灾乐祸地对王局长说，“你看看，程怀远平时牛皮烘烘，可一到正经场合，他就麻绳串豆腐——提不起来。”

“你少放臭屁！”王局长去找程怀远。

时习章怕赵省长难堪，主动上前寒暄，另外的代表们有的上厕所，有的走到树底下抽烟，本来排列整齐的队伍就这样散了，院子里顿时乱哄哄的。

过了一会儿，正在队长室乱翻抽屉的程怀远被王局长押回到赵省长跟前。赵省长黑着个脸，手指捻着的烟卷破了。程怀远声音怯怯地招呼，赵省长虎着脸责问：“你小子逃什么逃？不就是讲稿找不到吗？丢人现眼的，真是没出息。”

王局长把找到的发言稿塞到程怀远手上，说：“继续开会。”

“慢着。”赵省长将发言稿取过，匆匆瞄了数眼，突然把稿子撕了，“脑子长在你头发下面，嘴巴长在你鼻子下面，嘉禾县第二血防队有些成绩，你小子有啥说啥，少给我扯那些屁话套话！”

赵省长像是给程怀远当头敲了一棒，程怀远紧绷着脸点了点头，空着双手又回到发言席上。他心跳如鼓，刚开口说了声同志们，围墙那儿却传来了董队长的惊呼声：“大家都来看啊，这药箱上的发货单都没撕，这些都是我们第一血防队的！”

排在队末的人都转身拥了过去。

“被单，我的被单……”又一个更为尖锐的声音响起时，招待所所长已到小分队队员手里去夺被单！

程怀远一看这形势，急得眉毛都竖起来了。他撇下赵省长，飞跑过去拦阻，脚刹不住，竟然一头把招待所所长撞翻在地。

“程怀远——”赵省长捶着桌子大喊，可程怀远根本不管。

招待所所长坐在地上，抓起一条被单，向赵省长展示上面印着的嘉招两个红字，抖动着手里的被单责问程怀远：“这是谁的东西？你假冒赵省长的名义，骗取公共财物！”

程怀远一时张口结舌，呼哧呼哧地直喘粗气。

“跟女服务员谈情说爱，骗取东西，你丢不丢人？”

“谈你妈个头！”程怀远瞪了眼董队长，一把抓过被单，大叫，“进了血防队的东西就是我程怀远的、就是大肚子病人的，谁也不准动！”

嘭的一声，赵省长拍桌子道：“怎么又扯上我？”

招待所所长一愣，忙着起身，将一张批条送给赵省长看。赵省长不看犹可，一看脸都青了。赵省长扫视了一眼乱糟糟的现场会，起身朝程怀远踱去。他弯下身子，冲着展开的被单瞧了瞧，伸手掸了掸上边的红字冲程怀远说："你小子深挖洞广积粮，是想当土财主啊？"

程怀远眉毛一抖，诚实地回答说："我只想救人。老首长，很多血吸虫病人等不及救治就死了，每天都有病人在附近的村子里死去。而我们血防队在陶墩只能收治一部分病人，所以我想把队员们组成小分队，结合锑剂三日疗法，分派出去救人，这样救的就会更快，更多！老首长，你说是不是？"

"噢？"赵省长应了一声。

"小分队下去救人，我总得给他们点针和药吧？不然空着两只手怎么救啊？我是动了粗，我是当了土匪！我不对，我没长进，我乱革命，赵省长你处分我吧。我程怀远头掉了也不过是碗大的疤，我扛着！但我就是……就是见不得病人一个一个地缺医少药地死去……"

"你扛？你小子扛得起吗？"赵省长不再理他，转而问脸色平静的时习章，"时教授，你们刚成功个三日疗法，怎么又冒出了小分队？我听你的，请你给我详细说说。"

时习章开口叫了声赵省长，赵省长竖起右手食指让他打住，说："时教授你大声说，大家都是来开会取经的。"时习章放大了声音，代表朝时习章身边聚拢过来。

时习章说因锑剂三日疗法简便明了，连实习医生都可独立进行救治，所以程队长拿出派遣小分队的方案。可照第二血防队的能力，只能派出两个小分队，但程队长决心很大，他说救人如救火，小分队越多越好，要一口气搞出六个，没条件的创造条件，没办法的想尽一切办法，所以……所以才连着出了这么些事。

"依你的看法，这三日疗法和小分队的效果会好吗？"赵省长又问。

时习章便算了笔账："有三日疗法，我们从原来一年救治一两千病人可以迅速增至救治近万名病人。而如果派出六个小分队，各村的血吸虫病人都能就地治疗，效率一定会显著提高。"

"提高到多少？"

"保守点说，一年可治疗两万名病人。"

时习章虽说得淡然，但在赵省长听来却如雷贯耳。杭州来的沈局长一时之间没明白，边上的王局长正掰着手指头细算给他听。赵省长心情激动，几乎兴奋得想张开双臂拥抱时习章了。他注视时习章的目光虽充满了嘉许，但转向程怀远时又变得威严了。他板着脸对程怀远说："向你讨件宝贝，你给吗？”

“我哪有什么宝贝？”程怀远知道时习章的这一番话救了他，也救了这现场会，开心得嘿嘿嘿地直傻笑。

“有！你穿过的那件军棉衣！”

“这……”

“这军棉衣还是我送给你的，你小子快去给我拿来！”

程怀远去拿来了军棉衣。赵省长一手托着棉衣，一手抚摸着棉衣的衬里，摸着上面扎着的荆刺。他问王局长：“王局长，程怀远的过失，我赵白驹来扛，你们愿不愿给我这个面子？”

王局长还没来得及开口，县委书记插话说：“赵省长言重了，言重了。程队长这样做，也是为了革命工作，想为群众所想，急为群众所急嘛。”

“那是，那是。”王局长赶紧附和。

“同志们哪，程怀远小名叫狗蛋，大名我看得叫浑蛋。他抢药品、抢护士、抢被单，都是混账事，浑得太出格！可他为什么浑？为了谁浑？当年这家伙是脑袋别在裤腰上跟日本鬼子干，跟蒋介石干，跟美国鬼子干，今天他仍把脑袋别在裤腰上跟血吸虫干！刚才时教授的话大家都听清楚了，你们想想看，嘉禾县第二血防队是怎样的一支队伍？他们心往一处想，劲往一处使，时刻想着千千万万血吸虫病人！把他们与一些每天人浮于事、吃吃喝喝的干部相比，我说程怀远浑蛋得好！”

赵白驹说得动情，眉毛都抖了抖，对着所有与会人员一把抖开程怀远的军棉衣问：“同志们，你们看到这些芒刺了吗？”

与会人员看了，但有些不解。

“大家伙好好看看，我也要好好看看，这扎着芒刺的棉军衣就是程怀远给病人下的保证书！我本来是不知道这个保证书的，是我的一个转业到当地的部下耿福贵写信来告诉我，我才知道哇。就是这个浑蛋程怀远，他把老百姓的命看得比天大，比地重，比他自己的命珍贵百倍，千倍！他说，血吸虫病不消灭，他就终生芒刺在背！”

赵省长的话，已让在场的与会代表大受感动。他继续道：“这个浑蛋浑得好啊！他好就好在时时刻刻心里装着老百姓！他愿意为了救老百姓的命去绑架时教授，去当土匪，去做人们所不齿的贼！这样的浑蛋，我赵白驹喜欢！”

会场上响起了持久不息的掌声，程怀远有点不相信似的愣怔在那儿。

“你还想发言吗？”赵省长把手里的棉军衣往程怀远的臂弯里一摁，程怀远心头又一惊，赶忙摇头说："老首长知道我是个粗人，我说不来话。"

"那你还老让我站在这儿干吗？走，带大家参观你的血防医院去！"

赵省长走在前面，身后跟着与会代表，依次参观了大病房、手术室、门诊室、化验室。一路所见，连见多识广的局长们都无不点头称赞，说眼见为实，这个现场会开得太好了。局长们围着时习章、杨初问这问那的，赵省长又提出去队员宿舍看看。

赵省长一走进昏暗的宿舍，就在大粒米的床铺前停下了脚步。

一张竹榻上铺着薄薄的一层稻草，上面的草席已经破烂不堪，缝了好几块青色的补丁，一条来不及整理的棉胎黑糊糊地摊在草席上，赵省长抓在手里一掂，棉胎内竟有结成硬块的烂棉团掉到地上。

赵省长眼睛微微一红，弯腰捡起掉落的烂棉团塞回到棉胎里，又仔细地把鱼网似的破棉胎折叠整齐。

第三十三章

血防现场会散会了,临时决定留下来的赵省长亲自站在河埠头,送六个奔赴村庄的血防小分队。刚当了小队长的来金沙临上船前,私底下问程队长,说能不能让赵省长给他写句话。程怀远接过本子,狐疑地睨了小来一眼。小来紧张地说:"我可没别的意思,只是今天能亲耳听到这么大的首长讲话,讲得又是那么好,我太激动了!"

赵省长从程怀远手上接过日记本,饶有兴趣地翻看着小来平时写的血防日记:"哦,这小伙子不错,你叫他过来。"来金沙到了赵省长面前,学程怀远的样,用一个不标准的军礼向赵省长致敬,逗得边上的林秘书捂着嘴笑。赵省长问了小来的名字和家庭出身,最后从林秘书手里要过钢笔,写了"身献血防,建功立业"八个字。

很多医护人员都下去了,时习章担心大病房那儿人手不够,要去大病房。

"时教授,请留步。"赵省长说,"我就是为了你才留下来的。我们在楼外楼喝过酒,这么长时间了,还没好好尽兴过呢,晚上我请你。"

血防医院的食堂对付完中午那么多人的就餐,时已傍晚,炊事员和一个烧火的正在洗碗,程怀远风风火火地赶了来,急叫炊事员想法子弄菜。炊事员撅着屁股在几个箩筐里东翻西找,只搜到了三个鸡蛋。

"还有吗?"炊事员扫了眼桌子底下的一堆发了芽的土豆,说像样的菜真的没了,只是小朱医生有半瓶油炸花生米存在这儿,忘了带走。程怀远二话没说,拿了花生,又问:"鱼呢?难道一条都没剩下?"炊事员苦着一张脸,随手一指一个大脚盆里的鱼鳞和血水,说:"我真的不知道大首长会留下来,陶支书送来的鱼我全用光了。"

"荡里的鱼多的是,你给我捕去!"

炊事员从没见过队长急成这样,结巴着说:"我先炒个菜,再去河埠头钓钓鱼看,兴许能弄上个一条两条的。"程怀远一把夺下炊事员手里的锅铲,威胁说:"你小子钓不到鱼就别回来!"

程怀远卷起袖子，自己动手炒了份鸡蛋，香喷喷地托在右手上，左手抓了瓶油炸花生米，胳膊下还夹了半瓶用剩下的料酒返回队长室。

“老首长，我狗蛋没本事，没啥好招待您的。”赵省长的目光先落在冒热气的炒鸡蛋上，继而又落到程怀远脸上，说：“炒鸡蛋可是你小子的拿手菜，看起来这手艺没丢。”

“这是你的酒？”赵省长抓过酒瓶看了看，“连烧菜用的料酒也拿来了，看来你小子的家底真不咋样。”

赵省长招手示意，林秘书从挎包里掏摸出一瓶茅台酒。

“时教授，好在我是有备而来，不然我可就对不住你这样的大专家啊！”

时习章从赵省长手里接过酒瓶，赞了声好酒，又说：“赵省长你太客气了，我时习章不大会喝，但我今天要喝，陪你尽兴！”

刚喝下一杯，屋子里的灯光突然就暗了下去。从董队长那儿搞来的货物中有一台小功率柴油机，刚装配好发电，性能还不是很稳定，好在过了没多久，电灯光又亮堂了。

程怀远悬着的一颗心才放下，迎着赵省长的目光上前一步，赶紧给桌子上的空酒盅倒上酒，之后又垂手站在一旁。赵省长手抚着下巴，目光转向时教授。屋子里只有闹钟的滴答声，程怀远这个看看，那个瞧瞧，抓了抓头皮，轻声问：“老首长……要我敬时教授酒？”

赵省长点点头。程怀远端起酒盅，倒得太满的茅台酒不小心洒到拇指上，程怀远心痛地张嘴就吮，赵省长眉头一皱，程怀远知道自己失态了，赶紧先干为敬。

接下来赵省长仍旧像一尊石佛一样坐着，程怀远心里就七上八下的没了着落。时习章象征性地捏了一颗花生米放进嘴里，程怀远小心翼翼地把炒鸡蛋朝赵省长这边移了移，赵省长瞧也不瞧一眼，打量着程怀远头上的“三八线”，弄得他极不自在。宽大的桌子上就两样下酒菜，实在太寒酸，程怀远为难地嘀咕说：“要不我再去食堂弄点？”

“炒菜的事让别人去干，你给我坐下。”

程怀远乖乖地拉过条凳子，很小心地搁下半个屁股，出了汗的额头亮光光的，他说：“老首长，借好酒敬您一杯，行不？”

“敬一杯够吗？至少三杯！”

程怀远心里一愣，嘴巴咧得更大了：“老首长，你总不会想灌醉我吧？”

赵省长哼了声不回答，程怀远爽快地端起酒盅一口喝干。

“这一盅酒喝的是什么，你小子知道吗？”赵省长搁下酒盅，手指在桌面上点了点问道。

“喝的是酒啊,茅台酒,周总理最爱喝的好酒。”程怀远说。

“狗蛋,你可真是一根筋哪。我跟你直说了把,喝了这一杯酒,你小子抢别人物资的事就算被风吹了。”

程怀远跟时习章对了对眼神,心头一阵窃喜,又赶紧满上酒,笑眯眯地捧着酒盅,说:“老首长,我懂,我喝,我再喝。”

“慢着——”

程怀远手一抖,酒又洒出来了。他又下意识地伸长了脖子。

“你懂?你懂什么,给我说说看?”

“我,我……我只知道老首长待我好。”说完话,程怀远头一低,眉眼间竟洋溢出一脸的幸福。

“少给我来这一套!告诉你吧狗蛋,你们搞的锑剂三日疗法是了不起,可你们第二血防队的精神更了不起。队员们的素质就不说了,连刚入队的护理员们都个个干劲冲天。可他们没编制,没补贴,盖的竟然是鱼网般的破棉絮。我这把年岁的人了,我也有儿有女呀!喝了这杯酒,你跟我说的编制的事,回去就给你特批。但下不为例!”

程怀远心头大喜,嘟囔着嘴说:“老首长,你待我就是好嘛。”跟着又急问老首长,“第三盅酒给我什么?”

赵省长哼了一声,摆了摆手,示意程怀远放下酒盅。

“这第三盅酒先慢着喝。今天我留下来,是想问计于时教授,也听听你的意见,锑剂三日疗法试验成功了,你们说说看,这血防工作下一步该怎么走?”

“让所有患血吸虫的病人都能得到救治!”程怀远的回答干脆利落。

“那你能治多少?”赵省长问。

“有多少就治多少。”

“那治完了呢?”

“我们就去别的县,别的省也行。老首长说去哪儿我们就去哪儿。”

“哈哈哈……”赵省长轻拍了拍桌面,看着时习章说,“时教授,你跟狗蛋也算是老搭档了,你看看,他算是大风大浪里过来的人,可仍旧只有这么点儿出息。”

此时,赵省长心里想的是什么,时习章已全都明白。他微微一笑,端起酒盅还没放到嘴边,赵省长说:“时教授,说是请你喝酒,可我还没敬过你呢。来来来,这一盅我敬你。”

时习章将一盅酒分三小口喝下，赵省长却轻松地往嘴里一丢，一盅酒已干净。

“时教授，时不我待，形势逼人啊，我太想聆听您的高论了。”

时习章说：“锑剂三日疗法的成功，意义确实重大，以前不敢想的事，现在可以想了，以前不敢说的话，我也敢说了。以田乐乡为例吧，根据老程和傅乡长他们的统计，全乡一万三千多人口中，血吸虫病人约八千，按照三日疗法的治疗周期，治愈这些病人，一年也就够了。将整个嘉禾县的病人都治疗一遍，也就三四年吧。但新的问题是，未来三年内，又有多少人会再感染上血吸虫病？又有多少人治疗后复发会再感染？”

“你说的都是事实，但你能告诉我该怎么办吗？”

“治病不是最关键，最重要的是防，走防治结合的路子。可怎么防呢？我看，要害是防水治水！”

“好啊，这才是我想听到的话。”赵省长站起身，手叉在腰上，激动地来回踱了几步，“这儿称水乡，老百姓的生活当然离不开水，插秧种田，打鱼积肥，哪个离得了水？”

“是的，赵省长，治水的关键是灭钉螺。钉螺才是血吸虫滋生的源头，只有刹住了源头才能治一个少一个，不然的话，即使有比锑剂三日疗法更好的手段，我们的工作仍旧像西西弗斯推石头上山，永远也没有最后胜利的那一天！”

“西西弗斯是谁？他是不是毛主席书里提到过的愚公啊？”程怀远搞不懂时习章的例子，着急地问。赵省长笑了，说：“狗蛋啊，想不到你小子还真有两下子，把西西弗斯和愚公联系起来。这姓西的是个西方神话中的人物，不是真人。时教授我说得对吗？”

时习章本想作些解释，可一想古希腊神话中的人物，跟程怀远一时半刻也扯不清楚，就含笑地点了点头。赵省长一看大家都站着，赶紧手按着时习章的肩膀，让他坐回到椅子上去，自己也落了座，又跟时习章咨询这水怎么治、钉螺怎么灭的问题。

“这可是个大难题啊。”时习章看了看程怀远说，“就像人喝了毒药，得清洗肠胃一样。这河荡里的水是疫水、是毒水！可怎样清洗它呢？有的河滩得翻挖，有的沟渠得填埋，钉螺密度特别大的河浜还得抽干清淤，然后将细如米粒混在淤泥中的钉螺一颗颗捡出。这样的工程所消耗的人力物力，那可是史无前例啊。”

“老首长，我看得再打一场人民战争！”

赵省长的思绪顺着时习章的话语想象开去,沉默不言语。

“钉螺多,我们人也多,消灭血吸虫响应的是毛主席的伟大号召,做的是利国利民的大好事,我看这场人民战争一定打得起来!”程怀远热血沸腾,连声音都颤抖了。赵省长轻轻地拍了拍桌角,说了声好!又说:“狗蛋啊,还不快给时教授倒上酒,再敬上一杯!你小子做的最有出息的事就是把时教授绑架到了血防队!”

“绑架算不上,最后是我自愿的。”时习章给程怀远台阶下。

“时教授,你别光喝酒,吃菜。”赵省长越喝越高兴,客气地把那盆早就凉了的炒鸡蛋朝时习章推去。时习章谦让着,只伸手捏了粒花生米,过后还掏出手绢擦了擦沾了油渍的手指。

“打一场消灭钉螺、还水乡美丽的人民战争还得通过水利建设统一规划,但我们可以寻找条件,若条件一旦成熟,我们就搞起来!”

“我们听您的!”程怀远接着赵省长的话道。

赵省长又说:“狗蛋,眼下还得以治疗为主!明白吗?”

“明白。他娘的,这炊事员怎么搞的?”程怀远抱怨一声,就又去了食堂。炊事员独自坐在烧火用的小板凳上打瞌睡,程怀远一掌拍醒了他,问鱼呢。炊事员揉着惺忪的睡眼站起身,一指灶台上说:“鱼我早就备好了,我去过队长室,可看见省长在,我不敢进来问你怎么做。”

只要搞到了鱼,程怀远就什么都好说,他关照炊事员先回宿舍睡觉,自己亲手做了三碗鱼面,用木盆端到了赵省长面前说:“这乡下多的是病人、是钉螺,别的要什么没什么的,好在这鱼倒是刚钓上来的,鲜着呢。”

赵省长早就饿了,这时扔了手里的香烟,把一碗鱼面吃得稀里呼噜地响。

夜已经深了,劳累了一天的时习章止不住打了个长长的哈欠。赵省长给自己满上酒,端起了小酒盅,面对着程怀远,说:“这最后一盅酒,我老头子陪你喝。”

程怀远忙抓起自己的酒盅一饮而尽。赵省长喝了一口,却被呛了一下,程怀远伸手挡住,心疼地说:“我来喝吧!”

赵省长拨开程怀远的手,厉声道:“狗蛋,你嫌我老了是不是?”说罢脖子一扬,剩下的酒全倒进了嘴巴里。

赵省长擦了擦嘴角处的酒液,指着程怀远感慨道:“这第三杯酒你知道我给你什么吗?我给你一句话,怀远啊,你长大了!”

第三十四章

薛癞子本想和季小英分在一个小分队，可事与愿违，他跟着小朱医生去了一个叫白鹤滩的小渔村。这个村庄的人以前都是渔民，一条破船一张丝网地在水上讨生活，风里来雨里去的，凄惨不堪。土改后他们才上了岸，在滩涂上搭起了茅草屋和瓦房，过上了渔耕结合的新生活。要不是血吸虫病，他们除了田里的收入，捕鱼这一项还多少能挣点钱，但是折磨人的大肚子病，让整个村子弥漫着死亡的气息。

薛癞子到了白鹤滩，不在程怀远眼皮底下干活，胆子就大了，乡村小流氓的本性暴露无遗。他的工作是护工，其实也不过是洗洗刷刷、喂喂药打打针的活儿，薛癞子对这些脏活累活能躲就躲，反而时常找各种借口，泡在小朱医生的门诊室里显摆他的口才。小朱医生给病人看病，他在一边跟陪同的家属说说笑笑，还乱吹牛说自己听心跳什么的做不来，可开刀最拿手，特别是给大肚子病人开刀，一刀一个准，有病人肚子爆开了他都有办法收拾好，唬得边上的村民连连点头。

听薛癞子把李宋唐的事迹算到自个儿头上，小朱医生敲了敲桌子，提醒他别乱吹牛，快点干活去。

“干活急什么？我跟村民聊天就是在做调查研究，这也是工作呀。”薛癞子一甩油光光的分头，撇着嘴，一副不屑的表情。

“调查研究？以为你是程队长啊。”小朱医生生气归生气，毕竟出了校门才几年，敌不过薛癞子这样的江湖油子。

薛癞子不听小朱医生的，反倒过来取笑他做事磨磨叽叽，胆子小，是程队长的跟屁虫。白鹤滩的村民本来就把血防小分队当神仙看待，听薛癞子几次这么一吹，大部分村民还真的信了，有村民晚上拖薛癞子去家里喝酒，更有送他甜瓜红薯的，这其中就有一个叫小琴的姑娘。

小琴的母亲也是个血吸虫晚期病人，身体已很弱了，锑剂打下去之后又是吐又是泻的，所以治疗的周期就长一些。小琴照看母亲，天天血防小分队和家里之间两头跑。一来二去的，薛癞子就打上了她的主意。

这一天中午，小朱医生回陶墩血防医院开例会，薛癞子抓住机会，先在小朱医生的位置上坐了会儿，跷着二郎腿体会一下当医生的感觉。可是没有病人前来就诊，薛癞子很快就没了兴致。小琴拎着竹篮子，正好打门口路过，薛癞子灵机一动，跳起身招呼。小琴一见薛癞子穿着小朱医生的白大褂，耳朵上吊着个大口罩，脖子上挂着听筒，有点诧异。但薛癞子手插在口袋里，一本正经地约小琴到血防点外面的柳树林里去走走，说是要谈谈她母亲的病情，小琴也没多想就跟他去了。一到了僻静处，薛癞子又是抱又是摸地跟小琴乱来。小琴是个本分的姑娘，哪见过这阵势，哭着挣脱薛癞子的纠缠，跑到村支书家求救！

这一来，事情一下子就闹大了。

一听完白鹤滩村支书的汇报，程怀远手里的本子往桌上一拍，拉上小朱医生赶往白鹤滩。

小琴哭叫着从薛癞子的怀里逃走后，薛癞子满不在乎地以为农村姑娘胆子小，搂搂抱抱不会有啥事情，就照样穿着小朱医生的行头转悠着。薛癞子看见有点傻呆的光棍三观，就给了他一根烟，让他坐到门诊室的椅子上，模仿着小朱医生，一会儿听心跳，一会儿量血压地忙活。

急匆匆赶来的程怀远一瞧见薛癞子这副德行，气得眼睛里直喷火。他冲过去一把把薛癞子摁到墙角落里，扯下了白大褂和听筒。

"程队长，你叉我干啥？"薛癞子涨红着脸乱嚷嚷。

"我问你，你到血防队来是干啥的？"

"来干活的。"

"你像干活的样子吗？你他娘的真不要脸！"

"老子是来找对象。"

"什么找对象？你这是在调戏病人家属！"说着话，程怀远松开了手，大拳头在薛癞子眼前一晃，扭头走到队员宿舍门口，他一脚踹开房门，问跟着进来的小朱医生，"哪个是薛癞子的铺盖？"小朱医生指了指，程怀远卷起薛癞子的铺盖，一把扔到站在门外面的薛癞子脚边喊，"滚！"

薛癞子看了看铺盖，又望了望怒气冲冲的程怀远，知道再吵下去，这程队长打他一顿都是有可能的，就顶了一句："滚就滚，你这臭烘烘的血防队老子还不稀罕呢。"说罢拎起铺盖骂骂咧咧地走了。

为了这事，程怀远回去责怪杨初，说："城市里有流氓，农村也有，今后得严格把关，眼睛睁大点。这姓薛的如果弄出点事情来，我们血防队的牌子就砸了。"杨初接受批评，并作了自我检讨，程怀远的气这才消。

李宋唐小分队的季小英突然回到陶墩。程怀远很纳闷，看了看她手上的行李，问："你怎么回来了？"季小英眼圈红红的，背着手站在门边不敢吭声。

"你是不是身体不舒服？"程怀远上次为吴忝绮请假的事，被夏沫批评过大男子主义作风，现在对待女队员也知道关心爱护了。季小英低垂着头，一副说也不是不说也不是的为难表情。

"有啥事你就说。"程怀远急了。季小英这才交出手里的一封信。程怀远拆开信一看，信是李宋唐写的，大意是季小英工作不行，要求程怀远换人。

"不好好工作？"程怀远的声音很严肃。

"程队长你可别听李医生瞎讲。我没不好好工作，只是有点看不惯李医生，但我也没说什么，也没顶撞他，才去了这么几天，工作刚开展，他就非要赶我走。"

程怀远心说你这个李宋唐，特嫌的事情刚消停，你倒头上长角身上长刺地没事找事了？但当着季小英的面，他这个当队长的不好多说什么，只是叫她回化验室给吴忝绮帮忙，自己背起挎包急匆匆地出了门。

程怀远赶到李宋唐所在的天星村时，刚下过一场雷阵雨。阳光穿透飘浮的云朵，落到草叶上，空气里氤氲着盛开的花草散发出的香气。

血防点里的护工和另外的医务人员都在忙碌着，打针的打针，化验的化验，而作为负责人的李宋唐倒好，他坐在一张太师椅里，正跷着脚在喝咖啡，背后柜子上的收音机正放着评弹，搞得像个乡村书场。

程怀远站在门口，衣服湿得像是刚从河里捞起来的，脸上的汗水热气腾腾地还在往外冒。李宋唐一见程怀远，愣怔了一下，赶紧收起了二郎腿。程怀远气不打一处来，沉下脸问："你赶走季护士，为什么？"

"不为什么，因为她不行。"

"那你说谁行？"

李宋唐哼一声："你知道。"

"李宋唐，你看清楚是在跟谁说话?！"

"跟队长在说。"

"你说吧，想要谁？"

李宋唐的鼻子哼了哼，没接话。

"夏沫吗？"

李宋唐喝了口咖啡，仍旧回了一句："你知道。"

“我知道什么？”

“你当然知道！”

“你他妈的少跟我来这一套！”程怀远关掉了吵闹的收音机，再次逼问李宋唐到底要谁，李宋唐这才说出吴忝绮的名字。

程怀远气坏了，骂道：“他妈的，你真是个鸟人！”

“我不是鸟人，可我早料到，你是不会答应的。”

“李宋唐，这血防队里，除了时老师，我跟你认识最早，你让我省点心行不行？”程怀远捺住了脾气道。

李宋唐却开始抱怨根本不该派他下到小分队，这儿睡的是地铺，吃的是冷饭菜，哪像什么医院，村民家养的猪都会跑进门诊室来。条件艰苦些，也就算了，李宋唐朝门口看了看：“我还是打开天窗说亮话吧，你明知道我喜欢吴忝绮，也知道她说过等我，可你为什么不把她和我分在一个队？为什么？”

“你说为什么？你他妈的今天嘴巴里留半句话，你就不是人！”

“那我就说，全说完！你程怀远凭职权把吴忝绮留在身边。分配方案时我就跟你提过，要么我不下去，要么让我跟吴忝绮一个小分队，而你呢，理也不理，你程怀远在这事上没私心才怪呢！”

程怀远终于忍无可忍，一掌打飞了李宋唐手里的咖啡杯。

“你这是什么态度？”李宋唐也拍桌子。

“好，我答应你，让吴忝绮来天星村，她来当这个分队的队长，你小子跟我回陶墩。你要享福是吗？你他妈的给我享去！我程怀远让你从兽医变成了人医，也能让你从人医变成鬼医！”

李宋唐这才有些傻眼了。

程怀远在天星村住了一宿，第二天早上带着灰溜溜的李宋唐回到陶墩。李宋唐觉得自己被程怀远撤了职，没脸见人，干脆躲进宿舍不出来。

突然安排吴忝绮去天星村小分队，吴忝绮当然要问为什么，程怀远也不隐瞒，把李宋唐的意见重述了一遍，只是略去了李宋唐瞎编的什么他也喜欢吴忝绮的话。吴忝绮身子像是发烧了般，脸色绯红，说了句：“这个李宋唐呀，不过，我该谢他才是。”

程怀远闹不明白吴忝绮话中的含意，竟说：“谢他？为什么？”

“你可以去问他，李医生比你明白得多。”吴忝绮叹息着道。

第三十五章

派下去的六个小分队，数来金沙小分队工作最出色。丹牌里是整个田乐乡除陶墩村之外的大村子，小来一到那儿，首先宣传发动工作做得好，他把血防知识编成歌，他吹笛子，夏沫她们几个小护士到村口的大槐树底下演唱，一下子拉近了村民与血防小分队的距离。

虽说主治医生也就来金沙一个，可他天不亮就起床，上午下午连着收治病人，晚上还对完成了锑剂三日疗法后回家的病人进行回访。碰上怕这怕那的病人，他亲自登门做工作。碰上行动不便的老人，来金沙亲自去背。

来金沙的进步这么大，程怀远当然高兴。可程怀远来不及表扬来金沙，又开始考虑更上一层楼的事。他在集中了各血防小分队队长的例会上说："三日疗法成功了，我在想能不能搞个二日疗法甚至一日疗法？为什么不可以试试呢？对这个事情，大家伙要群策群力，主动参与，党员、团员更要带头！"

大家为程怀远的豪言壮语鼓起掌来。

时习章没有鼓掌，还回头看了看杨初。杨初停止了鼓掌，眼神复杂地回望着时老师。上次程怀远决定试验三日疗法，杨初坚决反对，但这回他拍巴掌拍得很起劲。时习章忍了忍，散会后回到门诊室，先泡好茶，再把程怀远请了过来。

望着热气腾腾的龙井茶和摆好的椅子，时习章这样的客气是从没有过的。程怀远觉得奇怪，他捧起茶杯喝了一大口，烫得舌头根发麻，喝进去的茶水一半吐到地上。

"老程，你太性急了，慢点喝。"时习章笑眯眯地开了口。性急这个词提醒了程怀远，他忽然明白时习章请他过来的用意，也笑了笑，说："我老程做啥事都性急。"

"那不一定。你岁数也有一把了，可还没考虑终身大事，那就是不性急嘛。"

"不提这档事。"程怀远忙摇手道。

时习章说："老程你听我讲，锑剂三日疗法的成功一半是冒险，一半是吴护士长的拼了命的努力，现在虽尘埃落定，但从我的临床观察看，病人的肝脏和心脏对毒性的承受差不多已达极限。这还是在身体较壮的病人身上试验的结果，如今全面铺开治疗，并发症的风险系数将会很高。凡事都有度，这些天我也查了些资料，国外专家已经论证过人体对锑剂的承受量是有限的。再搞锑剂二日疗法和一日疗法，我认为它已是一种过分，对此我一点信心也没有，担心倒是很多。"

"外国人搞外国人的，我们搞我们的。"程怀远打心眼里瞧不起包括美国人在内的外国人，他差点要说时习章崇洋媚外了。

"外国人中国人都是人，是人就得重视医学规律。我们搞血防的更得尊重它。"时习章知道说服程怀远的难度有多大，所以拿出十二分的耐心来。

"不对啊，老时，我们试验三日疗法时你也老说规律规律的，可你那个规律在哪里呢？而我们成功的结果却是实实在在的。"有了三日疗法的成功打底，程怀远在时习章面前有了从未有过的底气，"就算我不懂你说的医学规律，可战争的规律据说也有，照它那些狗屁的规律看来，我们小米加步枪怎打得过日本鬼子？朝鲜战场上，头上是美国佬的飞机，身下是冻得连枪栓都拉不开的冰雪，我们不照样打得他们乖乖地在板门店低下了头？我们共产党人身上有的就是一股子不服输的精神！"

时习章摘下眼镜，用手抹了把脸，一时无话。

"再说了，试也没试总不能下结论吧？"程怀远反过来劝说时习章。

时习章终于有些克制不住，立即指出三日疗法不是在科学的层面上试验成功的，而是歪打正着。他搬过一本医书，翻开来指点着跟程怀远讲解一种新药、一种新疗法的推出，至少要经过多少动物和临床的严格试验……一直讲到程怀远探身过来，把时习章手里重若方砖的大部头书合拢。

"老时，我不反对你做动物试验，你要小兔子我去给你找小兔子，你要田鼠我给你去抓田鼠，你要人……"程怀远拍着胸脯说，"我程怀远身体好，没问题，就拿我来试！但我们绝不能在已有的成绩上原地踏步！"

时习章想不到自己越反对，程怀远的决心越大，就只好让些步，说："你老程的决心是你老程的，可我心里仍旧没底。上次吴忝绮以身试药，我真的吓坏了。后来找病人试验时，有个小伙子私自回了趟家，更把我吓得不轻。这次试验的难度系数会更大，试前我得派杨初回中科院血吸虫病研究所一趟，让他去咨询一下那儿专家们的意见，否则我时习章绝不参与！"

见时习章话说得斩钉截铁，程怀远只好同意。他意识到刚才逼时习章可能太急，便搓了搓手，抓过茶杯喝茶。他瞧了瞧杯底的茶叶问："哪儿来这么好喝的茶？"

时习章说："还不是你从杭州开会回来时带给我的。"

方圆圆让程怀远带的包裹里居然还有茶叶？程怀远抓了抓头皮说："方老师不生气了吧？"

时习章笑着不说话，找出一包龙井新茶放到程怀远面前。

程怀远笑嘻嘻地瞧着茶叶包，告诉时习章他最近老做梦，一个梦是方老师叫他做的那张卷子，那最后的一道题怎么算都做不出来，橡皮擦来擦去，弄得纸都破了，他的梦就醒了。还有一个梦是转场时村民围堵，他程怀远站在司马高桥上拄着竹篙和桥下村民说话，可说着说着，村民们全躺倒了，一个个都咽了气，船上岸上满是尸体，他想跑下桥去看看，手脚却动不了……之后他就惊醒了，身上全是冷汗。

"我是搞血吸虫病的，虽看过弗洛伊德写的书，但我不会圆梦。"

"那我自己给自己圆梦吧。"程怀远抬眼看了看门诊室墙上的治疗进程表，"我白天想的都是血吸虫病的事情，到了晚上，睡着了脑子也停不下来啊。老时你别笑话我，这血吸虫病就跟一块大石头似的压在我心上，我不安啊。这次到杭州开会，很多同志都跟我说，你们有时教授这样的大专家，锑剂三日疗法出在你们那儿一点都不奇怪，今后还会有更大的成果的，你们嘉禾县第二血防队就做我们浙江省血防战线的领头羊吧！"

被程怀远的激情感染了的时习章，情绪无法不为所动。但理智不允许，他转动着指间的钢笔，沉思默想了一会儿说："老程，我知道你修过车，我就拿汽车作比方吧。如果说血防队是一辆汽车的话，你老程就是一台马力很大的发动机，而我时习章就像是车上的刹车系统，你别怪我什么事都泼冷水、拦你。你既然当我是个专家，那我就说专家的话吧，锑剂新疗法的试验真的该三思而后行啊。"

程怀远还想再说什么，负责给各小分队送药品器械的秦护士找了来，把各小分队领药的收条交到程队长手上。程怀远注意到小秦整天在总部和六个血防点之间奔走，脚上的鞋子都走烂了，就让他跟着到了队长室。程怀远拉开抽屉，取出一双千层底的新布鞋拍在桌子上。小秦问："队长，这是干什么？"

"别啰唆，试试看再说。"小秦忐忑不安地扒了旧鞋换上新鞋，大小竟然正合适。

"好啊，你可是我们血防队的神行太保，这鞋子归你了。"

"程队长,你自己的胶鞋都破得不成样子,我哪敢要你的鞋?"

"你嫌这布鞋做得不好?"

"不,不是。"秦护士手扶着桌角,要脱下脚上的新鞋。程怀远探身抓起秦护士换下的破鞋,嗵嗵两下,都扔进了垃圾篓子里。

穿了新布鞋的秦护士逢人就说,程队长有了新鞋子自己舍不得穿,却送给了我,这样的好领导打着灯笼也难找!这样的话秦护士也说给留在本部的大粒米,大粒米心里难过极了。在食堂,她瞅见程怀远的胶鞋裂开了口子,露出了里边黑糊糊的脚指头,心头的怨气一下子又没了,开始做新鞋。好在鞋底早在来队里就纳好了,大粒米躲进蚊帐里熬了两个通宵,做了双更考究的新布鞋,又悄悄地放到队长室的窗台上。

送掉一双又来一双,这下子程怀远的头真的大了。他蹲在窗台下抽了一根烟,左右两边的上衣口袋里各插着一只新布鞋。

程怀远回到了房间,换上新鞋子在屋子中央转了两圈,仍然是非常合脚。他长吁短叹地傻愣了许久。作为单身男人,他当然明白有人悄悄给他做鞋意味着什么,心里既感动又担忧。

一连几天,程怀远空下来就要琢磨这鞋子是谁送的。从队里排查到了村里,很快他就有了目标。他把大粒米叫到队长室,先了解一些大病房的情况,又跟她打听护士们下班后都在做些什么。

"她们呀,上上夜校,打打牌,还看看书什么的……噢,许晴在打一件绒线背心,前天还跟我商量花样呢。"第一次被队长叫来谈话,大粒米心里紧张,说话声轻得如蚊子叫。

"有没有做布鞋的?"程怀远从抽屉里取出新布鞋,放在桌面上。

大粒米的脸霎时红了,心咚咚乱跳,眼光躲闪着,不敢面对程怀远。程怀远心里明白了几分,很镇定地点着了一支烟,说:"我也是随便问问。这鞋子是送给我的,做工那是没得说,可太紧了,穿着脚指头都伸不直……"

"这不可能!"大粒米腾地站起身,呼吸一下子急促了。

"鞋子是紧了点,上次那双也这样,我送给了小秦,这一双你看我送给谁合适?"

"程队长,还是你自己……穿吧。"

"这么好的鞋,让我穿可是糟蹋了。我们队里,就李宋唐是个讲究的人,我看送给他倒是蛮合适。"

"程队长……"大粒米一把夺过鞋子,满眼泪花地望着程怀远。她咬着牙,伸手抹了把眼角,过了许久才艰难地开口道,"这鞋子你穿着肯定合脚。

再说了，你，你没看见这鞋帮上绣着字吗？”

“绣了字？”程怀远要回鞋子，果然看见鞋帮的内侧用淡色的丝线绣着一个程字，就惊奇地瞪大了眼睛。两个人都脸红红的，想再说些什么，却欲言又止。

这时有个护工满头大汗闯进来，嘴里喊着：“不好了，不好了！来金沙小分队治死了三个人，村民们已经把血防小分队给包围！还砸了东西打了人！”

“你说什么？”程怀远没听明白，但死人这个词他是听清楚的。那个跑来报信的护工瘫倒在地，已紧张得不能说话了。大粒米帮着把他的话重复一遍，程怀远站起身刚要走，桌上新安装的电话机响了。

电话是去上海中科院血吸虫病研究所的杨初打来的，说对锑剂二日疗法、一日疗法的试验专家们一致反对……

程怀远只讲了一句你赶快归队，他放下电话叫上时习章，直奔出事的丹牌里村。

第三十六章

摆渡出了陶墩村，接着走的是旱路，程怀远见时习章走不快，便扔下一句老时你慢慢走，自己则像头豹子似的在田埂上奔跑着。他跑过秧苗青青的大田畈，跑过摇来晃去的小木桥，跑过废弃的小渔塘，跑过顶着个大鸟窝的老槐树，竟一口气跑到血防小分队落脚的丹牌里村支部。那儿里里外外围满了村民，个个脸红脖子粗的，叫喊声、哭泣声不绝于耳。

程怀远急红了眼，吼叫着扒开人墙冲进去。只见刷着“丹牌里血防点”几个红字的门口横着一张账桌，账桌的抽屉都被砸掉了，村民们踩着砸碎了的抽屉板，隔着账桌指着屋子里怒骂，有的还往里扔砖块。程怀远纵身跃过账桌到了屋里，里边的队员们还当是哪个失去理智的村民冲进来，吓得往后一退，待看清是程队长，马上七嘴八舌地围上来。程怀远急问：“来金沙人呢？”有个队员说：“来金沙逃走了。”

“浑蛋！”程怀远恨得牙根痒痒的，目露凶光。

外面的叫骂声震天响，程怀远往门口一站，刚喊了声村民兄弟要冷静，从围堵的人群中突然伸出一根尖头竹篙，直捅向程怀远脸庞，要不是他手挡得快，就刺中眼睛了。

原来，来金沙立功心切，居然在血吸虫病人身上偷偷试验锑剂注射一日疗法，把三天的剂量分早晚两次打进病人身体。夏沫发现情况，提醒他：“这很危险，应该向程队长汇报。”来金沙说：“程队长叫我好好干，放手干，没事的。”夏沫又说：“那也得跟时老师请教。”无论夏沫怎么说，都被来金沙一口回绝。结果锑剂针一下子打死了三个身体还算强壮的病人，其中一人还是几代单传的独生子。

“这儿的条件还搞一日疗法？”

时习章最担心的事情还是发生了。他赶到听了夏沫的情况介绍后，喃喃着说：“三条性命哪！”时习章只觉得天旋地转，心都快从嗓子眼里蹦出来。他手指颤抖，骂来金沙是杀人犯，又指责夏沫为啥不制止。

夏沫急哭了，跺着脚说：“来金沙是预备党员，是小队长，开小队会时他说，放大胆子再革命一下，搞他个一日疗法出来，出个大成果，做血防事业的急先锋！我们都说不行，可他根本听不进去，还说这是响应程队长的号召。”

“是我……我的责任。”时习章沉痛万分地道。

“怎么会是你的责任？”程怀远亮着大嗓门道，“这责任该我负，是我浑蛋！”

“先别顾着谁承担责任，该想想拿这些讨人命的村民们怎么办！”夏沫竟能说出这样的话，令程怀远一愣。他说：“都别慌，我来想办法。”

程怀远试着先说服村民们。他站到了门口，用一个人的声音对抗着全村人的声音，感觉像是在打一场艰苦的阵地战。他向村民们反复保证，血防队一定会对死人事件负责的，请村民们给他点时间，让他把肇事者来金沙找到。但村民们说：“不行！来金沙逃掉了，我们找谁算账去？”

时习章走到程怀远身旁，和他并肩站立着说：“我叫时习章，我押给你们做人质，让程队长带人去抓来金沙！”

村民们见这个戴了副眼镜的娃娃脸是医生，不像当官的，叫嚷着：“押你不算数。”

“他可是从国外回来的大医生、大教授！”看到有村民冲时习章脸上吐唾沫，程怀远急着介绍道。

“还教授呢，你们血防队真有本事，怎么会一下子搞死了三个人？”村民反驳的话像把刀子，捅进时习章的心头。他掏出手帕擦了擦脸，低下了头。村民们的情绪稍微平静了一些。

程怀远的嘴凑到时习章耳边，说：“你在屋子里和队员们待在一起，这世界上从来没共产党员怕人民群众的。我缩在这屋里可不行，我得出去。”说着话程怀远翻过破账桌，走到村民当中两个白发苍苍的老人面前，说，“大爷，出了这样的事我会承担责任，该坐牢的坐牢，该杀头的杀头，我都认。可你们千万别砸血防队的东西，那是集体的财产。也别打人，打伤了人你们也要负法律责任的。如果你们实在要动手，就打我，我保证不还手。”

两个老人刚想张口回话，有几个死者家属却一下子扑过来，抓着程怀远的袖子跟他要来金沙。

守在门口的时习章眼睁睁地看着程怀远被村民围在一棵大榆树下，心一直悬着。整个场面就这么一直乱着。

远在几里之外的陶墩血防医院，大粒米守着电话机早急得六神无主。从报信的护工嘴里，她得知丹牌里村民情绪已经失控，还打了人，料到程队长这一去形势肯定危急。大粒米趴在桌面上，哭得肩膀一耸一耸的。

“你哭有什么用,要不再叫些男队员去？丹牌里的人可凶了,弄不好,会出人命的。”报信的护工在一旁哆嗦着说。大粒米抬起头,突然想到程队长的战友耿福贵。

逃跑了的来金沙其实就躲在丹牌里村边的桑树地里。远远地,他听到村民们围攻小分队的叫骂声,砸东西的乒乓声,来金沙的心都快要碎了。他一屁股坐在地上,背靠着一株大桑树,咧着嘴无声地呜咽着。他知道自己这下子可真的完了,也担忧着程队长他们的安危,于是就猫腰摸到桑树地边上。在田畈里干活的村民,此时也得知村子里出事了,扛着铁搭往回跑。尖利的铁搭耙刺,在阳光下闪烁着寒光。来金沙一见吓得又退回到隐蔽处。他看到早稻田里立着一个轰赶麻雀的稻草人,头戴破草帽,身披破烂衣服,两根竹竿像手一样伸张着。来金沙爬到稻田边,扯下稻草人身上的衣帽,手忙脚乱地换到自己身上,这才摸回了村子。

来金沙躲进一农户家的猪棚,透过缝隙遥望着血防点门口那混乱的场景。程怀远被村民推搡他看见了,有个老头挥起拐杖,咣咣地抽打程队长的脑袋他也看见了。他无比尊敬的程队长身上的疼痛,通过混乱的空气传递到了来金沙身上。他的牙齿咬得嘴唇都出血了,却始终鼓不起勇气走出猪棚。这时不知谁乱喊一声:“栖真民兵来抢人了！”丹牌里的村民像炸了锅一般,操棍子拿扁担的,摆出了拼命的架势。正在劝说的程怀远被两个村民摁到榆树上,有个老太太把手里拎着的一篮子小白菜砸到程怀远脸上,程怀远满脸泥沙与菜屑,狼狈不堪。

“这是我们丹牌里的地盘,你们栖真人来干什么？”大多数村民拥上前去拦截耿福贵他们。有个死者的儿子是个愣头青,早红了眼睛,冲上前去一把揪住耿福贵的胸口,耿福贵反扭住他的手,用了把力,这个愣头青腾腾腾倒退几步,摔回到人堆里。

“操你妈的,什么栖真的地盘丹牌里的地盘,这是共产党的地盘,不许你们打毛主席派来的血防队,不许你们砸东西！”耿福贵中气比谁都足，声音比谁都高。他袖子一撸，气势汹汹地逼视着对方。丹牌里的村民朝后退缩着，都下意识地举起手里的家什，只等着对方先动手。一场械斗一触即发。

程怀远个子高,隔着人墙发生的一切他都看到了。突然冒出个耿福贵本来就让程怀远担着心，又听到这小子说话这么冲，心想这哪是来帮忙，弄不好还要出群死群伤的大事件呢。急火攻心的程怀远猛地挣脱别人的拉扯，后退几步，跳到拦在血防点门口的账桌上。他朝着下面黑压压的人头连喊了三声："谁是支书？谁是主事的？谁是共产党员？"

一张张愤怒的脸从喧哗中抬起来，朝他回望着，却无人应承。

那两个看守程怀远的村民追到账桌边，伸手扯住了他的脚，程怀远嗵嗵两下把他们踹开，扫视了一圈人群，高声喊："难道出了这样的事你连党员都不敢承认吗？是大老爷们的就站出来！"

话音刚落，有个怒气冲冲的男人挺着胸脯上前两步，说："姓程的，我是党员，是你们犯的事，跟是不是共产党员有什么关系？"

程怀远见有人接话了，说："那我告诉你，我程怀远也是党员，一九四四年打小日本的战场上入的党。我们血防队出了医疗事故，我这个当队长的会承担，而且承担到底。现在栖真村的村民和你们村的村民杠上了，我告诉你，如果他们真动起手来，那死的可不是三个人，你要是还有点共产党员的责任心就让我过去！"

"你以为你是谁？你过去了又能怎样？"

"那你就睁大了眼睛看吧！"程怀远捏紧拳头，像宣誓般地挥了挥。

这名叫阿根的党员被程怀远说动了。他上前扯开守在桌子前的那两个村民，要带程怀远过去。身后有个村民急叫："阿根你别上当，姓程的这是要逃跑了。"

"操你娘，他像是要逃跑的人吗？"阿根回骂了一句，伸手在丹牌里的村民中扒开一条出路，领着程怀远往前挤。对峙的两拨人群已经动起手来，这一边的村民们用扁担竹篙乒乒乓乓地打，耿福贵他们扔瓦片砖头还击。程怀远身旁的一个妇女挨了一瓦片，捂住脑袋惊叫，鲜血从她的手指缝里涌了出来。

程怀远似一头暴怒的狮子，冲到耿福贵面前，啪啪就是两记大耳光。

耿福贵没防备，捂着脸大叫。对打的村民愣住了。

"都给我住手！"程怀远大喊，村民们这才停止了相互攻击。程怀远指着耿福贵的鼻子骂，"耿福贵，老子为什么打你？就是因为你不分青红皂白，到这儿来瞎逞英雄！你算个鸟！你他妈的是没脑子的狗熊！这里没你们栖真村人的事，快给我滚！"

耿福贵一时之间不明白，气愤得很，但不得不带着人撤了，边走还边摸着打肿了的脸，摇头晃脑地一百个不服气。丹牌里的村民也像是明白了什么似的，纷纷搁下手里的扁担竹篙，拥堵的人墙四散开来。

阿根主动说："程队长，我们村里有位老人有话跟你讲。"

程怀远当然求之不得，赶紧搬开防止村民冲击血防点的账桌，请阿根和那个白头发老人进了屋子。程怀远向阿根保证说："在事情没有妥善解决之前，你叫我走我也不走。"阿根点着了一根烟，不吭声。

程怀远向老人解释病人的死因，希望仍旧相信血防队，继续接受治疗。

老人开口道："本来你们血防队来丹牌里，村民可高兴了，都说盼星星，盼月亮，终于把活菩萨盼来了，可没想到你们会治死了人……"

时习章上前拉起老人的手，躬身道："老大爷，我们的医疗水平不过硬，我对不住你们，更对不起死者。接下来的治疗由我来主持，如有意外，我时习章愿立生死状，以命抵命！"

阿根把手里抽了一半的烟往地上一扔道："程队长，时医生，我相信你们都敢作敢为，但冤有头，债有主，你得替我们找来来金沙。"

程怀远说："那当然，来金沙就是逃到天涯海角，我程怀远也要把他抓回来！"

三个村民意见统一了，可外面的村民，特别是死者家属还是不同意。有几个妇女瘫坐在血防点门口，一把鼻涕一把泪地唱起了哭丧调。按照这儿的习俗，哭丧调的内容当以死者的生平为主，但唱的人时不时地加进诅咒血防队的句子，让程怀远他们听得难过极了。

好在这时田乐乡的傅乡长也闻讯赶来，程怀远难过地说了声对不起。傅乡长握住程怀远的手安慰他，扬了扬手里拎着的铺盖说："老程你放心，我来之前就打算住下来，村民们的工作没做好，我绝不离开丹牌里半步。"

村民们闹事虽被说服，但程怀远已开始担心其他小分队。他与时习章商量说："是我在会上瞎鼓动，现在很难保证其他小分队不会再发生同类事件。"

时习章说："我担心的也正是这个。这来金沙不可能逃到台湾去，总会找到的，但是，血防队要是再出这样的事情，谁也没法交代了。"两个人越想越急，就快速赶回陶墩村。

等各小分队的队长都到齐已是半夜时分。队长室里灯光昏暗，气氛压抑，程怀远撑着一张疲惫不堪的脸，一根接一根地抽烟。他坐在烟雾里检讨说："这一次特大事故与我有直接的关系，我确实是被锑剂三日疗法的胜利冲昏了头脑，脑子发热，名利思想严重！老时，记得那天你特地请我过去，好言好语地劝了我很久。我程怀远浑哪,根本不听你的劝。我真他妈的不是人,我想救人却杀了人。我对不住死者,更对不住死者家属啊。”

时习章坦陈自己也有责任,程队长要搞二日疗法一日疗法,明知违反医学规律,可自己心里头有顾虑,反对是反对了,但不够坚决,也没考虑到像来金沙这样的人会偷着试验,他负有不可推卸的责任!

程怀远沉重宣布道:“我们嘉禾县第二血防队,绝不允许不顾病人死活,私自搞什么试验。我程怀远以前讲过的话,除了热爱病人、关心同志等大道理之外,另外业务上的话都是屁话,甚至屁话还不如。今后怎么看病、怎么用药你们都一律听时老师的!”

第三十七章

天很快就黑了，来金沙走出了藏身的猪棚，却走不出自己的痛苦。丹牌里的村道上冷冷清清的，只有几只懒散的母鸡还在悠闲地散步，晚饭后的村民包括血防队员们都被傅乡长集中到村小学，一起召开群众大会。

来金沙摸回到队员宿舍，瞧瞧四下里没人，就从窗户翻进去，取了那一管他心爱的竹笛。等他再到村口，迎面遇上两个收工回来的村民。昏暗的光线里，他们根本认不出，眼前这个穿得比叫花子还破烂的男人就是血防队的来医生。村民边走边议论着死人事件，一个说："来医生怎么胆子这样大？一针打下去人就昏倒了。这哪是治病救人，是杀人嘛。"

另一个说："听说是上头布置的，要拿我们这儿的大肚子病人做试验，死了也是白死。"

"不是的，这完全是医生瞎干出来的事……"

来金沙立定在路边，用土话插了句嘴。村民手里的扁担一指，骂了声："你个臭要饭的，村里死了那么多人，你鼻子倒灵，想来吃殡葬饭是不是？还不快滚！"

来金沙愣怔了一下，取下遮脸的破草帽，嘴里嗫嚅着，村民渐行渐远。田畈里的风突然之间就大了，香樟树上的枯叶扑簌簌地往下掉，青蛙的叫声打破了夜晚的寂静。天上出现了星光，村子里亮起了灯火，来金沙低着头赶路，过了一座小木桥，才察觉去的是陶墩方向。他不知道为何还要去那儿，就又返回到小木桥上呆坐着。许久后，来金沙下了桥，转而往老家方向赶。通往老家方向的路都是大路，笔直、坦荡，但是来金沙走了十几分钟就走不动了。

茂密的桑树地有如一座巨大的绿色坟墓，来金沙又钻回到他原来待的地方。他只觉得身后有许多双眼睛，有程队长的、时老师的，所有的队友们的，还有他的父母双亲和那个送他笛子的莫丽娟，他们都在看着他。

泪水滑出眼眶，轻轻地淌过他的脸庞，各种虫子的唧唧喳喳之声，细碎而又密集。也许来金沙的命运还在他穿开裆裤的时候就决定了。那时，同村的孩子喜欢学大人的样儿，连去割草都要拿出铜板赌上一把，而他却喜欢用自制的竹针给小狗小猫打针看病，还往凉水里挤菜汁，勾兑成绿色的药水，骗小伙伴们喝。有一次，同村的莫丽娟喝了他配的药水后，肚子痛得直不起腰来，来金沙竟哄莫丽娟躺到草地上，敞开衣服，解下裤带晒肚子……

莫丽娟肚子不痛了，就叫他来医生，后来村里的大人孩子都这样叫。来金沙的父母很奇怪，找了个瞎子算算命。瞎子说这孩子命好，长大了注定是要当医生的，能给你老来家光宗耀祖。医生这行当，在这到处是血吸虫病的嘉禾县那可是了不得的，来金沙的父亲从此用上了心思，停掉了大儿子、大女儿的学，专供最小的儿子来金沙读书。家里的活儿哥哥姐姐包了，家里好吃的也都由来金沙包了。学费凑不够，老来卖田卖地地支撑着，几年下来，就由中农成了彻底的贫农。开始时小来没心没肺，只晓得姐弟三个他最小，最该受宠，等稍一懂事，家里人为他作的牺牲他都看在眼里，就自觉地收起调皮捣蛋那一套，渐渐地他会读书，就在洛东这个地方出了名。

他是国民党完蛋的那一年考上的卫校，毕业后分在嘉禾中医院，工作积极得都引来了同行们的嫉妒，所以参加血防队于他而言是种解脱。来金沙命中注定般遇上了程怀远。程怀远豪爽干练、气宇轩昂的作风冲击着来金沙的心灵，他视程队长为革命工作的引路人。程队长也待他不薄，第一次血防队评先进就提了他的名，想不到李宋唐插一杠子，来金沙一时冲动写了那封匿名信，差点捅了个天大的娄子。本以为程队长会记恨他，但想不到仍任命他当了小队长，还把他介绍给了赵省长。赵省长在他的日记本上题了字，来金沙可谓是感恩戴德，兴奋莫名。但如今，三条活生生的性命毁在他手上，家，他再也回不去了，一直写信来鼓励他的未婚妻莫丽娟也无颜再见，还有程队长，也不知怎样……一想到这些，来金沙面朝着丹牌里方向跪倒在地，双手拍击着地面，放声痛哭。

傅乡长主持的群众大会开到半夜才散。村民们的情绪算是控制住，但条件傅乡长不得不答应。丹牌里的民兵连夜集合搜寻，其中阿根带的这一组刚到了村口，就听到北侧的桑树地里传来了清丽的笛音，先是一支《解放区的天是明朗的天》，之后的曲子叫《血防工作就是好》，那是来金沙跟夏沫她们自编的曲子。刚来丹牌里时，队员们经常向群众宣唱，阿根他们都是听熟了的。

“来金沙……来金沙在那儿。”阿根一指桑树地，民兵握着手里的步枪朝笛声方向包围过去。这时，节奏明快的笛音霎时变得哀婉凄凉，是一首用当地田歌《五姑娘》改编成的曲子，讲述的是一对青年男女的爱情悲剧……

等到民兵们找到了来金沙,他已经在一株大桑树上吊死了。这个消息再一次震惊了丹牌里的村民,这一晚上谁也没心思睡觉。

血防点手术台是一张长课桌改制而成的,几天前来金沙还在这儿给病人做过腹水引流术,现在他的尸体就躺在上面。吴忝绮和夏沫痛哭不已。到了下午,洛东农业高级社的黄社长陪着来金沙的父亲赶来了。老来五十不到,但长期艰苦的劳作让他衰老得像是七十多岁,且老实得近于木讷。程怀远陪在一旁,详细地介绍完了事件的经过。老来老泪纵横地摇着手,让程队长别说。他进了停放尸体的手术室坐了会儿,出来时跟夏沫要了一条毛巾,又打了一盆水,把儿子的尸体细细擦拭了一遍。之后他非要程怀远带着,去三个死者家里,给那三具尸体烧了纸钱,磕了头。

傅乡长征求老来的意见,说是不是派条船,把来金沙运回洛东?老来重重地叹了口气,说不用了,儿子不争气,欠了三条人命,怎么还好意思麻烦公家?老来催促程怀远把来金沙就地火化,程怀远以为老人家要带走来金沙的骨灰,赶紧动手操办,但等到他们捧着微温的骨灰坛子从村边的河滩上回来,老来已经带着那支竹笛不辞而别。

来金沙的自杀暂时给死人事件画了句号,傅乡长的工作组撤了。

血防点门口的晒场上冷冷清清,到处是碎砖烂瓦,门诊治疗室更是空空荡荡的。

到了第三天中午,始终放心不下的程怀远和时习章再次赶来。程怀远得知血防点的队员们已经两天没吃饭,就端着饭菜到灶头上热了热,然后一碗碗盛好,亲自端给大家。

队员接了饭碗,可谁也不肯动筷子。程怀远说:“我们这一回确实打了个大败仗,可这责任不在你们。我们在丹牌里跌倒,就要在这儿站起来,我们不做逃兵。吃完了饭,再分头去血吸虫病人家里,把药品送上门。他们要骂,就听他们骂,我们是医生,是救人的,被骂几声算不得什么。”

被死亡的气息笼罩着的村子,风吹来了办丧事人家里的哭丧调。不远处的大榆树底下,有几个村民围在那儿商讨着什么。其中有两个男人明显是病人,他们一见程怀远走过来,便像避瘟神一样四散开去,只留下一个孩子还蹲在地上,撅着屁股写阿拉伯数字。程怀远目送着离去村民的背影,认出当中就有那个叫阿根的村民。

程怀远蹲到孩子身旁,在泥地上用树棍写了毛主席三个字,问:“认得吗?”孩子吸了吸鼻涕,摇了摇头。程怀远指点着说:“这三个字是毛主席。”孩子天真地道:“毛主席?”

“毛主席是人民的大救星。”程怀远又说，“可你连毛主席这三个字都不认得。”孩子抬起头，认定程怀远是在笑话他，便仰着一张肮脏的小脸，大声说：“我本来该上学了，可我有血吸虫病，我爸爸妈妈也是生这种大肚子病死了。”

程怀远摸摸孩子的头发说：“孩子，可我想让你读书认字，想让你会写毛主席万岁，你想不想读书？”

“想。”

“那就先把病治好。”

“可我怕。”

“别怕，我们是毛主席派来的血防队。你知道的，毛主席是人民的大救星。”程怀远说着，拉起孩子的手进了治疗室，那几个刚才散去的村民又从墙角闪出，围到治疗室外面窥视着，窃窃私语地议论：

“不好了，又要出大事情了。”

“我去叫人来……”

本来心存疑虑的村民们又群情激奋，他们扛着扁担和锄头从村子的各个角落汇聚到血防点门口的晒场上，叫喊着这一次非要把血防点的房子都扒了！最先赶到这儿的阿根头趴在窗口观察着。

“血防队再治死一个，我们让他们赔两个！”

治疗室里的汽灯开得雪亮，身穿白大褂的时习章正在给孩子量血压，测心律，程怀远手抚着孩子瘦弱的肩膀。

时习章说：“没问题，这孩子用锑剂三日疗法一定能治好！”

程怀远说：“老时啊，那我陪他一起治，他打什么我也打什么。”孩子觉得很新奇，手脚不停地动来动去。程怀远握了握孩子的手，安慰说：“你别怕，我打两瓶，你打一瓶。”

孩子见程队长真的陪他躺在地铺上打针，小大人似的回答不怕。

听了孩子的话，就连夏沫也镇定了许多，她先跪着给孩子打了针，之后轮到程怀远，夏沫却怎么也下不了手。她眼含着热泪，手指不住地颤抖。程怀远笑着说：“你看你，你也是血防队的老护士了，连孩子都不怕，你怕什么？你就当我的屁股是个大南瓜不就得了？”

数日后，完全恢复健康的孩子站在丹牌里的血防点门口等人。

村民阿根路过，见了就问：“鼻涕虫，听说你叫程土改啦？”

孩子头一扬，眼睛明亮地回答了一声：“是的！”

“土改啊，你守在这儿干什么？你能读书了，为啥还不去上学？”

“他答应过我的,会给我买新书包,送我去上学的。”

阿根感慨道:“你小子福气真好,病看好了,还认了个爹,你死去的爹娘放心啦!”

孩子听了,头又一昂,说:“我爹爹说了,只要我读书用功,他就带我去天安门,去见毛主席。”

来金沙的骨灰坛子留在丹牌里血防点,这一直是程怀远的一块心病。他打电话给洛东农业高级社的黄社长,请他帮忙做做工作,老来终于松口愿意接收了。到了约定的这一天,程怀远跟阿根借了条小划子船,请一名船工摇着上了路。风穿过堤岸上的芦苇,从程怀远的头顶掠过,船头水声叮咚,骨灰坛子就放在那儿,来自水面上的反光映着它,有几只灰色的水鸟栖到坛子边,许久后,突然呀的一声,张开翅膀一齐飞走了。

每过一个桥洞,程怀远都隐约听到几声清亮的笛音,萦绕在他的耳畔。这声音似一根鞭子一路抽打着程怀远。

到了洛东村,来氏家族的女人们扶老携幼地全来了,站在河埠头连哭带喊地迎接,可是男人们却一个也没见。

第三十八章

从洛东回来后的许多天,几乎没听到程怀远说过一句话。他阴着个脸,神思恍惚,有时饭吃了一半,突然搁下饭碗回房间去了。一个小雨淅沥的下午,程怀远独自进了来金沙的宿舍,关紧房门,无声无息地待到深更半夜才出来。黑灯瞎火的,谁也猜不透他在干什么。

吴忝绮几次没话找话,程怀远就跟不认识她似的,漠然地扫一眼。吴忝绮怕程怀远钻牛角尖,就去找时习章,说这样下去老程脑子要出问题的,血防队不能没有他这个当家人。时习章同意吴忝绮的判断,两个人一起敲开程怀远的队长室。

房间里门窗紧闭,烟雾缭绕,熏得刚进来的吴忝绮直眨眼。墙根下的旧胶鞋一只朝天一只扑倒,桌上搁着没洗过的饭盆和筷子,沾着的饭粒都干了,报纸文件乱扔一气。时习章一眼看见了辞职报告书,便和吴忝绮对了对眼神,拉过一把椅子坐到程怀远边上。

"丹牌里出了这样大的事,来金沙医生自杀了,我同样难过。但这次错误不是你一个人犯下的,要承担我们一起承担!你既然绑架我来到这乡下,我们已经成了一条绳子上的蚂蚱,要蹦一起蹦,要躺倒一起躺倒。老程,我们消灭血吸虫的事业可不能半途而废啊!"

"这事我必须承担,老时你没责任,不要搅和进来,更何况挑血防队重担的,只能是你老时。"

"老程,那三个血吸虫病人是死了,可还有更多的病人需要我们去救。"

程怀远伸脚踱着地上的烟头,别着脑袋不吭声。时习章朝吴忝绮看了看,时习章伸手取过了辞职书,吴忝绮取过火柴,将辞职书点燃……

第二天,程怀远出现在王局长办公室。王局长当然猜得出程怀远的来意,泡茶让座。两个人面对面地干坐着,很长时间谁也没开口。

程怀远连着抽了两根烟,开始要求局里撤他的职。

"出了这样的事,我们当领导的也有责任。"王局长说得越诚恳,程怀远心里越过意不去,急得直抓头皮。

此时街上传来一阵锣鼓声，咚咚锵、咚咚锵地从卫生局大门口一路敲过去。

“你知道这是什么鼓声吗？”王局长问。程怀远摇头。“那我告诉你，这是欢送参军的锣鼓！从解放到现在，我们嘉禾县每年征兵，都是因为这血吸虫病出不了兵，现在总算打破零的纪录啦。丹牌里事件，局党委已讨论过，这事比较特殊，怎么处理，局里得请示县里，县里还得请示赵省长。”

一听还得请示赵省长，程怀远眉头紧拧，嘀咕说：“这件事和赵省长无关。”

王局长安慰说：“老程，你认为无关，但我们不这么认为。赵省长对我们嘉禾县的血防工作那么重视，我们必须给赵省长一个交代，更何况你的主观愿望是好的。锑剂三日疗法就成功了嘛，这些可都是摆在眼前的事实。”

“老王，你说来说去，还是把赵省长给扯上了。”

“你要体谅我们，这也是给你机会。”

“我程怀远大老粗一个，来嘉禾县闹出很多事，早就该给个处分了。”

“告诉你程怀远，你是闹了太多浑蛋事，要不是赵省长帮你，我还真跟你没完呢。至于处分，你就回去给我等着。”

“那好，这个处分必须给！”程怀远抓起黄挎包，刚走到门口，王局长说了声慢着，拿起桌上的一个文件走了过来说：“赵省长做事雷厉风行，血防队五个编制的事特批下来了。”

程怀远瞄了瞄，抢过文件就往自个儿的包里塞。王局长说：“这是下给局里的文件，你不能带走。再说，这五个名额不能全给你。”

“什么？”程怀远瞪大了眼睛。

“局党委讨论过了，第一、第二血防队，都是手心手背，这名额你得分给董队长两个。”

“给姓董的两个？”

“是的。”

“放屁！你以为我老程出了点事就是好欺负的？这五个名额我要定了，你想少给，那你先把我程怀远杀了！”

窝着一肚子火，程怀远回到了陶墩村。晚饭时间，程怀远没在食堂出现。

大粒米打了饭送到队长室，程怀远动了两筷子，把碗一推，又闷头抽烟。大粒米有意找话说：“程队长，今天我爹来看我，他让我问你好。”

程怀远这才说：“编制的事特批下来了。我看你苦活累活抢着干，人也不错,同事们的评价都很好，这下子应该能进编了，也算是捧上了公家的饭碗。”

大粒米抬头望了一眼程怀远,目光中充满了感激,说:“程队长,我不行的,我没文化,你不用考虑我。”

晚上开政治学习例会,留在总部的队员和各小分队的队长都出席。程怀远突然宣布说,他不干队长了,让每个队员投票选一个队长出来。

“老程,你不用这么急吧？”时习章说。

程怀远虎着脸,说:“我怎么不急？这队长的帽子就像孙悟空的紧箍咒,我头痛着呢。”

“那好,那就投吧,让我们自己选一个队长出来！”时习章这一说,其他队员都愣了愣,有几个人开始窃窃私语。

程怀远见时习章同意了,便嚷嚷着让杨初给大家发纸。时习章却起了身说,由他来发,他亲自将纸递到每个队员手里。

当队员们都投完票，票又被时习章抓在手里，他轻轻抖着问程怀远：“票都投了,不管是谁,你可不能再有意见？”

程怀远说:“我自己让改选的,怎么会有意见？”

“那好,我们开始计票！”

当时习章邀杨初将票子逐一统计后,结果是杨初两票、程怀远十一票。

程怀远有些傻了,说:“怎么还是我？”

“群众的选举结果,你若再推,那就是矫情！”时习章说着,起身就走。

第三十九章

程怀远处分没等到，却等来了一名《人民日报》记者，这位刘记者说是上级派来采访锑剂三日疗法的。心情郁闷的程怀远跑出队长室迎接，寒暄之后，他问刘记者知不知道嘉禾县第二血防队出了医疗事故，治死三个病人。

刘记者说："我刚到县里就听说了。我在北京出发前，总编交代是要好好报道锑剂三日疗法的，所以这医疗事故是另一回事。"程怀远将信将疑，又看了看手里的介绍信，上面明确写着采访锑剂三日疗法请予支持的话，还盖了红色大印，程怀远只能别扭地说了句欢迎。

初来乍到，刘记者好奇的目光扫视着晾晒在绳子上的白被单，还有身边走过的大肚子病人。他掏出小本子，先要程队长作介绍。程怀远怕跟戴眼镜的陌生人打交道，粗声粗气地回了一句："我大老粗一个，没啥好说的。"就带着刘记者到时习章的门诊室。来到时习章面前，程怀远自豪地开口介绍："这是我们的时老师，大专家，血防的事没有他不懂的，你就问他得了。"

时习章略显不安地微微一笑。程怀远正要出门时，刘记者却解释说，他想找的不是时医生，而是锑剂三日疗法的发明人杨初。

发明人杨初？程怀远吃惊极了，心想天底下怎么会有这种张冠李戴的事？他脑子一转，知道有误会，拍了拍刘记者的肩膀，故作轻松地哈哈一笑说："杨初出差到外地去了，这就派人去找。你呢，还是回县城去等，我们这儿条件差，没法住。"

刘记者急问要等多久，程怀远回答快则三天，慢就不一定了。刘记者明白，程怀远在给采访设置障碍，坚决说住哪儿都行，睡病床打地铺都没关系，就在血防医院等。

乖巧的夏沫说笑着把刘记者带出血防医院。两个人像一对情侣似的，在村里左转右转地绕了许久。程怀远则风风火火地直奔诊疗室。

杨初正一板一眼地在给几只小田鼠做药物试验，程怀远咣地推开木门，一把拉住杨初的手，拽着他到了食堂柴房间门口。杨初急叫："程队长你怎么了？”

程怀远嘴上说没事，猛地将杨初推进了柴房。

柴房门被反扣上，顿时黑咕隆咚的，靠墙处垒着一捆捆晒干的桑树条，地上堆着杂乱的稻草，杨初在里面拍着门喊：“程队长，程队长，你为啥关我？”

程怀远往门板上狠狠地啐了一口，脱下布鞋，又将门打开，拿在手里的鞋底扬了扬说：“杨初，现在你给我老老实实地在柴房待着，不许拍门，不许说话。你要是再吱声，老子就用这只布鞋抽你嘴巴！”

门诊室有病人刚走，一股酒精棉球的气息飘浮在空气中，时习章不紧不慢地写着病历，脸上静若止水。

“有句话怎么说来着……噢，对了，真是一波未平，一波又起啊！”程怀远关好了杨初，跑来安慰时习章。时习章抬了抬眼皮，没接话。

“老时，你怎么一点都不急呢？这，这到底是怎么一回事？”一见时习章满不在乎的样儿，程怀远迫不及待了。

时习章画了句号，搁下笔，拉开抽屉取出本新杂志放到程怀远面前。程怀远拿起杂志，瞧了瞧印着红十字的封面，就放下了。时习章探身取过杂志，翻到目录页，推到程怀远面前，指了指目录，轻声说：“刘记者大概是奔着这个来的吧？”

程怀远又抓起杂志，翻了翻，一篇《关于血吸虫病锑剂三日疗法初探》的论文映入他的眼帘。字里行间都是些医学名词，还有分子式，程怀远看不懂。再看了看署名，见到杨初的名字，程怀远勃然大怒：“好个杨初狗日的，这锑剂三日疗法的试验成果是你老时的，怎么弄到他头上？强盗！强盗！”

时习章淡然一笑，说：“老程，论文我早就看过，杨初也没说这是他首创的。”

“他没这么说？但他肯定就是那么个意思。你们知识分子都这样，这我懂，不然那刘记者为啥说杨初是锑剂三日疗法的发明人呢？”

“老程，写论文这种事你不懂，不是你想的那么一回事。”时习章还劝，程怀远不干了，说：“你别说我这也不懂，那也不懂，比如你老时的手表戴到了我老程手上，这算什么？你敢说我不懂？”程怀远见时习章不吭声，又说，“老时，你怎么还不明白？你别骗我了，你别充啥大善人了，杨初他这是在偷，是在剽窃你的医学成果啊！”

时习章脸上掠过一丝不快，回了一句没那么严重。程怀远急红了眼，叫嚷着说：“这还不严重？都反了天了！好在我老程还是队长，他娘的，这杨初算个鸟,我们血防队里不能出这样的败家子。老子找他算账去!”

猛然推开的柴房木门差点把里边的杨初撞翻在地,程怀远手中的杂志砸到杨初脸上,他痛骂杨初是败家子,是贼,是狗!杨初害怕程怀远动手揍他,抬着胳膊肘后退着捡起杂志,凑到窗户边看了看,立马明白了。

杨初镇定下来,辩解说:“程队长,你误解我了,我没做错什么。我写论文只是急于把锑剂三日疗法加以推广,多救病人。”

“你放屁!说得倒好听,你骗得了谁?明明是老时的首创,你居然以你的名义抢先去发表,你他妈的胆子也太大了。”

“我没有!我没有剽窃!”杨初梗着脖子跟程怀远对嚷。

“杨初你给我听着,老子手头有枪的话,现在就毙了你!”

“我没剽窃,我没有!”

“你个鸟人,嘴还硬,还敢不认?”程怀远抓起一把扫帚要去抽杨初,幸亏被及时赶到的时习章拦住。

“老程,你别乱来,让杨初把话说完。”

程怀远的态度缓和了一点,他扔了手里的扫帚,点着一支烟嚷嚷道:“杨初,看在老时的面子上,今天老子不打你,但并不保证我明天不打你。你给我老实点,当面向时老师认错!”

杨初说:“程队长、时老师,我回上海征询锑剂二日疗法可行性意见时,空下来想到时老师首创的锑剂三日疗法已经成熟,而且全国又有那么多的血吸虫病人在等着救治,所以才写了论文,寄给了《中国医学杂志》。论文上我写了时老师的名字,他是第一作者,我是第二作者,我留的是上海中科院血吸虫病研究所的地址,这论文啥时候发的我都不知道,杂志我也没收到过,我也不明白为什么论文出来时,时老师的名字却没有了。”

程怀远依旧不依不饶,责问道:“但你的大名倒是印得大大的,你这回是出大风头了,露头露脸了。你知不知道,《人民日报》刘记者已经赶来点名要采访你了!人家是大报,毛主席看的报,你打算怎么接受人家的采访?你准备怎样吹嘘你自己?”

一听有记者来采访,杨初明白了事情的起因。他捋了捋头发,镇定地说:“时老师、程队长,你们放心好了,一是一,二是二,我杨初会如实说出真相的。”程怀远哼了一声,一脸的不信和不屑。

时习章却平静地说:“杨初,你做得没错,你可以接受采访。而且就按这篇论文的口径说,把这锑剂三日疗法讲通俗,讲透。若你敢在记者面前提我时习章一个字,我真叫程队长用扫帚抽烂你的屁股。这事到此为止。我累了，现在谁也别来打搅我。”时习章说完走了，杨初喊着想追，程怀远抓起扫帚一横，拦住了他。

杨初膝盖一软，哭着跪了下来说：“程队长，我求求你，你快去替我求求时老师吧，他会听你的，要不然我杨初真成一个贼了。”

程怀远语气冷冷地丢下一句：“你自己拉的屎，自己收拾。”

第二天早上，程怀远刚钻出被窝，就拾到一张从门缝里塞进来的纸条。纸条是时习章写的，他提醒程怀远，应该立即安排杨初接受采访，再拖下去不是办法，而且会延误锑剂三日疗法在全国疫区的推广。

程怀远这才从柴房里放出杨初，带他到刘记者面前。

“程队长，我想单独和杨医生谈。”刘记者一见垂头丧气的杨初，便直截了当地要支走程怀远。杨初急得乱摇手。程怀远下狠劲剜了杨初一眼说：“你们要我听，老子还没这闲工夫呢。”

程怀远走后，杨初一五一十地向记者说明情况，再三解释锑剂三日疗法的发明人是时习章教授。正这时，虚掩着的房门吱呀一声被推开，走进来的是笑眯眯的时习章。他亲切地说：“杨初啊，你是我的学生、我的助手没错，可锑剂三日疗法就是你首创的，你为什么要在刘记者面前推辞呢？”

杨初想说话，时习章按了按他的肩膀，又对记者说：“刘同志，我作为老师，帮助或者指导自己的学生完成一项医学研究，你认为这成果应该属于老师的，还是学生的？”

“应该属于学生的。”

“杨初啊，你听听，刘同志也同意我的观点。你聪明、年轻，你能够放弃研究所的学术环境到农村血防第一线来，你的前途大有可为。锑剂三日疗法是成果，但也算不了什么，它只不过是你勇攀医学高峰的一个台阶，你就别再推辞了。”

“时老师……”

采访完了的杨初心事重重地回到了诊疗室。他提不起精神，只是冲着几只关在笼子里的小田鼠发呆。冬日午后的阳光照着窗台上的一只破瓦盆，里边种着的白菊花已经枯萎，院子里飘过来烧树叶的气味。夏沫送一个诊断报告来，杨初签完字，想跟夏沫说说话，可夏沫鄙夷地说了句我没空，头也不回地走了。

熬到晚上，杨初去敲开时习章宿舍的门说：“时老师，我越想越不踏实。我写这论文前应该先跟你打个招呼的，我考虑不周到。”

已换上睡衣准备休息的时习章让杨初坐下说，杨初却不坐，仍是一副不安的神情。时习章笑着劝杨初放宽心，说："你已经道过歉，事情过去了。你再钻不出这个牛角尖，那可就不是毅然下农村的青年学者杨初了。"

"我的五脏六腑在老师面前都是透明的，我写这论文，是想出风头，是有私心，但我没有想到要剽窃，请老师相信我，我不是个贼！"

"我说过你是贼吗？我说过自己的学生剽窃吗？你基础扎实，功底好，反应又快，应该是一个能在医学领域有所建树的年轻学者，你今后的路还很长。只要你在医学上、在血防领域作出更大的贡献，也就不负我的良苦用心和期望了！"

时习章说完，示意自己累了，杨初只得告辞下楼。他独自来到河埠头，坐在石阶上，从口袋里摸出包香烟，点着第一根烟。

过了一星期，《人民日报》不仅发表了刘记者的长篇通讯，同期还配发社论，要求在全国血防战线上推广嘉禾县第二血防队的工作经验。至于重点介绍的锑剂三日疗法，刘记者大书特书，将之定义为血防队的集体成果。

报纸出来后，血防队员们人手一份，程怀远组织大家深入学习。学习会上，以夏沫为首的护士们纷纷发表意见，为她们尊敬的时老师鸣不平，说："本来是时老师的成果，报道上只提了两处时老师，可提到杨初的却有七处。虽说是集体成果，但给人的感觉仍像是杨初的个人成果，这不公平，也太过分了！"杨初听着护士们的唧唧喳喳，恨不得把头钻到桌子底下去。

这时，时习章从容淡定地站出来说："同志们，集体成果就是集体成果，至于我们每个人在这之中作出了多少贡献，我们心里有数就可以了。但有一点大家不能忘记，如果没有杨初的论文，就没有中央领导的批示，没有中央领导的批示，就没有《人民日报》的报道。杨初在锑剂三日疗法上贡献很大，在对疗法的宣传上贡献更大！这说明他不光盯着嘉禾县的血吸虫病人，而是放眼中国，心怀天下，这一点我们都应该向他学习。"

锑剂三日疗法出名了，嘉禾县第二血防队更出名，更多的记者蜂拥而至。省内省外的血防队都派人来参观取经，陶墩血防医院的河埠头天天停着从县里来的汽艇。时习章每天按部就班地看门诊、查病房，安排手术。凡是涉及锑剂三日疗法经验介绍，时习章仍然将杨初推出去，让他去面对记者和取经的同行。

杨初几乎完全陷入应酬的事务当中，一会儿陪同参观，一会儿去县卫生局汇报，好在他年轻，精力充沛，医学功底扎实且口才又好。他腾出一间仓库用作嘉禾县第二血防队的宣讲室，用石灰水刷得雪白的墙上，挂着钉螺的生活史和人体感染血吸虫病的过程等图片。另一面墙集中画着锑剂三日疗法的具体实施要点，又配了自己动手制作的插图，让人看上去一目了然。窗户下面的一排玻璃柜子里，还陈列着许多钉螺的样本和照片。

杨初的讲解深入浅出，大受欢迎。

面对一拨又一拨的来访者，程怀远操心食堂里的伙食够不够，医院的工作能否正常开展，刚开始时他都快要崩溃了。当个典型的滋味他算是领教够了，好在有杨初挡着，他那一张嘴居然那么能说会道，办法又那么多，焦头烂额的程怀远惊喜万分。他不再计较什么论文的事，干脆跑到县卫生局，恳请局里任命杨初为血防队的副队长。王局长他们一直头疼程怀远脾气太大，做事太出格，不好说话，听他主动提议杨初当副队长，一口答应了。

眼见杨初身边一天到晚总是围满了人，不是上级领导，就是外地同行，一片风光和热闹，跟时习章一起去小分队巡查的程怀远感慨万千："老时啊，我们这个血防队，包括我程怀远个人都欠着你的。"

时习章轻松地跃过一条农沟，笑着说："老程，还不知道谁欠谁呢！你看看杨初忙得那样，嘴角上都长泡了。其实是我们都欠着杨初的，没有他，你我还可以如此悠闲地走在这乡村田埂上？"

程怀远咦的一声，眼睛一亮，终于明白了。他一拍大腿说："好你个老时，我说当初你为什么坚决不要这个荣誉呢！原来你早就预见到今天这局面！你真是站得高，望得远，但可惜的是，真相被掩盖了。"

"你说得不对。什么是真相？真正的真相是锑剂三日疗法，经由杨初努力地宣传推广，救治了更多的血吸虫病人。而我们呢，只会做不会说。我早就看出杨初是这方面的人才。你我只能救这一片人，而通过杨初这样的人才，却可以救无数的血吸虫病人！这，才是真正的真相！"

卷　三

……

第四十章

1957年春天的中国，最时髦的会议是鸣放会。中央下文件发动，报纸上给版面露脸，大大小小的知识分子的话就一嘟噜一嘟噜地往外冒。嘉禾县以及田乐公社虽是小地方也不例外，但不管组织上怎样挖空心思地组织，一般群众鸣放出来的都是些鸡毛蒜皮的小事，上不了档次，更上不了省报，工作显得有点落后。县里头头提到了时习章，说他可是周总理请回来的归国专家，又是洋博士、大教授，让时老师开口鸣放，肯定水平很高，影响那更不用说了。此言一出，田乐公社的傅书记先来请，被杨初挡了驾。一周后，县卫生局的钱副局长亲临血防队，恭请时教授去开会。

“什么鸣放会不鸣放会的？”听钱副局长跟杨初啰唆，站在一边的程怀远一听就火了。他瞪着铜铃眼，嚷嚷道：“我们这儿看病忙得四脚朝天，你们倒好，打主意都打到血防队来了。鸣放鸣放，你们当时老师是只公鸡，你们叫他去开会就开会，你们让他打鸣就打鸣？”

钱副局长十分尴尬，转而跟程怀远解释，程怀远不容分说，请他走人。

时习章听到程怀远把他比作公鸡，脸上一副哭笑不得的表情。两个人离开杨初办公室时，时习章提醒程怀远，说钱副局长毕竟是上级，对他应该客气一点。程怀远停下脚步，拍了拍时习章的肩膀，感慨道：“老时啊，这你就不知道了，我老程打仗时靠直觉，这一回，我的直觉告诉我，这些家伙正儿八经的事不做，忙些虚头虚脑的事！鸣放——鸣什么？放什么？正常的批评与自我批评，我们一直在开展，用得着这样兴师动众吗？”

当王局长以局党委的名义给血防队打电话时，杨初顶不住了。他来请示程怀远怎么办，程怀远一口回绝，说不理他们。时习章却以为会还是得去开，但鸣放什么，嘴巴长在自己脸上，别人也奈何他不得，只要谨慎些就行。程怀远抓了抓头皮，最后让了步，但他多了个心眼，亲自陪时习章去县城。

卫生局的鸣放会放在卫校礼堂里开，程怀远拉时习章坐到最后一排，自己抽着烟，心里头直骂卫生局浪费时间。大家都在一个系统内干的，有啥意见还不当场放炮，随随便便的事情却要弄得登台唱戏似的。

时习章却深受感染，兴奋地说："当年我在国外，一听说共产党赶跑了蒋介石，要搞新民主主义革命了，我和很多的专家学者就是奔着新民主这三个字回国的。回来后才发现国家百废待兴，美国人又在朝鲜半岛捣乱，民主的事还未落到实处，这一回毛主席下了决心，看来是动真格了。"

"民主民主，就是人民当家做主，我看用不着这样瞎起哄。"

"老程，我说的民主可不是这个意思。这民主可是个推动人类社会进步的好东西啊……"时习章刚想跟程怀远细说，扩音话筒里传来主持人钱副局长笃笃的叩击声，会议正式开始。

起先发言席上空荡荡的，有人被点到名，忸怩着不愿上去演讲，旁边的人瞎起哄，场面乱糟糟的，有如突然停了电的电影院。程怀远皱眉头撇嘴巴，巴不得这会议开不起来。但没过一会儿，积极分子一带头，人们争先恐后地抢着上台发言。

董队长、县人民医院的老院长、卫校的李校长……他们都准备了厚厚的讲稿，鸣放得头头是道，内容有批评王局长不民主不公平的，有不点名地说程怀远是卫生系统歪风邪气总头目的，有讲共产党三反五反弄过头的，反正在程怀远听来，都是鸡蛋里挑骨头的扯淡事。

会开到最后，主持人瞧了瞧手中的记录本，厚嘴唇冲着话筒呼叫："还没发过言的第二血防队上台鸣放！"话音刚落，时习章的屁股已离开座位，程怀远一把攥住了他："鸣放，鸣放个屁，都反了天了！端起碗吃大米饭，搁下碗就骂共产党。"

程怀远嘟囔着，引来了许多人的目光。

"老程，你自己不鸣放，还不准时老师鸣放，也太过分了吧！"董队长回过头来插了一句。时习章掰开了程怀远的手，让他放心，说他时习章绝不会骂共产党，但今天这样的场合，有些话还是得说一说的。

程怀远目送着时习章的背影，担心得用手捂住了眼睛。其实像时习章这样温和的人会说出什么过激的话呢？他只不过谈了点体会，说他从国外回到祖国的怀抱，深切地感受到了物质生活水平的巨大落差，他从省城来到嘉禾县农村，更进一步地为农民的生存状况而震撼。农村穷，农民苦，得了血吸虫病的农民更苦。他看门诊时常听病人说，解放初的那几年，分了田地，每户农民自主经营，生活还算好一点，可现在土地公社化了，收归国有，粮食产量倒是下降了……

"糊涂啊，这老时，你这不是在攻击社会主义总路线嘛！"程怀远嘀咕着上了趟厕所，回来后时习章还在慢条斯理地讲得起劲。程怀远脸色铁青，腾腾腾地走到发言席那儿,拉着时习章就出了会场。

时令进入了黄梅季节,雨三天两头地下着,屋子里潮乎乎的,衣服被单都散发出一股霉味,时习章的心情也开始跟天空一般阴沉。那天在回来的路上,程怀远就埋怨时习章,说:"你不是讲不攻击共产党吗?可你还是攻击了,而且你思考问题很不全面。"

"什么问题?"

"当然是农民的问题。就凭着毛主席给农村派血防队,共产党就比国民党好一千倍!"

经程怀远这么一提醒,时习章心里便打了个结。等到黄梅天一过,报纸上断章取义地刊登了时习章的发言。许多队员都抢着看。报纸到了吴忝绮手上,她拿来给时习章,时习章这才如梦方醒般愣住了。

"时老师,你真说过这样的话?"

"我,我……"时习章说不下去了。他抓起报纸又看了一遍,重重地叹了一口气。

"组织上这个版面叫人鸣放,另一个版面又刊登反击文章,还上纲上线,我不听老程的劝,上当了。"

吴忝绮一听,明白了事情的严重性,心头的忧患浮现到脸上,脸色煞白。两个人双眼对视了片刻,时习章调整了呼吸,安慰吴忝绮道:"我们这儿天高皇帝远,情况应该不会太糟吧?"可到了夜深人静的晚上,时习章还是失眠了。

这一天程怀远刚从天星村的血防点赶回陶墩血防医院,杨初就把文件送过来了。

"不是都鸣过了,放过了吗,怎么还有事?"程怀远接过文件扫了一眼,随手一丢,问杨初,"这些天来取经的人怎么突然少了?"

杨初说:"是少多了,大家都在单位里搞反右。"

"反什么?"程怀远没听清,杨初心情沉重地又复述一遍。

"这反右是不是就是反反革命?"程怀远有点累,人瘫在椅子上,抽着烟卷歇气。

"反正差不多吧。这文件刚到,讲的就是这事情。"

程怀远丢了手里的烟头,再次拿起文件,边看边读出声来:"你队右派名额一名。"

"什么叫右派名额一名?"程怀远不解的目光落到杨初脸上。杨初搓了搓手指,轻声说:"就是要从我们血防队里揪一个右派分子出来。"

“他娘的，右派还讲名额、讲指标？什么叫右派？右手捏手术刀的就是右派吗？去他娘的，我们第二血防队不弄这鸟事！”

没过几天，上级文件跟雷阵雨似的又来了，杨初没敢拿给程怀远看，血防队的反右工作按兵不动。

程怀远他们不动，卫生局王局长在县城里可坐不住了，每天打好几个电话来，责令程怀远、杨初去县里参加反右动员会。

“他娘的，老子只知道打仗前要动员，这种事有啥动头的？我不去。杨初你去，可别表态。”杨初去了之后回来说：“这事情不搞不行了，它是一项严肃的政治任务，其他的血防队和医院都完成了右派名额，就差我们第二血防队了。”说着又给了程怀远一个红头文件。程怀远这回仔细看了，文件抬头上毛主席指示这几个大字触动了他。

程怀远吸了吸鼻子，说：“毛主席让我们搞那就搞吧。紧急通知下达到每个队员，说是晚饭后到陶墩血防医院的食堂，召开群众大会。”下面各小分队除了一名留守队员，其他的都急匆匆地赶来。

好多队员自从分散到各血防点之后，压根儿就没碰上过，这次一见面队员们你说我胖了、我说你黑了的有讲不完的话、扯不完的事，食堂里热闹得像个小菜场。大家伙尽情喧哗着，都忘了今天叫他们赶来是干吗的。乱哄哄的场景一如程怀远的心情，他敲了敲桌子示意大家安静，说：“现在正式开始选举右派。”

“程队长，这不是选人民代表，是揪右派。”杨初在边上插话。

程怀远本来就不耐烦，这时把手里的文件一丢，说：“什么破事儿！杨初，你把文件精神向大家传达传达。”说完话，自个儿躲在一边，弓着背抽起烟来。

这是一个措辞很严厉的文件，杨初没叫大家安静，大家都听得凝神屏气，瞪大了眼睛。李宋唐平时一副吊儿郎当的样子，这时听得像有人要拖他出去枪毙，小腿肚子哆嗦个不停。吴忝绮低垂着头，齐耳的短发掩到嘴角处，一副大祸临头的模样。

程怀远感觉到会场上气氛异常，拍打着膝盖嚷嚷道：“同志们，右派就是右派，毛主席说让搞一下，我们就该响应。可你们别大眼瞪小眼的，这不是我们第二血防队的风格。你们对照文件，有话就说，有屁就放，搞个右派出来，但只能是一个。”

静下来的会场里谁也不吭一声，都在看着主持会议的杨初和程怀远。

煤炉上坐着的水壶开了，喷吐出白色的水蒸气。食堂师傅提着水壶走到队员们中间,问谁要开水,可队员们没一个接他的话。一只野猫蹲在窗台上,竖起尾巴冲屋子里喵呜喵呜地叫着,像是在替队员们干着急。大病房那儿,有个刚开过刀的血吸虫病人刀口疼,隐隐约约发出哎哟哎哟的叫唤声。

“我们血防队工作那么艰苦,成果那么大,我看半个右派也没有。”季小英刚交了入党申请,很积极地先提个头。

“我看,李宋唐以前在国民党里干过,平时牢骚话最多,他最像个右派。”秦护士说。

“你说我右派,我看你才是右派呢。”李宋唐顶了秦护士一句。两个人都意识到了危险,不吭声了。窗台上的野猫喵呜一声,突然从季小英头顶蹿到地上,季小英一声惊叫,野猫斜穿过屋子,箭一般地跑出门去。

“丹牌里小分队出了这样大的医疗事故,死了三个病人,我认为担任小分队护理组长的夏沫就是右派。”指证的小朱医生话音未落,夏沫跳起来说:“这不对,事故是来金沙出的,要说右派来金沙才是。”

丹牌里事件触到了程怀远的隐痛。他扫了众人一眼,口气冷冷地说:“死人不算。”

食堂里的灯光引来了一群群飞蛾,绕着灯泡飞舞着,不时地有飞蛾在灯泡上撞昏了头,掉落到地上,零零星星的像是瓜子壳。程怀远的态度把与会者吓住了,冷场了好一会儿。时习章像一尊佛一样地坐在柱子旁边,眼皮耷拉着,似听非听。吴忝绮受不了这样的气氛,借口头有点昏,身上冷,跟杨初请个假走了。几个最初跟随程怀远的老队员交头接耳了一会儿,推举夏沫发言。

“程队长,这右派群众里可能有,干部里也不可能没有吧?”夏沫问得程怀远一愣,他马上说当然了,文件上也是这样说的。刚才他望着吴忝绮抱着胳膊离去的背影,有点走神了,又问杨初是不是这样的,杨初补充说是的。

“是的就好。”夏沫接过杨初的话,“杨队长,请你做好记录,我要说的右派不是别人,就是你。凭什么时老师埋头苦干,认真钻研,而你倒好,就凭你那几只小田鼠试验来试验去的,你倒成了锑剂三日疗法的发明人,四处作报告出风头,还当了官?你这种行为就是典型的右派行为。”

“对,对。”坐在夏沫边上的老队员附和着,埋头在本子上做记录的杨初,脸一下子白了。

“程队长、杨队长,我坚决不同意夏沫的观点。什么样的人是右派,文件上是有规定的。按照规定,时习章医生在国民党的时候上过洋人的大学,后来又到国外去,回国后他参加血防工作不是自愿的,是程队长把他绑来的。

到了队里他处处以学术权威自居，公然凌驾于血防队的党支部之上，什么事都要插手，什么事都要他说了算。鸣放时他的发言明着是为农民呼吁，实际上是攻击共产党，这些都白纸黑字，上了报的……”

砰的一声巨响，程怀远的拳头砸到桌子上，灯泡里的钨丝震断了，屋子里一片漆黑。

“你他娘的什么东西！你小子再放毒，老子抽死你！”刚才将矛头直指时习章的人是李宋唐。听到程怀远的怒吼这家伙害怕了，急忙躲到了别的队员身后。

“你小子撒泡尿照照自己，都胡扯些啥，这叫定右派吗？这是在狗咬狗一嘴毛！你们都给我听着，今天所有的话说过就算了，出了这会场就当什么也没说过，没听过。扯他娘的要揪什么派，要揪也由上级来揪，我们可没这闲工夫。我们血防队上下团结要紧，提高医疗水平要紧，治病救人要紧——散会！”

杨初发觉这揪右派的群众大会一开，火一下子烧到自己头上，就不肯再负责这件事。卫生局来电话催问，他都推说程怀远是队长，反右的事得问他。邮递员送来的报纸上，全国各地揪出来的右派言论还是很吓人的，什么“杀共产党”的话都说出口了。惶恐不安的队员们抢着看报纸，对于自己队里的事情私下里都不再言语。

王局长当然明白第二血防队问题之所在，就以局党委的名义请程怀远去县城过组织生活。

卫生局会议室的墙壁上挂满了奖状和锦旗，使得每面墙看上去都红彤彤的。角落里的一张课桌上摊着画了一半的反右宣传画，上面臭烘烘的墨迹还没干呢。

局党委的全体成员捧着茶杯鱼贯而入，把唯一的与会者程怀远围在当中。王局长气定神闲，一副成竹在胸的样子。他自信只要能把程怀远从陶墩那个独立王国弄到此地，让这家伙的脑筋转过弯来应该不成问题。他不开口，先让副局长们七嘴八舌说，这反右工作抓不抓是党性问题，是大是大非问题！平常犯事，那都是人民内部矛盾。可在反右上敢犯事，敢敷衍了事，那就上升为敌我矛盾。

“什么敌我矛盾？我们第二血防队里没有共产党的敌人。”

“你这话也太绝对了吧，你才开了几次会，做了多少宣传发动，收集了多少右派言论？不了解情况就没有发言权。文件上只给了你们一个右派名额，已经算是照顾你们了，是考虑到你们是我们卫生战线上的一面红旗，但是红旗上面更不能有污点。"王局长已从杨初那儿摸清情况,话说得很重。

"程队长,你是老战士、老党员了,反右是保护我们红色江山不变色的一场革命,我们希望你不要站到人民的对立面去!"钱副局长劝说道。

"大家一个单位的,低头不见抬头见,要揪出个右派来确实不容易。局党委知道你们奋战在农村血防第一线,不是兄弟姐妹,胜似兄弟姐妹。你首先是要端正态度,转变观念。这次回去,我们派个工作组去帮你做反右工作。你老程不用出面,只要配合就是。"

"不行!"程怀远知道这一招的厉害,坚决反对。

"老程,你是党员、是队长,总得讲点组织性纪律性嘛。"

"不行就是不行。"

王局长心想这程怀远真是一块难啃的骨头,而且警惕得很。他的手一摆,示意大家别出声,接着拿出一份材料递到程怀远手上。那是卫生系统各个单位的右派名单和右派言论汇总,上写着:县人民医院右派七名、县中医院右派五名、县医药公司右派四名……

程怀远一页一页地翻看下去,越看心里越不是个滋味。这些数字给他的冲击还不是最大的,他最想不到的是上面罗列着的右派言论。想不到会有那么多的人对党不满,会有那么多的人背地里狼心狗肺,竟敢攻击毛主席,还说解放军的坏话。

程怀远终于同意带工作组一起回陶墩。

第四十一章

就像一块大石头砸进了小池塘，工作组的到来震惊了第二血防队。

工作组先是开了几次小组会，又分批去六个血防点收集材料，到晚上关起门来汇总。除了时习章、吴忝绮等少数几个交了一张白纸之外，其他人交代的材料五花八门，什么都有，从时习章到大粒米都被咬到了。

甚至出现有主动要求将自己打成右派的，理由是他自己的右派言论很多，比如对这场血吸虫病斗争的认识，如果刚解放那一年就开始抓，也就不会蔓延得这样严重。比如农民生活苦、体质弱是血吸虫病流行的重要因素等，下边的署名居然是杨初。

吕组长拿着这纸条来找程怀远商量。程怀远叫来了杨初，问他上边写的可都是真的，是在什么场合说过的，有谁可以证明。杨初紧拧眉头，支吾着不言语。程怀远明白了，说："杨初，你来血防队这么久，我老程今天才看出来，你也算条汉子。"

程怀远问吕组长，提名我老程是右派的纸条有多少，吕组长捏了捏装着所有纸条的大档案袋，回答说没有。

"他娘的，这分明是不把我老程放在眼里嘛。"

程怀远回到队长室，杨初苦着脸等在那儿。

"怎么样，哪个是右派，统计出来了吧？"程怀远抓起鼓鼓的档案袋，上面的封口已经粘好，还加盖了鲜红的血防队公章。

"到底是谁？我是队长，我有权力知道。"程怀远要拆档案袋，杨初赶紧劝阻说，吕组长说过要保密的，原始材料都在里边呢。

当着杨初的面，程怀远只好收手。到了黄昏时分，他再也克制不住好奇心，拿一把小刀撬开了袋子。虽说他也有思想准备，但文件上面的名字还是让他惊讶得目瞪口呆。

程怀远像是梦游似的，在屋子里转来转去，一脚踢爆了水桶边的一个竹壳热水瓶。他躺上床，翻来覆去地睡不着，又出去撒了泡尿。

榆树底下有个黑糊糊的人影吓了他一跳，程怀远问是谁，李宋唐应声走了过来。

“程队长，我李宋唐平时嘴是臭，但就凭几句牢骚话定我右派，我也太冤枉了！”李宋唐拉着程怀远的手竟然在颤抖着。程怀远知道这家伙的精神压力太大，陪他去药房要了点安眠药，好说歹说把他劝回宿舍。

第二天程怀远起了个大早，换了身干净衣服，穿上大粒米送的新布鞋。巡视完病房，他来到食堂里，帮炊事员给来吃早餐的队员们拿包子、舀粥汤。很多队员这一夜都没睡好，眼圈黑黑的，神态委靡不振。程怀远关照他们拿出点精神来，当心别配错药打错针，中午找时间补睡个午觉。

不见时习章来吃早饭，程怀远问吴忝绮。吴忝绮说时老师昨晚房间里亮了一夜的灯，我来之前去叫过他，他只回说身体不舒服，没开门。

吴忝绮去往宿舍，被李宋唐追上，说：“忝绮，昨晚我找你几次，你为啥躲我？唉，这一回我李宋唐算是完蛋了。”

“你怎么知道右派是你？”吴忝绮眼望着楼上的方格子窗户问道。

“那还用说吗？我人缘那么差，嘴上又没个把门的，还是个特嫌分子，这一回可是彻底地栽了。忝绮，上回公安来押人，你可说过会等我的，这一回我去劳改了，你可得说话算数。”

“要真是你，就好了。”吴忝绮紧抿着嘴唇，不再理李宋唐，上楼而去。

反右工作组离开陶墩，吕组长将工作成果交给了王局长。王局长拆开牛皮纸袋，取出材料，眼光一扫，脸上顿时变色。边上的钱副局长凑上去，问了声是谁，王局长把文件交到钱副局长手上。

“怎么会是他？”钱副局长惊呆了，怀疑地瞄了吕组长一眼。

“怎么了？”吕组长不知道出了什么事，疑惑着问。

“怎么了？我们很被动了你知道吗？还在我面前显摆你的功劳呢，出去！”王局长愤声道。

第二天，王局长赶赴陶墩召开队员大会，宣布程怀远为嘉禾县第二血防队的右派分子。队员一听就炸了窝，一大半的人都站了起来，冲着王局长嚷，要卫生局给说法。

整个会场上唯有程怀远一副从容的模样，好像这事与他无关似的。等到队员们嚷嚷得差不多了，他才来劝队员们：“有话好好说。要相信党，相信政府。这次大家伙对我的揭批都是真实的，我做过的事我负责，说过的话也负责。”

“吕组长呢？吕组长为啥没来？具体情况他最清楚，我们的检举纸条上不可能有一个人写的是程队长！”夏沫不顾程怀远严厉的眼神，责问王局长。

“那你们写的是谁？”

“我，我们写的是谁，每个人心里都清楚。”

程怀远忙道：“同志们，你们可得客气点。这个右派，我程怀远当定了！”

“老程……”时习章走上前来，紧握住程怀远的手，想说什么，但嘴唇颤抖着哽咽了。程怀远拍了拍时习章的肩膀，说：“老时啊，我还得送送王局长，待会去你房间，我也有话跟你聊。”

王局长要走了，他说：“老程，你知道什么是右派吗？”

“右派嘛，就是工作中犯过错误，思想上有点问题吧？这些我都对得上。”

王局长沮丧地摇了摇头，感慨地说：“你真是两耳不闻窗外事，一心只为血防忙。这右派说白了就是反革命，而且是很严重的那种，是要押去劳教的。”

“劳教？特务，反革命分子才劳教，这右派……”程怀远眺望着荡面上鲜红的落日，突然意识到了问题的严重性，嘴巴张得都合不拢了。

但吃惊归吃惊，程怀远还是若无其事地出现在同事们面前，甚至还故意跟女护士们说笑逗趣。晚饭后刚回到队长室，着急的时习章就找来了。

程怀远默默地泡了一杯茶，递到时习章手上，两个人面对面地干坐着。屋顶上滚过轰隆隆的雷声，闪电的光芒折射进屋子，刺人眼目。程怀远起身去关窗子，时习章打量着他的背影，张口就说：“你为什么要顶替我？”

程怀远回转身，苦笑了笑说：“老时，你怎么猜准了是你？”

“那还用说吗？吕组长他们一来，我一听文件就明白了，都是鸣放惹下的祸，别人的牢骚话那是张口就有闭口就没了，我的发言可是登了报的，这个大家都知道。”

“我老程想不明白，明明是组织上号召大家提意见，怎么反过来又要打嘴巴戴帽子呢？不过，正因为这样，你老时是个无党派人士，我毕竟是个党员，连我这个老党员都闹不明白的事，更不能连累于你。”

“可，可你这么一顶替，那不是把我时习章放在火上烤吗？”

“老时，事情都这样了，你别往心里去。”

“还是应该尊重事实嘛。”

程怀远道：“什么是事实？你时教授不去大城市的大医院，不住西湖边的花园别墅，自愿到农村来吃苦，救了这么多的病人，发明了锑剂三日疗法，这难道不是天大的事实吗？”

“老程，你小看我了，该我承担的，我必须承担！”

“你怎么承担？你知道劳教吗？你见过劳改农场吗？那种生活你承担不了！”

“老程，你知道吗？我祖父是清朝的进士，还当过一任道台，写过一部《春秋草堂笔记》。闹太平天国的时候全家搬迁到上海，我的父辈中有好几个都留了洋，其中一个去英国的伯伯还是孙中山的朋友，参加过同盟会，后来跟宋教仁一样，被人暗杀了。我父亲办过报，开过火柴厂，但适逢乱世，一份家业很快就没了。到了我懂些世事时，便抱着知识救国的决心刻苦攻读。我留了洋，拿了博士。可我内心是很痛苦的，世道不乱，我的心却乱了。我跟要我去的医院讨价还价，争名头，要待遇，好在这时我遇上赵省长，遇上了你。我为什么能承担你知道吗？自从你绑架我开始，我时习章已经开始在承担了！”

程怀远嚷嚷说：“就凭这个，我程怀远就是要顶替你！你不要再说了，若你再陷进去，那我们俩都成了右派，何苦呢？”

第四十二章

一周后，右派分子程怀远的撤职文件下来了，而且被开除了中共党籍。

杨初接任血防队队长，程怀远对此早在意料之中，倒有种如释重负的感觉。他担忧的只是离开血防队去劳教的事。搞血防那么多年，程怀远早已习惯了血防医院臭烘烘的味道。病人腆着个大肚子进来，治好了精神抖擞地出院。凭着这，程怀远再苦再累，心甘情愿！现在要他离开这一切，真比卸掉他的一只胳膊还难受。他给赵省长办公室打了几次电话，都没人接，程怀远乱了方寸，便偷偷地跑到杭州。

程怀远在省府大院找不到赵省长，问林秘书，林秘书只说首长有事情，不接见客人，之后就板着脸不理程怀远。程怀远骂骂咧咧地下了楼，找到赵省长的吉普车，见长臂猿老张正在擦车，程怀远上去一掌拍到老张肩膀上，说："好你个老张，你们把老首长藏哪儿去了？电话都打不通。"

老张拉着程怀远转到车背后，轻声埋怨说："你不该来。你不知道吧？反右反右，下面反，上面也反，而且反得更厉害。赵省长被定性为有右派倾向，已经被关在家里写检查啦。"

"放屁！"程怀远揪住老张的胸口张口就骂。老张急了，扯下程怀远的手，提醒他看看这儿是啥地方，程怀远这才收敛了态度。

老张与程怀远坐在地上闷头抽了一会儿烟，程怀远起身拍拍屁股，说："出了这样大的事，怎么说也得去看望老首长。"老张很想陪着去，但他现在已是其他领导的司机了，只能遗憾地送程怀远到街上。

程怀远步行来到赵省长家门口，有个持枪警卫拦住了他，说上边有命令，不能会客。程怀远当场跟警卫吵了起来。赵省长听到程怀远的声音，披着件旧军装走到了院门口，程怀远隔着镂空的花格子铁门敬了个军礼，动情地叫了声老首长。赵省长头上又平添了许多白发，疲惫地应道："你来了？你的事林秘书送材料来时都跟我说了，我知道你会来的。"

"我，我想来看看你。"程怀远伤心地低垂着头。

赵首长笑了笑，说："你来找我，你不说我也知道。只是狗蛋啊，现场会时我就跟你说过,你长大了。人生谁没个风急浪高的时候?要学会面对,更要敢于独自应对!"

说罢,赵省长自铁门的空格伸出一只手,程怀远想去握时,赵省长却在他的肩头轻轻地掸去灰尘,叮嘱说保重。

程怀远牵挂着时习章家里,他又前去探望了一下,好在方圆圆正请假在家埋头改剧本,反右的事没受波及。程怀远放心了些,就直接返回陶墩村。刚到渡口,给丹牌里血防点送药返回的小秦追了过来。小秦一见是程怀远,惊奇得一拍大腿,说:"程队长,不是说你走了吗,怎么又回来了?"

"我程怀远不做逃兵!"程怀远弯腰解下系在柳树上的缆绳,跳上小木船。

小秦手捏竹篙边撑船边说:"队长,你回来了也好,有人在医院里等你呢。"

来的人是喜梅。程怀远一走,吴忝绮当他是远走高飞了,庆幸的同时也有点失落。偏偏这时候喜梅出现了,队员们不约而同地不提程怀远被打成右派的事。喜梅是个老实人,守在屋子里不出门,吴忝绮打了饭菜送过去。

柴油发电机供电量不足,队长室灯光昏暗,喜梅坐在床沿上,正就着亮光给程怀远缝补衬衣领口。一见吴忝绮,喜梅站起身,大辫子垂挂到胸前,眼睛朝门外张望着。吴忝绮也回头看了看。喜梅坐回到椅子上,低下头咬断棉线,把补上去的布扯扯平。

"吴护士长,他……去哪了?"

"程队长去的地方很远,一时半刻回不来。"

喜梅手捏着辫梢,眉头一皱,眼角处有泪光闪过。

吴忝绮说:"你先吃饭吧。需要什么,请尽管来找我。"说完她便离去。

喜梅扒了几口饭就搁下了筷子。她心里堵得慌,坐立不安的喜梅还是去化验室找吴忝绮。

吴忝绮拉着喜梅的手,让她坐到一只高脚凳上。化验室的长条桌上摆满瓶瓶罐罐,散发出的气味吴忝绮早已经习惯。

"你每天都化验这个?"

"是啊,这是我的工作。我就用这个机器来检查谁是血吸虫病人。"

"吴护士长,怀远他是不是出了事?"

吴忝绮忙说:"没事……"

"那他是不是故意躲着不见我啊?"正此时,程怀远一把推开门。喜梅一见是程怀远,突然哇的一声哭了。

程怀远有些手足无措地说:“干吗哭呢?别哭。”

“嫂娘,嫂娘死了。”

“什么?你说什么?”程怀远猛一把抓住喜梅,摇晃着她厉问。

喜梅已泣不成声。

程怀远脸上的五官扭曲着,头颅咚地朝墙上一撞,似狼嚎般呼喊:“嫂娘……我狗蛋浑啊……”

程怀远仍将头颅咚咚咚地在墙上撞,吴忝绮想也没想地伸出纤细的手掌,一把垫在墙上,她的手心便挨了结结实实的一撞。程怀远这才清醒些,转身冲出化验室。

喜梅跟着程怀远来到院子里,两个人流了许久的泪。程怀远终于冷静下来问:“嫂娘病重,你为什么不告诉我?”

“是嫂娘不让我写信告诉你的,她说会耽误你的工作。”

“嫂娘,狗蛋不孝啊——”程怀远双膝一软,跪倒在地。

喜梅将一只手颤颤地扶住了程怀远的肩膀,哽咽着说:“嫂娘知道你在救人。她说你这是在为老程家积大德。嫂娘说了,你人没救完,不用回去!”

第二天一早,喜梅便要走。

程怀远痛苦地说:“喜梅,从小到大,我程怀远对不住嫂娘,也对不住你!我们……我们再结一次婚。”

喜梅身子一颤,开口道:“嫂娘,嫂娘让我把你当兄弟……”

“不!我不是你弟弟了,我可以做你男人。更何况那个晚上……”

“怀远,那个晚上,我们没那个过……还有,我已经给你找了个姐夫……”

程怀远惊得后退一步,说:“喜梅你别骗我!”

“我不骗你。你姐夫是个实在人,只是腿脚有点不方便……”

第四十三章

送走了喜梅，程怀远像是大病了一场。他知道，离被押劳教的日子不远了。以前程怀远是三天下一次血防点，现在抓紧时间，天天往下面跑，昨天去天星村，今天又到了丹牌里。

丹牌里的负责人已是夏沫，一见程怀远的面，夏沫说："我们血防队反右竟反到程队长头上？"

程怀远凄然一笑说："你们好好工作，只要心里不把我老程当右派就行。"程怀远来到村小学，先去班主任那儿问了土改的学习情况，接着去找正在上课的教室。他不想打扰孩子们上课，猫着躲到窗户外，背靠着墙根蹲下了身。

阳光透过教室前的大榆树树冠，将斑斑驳驳的光影投射到程怀远的衣服上，他一边吸着烟，一边听着孩子们扯开嗓子朗读课文，脸上浮出难得的笑容。

学校放学的铃声终于响了，孩子们拥出教室。程怀远找到了土改，领着去了血防点。

程土改问："爹，你啥时候带我去北京啊？"

"去北京？"程怀远一下子没反应过来。

"去北京见毛主席啊！你答应过我的，只要我好好读书，你就会带我去北京见毛主席的。"

儿子的问题让程怀远遭了当头一击，眼睛里充满苦涩的表情。所谓的右派就是反对毛主席的人，是向党疯狂进攻的人，他程怀远现在已经成了这样的人啦。

阿根正在家门口的晒场上用竹刀把竹子一根根剖开，削成手指宽的薄片，准备着编箩筐。一见程怀远从墙角那儿转了出来，丢了手里的竹刀起身招呼。

程怀远坐到阿根让出来的小竹椅上，拿起编了一半的竹篮子瞧了瞧，唠叨了几句收成，才从身上取出一卷钱来说："阿根，我程怀远对不住丹牌里的父老乡亲。每次一走进这村子,我这腿就重得迈不动了。这是我这些年的积蓄,也没多少,麻烦你把它分成四份,一份你保管着慢慢地给土改,另外三份给那三个死去病人的家属。”

“怎么你要走?升官了?”阿根还不知道程怀远已是右派的事。

“跟你直说了吧,我程怀远是右派,也许,我再也回不到这儿了。”

“怎么会呢?社员们个个都说你程队长是好人,怎么会是右派呢?谁定的?”

杨初接到电话,说是明天要程怀远去卫生局报到。打电话的人特意强调,到时会有人来请的。杨初当然明白这一个“请”字的分量,他对队员们也不隐瞒,只过了一会儿,便所有人都知道了。

大粒米伤心归伤心,她又为程怀远送了两双新布鞋。李宋唐则送了两罐咖啡,说是让他带着跟人换香烟抽。小朱医生捧上满满一玻璃瓶油炸花生米……程怀远一瞧这架势,赶紧关了门,坚决拒绝队员们的礼物。

一直到了夜半时分,程怀远收拾完行李正在洗脸,门外传来两下敲门声,程怀远问了声谁,门外的人是吴忝绮。

程怀远愣了愣,说:“我睡了。”

吴忝绮说:“知道你没睡,我是来跟你告别的。”程怀远只好把门打开。

“程队长,你要走了,我没啥好东西送你,我缝了件背心,你带着。”吴忝绮说着,将背心往程怀远怀里一塞,转身就走。

第二天,卫生局派来“请”程怀远去报到的人早早来到陶墩,院子里的血防队员越聚越多,就连大病房里的住院病人都互相搀扶着赶了过来。

程怀远把队里的工作又跟杨初交代了一遍,然后转身便走。

季小英看看左右说:“怎么时老师还没来?”

此时,时习章像往常一样,穿着整洁如新的白大褂,端坐在门诊室内。此时,他面前正坐着一名患者。他习惯性地把听筒放在手心里焐了会儿,再放到病人的胸口,神情专注地倾听着。

患者看着沉默不语的时习章越来越锁紧的眉头,心里开始不安起来,问:“时医生,我的心脏,没事吧?”

时习章听筒里传来擂鼓般的声音:咚咚咚,咚咚咚……这声音震荡得时习章脑袋阵阵晕眩,他感觉自己的心脏就要蹦出胸膛……

时习章轻轻摘下了听筒,缓缓地站起身来,慢慢地走向窗口。

患者紧张了,追问:“时医生,我的心脏,没事吧?”

“你的心,在狂跳!”话音刚落,脸色苍白的时习章竟一头栽倒在地。

队员们一路相随，送程怀远到河埠头。这时，已有很多百姓聚集在那儿。台阶上、河滩头都站满了人。陶明珠、陶小明父子也来了。

陶明珠对程怀远抱拳相送道："程队长啊，你来我们这儿，救了那么多的人，你这样一走，让我们这些陶墩的老少爷们今后怎么做人啊？"

"是啊，不能让程队长就这么走了！"人群中已有人高呼。

"不能走！不能走！"跟着响起了更多百姓的呼声。

一时间，竟有许多百姓将卫生局派来"请"人的人给围上了，有人甚至想将他们给逼进河里去。程怀远想劝一劝，陶小明早将他逼住，甚至都不让他开口。正在此时，耿福贵也乘船赶到。他抖着一份长长的签名请愿书，请求让程怀远留下，并说，不然，革命的社员群众一百个不答应！

"请"人的工作人员知道这时带不走人了，便甩下句请示上级的话而后离开了陶墩。

除了时习章之外，吴忝绮也没送程怀远。她关在实验室里，似乎想用烦琐重复的化验工作来麻醉自己。一个上午在压抑中过去了，午饭也没吃的吴忝绮走回宿舍，她看见一个熟悉的背影站在房门口。吴忝绮眨了眨眼，以为是做梦。程怀远扬了扬手里的背心，吴忝绮就像是兜头盖脸地被浇了一大盆凉水道："程队长……"

"暂时走不了啦。"程怀远咧着嘴，很高兴地说，"陶墩的社员这一拦截，耿福贵又递了请愿书，刚才卫生局领导打来电话，说考虑到我的情况特殊，正往上请示，也许有可能同意我留在血防队监督改造。你送我的背心太高级，被我这样的粗人穿糟踏了，谢谢你！"

吴忝绮先是一喜，然后又淡然一笑，强忍着心酸将背心翻了过来。背心的衬里是绒布，上面缝着许多个小口袋。

"咦，你的手真巧，这衣服怎么做得像美国佬的军用背心似的，那么多袋子啊？"程怀远凑上去，很稀奇地瞧着。

吴忝绮从一只小袋子里取出一张小纸条问："程队长，这纸条你看过吗？"

"写了什么？我看看。"

吴忝绮一把把纸条捏进手心里说："既然没看过，那就没必要看了。"

吴忝绮回到宿舍，关上了窗门。她一个个地打开背心衬里上的小口袋，取出藏着的全国粮票、地方粮票、布票、糖票、油票、肥皂票等花花绿绿的票子，捏成一叠，收进一只空盒子里。

唯独那张纸条仍旧放回小口袋里，然后她将背心锁进了旧皮箱中。

第四十四章

右派分子程怀远最大的变化是，不穿旧军装而改穿白大褂了。记得刚到栖真时，程怀远图新鲜，穿过一阵子白大褂。这长袍似的工作服别人穿没事，程怀远穿上没多久，衣襟处落着许多汤渍，两个袖口也黑糊糊的，像是剃头匠的刮刀布。

当时正是全队上下狠抓卫生时期，脏兮兮的程怀远三天两头挨卫生监督员吴忝绮的批评，也就不好意思再穿。现在他又穿上白大褂，其用意很明显，就是我老程队长虽不干了，那我也不闲着，想学点真本事，做个医生的好帮手。

吴忝绮的化验室到处是玻璃器皿瓶瓶罐罐，还要摆弄显微镜，程怀远自忖自己是个粗人，恐怕干不了，就去学打针。季小英她们一开始很欢迎，也愿意教他。可程怀远打枪百步穿杨，打针根本不行。几次下来，病人见他一举起针筒，都像杀人似的，害怕得手脚发抖！

季小英不得不说："程队长，我看你大手大脚，捏菜刀肯定没问题，你还是去食堂帮炊事员切菜吧。"

程怀远手里的针筒往病人被子上一丢，很是灰心丧气。

他傻愣愣地闷在屋子里，独自冲着贴在墙上的毛主席像发呆，开始体会当个右派分子的滋味。食堂里人手足够了，他加进去也插不上手，再说他老程去干个伙头军，他还是拉不下脸来。

思前想后，程怀远没法子，只得硬着头皮去找杨初。那块队长室的木牌子已挂在杨初那儿了。自打跟方圆圆一起来到血防队，现在的杨初已今非昔比。他脸晒得黑黑的，行事做派沉稳许多。当了队长之后他两头兼顾，门诊病人多时看门诊，空闲时帮时习章搞研究，队里的杂务他一般放到晚上处理。这一天他刚巡查完病房，程怀远推门进来，杨初让座倒茶的很是客气。程怀远一落座，眼光扫到摊在桌上的论文草稿，心里很是失落说："想汇报一下思想，向党组织交心。"

"程队长，谁跟谁呀，你何必这样？"

程怀远嘟着个嘴，身子扭来扭去。杨初推了推茶杯，示意程怀远喝茶。程怀远拿起茶杯喝了口茶说："杨队长啊，这些天我一直空着，可你们都忙着，我干这个别人不让，干那个别人也不让。我的手发痒，心更闲得发慌，我像是嘴上涂石灰——白吃饭的，我真觉得自己是个寄生虫，我这个右派分子的思想有危机了。"

"你是老队长，队员们谁不敬重你？当然不让你干这干那的。"

"毛主席好像讲过，只有劳动才能改造一个人的世界观，我不劳动怎么改造我的右派思想啊？不行，你一定得给我指派个活儿，我老程干什么都可以，只有食堂里烧饭这样的事我不做。"

杨初脑子里盘了盘，也觉得为难。程怀远见杨初不吭声，便又说："你不给指派活儿，那我提个要求。我以前瞎忙活，没时间学医术，现在我要给老时当学生，你看怎样？"

杨初点点头说："这倒是个好主意，我看行。"

"那你下命令吧。"

"老程啊，我下命令？你就别搞我了。"

程怀远一本正经道："不行，命令你一定得下。我老程从来都是服从命令听指挥的。在部队里这样，在血防队里也这样，更何况我现在是在劳动改造呢。"

本来杨初还想征求一下时习章的意见，但程怀远逼到这分上，只能领着程怀远去了时习章的实验室。

有程怀远站在一旁，时习章不好对杨初说什么，就耐心地花了小半天时间给他讲解实验室的日常工作。程怀远天生是个粗人，笨手笨脚的不是碰翻烧瓶，就是打破试管，咋咋呼呼的，弄得时习章时不时地停下手里的工作，跑过来察看到底发生了什么事。

几天下来，时习章受不了了，他就让程怀远帮着做卡片。要命的是程怀远很多字都不会写，过一会儿就要时习章教他。他的笔迹粗大，字形歪歪扭扭，一个卡片做完，上面黑糊糊的，写的是什么根本看不清楚。时习章头都大了。

"老程啊，你来我的实验室，进步很大，实践的东西动过手了，理论上也得加强啊。"时习章先给程怀远戴高帽子，再不动声色地引导，程怀远果然连声说对。"那好，你就看看这本书。"说着时习章递上一本《血防手册》。

"看书也算是劳动改造？"

"看书是脑力劳动，当然算啦。"

“那太好了。”程怀远捧起书看了起来，边看还边读出声。看着看着，有字不认识他就喊时老师，时习章教他查字典。但他嫌字典用起来不方便，还是像孩子似的遇到生字就问，遇到不懂的医学名词那更是缠着时习章，让他反复讲解，如此一来，搞得时习章的研究都没法做了。

时习章脑子发胀，讨饶说：“老程啊，你能不能把几个问题集中起来一起问，也让我清静一会儿？”

这话说得再明白不过，程怀远将手里的书往桌上一丢，双手捂着脸，一个人愣愣地在一边待了许久。时习章一见也放下手头的病历，长叹一口气，走过去关心地问：“怎么，生我气了？”

程怀远捂在脸上的手伸到了桌面上，手心紧贴着凉凉的桌面摇了摇头，痛苦地说：“没有。老时，我真的没有。你待我这个学生很好、很耐心，我是在生我自己的气。以前我当队长，动不动乱发脾气，指挥别人干这干那，还以为自己很能干。到了这会儿，才知道自己早就应该被打倒了，才知道我真是个十足的废物。”

不管时习章怎样安慰，时习章这儿程怀远是不想再干了。百无聊赖的他在村子里瞎转悠，走到渡口，他竟自告奋勇地干起了摆渡的活。

一个阴雨天，春耕过后的社员们没有出工，只有陶小明带着一队村民扛着铁搭锄头上了程怀远的渡船。程怀远撑着长竹篙，问这些人干啥去。

“公社来了命令，叫几个村的地富反坏右分子到天字圩上集合，抢修机耕路。”

“地富反坏右分子……那我也是啊，他们修路，我也修路去。”说着话，程怀远把竹篙交到陶小明手上。边上的村民用惊惧的眼神打量程怀远。

程怀远嘿嘿一笑，说：“小明啊，你看看这些老弱病残的，他们出去干活，也要个领头的，我来干这个地富反坏右分子的小队长得了。”

到了天字圩，附近几个村的地富反坏右分子早就到了，金星奎父子也在其中。金星奎拎着竹篮子，佝偻着背，畏畏缩缩地不敢上前跟程怀远搭话，只是埋头铲草皮填路上的坑洼。程怀远想干活，但要命的是手头没工具，他烦躁不堪地在农沟边踱来踱去。

农沟里没多少积水，草叶还有些枯黄了，程怀远一眼就注意到了草丛里的钉螺。关于钉螺，他还是刚从《血防手册》上看来的，便惊呼：“这地方是血吸虫的老窝啊！”他折了根柳枝捡钉螺，捡起来却没处放，正当他急得东张西望之际，金满家好奇地跑了过来，把一只竹篮交到程怀远手上。

小半天的工夫，程怀远就捡了满满一篮子钉螺，引得围观的村民一阵感叹。

“程队长，这么多的钉螺？”金满家面对篮子像是面对一颗定时炸弹，脸色煞白，嘴唇哆嗦。

“水沟里钉螺都这么多，那更不用说河里了。怪不得我们一下田劳动，这该死的血吸虫病就上身了。”有个地主大着胆子捏起一颗钉螺瞧了瞧，又恶作剧地朝金满家身上扔，吓得金满家拔脚就逃。

“程队长，我们修这个路也没啥意思，要不我们也跟着你捡钉螺吧？”

“好啊！”程怀远大腿一拍，“这机耕路修不修确实不急，农沟里的钉螺不灭，那可是要影响接下来的双抢啊。我是地富反坏右的小队长，你们听我的指挥，我带着你们灭螺！”

“那要是公社里怪罪下来怎么办？”

“搞血防是头等大事，傅书记敢怪罪，我有他好看的！”

地富反坏右分子听程怀远这么一讲，都扔了手里的铁搭，找柳树条子当筷子，开始捡钉螺。金满家惊魂未定，又凑到程怀远身边问：“程队长，这钉螺比天上的星星还多，能捡得完吗？”

“怎么捡不完？你知道毛主席讲过的愚公移山吗？愚公能把挡在他家门前的王屋山都移走，这小小的钉螺我们会没办法？再说了，我们捡不完，我们的儿子们继续捡，我们的儿子们捡不完，我们还有子子孙孙……”

“程队长，你别说了，我金满家听你的！”金满家掉转屁股刚要找柳条筷，程怀远揪住了他的衣服后摆，问：“你就是大粒米的弟弟？”

金满家激动地点了点头，还说我父亲也来了。金星奎听儿子说到他，也跑了过来，恭恭敬敬地朝程怀远鞠了一躬。

一连几天，地富反坏右分子的修路改成了捡灭钉螺。大粒米得知此事，每天中午都早早地给金星奎、金满家送饭过来，顺便也给程怀远带来了饭菜。血防医院中午有较长的午休时间，大粒米就蹲到农沟的南边帮着捡钉螺。

田野上的风被阳光晒热了，吹得人晕乎乎的，草丛里惊起的粉蝶朝树阴下飞去，不远处的河滩里传来苦恶鸟的叫声。不知不觉中，程怀远从农沟的这一头出发，大粒米从另一头捡，两个人逐渐靠拢，最后手里的两双竹筷几乎同时伸向一片草叶上的钉螺。

猛然间，程怀远粗重的鼻息喷到大粒米汗津津的脸上。大粒米收回竹筷，让那颗黄豆大小的钉螺由程怀远夹了去。四周围都是村民们小声说话的声音，嗡嗡嗡的。两个人一时有些尴尬都想放自然一点，可无论蹲着还是站起都别别扭扭。

“程队长……”

一只白粉蝶从大粒米眼前飞过，她低下头，慌乱地摘掉蓝印花布衣上沾着的楝树叶子。她的眼光落到程怀远穿着的千层底布鞋上，脸一下子就绯红了。

“这沟里钉螺真的挺多……”程怀远没话找话，大粒米不接腔地朝远处鸟叫的河滩望了望，突然一把拽走挂在程怀远脖子上的毛巾。程怀远蒙了，不知道大粒米要干什么，急得张了张嘴。大粒米瞧了瞧黑糊糊的脏毛巾，嗔了他一眼，摘下自己脖子上白净的新毛巾，扔到程怀远手上，然后脚步慌乱地上班去了。

这一番场景，地富反坏右分子们都看在眼里。纸是包不住火的，大粒米与程怀远好上了的消息在血防队员中间传开了，也经由夏沫之口传到了杨初耳内。

起先杨初还批评夏沫，说：“你嘴上积点德吧，老程头上戴着右派帽子已经够委屈的，你们不要没事找事编派他。”夏沫指天发誓，说真的有那么回事，要不打赌。打赌的事杨初当然不干，他留了个心眼，果然发现程怀远一遇见大粒米，两个人的眼光躲闪着不敢看对方，又分明喜欢有事没事地待在一起。杨初相信真的是有戏了。

对于恋爱这样的事情，年轻人总是很热心。杨初认为他这当队长的，可不能不推波助澜一下。一天在去血防点巡查的路上，杨初和程怀远一前一后走着，边走边聊，杨初突然转换话题，劝程怀远也该考虑解决个人问题了。

“我这样的大老粗，谁愿意嫁给我呀？”

“想嫁给你的人多了去了。你看那些个小护士，她们为什么有事没事的都爱往你宿舍里钻啊？”

“没有的事。你可是队长，嘴上把关可得严一点，别瞎糟踏了人家姑娘的清白。”程怀远停下脚步，竟训斥杨初。

“噢，对了，我好像听人说，大粒米不在血防队干了，要回村里去嫁人。”杨初开始使诈。

“什么？”程怀远果然上钩，转过身来急问，“嫁给谁？什么时候？我怎么不知道？”

“你当然不知。可惜啊，这事血防队里夏沫、季小英她们早就知道了。”

“为什么单单瞒着我？”

“她们瞒你是有道理的。”

“什么狗屁道理！这些小丫头人前一套，人后一套，欠骂。”

杨初推了推程怀远，示意他继续走：“要骂就骂你自己吧。”

“凭什么骂我自己？”

“凭你是梁山伯啊！你就是那个大粒米想嫁的人！怎样？要不要去关照一下耿福贵，这摆喜酒用的三白酒可以先酿起来啦。”

程怀远惊讶得合不拢嘴，心里头直骂自己太大意，竟然昏头昏脑地让杨初给耍了。他猛地转身，一把揪住杨初的双肩，摆出一副打架的架势。

杨初在窄窄的田埂上退让着，连声讨饶，说：“程队长，程队长，你快放手，我这一身骨头哪经得住你一拳头？大粒米人是我招进来的，不管怎么说我可是你的媒人，哪有做媒人的蹄髈还没吃上，就要先吃拳头的道理？”

第四十五章

程怀远带着一帮地富反坏右分子，上级规定的机耕路没修，倒是把整个天字圩的钉螺都捡灭干净了。

时习章难以置信，亲自到现场踏勘一遍，不由得佩服程怀远的魄力和高效率。回到血防医院，时习章一扫内心的阴霾，赞叹道："老程，治血吸虫病，我是你的老师，灭钉螺这个事，我要叫你一声老师。"

"灭螺的办法多了去了，我程怀远是枪林弹雨中一路打过来的人，什么样的苦都吃过，什么样的难都遇上过。我的经验是，老是打被动仗，那就会失败。血防这一仗，病人源源不断，治好了又复发，搞到我们头发都白了，也不一定能让毛主席放心。"

"不过，我还是担心劳力问题。"

"老时你放心，我们共产党和群众心贴心，我们有群众，有人民战争的经验，没有什么事情是我们干不成的。现在不是大跃进吗？亩产几万斤的卫星我们不放，小河浜里拦坝修水电站的事我们不做，砸锅卸锄头炼钢铁的事我们也不干。我们干就干点实在的，跟大队、跟公社联手，我们的大跃进就一个方向，那就是灭螺！"

时习章叫来杨初，还建议把陶小明也叫来一起商量。程怀远说："县官不如现管，陶小明这尊菩萨，我得亲自去请。"

程怀远出去没一会儿，陶小明腿上污泥都没洗干净，赤着脚从水田里跑来了。四个人详细研究一番，都说要弄就弄它个彻底，要治就治它的根本，好好地打它一个歼灭战！

"老程，陶墩大队的男女老少，农忙时节我调度，另外的时候都听你指挥捡钉螺！"陶小明一脸真诚地表了态。

程怀远说："你把指挥权让给了我这个右派分子，就不怕傅书记撤你的职？"

"消灭血吸虫是天大的事，毛主席是我们的总指挥，我们灭螺就是多快好省地建设社会主义啊！"陶小明这么一鼓动，程怀远激动得脸都涨红了。

他冷静地要求先划定一个代表性区域，再做一次灭螺试验。

这代表性的区域太好找了，陶墩村里有一口废弃的老池塘，里边铺满了碧绿的荷叶，蜻蜓起起落落地上下翻飞着，景色美得就跟苏州园林似的，但底下暗沉沉的水却是藏着杀机的疫水。血防队进村后，时习章亲手在池塘边竖起了禁止游泳的牌子。杨初还要安排另外的队员也参加灭螺，程怀远不让了，拍着胸脯说："我老程是右派，你就给我一个戴罪立功的机会。"

围绕着这口试验的池塘，手持铲子的程怀远起早摸黑地转悠着。他像是在头发里捉蚤子似的，每一片草叶都不轻易放过。路过的村民请他抽烟他不答理，想跟他说话更是门也没有。

十天左右，程怀远在小池塘的周边，居然找到七大布袋的钉螺，都堆在陶家祠堂前的空地上，周边撒了一圈生石灰围着。陶小明怕鸡鸭啄食钉螺，安排两个老太太搬了竹椅子坐着看守。

到了清查完毕的这一天，程怀远抽着烟，把钉螺铲到淋了煤油的柴堆上，最后烟屁股一抛，烈火熊熊地燃烧，散发出难闻的气味。全村的社员都赶来围观，有的老太太双手合十，喃喃地念着阿弥陀佛。妇女们都说："这可好了，我们从田里收工回来，到河埠头洗个脚洗个脸就不怕了。"

果然不出所料，半个月后，池塘里原先的疫水在显微镜下已转化为非疫水，那块禁止游泳的牌子被陶小明拔掉了，村里的孩子们欢呼雀跃，你追我赶地当下就扒去衣服，光着小屁股一个一个跳进池塘游泳。

"双抢"结束后有一段农闲时间，往年都是男劳力下河捻河泥，妇女们削草皮堆肥，现在全都转为灭螺。陶墩血防医院的食堂改成灭螺联合指挥部。杨初带着村里的民兵圩头浜尾地跑了一圈，绘制出陶墩村的详细地图挂到墙上。村子里的池塘作为钉螺已经灭了的试验点，用红笔圈出来，和天字圩一起插上小红旗。

程怀远面对地图，还有边上的灭螺进度表，意气风发，感觉自己又回到战争年代的前线司令部，腰间就少了把手枪，脖子上就差个望远镜了。

为了保护试验点的灭螺成果，程怀远和陶小明又把小池塘周边的粪缸等污染源作了整治处理，撒了生石灰，墙头刷上石灰水，还用红漆写了禁止在池塘倒马桶的卫生条例，一个灭螺示范点就此巩固起来。

大跃进的风暴从北京刮来，越刮越烈，县里的头头脑脑瞪大眼睛盼着基层有什么卫星升起，豆腐店里炼出来的钢铁上不了台面，水稻亩产上万斤的事毕竟太邪乎，另外的小打小闹那不叫卫星，陶墩大队和血防队联手灭螺的成果正对县里的胃口。于是事情就搞大了，搞得跟锑剂三日疗法成功差不多。来取经的人不断，要求全面推广的呼声更高，好在杨初不用程怀远提醒就冷静应对。

右派分子程怀远从阴影中昂首阔步地走了出来。他进时习章的实验室犹如公牛闯进瓷器店，稀里哗啦地尽搞破坏。但是往河沟边一站，说起灭螺的办法，他的脑袋瓜子就好使了。再加上陶小明他们也个个成了土专家，什么把菜子壳铺到有螺的河堤上点火烧、用柴油机喷火灭螺、挖稻畈泥压埋河滩灭螺。方法有很多种，最后还是得出结论，用降低水位覆稻畈泥修建灭螺带的方法最好。而农沟里的钉螺，则干脆结合兴修水利，把旧的农沟填埋了，重新开挖出新的农沟。有了好办法，就要有人去做，陶墩村里的老老少少都动员起来。灭螺的河滩上红旗招展，站满了社员群众，就连陶老先生也不甘示弱，挑着两个水壶上工地，给灭螺队员送浸了中药的凉茶。

挂在指挥部墙头的陶墩大队地图上，一面面小红旗从村里的池塘出发，很快就插到村子周边的田畈上。灭螺的方法和成效都出来了，杨初征得时习章和程怀远同意，主动到县里去作了汇报。县里的领导早就等得不耐烦，说："你再不来，我们县委一班人都要赶来了。你们这颗卫星放得好啊，要让全县的各个公社大队都向你们看齐。"

陶墩大队的灭钉螺经验经由县血防办推广，在嘉禾县全面铺开。程怀远意识到血防队也到了转移工作重心的时候，建议杨初把队里的医生、护士们训练成当地的灭螺指导员。

当初反右反得血防队的人几乎个个成了惊弓之鸟，李宋唐也不例外。他找程怀远打听，跟吴忝绮商量，诚惶诚恐得有如末日来临。可结果是程怀远反右反到自己头上，李宋唐暗暗地松了一口气。他觉得反右本来就是共产党的事情，程怀远手里拿着右派帽子，东看看西瞧瞧，想给他戴，想给时习章戴，最后还是戴到自个儿头上，那是活该！他才不关心程怀远是不是蒙冤呢，走出走进哼着小调，高兴了好些天。李宋唐本以为时习章会接程怀远的班，没料到杨初当上队长，就不服气，觉得组织上这样的安排一点道理都没有。杨初来血防队没有多久，锑剂三日疗法搞成功时就出过大风头，现在又干上队长，怎么好事全让他一个人占了去！

李宋唐的门诊室就在时习章隔壁，没病人时他跑到时习章那儿发牢骚。时习章劝他，说："谁当队长都一样。我们看我们的病，做我们的研究，管那么多干吗？"

李宋唐喝着咖啡，直截了当地说："老时你应该当队长。你要是嫌烦，我看吴忝绮肯定行。杨初这个小白脸懂个屁？就会抄袭个论文作个报告，这样的人我李宋唐最不要看。”

时习章不好把这样的话传给杨初，但跟程怀远简要地说了。程怀远撇了撇嘴，要去训斥他，却被时习章劝阻了。

李宋唐肚子里有气，这气都撒到来看门诊的血吸虫病人头上。他的凶名很快就在病人中间传开，病人都不敢挂他的号，宁肯守在时习章门口等。满不在乎的李宋唐干脆把收音机搬到门诊室，听听评书，喝喝咖啡，自在得不行。

这下子时习章可苦了，一天到晚地应付病人，忙得上趟厕所都要跑着去。杨初批评李宋唐，李宋唐张口就说：“你算啥东西，要不我们都站到手术台上比一比？”杨初知道李宋唐在手术上有一套，但小青年毕竟血气方刚，也不买账，两个人当场拍着桌子大吵。

李宋唐撕下脸面和杨初对着干。队员大会上，杨初布置工作，李宋唐在下面时不时地说上一两句怪话，引来队员们的哄笑声，他自己也扬扬得意。程怀远几次捏紧拳头说：“这小子骨头痒得很，不收拾真的不行了。”

吴忝绮不知道程怀远跟李宋唐的过节与她有关，但她清楚要是程怀远的拳头落到李宋唐身上，不是少一条胳膊就是断一条腿。程怀远头上已经顶着右派帽子，再打人的话影响实在太坏，就自作主张地去找李宋唐谈心。

吴忝绮晚上出现在李宋唐宿舍，让李宋唐感觉有如仙女下凡。李宋唐又是抹凳子又是冲咖啡地一阵乱忙活，殷勤的样子看得吴忝绮都想笑。李宋唐的生活习惯从他平时的穿着就看得出来，但他把自己的小屋收拾成那样，吴忝绮仍是想象不到。房间虽小，顶上四壁皆糊了白纸，书桌前贴了张影星奥黛丽·赫本画报。床沿上铺着有红太阳拖拉机的长毛巾，放在托盘里的茶具盖着荷叶边的白手绢。最绝的是他的灯罩，是用一只白瓷海碗做的。李宋唐在碗底钻了个孔，让房梁上吊下来的电线从孔里穿过，反扣着的碗罩着个十五支光的电灯泡，碗壁上还用毛笔画着亭台楼阁。

吴忝绮冲着灯罩点了点头，夸了句漂亮，李宋唐马上说：“你喜欢这个灯罩就送你，我自己再弄一个。”吴忝绮当然不要李宋唐的东西，心里却不得不佩服李宋唐的生活情趣。她落落大方地坐到凳子上，喝着久违了的热咖啡。

“好喝吗？”

吴忝绮说：“好喝。”

李宋唐得意了，晃着腿说：“在陶墩这个破地方，就你和老时说我李宋唐的咖啡好喝。其他人啥都不懂，纯粹是一群土鳖。”

“老程也是？”吴忝绮问。

“老程是一只黑土鳖。”

“那杨初呢？”

“杨初是一只白土鳖。”李宋唐话语尖刻，目光却温柔地荡漾在吴忝绮的脸上。

吴忝绮很不舒服，干脆直奔主题：“李医生，你也是老血防队员了，你跟老程顶，跟杨初对着干，可没啥意思啊。”

“什么叫没啥意思？我瞧着杨初一百个不顺眼！”

“那是你对他有偏见。”

“就算我有偏见，可你觉得老程这个人怎样？”

吴忝绮说：“老程这个人除了卫生习惯差点，脾气凶点，他的为人和工作真是没的说，我吴忝绮敬重他。上次你差点被公安带走，还不是他横下一条心硬保了你？”

“你不光敬重，你还喜欢他吧？”

“我是喜欢他，又怎样？”吴忝绮说着搁下杯子，脸一沉，正想起身离开。

沉浸在自己情绪里的李宋唐突然从被子后面抓出个绣花绷子，一把甩到枕头上说：“我当兽医时还能做做手术，现如今在这儿屁个手术都做不了，我他妈的只能绣花！”

李宋唐绣花的传闻吴忝绮早就听夏沫说起过，今天看到绣花绷子她才信了：“你绣花……绣花干什么？”

“练手势，练心神，为了手术时又稳又准。”李宋唐说着，便回忆起他在读医学院时，教外科手术的老教授给他们上的第一堂课，就是给每个学生发一个绣花绷子，让他们学绣花。老教授这样做是为了磨炼学生手腕的掌控能力和细致度，李宋唐是这些学生中花绣得最好，手术也是做得最棒的。毕业后他无论在军队还是在医院，做手术在他看来就跟绣花一样，完全是一门艺术。可现在他没多少手术可做，只能把绣花当成了手术，以防止自己再上手术台时，变成了生手。

听了李宋唐这样的介绍，吴忝绮不禁肃然起敬，也难得地聊起了她在教会医院的时候，嬷嬷们手把手地教她护理工作。为了扎针准，她偷偷地往自己胳膊上练扎针，练得多了，没注意消毒，针眼都溃烂了，疤痕到现在还在。说着话吴忝绮捋起袖子，一只洁白粉嫩的胳膊裸露在灯光下。

李宋唐看呆了，立时便意乱情迷，一时间他竟控制不住自己亲热地叫着：“忝绮，我喜欢你，我爱你……”

吴忝绮赶忙放下袖子，正色说：“李医生，请你放尊重些。”

第四十六章

在血防队的业务会议上，吴忝绮提了多开展晚期血吸虫病人切脾手术的建议，杨初现在热衷于大面积灭螺，一口反对。程怀远心里头仍搁着来金沙事件，且自己又不是队长，就不吱声。时习章从治疗的角度倒是同意吴忝绮的提议，但上级要求推广针灸麻醉，时习章对这种麻醉法持保留意见，所以吴忝绮增加手术量的提议不了了之。

李宋唐当然不清楚其中的缘由，认定血防队领导仍旧不信任他，把他晾在一边，心里头更加失落。他工作的热情跟天气挂上了钩，阳光普照的日子跟着大部队去灭螺，到了田间地头也不过呼吸点乡野的新鲜空气，躺在草地上晒晒太阳。阴雨天干脆假也不请，躲在房间里睡懒觉。遇见吴忝绮，他还不死心地缠着她，时而邀请喝咖啡，时而提议到荡边去散步，吴忝绮都一口回绝。

烦躁不安的李宋唐只好绣花。绣花针一针一针扎下去，出来的是半片叶子、一朵花蕊。绣着绣着，李宋唐气愤难耐，将花绷子扔到地上，用脚去踩，去踢，嘴里还不干不净地乱骂，声音响得外面路过的人都听得到。于是李宋唐的怪又多了一项，女护士们已经在传李医生疯了，接近他的人更加少了。

连着几天秋雨绵绵，田畈里的烂泥路黏得人脚都拖不动，灭螺队穿着雨衣依旧出工。李宋唐袖着手，站在滴水的屋檐下，目送着人们远去的背影，心里暗骂："这么大的雨还出工，杨初才真的是疯了呢。"细雨洗亮井台边的草叶，屋檐水滴湿了李宋唐的肩膀，他心情郁闷至极，就去代销店买来黄酒和花生米，一个人自斟自饮，很快地就醉了。

他脚步踉跄地出门转了一圈，时习章那儿病人倒是没有，不过他在忙着整理病历。李宋唐满嘴酒气地邀请老时喝酒，时习章摇着手说："那可不行，别人冒雨去田畈里灭螺，我们两个躲在屋子里喝酒，那成何体统？"李宋唐不敢强求，又去了大病房，想叫个看得顺眼的人过来陪他喝。此时，季小英正在大病房门口值班，听李宋唐提这样的要求，手叉到腰上，把他给轰了出来。

他趔趄着去敲了敲化验室的窗户，里边没人。离化验室不远就是手术室，李宋唐想起自己好久没摸手术刀了，就用中指对准锁眼，却怎么也捅不进。他把旋得发烫的手指举到眼前瞧了瞧，这才发现这玩意儿不是钥匙，真正的钥匙还挂在皮带上。

手术室的门终于开了，窗户上蒙着厚厚的布帘子，里边暗沉沉、凉丝丝的，有一股怪味儿。李宋唐的手在门口摸索了好一阵子，弄得满手是灰也没找到灯绳。他的头一阵阵晕眩，背脊靠到门板上，双脚一撑，木门重重地关上。

角落里传来老鼠窸窸窣窣的响动。

"别怕，李，李医生不开灯也能做手术。"他咕哝着酒话，走到一个木头衣架前，拍打着安慰道。而后他跌跌撞撞地朝手术台走去，差点踢倒消毒用的蒸汽锅。手术台铺着块白布，李宋唐站在旁边，颤抖的双手摸索了好长一会儿。他打了个酒嗝，摇晃着脑袋，忽然回头问："病人——病人呢？"

除了屋顶上淋下来的那一片雨声，没有回音。

"他妈的，嫌老子没事干是不是，这么平的肚子也要来开刀？"他敲了敲手术台，围着手术台转了两圈。他的腿发软，头晕乎乎的，自言自语地说了声："病人来喽，病人来喽……"接着身子一歪，躺倒在手术台上。

李宋唐舒服地平躺着小睡片刻，意念中把自己当成大肚子病人。他的嘴角抖了抖，猛然间左手一伸，大喊道："程怀远，给老子端咖啡来！"

"滚！"他挥起一拳，收拢的手臂落到自个儿的肚子上，中指上勾下画，确定了开刀的区域，又命令消毒。一瞬间，李宋唐闻到了一股浓烈的消毒药水的气味。他像是在吃一颗水果硬糖般地咂吧着嘴，脚指头毛毛虫似的蠕动着，一阵手术前的兴奋弄得他快要陶醉了。

"吴护士长，开通输液通道。"李宋唐的右手朝一个方向一指，感觉吴忝绮手忙脚乱地忙活着，一会儿屁股冲着他，一会儿手伸向高处旋着什么。他满意了，笑了笑，转过脑袋语气暧昧地交代说："吴护士长辛苦了，手术完了去我那儿喝杯咖啡？"

握紧了臆想中的手术刀，垂直的手掌冲肚子上划了两下，感觉出皮下脂肪层如爆裂的石榴绽开。扩张钳和止血棉一起上。李宋唐的两只手在自己的肚子上快速地抚弄着，仿佛一切都在有条不紊地进行中……

丹牌里的灭螺工作先告一段落。而陶墩是个大村，四面环水，田多沟多，灭螺进度很慢，夏沫她们回到总部支援。灭螺队里多了许多漂亮姑娘，李宋唐看在眼里,喜在心头,便一反常态地,天天精神十足地跟着出工。他打了金刚钻牌发蜡的头发香滑油亮,两个袖套雪白雪白的,手上还戴了做手术用的橡胶手套,这一副装扮夹杂在灭螺的群众当中异常醒目。

程怀远看不惯李宋唐已不是一天两天了,他张口就骂:“李宋唐,你是去灭螺呢,还是充什么鸟人?”

李宋唐对程怀远仍有些犯怵,挨了骂,想还嘴还是不敢,便垂头丧气地蹲在一边出工不出力地磨洋工。夏沫、大粒米她们头凑在一起捡钉螺,唧唧喳喳地说着体己话。李宋唐眼馋归眼馋,但也不好意思厚着脸皮硬挤进去。村民们更是畏惧李宋唐的凶名,没一个人敢去答理他。李宋唐眼巴巴地望着太阳一点点地朝西边落下去,总算是熬到了收工。

灭螺队走在回陶墩的田埂路上。这时,碧绿的桑树地里突然冒出个穿白衬衫的人,冲着李宋唐招手。李宋唐奇怪了,心想:“这荒郊野地的,这个人特务似的想干吗?”他磨蹭着和灭螺队员们拉开距离,那人这才从桑树地里闪了出来,跑到李宋唐跟前,紧紧地握住他的手说:“你就是李宋唐李医生吧?我是县人民医院管人事的裘科长。”

“裘科长?”李宋唐好多年前在县人民医院工作过,可记不得有这样的人,就问,“你为什么找我?”

裘科长急切地说:“我们医院里的晚期血吸虫病人很多,但想找一把好刀太难了,我们久闻你的大名,院长就想到了你。”

李宋唐警惕地上下打量着裘科长道:“莫非你想叫我去你们医院工作?要是这样,那卫生局下个调令来不就得了?”

裘科长笑着开口:“不瞒你说,你们那个程怀远虽然被打成右派,但还是怕他闹事,院长就派我直接来找你。大热天的,我守在桑树地里已经有两三个钟头,还让刺毛虫叮了。程怀远训你的话我都听到了,我保证你到我们那儿绝对会受到最大的尊重。当然,最主要的,是你的一技之长可以得到充分发挥。”

裘科长的话触动了李宋唐的心思。他低头打量自己裤脚管上的泥浆,又想到个把月都没有手术做了,日子实在是没法过了。李宋唐咬咬牙,说了声行。裘科长想不到李宋唐答应得如此爽快,搓着手,脸笑得跟一朵花似的。他连忙催李宋唐,说:“我们有个汽艇停在桑树地那边的芦苇荡里,我们现在就走。”

“那怎么行?我还得收拾东西。”

“东西等到人事关系办完后再来收拾。”

“那不行，我还得跟同事们告个别。”

“李医生，你又不是不知道，你们那个杨初队长还好说，程怀远那可是出了名的土匪脾气。事情如果被他一搅和，那麻烦就大了。我们的汽艇等在芦苇荡里，夜长梦多，今天一定得走，再晚我也等你。”

李宋唐想了想，觉得裘科长言之有理，同意了。他心怀秘密，急匆匆地跑回到血防队驻地。刚开了宿舍门，吴忝绮端着脸盆打门前走过，李宋唐说：“忝绮，我正要去找你呢。”吴忝绮问他什么事，起先李宋唐支吾着不肯说，吴忝绮拔脚要走，李宋唐才开口道，“忝绮，这狗屁的血防队我算是受够了，我要到县人民医院上班去。等我安顿下来，你也调过来吧，城里的生活毕竟比乡下强多了。”

“你去人民医院是你的事，我喜欢在乡下搞血防、灭钉螺。”半信半疑的吴忝绮甩了甩齐耳的短发，气呼呼地往食堂方向走去。吴忝绮越想越不对劲，便去找程怀远。刚推门进屋，正好撞上给程怀远送饭的大粒米。

“对不起，打搅了。”吴忝绮难受得转身想走。

程怀远追到门口问：“出啥事了？”

“也没啥大事。我刚才遇上李宋唐，他说他要走了，有单位请他去当主刀医生。”

“李医生要走？”程怀远警觉起来。

“是呀，他去县人民医院！”

“这个混账杨初，这么大的事也不和我吭一声！”程怀远瞪圆了眼睛，当即就去食堂找杨初，劈头劈脑地责问道，“李宋唐这把刀，我当初好不容易才保下来，你怎么可以放走他？”

杨初一头雾水说：“你是哪儿听来的消息？现在陶墩这儿要动手术的晚血病人少了，可我听说栖真村那儿复发的病人中要动手术的还是很多。放走了李宋唐，我们血防队就少了一份战斗力啦。”

程怀远确信杨初说的是真话。他迟疑了一下，忽然脑袋一拍说：“你有没有注意到，我灭螺时就看到河荡里停了汽艇，我还当是上级来检查工作呢，原来他妈的是县城里的那帮家伙来挖墙脚了。”

桑树地里，裘科长好不容易盼来了李宋唐，迎上前接过行李，招手让汽艇快开过来。裘科长不放心地回头看了看，这一看，他的心跳到嗓子眼上：“那是谁？”

李宋唐也跟着回头，喊了声：“糟啦！”

暮色笼罩的田野上闪出程怀远的身影，只见他时而沿田埂狂奔，时而纵身跃过一条大农沟,像一头饿狼似的直扑过来。裘科长急得跳脚,汽艇在水面上转了个身,加足马力吼叫着一头撞到河边的草泥潭上。裘科长先跨上船,把行李往甲板一丢,挥手叫李宋唐快上。汽艇喷吐着黑烟,前后移动,但这河滩水浅,要想快速掉头谈何容易。

程怀远追到河堤上,紧跟着李宋唐也飞身跳上移动中的汽艇。裘科长张臂想拦阻,程怀远骂了一句去你妈的,一把把他推倒在甲板上,还冲着他的屁股踹了一脚。接着一把拖李宋唐上了岸。

裘科长爬起,指点着岸上嚷嚷:"程怀远,你看清楚了,我是县人民医院的科长!你敢打我,我去卫生局告你!"

"告你妈个鬼,想偷偷摸摸挖老子的墙脚,看老子不揍你屁股!"

"我们是县人民医院的,你一个小小的血防队有啥了不起!"裘科长面子丢尽,还不罢休。

"你县人民医院算个鸟!你也发明个锑剂三日疗法给老子瞧瞧!"

垂头丧气的李宋唐被程怀远押回到血防队,程怀远认定他逃跑之心不死,一边让大粒米给李医生去食堂打饭,一边搬了条凳子,像尊门神似的守在宿舍门口。

杨初听说程怀远追回了李宋唐,也过来了解情况。

"你小子当了官顾虑就多了是不是?你怎么不跟着我去?你要是去的话,老子非把它那条汽艇也扣下不可!"

杨初对县人民医院不通过组织就来挖人也很恼火,说:"我刚给县人民医院打电话,他们承认派了个科长来邀请李宋唐,已经道过歉了。"

"道歉?道个屁的歉!事情就这么完了吗?它得赔偿我们的精神损失!"程怀远心里已经盘算出一个单子,觉得县人民医院起码得给血防队一台血吸虫病粪检集卵机才算数。

"赔偿以后再说。李宋唐呢?"杨初一副息事宁人的态度。

"被我关在里面。他妈的,吃着血防队的饭,干着背叛兄弟姐妹的事儿,这个叛徒!"程怀远嘴里仍骂骂咧咧。

"我不是叛徒!"李宋唐在屋子里叫。

"你就是我们血防队的叛徒!不要脸的叛徒!"

刚吃完晚饭的队员们都拥到了这儿,指指点点地围观议论着。程怀远吼了一句:"看什么看?该干吗干吗去。"又交代杨初说,"你叫上几个男医生,三小时一班,可得看着他。我老程累得很,查钉螺查得眼睛都花了,明天还得起早灭钉螺,我不跟这鸟人耗了。"

第二天,李宋唐闭门不出,躺倒不干了。杨初是队长,他无法回避,就硬着头皮去做李宋唐的思想工作。李宋唐不下床,不理睬,一连去了几次,李宋唐都这德行。杨初在程怀远面前手一摊,说:“这刺头我是没法弄了,要不就送他走吧,省得他吊儿郎当的带坏其他队员。”程怀远眼一瞪,说:“不行,我们这儿号称血防医院,既然是医院,手术上没一把好刀可不行。这事你别管,我来对付这家伙。”

程怀远上门去做工作,吴忝绮怕他跟李宋唐再动粗,就拉上了杨初。三个人推开李宋唐的宿舍门,李宋唐抓起被子蒙住了头。程怀远伸手要去掀被子,吴忝绮赶紧说:“有话好好说。”

好好说那是根本不可能的,程怀远几乎咆哮着骂李宋唐:“当年老子是怎样把你弄进血防队的,难道你忘了?公安要带走你,又是谁拼了性命把你保下来?你现在倒好,有去处了,人家都开大汽艇来请你了,你小子想进城过资产阶级生活,要当叛徒去。老子最恨的就是叛徒!”

“我说过,我不是叛徒!”李宋唐的脚蹬了蹬被子。

“你就是叛徒!”

“我不是。”

“你就是!”

李宋唐腾地从床上坐起:“我是叛徒,那你是什么?你早不是队长了,还管那么多干什么?”

程怀远这才想到头上的右派帽子。还真是,血防队的人事的确和他无关,他愣了愣,不再多说,转身走掉。

吴忝绮目光严厉地注视着李宋唐,说:“老程的右派帽子怎么戴上的,你不是一清二楚吗?这样去揭人家的伤疤,你问问自己的良心,你还算是人吗?”

李宋唐这才意识到自己过了,他的脸转向杨初:“杨队长,我李宋唐真的不想当叛徒,只是血防队的工作重心转到灭螺上,我已经好久没动过手术刀了。我是真难受啊,要我留下来可以,只求队里一件事,不要把晚血病人都往县城送,留下几个给我吧。”

“这得视情况而定。”杨初斟酌着回答。

“杨初,你就别跟我打官腔了。”李宋唐埋怨道,“就凭这,你不如程怀远这个大老粗,他就从不和我打官腔。”

“我有官腔吗?”杨初一生气也走了。

屋子里就剩下吴忝绮,她说:“李宋唐,我看你是鬼迷了心窍!”

李宋唐说："我算是想明白了，即使我去了人民医院，老程一个不高兴，哪天把我绑架回来都是有可能的。好，我不走了，再说了，这儿不是还有你吗？"

吴忝绮告诉程怀远，说李宋唐想明白，答应不走了。

程怀远开心地笑着，就又去看他。

李宋唐拿了把手术刀在削竹子，给自己做绣花绷子，见程怀远推门进来，口气缓和地说了声你坐。程怀远一屁股坐到椅子上，手掌揉了揉膝盖，问李宋唐能不能搞杯咖啡给他喝喝，还要求浓一点的。李宋唐不知程怀远葫芦里又卖什么药，就泡了很多不加糖的咖啡，端给程怀远。

"农村生活是比城里苦一点，但总没有你的咖啡苦吧？"程怀远说着话，咬咬牙，竟一口气干了一杯咖啡，喝完龇牙咧嘴的。

李宋唐看着难受，不阴不阳地说："老程啊，我真不明白你是个怎样的人，好东西你偏说是苦的，明明是苦的呢，你又当成是甜的。"

程怀远搁下空杯子，抹了抹嘴说："你还别说，你这话说对了，我程怀远就是个苦中能看到乐的人。"

"行了行了，不跟你争。"李宋唐牵挂着做了一半的绣花绷子，起身拿过空杯子，放回到托盘里，显然是要逐客了，"和你说也说不清楚，你都被打成右派了，还乐！要是被打成反革命呢，看你乐不乐得起来？"

"你说什么？"程怀远又被激怒，他满脸紫胀，指着李宋唐厉喊，"李宋唐我告诉你，我程怀远是成了右派分子，但我永远不会反革命！老子革日本鬼子的命、革蒋介石的命，现在革血吸虫的命，谁敢说我反革命，老子就和谁拼命！"

李宋唐没想到程怀远反应如此激烈，忙说："我又没说你是反革命，你凭什么找我拼命？"

"我谅你也不敢！"程怀远怒气冲天地抓过绣花绷子，掂了掂，一把甩进墙角落，手指着李宋唐骂道，"你给我记住，说我什么都可以，就是不能说老子是反革命！"

第四十七章

天目山脉莽莽苍苍横贯东西，自黄山最高峰一直延伸入海，整个杭嘉湖平原南高北低，朝着太湖缓缓倾斜，嘉禾县南片还有些土山包，也多块状的箱子田，但缺少大面积的湖荡，而北片的栖真、田乐一带就不同了，低洼的田地间，河流密集有如树叶上的脉络，大大小小的湖荡仿佛蓝色的果子悬挂在枝丫间，万亩荡、南官荡、涟三涟四荡、梅家荡等碧波浩荡的水泊连接成片，犹如太湖边的一颗颗明珠。只是钉螺肆虐，水多的地方，血吸虫多，大肚子病人也多。

众多的河流中，胥河成了田乐公社傅书记主抓的灭螺样板河。胥河之名和春秋时期的伍子胥有关，它连接太湖和黄浦江，冬季南方少雨，河流进入枯水期，岸边草丛里的钉螺露出水面，晒得钉螺壳白花花的。这钉螺被太阳暴晒照样生存，冰冻雪埋也没事儿，要灭了它们唯有人工。

灭螺队员们先分段包干查了一遍钉螺，集中到一个切割成两半的柴油桶里，淋上柴油点燃了，熊熊的火焰把钉螺化为灰烬。接着铲去岸边的杂草芦蒿，从收割过的稻田里挑来黑紫的稻畈泥，重新筑了光溜溜的堤岸。

右派分子程怀远成了远近闻名的灭螺专家。

就像时习章别人怎么看都是个大医生一样，程怀远也是一副灭螺专家的模样。他不光屁股后头吊着只大布袋，手里还抓着三样工具：一把铲子、一双最大号但头又特别尖的竹筷，以及一只木制的泥拍子。铲子与竹筷当然是用来捡钉螺，泥拍子则是拍平拍实新筑的河堤。

为了灭螺质量，胥河上每一段灭螺工程开工时，专家程怀远都要做个示范。他边拍边告诉大伙，只有将稻畈泥拍板、拍死结了，钉螺才会被封死、闷死，才会阻断血吸虫与钉螺的结合，才能让可恶的血吸虫永远也找不到寄生繁殖的地方。

胥河两岸长达数里的工地上，程怀远东跑西颠地指导灭螺，却没有什么职务可供人称呼，有社员仍喊他程队长，有年轻人叫他怀远大哥，有干部叫他程专家，他都满不在乎地一口应承。他的火暴脾气不仅没改，反而因为灭螺已到了偏执程度。只要发现一点点差错，他的大嗓门就打雷般地响起，骂谁谁都吃不消。慢慢地，灭螺队员和群众起先是背地里叫，后来都当面叫程怀远为“灭螺疯子”。他也不介意，跟老人孩子没大没小地乱开玩笑，大人孩子也跟他开玩笑，休息时还缠着他讲打仗故事。程怀远故意卖关子，看哪个小组钉螺灭得多，就到哪个小组去讲自己怎样偷洋马打鬼子，还让队员们摸他头上那条叫“三八线”的伤疤。跟他常聚在一起的那帮姑娘小伙子，你一言我一句地凑了首《十稀奇》的民谣：

一稀奇，蝗虫拖走大公鸡；
二稀奇，西山两只老虎猫拖去；
三稀奇，三岁小囡出胡须；
四稀奇，尼姑庵里张灯结彩讨女婿；
五稀奇，五头黄牛关在鸟笼里；
六稀奇，六十岁的公公困在摇篮里；
七稀奇，七仙女淹死在盖碗里；
八稀奇，八仙桌放在茶盘里；
九稀奇，九村的男女围在河沟里；
十稀奇，钉螺都被程怀远捉了去。

没过多久，一传十十传百，这首民谣大家都会唱，成了胥河灭螺工地上的流行歌曲。程怀远讲完打仗故事，灭螺队员们意犹未尽，鼓动程怀远自己唱《十稀奇》。

程怀远拗不过大家起哄，也大着嗓门唱了，乐得队员们都笑岔了气。回到陶墩血防医院，程怀远还当个新鲜事，在食堂学唱给时习章听，逗得时习章都笑翻了，嘴里的饭粒喷了一地。

胥河离陶墩有数里路，程怀远嫌早出晚归太费时费力，自作主张地在胥河河堤上搭出一间滚地棚，里边铺了稻草，点了汽灯，做饭就靠从李宋唐那儿连抢带夺来的酒精炉。

“灭螺疯子”吃住在滚地棚，《十稀奇》又变成十一稀奇。

程怀远常常半夜不睡觉，提着马灯从滚地棚里出来，嘴里哼着《十稀奇》，一个人自得其乐地检查新拍好的河堤。查着查着，他竟查出门道来。淡淡灯光映射下的堤岸若显出鱼鳞状，那一定是拍的功夫还不到家，得返工。遇见大“鱼鳞”，他在河堤上插根树棍做记号，留到第二天让群众补拍，是小

"鱼鳞",他干脆自己补,而且在马灯光下立即就补。

啪嗒,啪嗒……万籁俱寂的深夜,泥拍子拍出的声音清脆响亮,惊得鱼儿都跃出了水面。这声音飞越稻子收割后的空白田,一直飞进附近的村庄,吵醒了夜宿在竹林里的麻雀,有时也会断了夫妻们的好梦。

"这个灭螺疯子,还没睡哪?"

"吵死人啦,就没有白天吗?"

"听说他还是个战斗英雄,还给省长当过警卫员呢。"

"他怎么不去当官,却一脚泥一身汗地来干这个?"

"他那牛脾气可不是个当官的料,却是我们老百姓的救星哩。"

"真稀奇啊……"

"一稀奇、二稀奇……"丈夫哼出的调调,竟然像是催眠曲。

天气越来越冷了,隔些天就有雨雪落下。少了程怀远的陶墩血防医院让大家很不习惯,时不时地要说起这老程是怎么了,干吗不回来。大粒米疼在心里,嘴上却不好意思说,愁得时常在暗地里流眼泪。吴忝绮却把担忧告诉了杨初,说:"老程野人似的,吃不好,睡不好,这样下去身子骨会垮掉的,你这个当队长的应该去劝劝。"

程怀远总不在,队里的工作少了个可以商量的人,杨初早就急了,听吴忝绮这么一说,第二天就去了胥河工地。

多日不见,站在杨初面前的程怀远脸色黑沉沉的,他眼眶凹陷,很多天没刮的胡子连成了圈,整个人消瘦了许多。好在精神很好,见着杨初乐呵呵地问:"时老师怎样?血防队还好吧?"

杨初让程怀远带他去那个著名的滚地棚看看,程怀远推说不急,先带着杨初深一脚浅一脚地在河堤上走了一圈。杨初累得半死,程怀远却跟灭螺群众说说笑笑,一点也不吃力。

两个人回到滚地棚,杨初这才说出此行的目的。他说:"你一个人吃住在这儿,队里的同事都很记挂你,很担心你的身体。"

"嘿,没事。虽然没爬过雪山过过草地,可我老程也是野战军里出来的,住个草棚算个鸟!"程怀远点了支烟,客气地问杨初抽不抽。杨初摇了摇手,从随身带着的挎包里取出器械,摆开架势要给程怀远量血压测心跳。程怀远急得摁住杨初的胳膊,说:"你小子跟我来这套?我老程是铁打的,你别把我弄得跟小娘儿们似的。"

"这可是时老师和吴护士长特意关照的。"

程怀远仍旧不松手,眼睛还朝棚口看了看,压低声音说:"别弄这玩意儿，让灭螺队员们看见了笑话。”

杨初只好收起了器械，说：“天太冷，这草棚子哪能挡风？你会冻出病来的。而且你饥一顿饱一顿，健康状况也好不到哪里去，你还是搬回去住吧。”

程怀远大嘴一咧，用拳头捶了捶胸脯，说：“放心好了，我老程身体强壮得老虎都打得死。有我督促在这儿，各个灭螺小分队进度都很快。只要胥河一治理完，你放心吧，我老程自然会搬回陶墩去。”

一阵西北风刮过，吹得草棚啪啪地响，程怀远的饭盆洗也没洗就搁在漏风的门边上，上面架着的竹筷一长一短。杨初的心头滚过一阵酸楚，沉默着不吱声了。

“李宋唐怎么样？”程怀远还是有些担忧。

“他呀，还算老实。该出工灭螺他也出工，该看门诊他看门诊。我们也安排了一次晚血病人的手术。可时老师说得对，针灸麻醉技术是不成熟，那个病人麻醉得不够，李宋唐的手术速度算快了，病人还是疼得把手术盆都踢飞到了房顶上。”

“老时他还好吧？”程怀远用自己的搪瓷杯给杨初倒了点白开水。

“现在病人少了，时老师的研究进展顺利，他发表的论文都翻译到了国外，几天前卫生部外事处的领导还陪着一个苏联女专家来我们陶墩拜访时老师呢。”

程怀远高兴得一拍大腿，连声叫好，说：“我们前些年什么都学苏联的，现在终于也有东西让他们学学我们了。这老时真了不起啊！”

趁着程怀远高兴的当口，杨初劝说程怀远回陶墩去看看。程怀远说：“我写不来论文，搞不来研究，大老粗一个，你还是让我在这里为灭螺工作多做点事吧。”劝不动程怀远，杨初就把带着的一包古巴糖留下，再三关照他吃好一点，穿暖和一点，千万得注意身体。

杨初独自回到陶墩血防医院，时习章过来打听程怀远的情况。杨初说：“老程这家伙，他那股灭螺的疯劲，我怎么劝，他也不肯回。”

时习章决定自己去一趟，劝得回劝不回那是另一回事，他得看看现在的程怀远到底是怎样的一个“灭螺疯子”。

听说时习章也要上胥河工地，杨初提出派条划子船送他去，可时习章不让。他现在常在乡下走动，脚力也厉害起来，数里路，啪嗒啪嗒很快就到了。

时习章的出现让程怀远意外，他连问了几声：“你怎么来了？”

时习章说：“你不来看我，只好我来看你这个灭螺疯子喽。”

“什么疯不疯的,那都是社员们瞎扯的。你看我程怀远像疯子吗?我还在学数学呢。”程怀远指了指贴在草棚上的那一张旧卷子,还有放在稻草枕头旁从小学三年级到六年级的数学教科书。

时习章顿时内疚得直搓手,暗暗埋怨方圆圆。他上上下下打量着四下里透风的滚地棚说:“老程啊,你是天当被地当床了。你要是不搬回血防队,那就让我时习章搬来和你一起住。”

程怀远的手掌压了压铺在地上的稻草,说:“这胥河堤宽是宽,却不能做你的实验室啊。”

“那我就把实验停了。”

“你敢?”程怀远眉毛一竖,“有多少病人在盼着你研究出新的治疗办法,老时你敢停止实验,那我就再绑架你一次。”

“我都想搬到胥河上来了,你还能把我往哪儿绑啊?”

“把你绑回省城去!”

“我还可以再回来啊。”

“你回不来的!”

“为什么?”

“一旦我把你绑回省城,我就会告诉你,你是国内数一数二的大专家,你该待的地方真的是研究所、大医院。而我程怀远呢,是大老粗、是右派,我们之间的差距不只是一天一地。我和你不是一个池塘里混的鱼,更不是一个槽子里抢食的马,我们怎么可能尿到一块?所以必须拉开距离,你该走你的阳关道,我们各归各!”

时习章被程怀远这么一说,竟有些怔怔的。许久后,他学赵省长的叫法,叫了声狗蛋,说:“你这家伙大老粗一个,实在不算是聪明人。可为什么,为什么一些自视甚高的聪明人却被你给改变了?”

“说的是你?”

“包括我。”

“不,我唯一能改变你的,是让你跟我这个大老粗交成了朋友,而且很有可能是你一生中最好的朋友!”

“的确如此。老程你已经是我时习章一生一世最知根知底的朋友了。”

“一生一世?”

“一生一世!”

第四十八章

日子在木拍子敲击堤坝的噼啪声里往前走着，转眼就到了年底。

这天早晨，程怀远从滚地棚内钻出，只见新翻的河堤上，铺地为路的桑树枝条随风滚动，四处积着厚厚的一层霜，天空中连一只鸟的影子都没有，河滩边唯有几根孤零零的竹竿歪斜着插在那儿。

胥河的两头都筑了坝，河道用抽水机抽水，水位已降得很低。程怀远蹲在滚地棚前，就着隔夜开水吃了个冷馒头，等待社员群众来上工。可不知为什么，他等了许久，从工地延伸向附近村庄的田埂上，竟不见一个人影。

难道是这鬼天气太冷，把人都冻在家里了？但天气寒冷不是不出工的理由啊？这我跟公社领导早有约定的。程怀远越想越焦急。天空布满了阴霾，呼啸的西北风把一捧稻草吹扬到天上去。等了两支烟工夫，还是没人来，程怀远正打算去附近的村子催人上工，却望见有个姑娘领着个挑担的中年男人朝堤坝这边走来。

男人挑着晃晃悠悠的担子，像是偶尔上工地卖个针头线脑的货郎。

"妈的，干活的人不来，小商小贩倒是先来了！"程怀远咕哝着，冷不丁地再一瞧，他傻眼了。那走在前面的姑娘是穿着花布棉袄的大粒米，她身后挑着担子的男人，竟然是个卖豆腐脑的。程怀远吃一个冷馒头哪能填饱肚子？心里不由得一阵高兴。自从老家来到这杭嘉湖平原，程怀远好的就是豆腐脑这一口，而且他认为，南方的小吃最顶尖的，非豆腐脑莫属。

大粒米与程怀远招呼着，卖豆腐脑的男人抢先几步，在程怀远面前歇下挑子。他还未打开风炉，却嚷嚷着说："你就是那个灭螺疯子？你好福气啊。要不是这姑娘一大早就上我家门口盯牢了我，还阿叔长阿叔短地央求，我才不会专为你放这一趟豆腐脑呢！"

"你是专为我放的？"

"不为你为谁？生炉子、磨豆子、准备作料，全是为了你这一张嘴！难道你不知道今天是什么日子？"

"什么日子？"

“看来你是真不知道。”放豆腐脑的拔开风炉的灶口,边放豆腐脑边说,“今天可是大年三十啊。”

程怀远这才一拍脑门,说:“啊,我还真忘了。怪不得今天没人来上工。”

“消灭血吸虫是要紧,但年总得过吧。不要说今日没人上工,就是我,昨天就不做这生意了。不是这位姑娘说你单好这一口,下死劲地求我,我才不会为你一个人磨浆起锅,又大老远地跑这一趟呢。”

程怀远被大粒米的心意给打动了。他憨笑着对大粒米说:“你,有心了……”

“嘿,你不说你福气好?”放豆腐脑的男人话多,嘴上也不饶人。程怀远嘿嘿笑着不回答。男人放出一碗豆腐脑,上面撒了一大把葱花和虾皮,又舀了勺酱油淋在上面。白嫩嫩的豆腐脑颤悠悠地冒着香喷喷的热气。男人不把豆腐脑递给程怀远,而是眼睛瞅着大粒米。大粒米稍微忸怩一下,取过豆腐脑递到程怀远面前。程怀远瞧瞧这个,看看那个,欣喜地搓着手,接过这碗豆腐脑,哧溜哧溜地吃得很欢。

大粒米瞧着程怀远的样子,比自个儿吃都开心,就转身对男人说:“谢谢你。”

“姑娘,难为你心肠那么好。这程队长可是好人啊,灭螺疯子太难听,我听别人背地里都喊他活菩萨。姑娘你好眼力。我看你走得急,也吃一碗吧!”

大粒米接过碗却舍不得吃,眼睛眨也不眨地瞅着程怀远。

“你吃吧,我这儿还有呢。”男人用勺子敲了敲锅子,说着从程怀远手里接过空碗,手脚麻利地又放了一碗,然后又给大粒米的碗里添了点,刮了刮锅底开始收拾挑子。

程怀远和大粒米把空碗还给他,大粒米从身上摸出了钱,中年男人说什么也不要,还说:“大年三十的我要为钱就不来了。我兄弟也得过血吸虫病,也是到陶墩血防医院去治好的。程队长这个活菩萨喜欢吃我的豆腐脑,我脸上有光啊。”

男人挑起担子,人走到河堤下,还喊上来一句话:“程队长,好好待人家。我可是从没见过心地这么好的姑娘!”

程怀远挥手谢过了他。

外头风太大了,刮得滚地棚后边插着的红旗噼噼啪啪响。大粒米拎了只竹篮子,跟在程怀远的身后钻进了棚子里。

挂着挡门的草帘子落了下来,里边是个暖融融的小天地,只是有点暗。大粒米跪到铺着的稻草上,取下盖在篮子上的花毛巾。篮子里挤着几只小碗，分别盛着红烧肉、蒸鱼和粉丝，边上还插着几块松糕和一瓶黄酒。

程怀远知道这年头，要备齐这几样东西有多不容易，连声说："这太破费了。"

大粒米嗔了他一眼，把小碗端出，一样样摆好，抬头注视着程怀远说："同事们都回家过年去了，剩下几个没回家的，他们本来计划好要用绳子把你捆了，把你绑架回去，可见我要来，他们就……就……"

"就让你单独来陪我过年？"

"什么陪不陪呀？"大粒米脸一红，低下头不再吱声。

此时此刻，程怀远的情感哪怕再粗糙，再懵懂，也明白了大粒米的全部情意。他的心咚咚地跳着，手脚突然热起来，像是要发烧了。他憨笑着说："大粒米，我，我知道你对我好。"

"我就是怕……配不上你……"

"你别这么想，是我程怀远配不上你。"程怀远说着话，愣怔了片刻，却突然改变了语气问，"大粒米，我程怀远是个浑蛋，你知不知道？"

"知道……"

"你都知道什么？"

"你只顾别人，不顾自己。"

"你只说对了一部分。我这样的人要是成了家，一定连家都不顾。"

"你可以不顾，我不计较。"

"还有，我脾气不好。"

"我脾气好就行了。"

"我是右派。"

"我看出来你作风正派。"

……

程怀远又说了自己不少毛病，大粒米仍用我知道来回答。到了后来，程怀远又说："你对我好，你得等我。"

"只要你肯让我等，我可以等一辈子……"

第四十九章

陶墩血防医院的条件较之前已有所好转，大病房中，病人已能睡上架子床。护士大粒米给病人注射酒石酸锑剂。她毕竟还是新手，打针的手法不熟练，病人的手臂又瘦得跟芦柴棒似的，血管很难找。扎了几针都没扎准，病人嘟囔着，脸上有责怪的意思。李宋唐来查床，他看了会儿，竟说了声我来，伸手要过针筒。

对李宋唐来说，打个酒石酸锑剂那可是小菜一碟，不一会儿，十几个病人注射完毕。大粒米涨红着脸，回到护士值班室，李宋唐也跟着进来。

大粒米洗了手，难为情地道了声谢，找出一个熟鸡蛋给李宋唐。

“这么好的鸡蛋，哪儿搞来的？”大粒米回说是她爹带来的。李宋唐抛了抛手里的熟鸡蛋放进口袋说，“有空，你去村民那儿帮我买些来。”

正月十五刚过，村子里的社员们又出工灭钉螺去了。很多人家都关门闭户，大粒米跑东家走西家，费好大的劲才总算买到十个鸡蛋。她用手绢包好，小心地拎在手里返回。

大粒米去李宋唐的门诊室，那儿门敞开着，收音机里播送着反击修正主义的社论，声音慷慨激昂，反复出现的名字叫赫鲁晓夫。她听了一会儿广播，踌躇着去了李宋唐宿舍，站在外面叫了几声，没人应。大粒米奇怪了，就想先回值班室。

路过几近废弃的手术室，隐隐地听到里边有男人喘气的声音，又似某种野兽的低吟，压抑而又恐怖。大粒米停下脚步，敲了敲门，里边的声音突然中断。她克制不住好奇心，推了推门。虚掩着的门吱呀一声开了，昏暗中有个人影背对着她站在手术台边，像个鬼似的。大粒米吓得一激灵，等眼睛适应了昏暗，才认出是李宋唐。

大粒米手捧鸡蛋，悄然上前，怯生生地开口：“李医生——”

李宋唐手握手术刀，冲着台上铺着的白布，一刀一刀地虚空而划着……哧啦一声，刀口竟划上了白布。李宋唐似被针扎了一下，肩膀一抖，这才察觉到身后有人。他搁下手里的手术刀，缓缓地回转身，像是在梦游般。他伸手指触碰着手绢里的鸡蛋,轻柔地抚摸一下,而后抬起头,目光似烧得通红的铁条,烫着了比鸡蛋更为滑嫩的大粒米的脸蛋。

“李医生,你要的鸡蛋……”大粒米慌张地把手绢包住的鸡蛋往李宋唐跟前一送。李宋唐竟不接,鸡蛋啪的一声打碎在地,蛋清蛋液四下飞溅……

李宋唐盯着流淌的蛋汁,呼吸猛然间急促。大粒米感觉出了危险,拔脚要走。李宋唐的身体朝前一扑,一下就把大粒米抱住,按到了手术台上。

“李医生,李医生……你不能这样……你会毁了我的……”大粒米边叫边挣扎着。

可李宋唐已经疯狂,他野兽似的撕扯着大粒米的衣裤,眼前所显现的,竟全是各种各样的手术场景:一个又一个鲜血淋漓的伤口……

一个又一个裸露的腹部……

器官和血,黏液及毛发……年轻的、年老的、男的女的都被手术刀一刀快似一刀、一层深入一层地剖开了……

大粒米被李宋唐强奸了的消息顿时炸开!

当吴忝绮、夏沫她们守着要寻死的大粒米时,门口的走廊上传来咚咚咚的脚步声。抽泣着的大粒米听出这是谁来了,声嘶力竭地大喊:“别让他进来!别让他进来!”

夏沫抹了把泪,冲到门口一看,见真的是程怀远,便拦住了他。

“让我看看她!”程怀远推了夏沫一把,几乎在咆哮。

“别让他进来!”大粒米又求吴忝绮。吴忝绮出了门,见程怀远扯开夏沫要往门里闯,吴忝绮目光冷静地迎了上去。

“程队长,大粒米她不想见你。”面对吴忝绮的逼视,程怀远愣怔片刻,脚一跺,转身走了。他转而去找李宋唐,可走到那儿,看见门口拥着很多人,杨初他们都在,正冲着屋子里叫骂着。程怀远便先回到宿舍,卸下身上背着的灭螺工具。他抓过一条毛巾,一看却是大粒米灭螺时换给他的那一条。

吴忝绮担心程怀远太冲动,急着找到了他,劝解说:“程队长,事情既然出了,你是个经历过枪林弹雨的男子汉大丈夫,相信你能克制住情绪,妥善处理。”

“现在不是我克不克制的问题!”

“你是担心大粒米会再出事?你本想劝她,可她不愿见你。”

“我是想劝,可我不明白,她为什么不愿见我?”

吴忝绮苦笑了笑说:“我知道男人们都粗心,可没想到你程怀远会粗心到这种程度。”

程怀远一愣说:“我怎么啦?”

“女人的心,只有我们女人懂啊。她刚被李宋唐这个坏蛋侮辱了,你若往她面前一站,那她就真无颜活在这世上了。”

“那她就再不见我了?”

“时间!你只有给她时间!”

队长室里,看着李宋唐的杨初内心充满忧愤。血防队又面临一个难关。好不容易发明锑剂三日疗法,紧接着出来的却是来金沙事件。村民们打到血防队来,要不是有程怀远顶着,局面就无法收拾。之后反右风刮起,队员们你咬我,我咬你,弄得人心涣散,人人自危,血防工作进入了低谷。好在有了振奋人心的大面积灭螺,嘉禾县第二血防队重新挺直了腰杆。但万万没想到的是,李宋唐闹着要做手术,要调县人民医院,这还不算,这小子竟然把自己的鸡巴当手术刀,在大粒米身上动起了“手术”!

李宋唐灰头土脸的眼神绝望至极。他哆嗦着嘴唇,骂自己浑蛋。杨初说:“你哪是浑蛋?你他妈的是浑蛋里的浑蛋,当初解放军的炮火怎么不轰死你?”

“那我是坏蛋。”李宋唐说,“可我是把好刀,血防队、血吸虫病人需要我,杨队长,你手下留情。”

“留你个头!对你这种流氓我留什么情!告诉你吧,我已经请示了卫生局领导,他们让我迅速向公安报案。”

“杨队长,过去我李宋唐浑,我老是拆你的台,跟你对着干。我现在向你请罪,向你道歉。我今后保证听你的话,你叫我往东我绝不朝西,这一次你就高抬贵手,救救我!”

“救你?别做梦了。”

“老程……对,老程,他能救我。”

李宋唐不提程怀远还好,他这么一说,杨初的脸霎时青了:“李宋唐啊,你是吃饭的还是吃糠的?你真是浑蛋到家了。我们全队上下都知道大粒米喜欢程队长,程队长对大粒米也很好。你他妈的一天到晚显摆你的小资产阶级情调,眼里心里只有你自己。你想得倒美,让老程原谅你,凭什么?老程不是神仙,他也是活生生的有血有肉的人!”

“没试过怎么知道?你去请他来,要不,我去求他?”

“你真厚颜无耻!”杨初鄙夷道。

程怀远将自己关在宿舍内,难受得似一匹孤独的狼!劣质烟的烟雾早弥漫了一室,地上满是烟蒂,有的被脚踩碎,有的竟还在燃烧……

吴忝绮劝程怀远给大粒米充分的时间,他愿意给。但不知为什么,他仍然极其渴望见一见大粒米，哪怕说上一句话也好。想到此，程怀远开始四处乱翻，将物品翻得乱七八糟，却找不到他想要的，便砰的一声打开了门，直往队长室而去。

队长室的门紧闭着。屋内，仍在恳求杨初的李宋唐竟竖起了两耳朵："来了，老程来了……"

正这般说着时，果然响起了咚咚的敲门声，伴随着程怀远的大嗓门嚷道："杨初，开门！"

杨初有些紧张，不敢开门。李宋唐跳起要去开，被杨初一把挡住了说："当心他拆烂了你的这一身骚骨头！"

"给我纸，杨初！"门外的程怀远喊出这一句话，令杨初有些惊讶。当杨初翻出一刀信笺要从门缝里往外递时，门却咣的一声被程怀远踢开！

"老程……"李宋唐望着面无表情的程怀远，双膝一软，已跪之于地。

可程怀远却并不看李宋唐一眼。在他眼里，似乎这个人并不存在。他只是对杨初道："人不人鬼不鬼干吗！老子要一张纸！"

杨初连忙将纸往程怀远的手里递去，李宋唐噼噼啪啪地扇着自己的耳光，一连扇了七八个，且边扇边喊："老程，我不是个人，我是畜生！"

"你要是个人，你就死定了！"程怀远扔下这句话后便走了，而且走得很急，一副要去办大事要事的神态。

李宋唐不再扇自己耳光。

回到宿舍的程怀远找了支笔，把着只早已因灭螺而粗糙不堪的大手开始写字。他写得太吃力了。不是嫌钢笔没水，乱甩一气，就是下笔太重而将纸划破。写了半天，才写出一行字。后来干脆不写了，将笔一扔，折好了只一行字的纸，就又朝大粒米房间而去。

拦住程怀远的仍是吴忝绮。吴忝绮神情疲惫地叫了声程队长，说："大粒米让我带口信给你，你认识的那个大粒米已经死了。你还是回去吧，她是绝不肯再见你的。"

"那你把这个给她瞧！"程怀远竟有些凶巴巴地道。

吴忝绮将纸条带给了大粒米。大粒米趴在被子上，眼泪早已将被子泡得稀湿。她摇着头，不愿看程怀远捎给她的纸条。吴忝绮思忖了好一会儿，便打开纸条，强行将纸上的话读给大粒米听："被强奸算个鸟，就当被狗咬了一口！"

话虽短，也很粗俗，吴忝绮甚至有些不好意思读，但她还是大声地读了。这瞬间她有些感动，眼睛都红了……

第五十章

栖真村里，让耿福贵怎样都想不到的是，他家里竟进了个不速之客。他就是大粒米的弟弟金满家。这个既有些儿疯又有些神经质的归乡流浪儿一见耿福贵便跪下了，然后断断续续、结结巴巴地恳求耿福贵为他父亲做件事。

灭螺工地上，金满家早就是程怀远的小跟班。他似乎从程怀远身上看出了将来能让他再回到妻儿身边去的希望，所以也成了一个小“灭螺疯子”。他在滚地棚中找不到程怀远，便找进了陶墩血防医院，这才知道姐姐被李宋唐给糟踏了的事。金满家没敢挺身而出去安慰姐姐，而是赶回了家，将不幸说给父亲听。金星奎是个有主见的人，便一边伤心着，一边命“疯”儿子求见耿福贵。

听明白了全部经过的耿福贵愣了半晌，心里暗暗佩服金星奎的见地，便胳膊下面夹着一坛三白酒迅速到了陶墩血防医院。

前年耿福贵娶了惠英，去年刚生了个大胖儿子，生活乐陶陶的，而程怀远却头上戴着右派帽子，相好的大粒米又这样，两相比较，耿福贵的心里头比程怀远还难受。他一坐下来，连灌了两杯酒，嘴一抹，眼巴巴地望着程怀远说：“怀远啊，李宋唐流氓了大粒米的事我们都听说了，揪心哪！可大粒米的爹年岁大了，身体又不好，不敢来见你。他知道我跟你是老战友、是好兄弟，就托我捎几句话给你……”

“说！”程怀远瞪着耿福贵。

“她爹说，大粒米是乡下姑娘，成分也不好。李医生再怎么说，是上面派来的，不光救过他的命，也救过很多大肚子病人，要是因为这事被判了刑，那大粒米这一辈子可怎么过啊？”

“什么怎么过？福贵你糊涂啊，杀人偿命，欠债还钱。李宋唐耍流氓就该去吃官司，这是天经地义的事！”

“怀远，要是按你我的性子，我们当然不会放过李宋唐这坏蛋，一刀剁了这狗娘养的鸡巴算数。可大粒米她爹的话也是大实话，照我们这地方的风俗,李宋唐要是往公安局一送,十年八年的官司一旦吃上,村子里那些个长舌妇的唾沫都能把大粒米活活淹死。”

“混账!”程怀远拍了下桌子,“大粒米她爹,还有你耿福贵,你们到底是什么意思?你们怕那些个流言飞语?你们担心大粒米嫁不出去?”程怀远睁着血红的双眼,猛地灌了一大口酒,大叫,“别人不要她,我程怀远要!”

耿福贵连忙又是摆手又是点头地请程怀远别发火。他说:“你是个顶天立地的男人,我耿福贵不枉有你这样的好战友。但我实话告诉你,你粗心了!你以为感情可以施舍吗?这个我福贵比你懂,你脚上的布鞋是大粒米送的吧?你现在穿着大粒米给你做的布鞋去问问大粒米,她肯跟你吗?”

“这……”程怀远这才愣住了。耿福贵的话竟和吴忝绮告诉他的一模一样。他低头瞧了瞧脚上的布鞋,犯难了。

两个人谁也不说话地连干了两杯酒,耿福贵又问:“出事后你见过大粒米吗?”

“她不肯见我!”

“人心都是肉长的。出了这样的事,她大粒米可是个本分的姑娘,腼腆着呢,哪有脸面再见你!”

“可她是无辜的!”程怀远又嚷。

耿福贵劝了半天,才把程怀远劝得长叹一声道:“她父亲真这么说?”

“那还有假?老人不敢来见你啊,他说你是大好人,是他的女儿注定没这个福分。他求你……求你放过他女儿……”

一听这话,程怀远又恼了,说:“什么叫做放过他女儿?”

“别发火,老伙计。”耿福贵道,“人家不会说话,他的本意是,大粒米配不上你,是求你放弃了。”

“不能听他的,这一辈子的事儿得大粒米自己拿主意。”程怀远痛苦着说。

“好!”耿福贵猛点着头说,“我要的就是你这句话。你心里不好受,这我明白得很。但你不能急,我去找金星奎的姑娘,给你讨一个铁板上钉钉的回话。”

“你若是敢逼她,我就要你好看!”程怀远说。

“人家的终身大事,我耿福贵敢吗?”耿福贵说着,便起身找大粒米去了。

耿福贵去的时间不长,可对程怀远来说,却长得如在熬一个漫长的黑夜!不一会儿,耿福贵返回来。耿福贵望着他默默地点头。

"她不会的,对不对?"程怀远问。

"你错了。"耿福贵说,"她说,只要李医生愿意娶她……"

程怀远痛苦到极点,他蹲下了身子。

耿福贵拍了拍程怀远的肩膀说:"你还得和李宋唐去谈谈。"

"让我和那个畜生谈?"程怀远又忽地起身,拳头一把捏紧,将耿福贵都吓了一跳。程怀远眼瞪得如铜铃般大地呼道:"亏你说得出口!"

和李宋唐谈的任务还是落到了杨初身上。当杨初把事儿对李宋唐一摆时,李宋唐竟也痛苦地思考了好半天,这才点了点头答应:"那好吧。"

"什么叫那好吧?"杨初都想揍他了。

"娶呗。"李宋唐说。

"我真想痛揍你狗日的一顿。"杨初说,"可我给你一个机会,去向老程好好请罪。"

"向他请罪?他可是……右派。"李宋唐道。

杨初猛地一把抓起桌子上的墨水瓶,高扬着要往李宋唐头上砸:"你请不请罪?"

"请罪就请罪。"

当杨初将李宋唐带到程怀远宿舍时,程怀远已不在,他又去了胥河灭螺工地。

当血防队的人听说大粒米愿意和李宋唐结婚的消息时,大家伙先是惊讶,可转念一想,这也确实是一个不是办法的办法,不是结局的结局。

解除了监禁的李宋唐惊魂甫定,竟厚着脸皮去找吴忝绮想说点儿什么。

"恭喜你李宋唐,你因祸得福了。"吴忝绮从显微镜上抬起头来,目光中充满了蔑视。

李宋唐羞愧难当地退出化验室。

婚事毕竟是婚事,夏沫她们开始忙着为大粒米做些简单的准备。大粒米的命运太让人同情,许多队员们自发地送了礼物。

吴忝绮的礼物是一本最新版的《血吸虫病防治手册》。她给大粒米送礼物去的时候,还是觉得有必要再和大粒米冷静地谈一次。吴忝绮说:"大粒米啊,我虽说单身,可我在书上看过,没有爱情的婚姻是一座坟墓,这可是你一辈子的事。"

大粒米回答得很干脆:"一个姑娘家出了这样的事,还能怎样呢?我可以什么都不要，但我要我的清白。我打小死了娘，我爹成分又不好，他老人家养我这么大不容易。我不能让他蒙羞，我一定得给爹一个清清白白的交代。”

“你同意嫁给李宋唐,难道就是为了一个交代？”吴忝绮问。

“李宋唐糟蹋了我,这事情必须先有个了断,我要让他向我爹请罪！”

大粒米的态度让吴忝绮对这个文化不高的农村姑娘敬重了几分。谁都觉得大粒米就这样嫁给李宋唐,让这强奸犯太便宜了,也太不公平了,吴忝绮便自告奋勇地愿陪大粒米和李宋唐去见金星奎。

第五十一章

嘉禾农村的风俗是一家有喜全村同乐，主人家就算是穷得揭不开锅，也得借钱买鱼买肉地大肆操办。本家邻居聚拢来帮衬，亲戚们挑着装在竹笼里的米糕、怀揣红包赶来喝喜酒，闹上个一天两天的才罢休。这其中新女婿上门也算是件不大不小的喜庆事。

漂亮姑娘大粒米一会儿传说被流氓了，一会儿又说要嫁给流氓她的男人，一下子成了全村的焦点人物。很多妇女私下里为大粒米鸣不平，说这姑娘貌美心善，从小死了娘，老父亲头顶富农帽子，身体一直不好，弟弟脑子又有毛病。她好不容易进了血防队却被流氓了，流氓了还不算，还要嫁给流氓了她的男人，这大粒米算是苦到家了。

但村里的叔叔伯伯们却不这么看，说女人总是要嫁人的，再怎样也就是那么回事，关键是要看嫁什么人。大粒米嫁给了赫赫有名的李医生，月月有工资收入，也算是攀上高枝，这辈子靠得住了。

到了新女婿上门的这一天，全村轰动。

大粒米一行三人一出现在小木桥头，村里的孩子高喊着来了来了，几乎所有的社员群众拥在村口的苦楝树下，堵塞了道路。大家像是有过约定，闭口不说难堪的事，而是争着告诉大粒米，你爹昨天就在扫除了，堂屋里、晒场上、猪棚头地忙，家里的碗橱板凳都拖到河边冲洗。今天天没亮他就去镇上买了草鱼、猪头，烧好了茶水，都到村口盼了好几回啦。

大粒米脸涨得通红，尴尬地应承着，不知道说什么好。她的心怦怦乱跳，做错了事似的手指绞着辫梢。好在村里许多社员曾是吴忝绮护士长的病人，她挡到大粒米跟前，一一打着招呼，给羞愧难当的大粒米解围。

早有两三拨小孩飞跑着去了大粒米家通报，叫嚷着："老富农，老富农，你的女婿来啦。"

金星奎已经被这些小孩骗过几次，根本不信，等到有个大人路过说："星奎啊，你的新女婿到底是城里人，长得可不错！"金星奎赔了个笑脸，赶紧换了身藏青色的新衣服，尴尬地等在晒场上。

大粒米被人群前呼后拥着，一从弄堂口出来，金星奎眯着昏花的老眼，叫了一声乖囡。他额头上的皱纹水波般颤抖，咧着的嘴是笑着的，可眼角处却有亮晶晶的泪滴挂了下来。大粒米喊了声爹，跑到金星奎跟前。金星奎拉起女儿的双手，细细端详，过了好一会儿，他才注意到大粒米身后穿了件米色夹克衫的李宋唐。

李宋唐一路上别别扭扭地跟着两个女人，始终没开口。此时，他注意到金星奎在用眼神招呼他，也就顾不得别人的目光，大步上前，伸出手去想跟大粒米的爹握手。金星奎吓得朝后一退，人群里立刻响起哄笑声。有人喊："金星奎，你怕啥？今天天大地大，你这个老丈人最大。"

金星奎耸了耸肩膀，自嘲地干笑两声作答。他冲着李宋唐点了点头，说了句："你来了？快进屋坐，进屋坐。"金星奎的客气是发自内心的，站在一边的吴忝绮推了李宋唐一把，李宋唐赶紧尴尬地把手收回。

有邻家的大婶过来帮忙张罗，一切都按照新女婿上门的规矩办。一个借来的漆盒摆在方桌当中，黑盒盖掀开着，里边漆成红色的小格子内放着冬瓜糖、芝麻片、花生、瓜子等难得一见的小吃，旁边搁着一盒香烟一盒火柴。大粒米强作欢颜，抓了点芝麻片分给边上的小孩，也招呼吴忝绮尝尝白中透绿的冬瓜糖。紧接着又有两碗泡得甜甜的炒米茶热气腾腾地送到客人手上，其中给李宋唐的这一碗里还卧了三个鸡蛋。那是本地毛脚女婿上门应受的礼遇。

那么多人唧唧喳喳地站在一边围观，李宋唐只觉得自己像是动物园里的猴子，一百个不习惯。他身子直直地坐在凳子上，木头人似的一动不动。

送茶水的大婶催促道："李医生，炒米茶得趁热吃。吃了小两口好甜甜蜜蜜过日子。"

吴忝绮停下手里的调羹望着李宋唐。李宋唐回避着吴忝绮的注视，转而朝大粒米看了看，他眼神里闪过一丝恍惚。

"要办喜事，得先了断那件丑事。"大粒米突然站起身说，"李医生，你能来我家，我欢迎。我没啥别的要求，你想让我嫁给你，你得当着我爹的面，当着村里父老乡亲的面跪下来，请求我爹原谅你！"

金星奎本来朝南坐着，心情复杂地抽着烟卷，这时赶紧插嘴道："你这孩子，你这是干啥？让李医生吃个鸡蛋也不安生。过去的事，就让它过去吧。"

"爹，其他事情做女儿的都可以听你的，这件事我做主。我就是要他道歉，求得你的原谅。"大粒米说着，扫视了一圈噤口不言的乡亲，凛然的目光里充满了尊严。

邻家大婶搓着手，走过来要劝大粒米，却被大粒米摆手制止了。

李宋唐愣愣地望着金星奎手上香烟的烟雾，没动静。

大粒米催促道："李医生，坐在你对面的，就是我辛苦了一辈子的爹。你抬起头来好好瞧瞧，你是你爹娘生的，我也是我爹娘生的。我娘死得早，我爹只有我一个女儿，他唯一的希望是我能嫁一个负责任的男人。我爹只要说一句，说你李宋唐是个好男人，我铁了心跟你一辈子。"

金星奎扔了香烟，直起了身子，喃喃自语："乖囡啊乖囡，你这是何苦呢？你怎么忘了，在栖真寺里，你爹一时糊涂，拿烛台扎破肚子，是李医生救了我的老命。今天李医生诚心诚意地来，你逼人家干啥？事到如今，你怎么这么不懂事？"

"不行！我就是要他请罪道歉！"

"孩子，这千人百眼的，你太不听话了。"

"爹，请你坐下！"

"要道啥歉？我们乡下可没有那么多讲究。"

"你不讲究我讲究！何况爹你当得起！"

"你，你这是要活活气死我吗？"

大粒米噘着嘴，一副毫不退让的神情。

听着父女俩的争执，李宋唐低垂着头，脑海里再次浮现出抢救金星奎的那一幕。

当初，金星奎被救活后，他一见李宋唐就恩人恩人地叫个不停，那副猥琐巴结的样子，每次想来都让李宋唐有一种高高在上的感觉。现在的金星奎仍旧是一个猥猥琐琐连衣服领子都没翻好的乡下老男人。

李宋唐的心里七上八下，开始后悔来到了这儿。他嗓子里像撒了生石灰，又干又疼。他想喊一声岳父，可就是开不了口。边上围观群众嘈杂的议论声，仿佛在勒李宋唐的脖子。他感到胸闷气急，但他还是坚持拿起了礼物，走到金星奎身旁。

金星奎身上散发出一股汗臭味，熏得李宋唐差点要捂鼻子。他强忍着，哈了哈腰，快速地将礼物递过去。本以为这老男人会伸手来接，可万万没想到的是，大粒米的目光像刀子般扎在父亲的手上。这个已经窝囊了多年的小个子男人，突然紧抿着嘴唇，挺起了胸膛。

"李医生，你跪呀，这可是你的岳父大人！"吴忝绮已看不下去，站到李宋唐的身后规劝。

这时，更有邻里发出起哄的呼叫，有几个曾被李宋唐救治过的，也纷纷鼓励李宋唐朝大粒米的爹下跪请罪。

或许李宋唐压根儿就不想跪，或许他根本就瞧不起这一对贫穷的农村父女，李宋唐的腿像是僵住了一般，始终弯不下去。

吴忝绮望见大粒米的脸色越来越苍白，眼里泪光浮动，就说："李宋唐，这可是你唯一的机会了！"

衣冠楚楚的李宋唐此时突然变得像一头困兽，他昂着脖子狂喊一声："为什么你们都要逼我?!"

"没有人逼你！人人头顶上都有一个上帝！"愤怒到极点的吴忝绮手指着天空道。

一声号叫，李宋唐手里的礼物摔到桌面上，震得漆盒盖子都飞了起来。他拨开围堵的人群狂奔而去。

大粒米凄惨地叫了一声爹，身子一软，人就瘫倒在地。

金星奎老泪纵横，叫了声我苦命的孩子，跪到女儿的身边抱紧了她。

霎时间，屋子里哭声一片。

吴忝绮独自回到陶墩血防医院，模样像是大病了一场。

杨初告诉吴忝绮说："我刚接到公安局电话，李宋唐已经投案自首了。"

第五十二章

陶墩村一年一次的双抢大忙季节开始了，社员们忙着抢收抢种，治病和灭螺暂时中止，杨初干脆给辛苦许久的队员们放了长假。时习章回杭州探亲，程怀远先去了趟栖真村，看望了耿福贵，帮他们插了几天秧，回来后他给杨初留了个纸条，然后竟独自去了湖州地区的一个劳改农场。

杨初看到程怀远的留条后，摇头而满腹感慨："这个老程啊……"

李宋唐在那儿服刑，他被判了八年。

农场在一个大山坳里，四周都是做成梯田状的茶园，青绿如毯地披挂而下。山脚下也有少量的水田，明晃晃地散布在小溪旁。

程怀远穿过四周围着铁丝网的大操场，来到一座画着红五星的门楼前，跟哨兵说明了来意。他没有介绍自己的身份，只是说受血防队委派，来了解强奸犯李宋唐的服刑情况。

"你们血防队真不错，吃了官司还来看他？"值勤的班长感慨着，带程怀远进了大门，来到接待室。

接待室里空荡荡的，打扫得还算干净。里边摆了一张桌子、两只凳子，一面墙上贴着坦白从宽、抗拒从严的大幅标语。另一面墙上是毛主席神采奕奕的大相片。等了没多久，两个持枪的看守押着李宋唐从一条走廊上走来。

李宋唐边走还边纳闷，以为搞错了。他心想，血防队工作那么忙，怎么会派人来？进了接待室，一见程怀远石狮子般坐在那儿，李宋唐呆立在门口，小腿肚子有点儿不对劲，脚移不动了。

"狗日的，你还活着？"面无表情的程怀远扔掉烟头。李宋唐稳下心神，点了点头，小心翼翼地坐到程怀远对面。

一开始两个人都不说话，都别着脸。

"有话快说，注意纪律。"持枪看守催促了一声，搁下一只闹钟，退守到门口。

李宋唐假咳两声说："程队长，我在医务室正给一个中暑的犯人挂盐水呢，听说是队里有人来，我真不敢相信会是你。”

“为什么不敢信？”

“老程，我到了这儿才明白了一些事，但为时已晚。我李宋唐最对不住的人是你，最不该来看我的也是你。我李宋唐恩将仇报，禽兽不如啊。”李宋唐望着墙头的标语，是真正痛心疾首的表情。

“李宋唐，你确实够浑。不错，我是一直恨你不争气，良心让狗吃了，但有一条我还服你。你小子最终还是挺起腰杆，承担了后果和责任。就凭这，你李宋唐在我心目中就还算是个男人。”

“大粒米怎么样？”李宋唐问。

“狗日的，你现在才知道关心她，太晚了。你把个好姑娘彻底给毁了！你毁了她，也差点毁了我们血防队。你知道社员群众们说我们什么吗？是流氓队！你在这儿，咖啡是喝不成了，这八年也够你受的。以前的臭脾气可得好好改改。”说着话，程怀远从黄挎包里取出几封信递给了李宋唐。

李宋唐瞧了瞧信封上寄信人的地址，淡漠地将信扔在一旁问：“同事们还好吧？”

“都挺好。灭螺的成效很大，治疗的效果也不错，复发的病人越来越少了。”

“吴……”李宋唐看了眼程怀远的脸色，欲语又止。

“我知道你想问她。她还好，只是现在政治运动多，她教会医院的经历时不时地让人翻出来，日子有些难过。”

两个人又沉默了，闹钟上的指针静静地走了几圈。李宋唐抽了口烟，拧着眉头道：“程队长，我李宋唐这辈子最对不住的人是大粒米，其次是你。我想过了，没有你老程护着帮着，我十个李宋唐都完蛋了。等刑满出来后，我还想跟着你搞血防。你还要我吗？”

程怀远说：“照现在治疗和灭螺的速度，等你刑满后，血吸虫病也该消灭了，我们血防队在不在都难说。到那时，谁知道我程怀远是死是活？再说了，你跟着我一个右派干什么？你该跟的是政府。”

这时候，大操场一角的高音喇叭发出几个爆破音，打破了劳改农场的寂静。播音员说了两遍重要通知，持枪的看守走进，喝令李宋唐跟程怀远起身，面朝着高音喇叭方向，程怀远以一个标准的姿势立正。

一段激昂高亢的音乐似开闸的洪水奔泄而下，短暂的停顿之后，播音员开始用洪亮的嗓音播送毛主席的《送瘟神·诗二首》，接待室里的程怀远和李宋唐肃立着，静静地听着这特大新闻。

程怀远激动得嘴唇颤抖，转身面对着墙上的毛主席像，自言自语地说了声："毛主席万岁！"

值班警卫知道程怀远来自血防队，也不顾禁令，上来紧握着程怀远的双手，热烈地祝贺，根本没注意到缩在一边的李宋唐一扔手里的半截香烟，抱着脑袋号啕大哭。

"307号，探访时间已到，现在立刻归队！"

程怀远问李宋唐："你哭啥？"

"完了，完了，血吸虫病都已经基本消灭了。程队长啊，我李宋唐再也没有机会回血防队啦！"

与劳改农场的肃杀气氛相比，陶墩血防医院里一片欢腾。

杨初提早半天就接到上级的电话通知，说有重要的中央精神要传达，请组织好队员收听中央人民广播电台的广播。杨初以为又是跟反右差不多的运动要来，脸上不动声色，内心却无比地紧张。时习章刚好从杭州返回，队员们聚在一起，猜测会是什么中央精神，有个女护士带着打了一半的毛衣来到会场，被杨初批评了几句。大家耐心地等待着，终于收听到了毛主席的《送瘟神·诗二首》。

季小英她们听了唱起歌来，男队员们高兴得大喊大叫，广播会一下子变成了联欢会。夏沫激动得面红耳赤，对杨初感慨道："我们的工作还是落后了一步，毛主席这两首诗要不是写给江西余江县，而是写给我们那该有多好！"

没等杨初开口，时习章微笑着说："夏沫啊，你不要有这种情绪。毛主席给江西余江县写了两首诗，我们这儿血防工作继续努力，毛主席亲自来视察都有可能。"

杨初连声附和着说对对。血防队是年轻人的天下，队员们似乎个个都成了文艺骨干，唱歌的、跳舞的，食堂里气氛热烈，就连老实巴交的炊事员都敲着脸盆为大家伙助兴。

时习章受不了耳边尖利的声音，独自回房间看书去了。

陶墩大队陶小明他们也收听到广播，当场组织起了一支慰问队，敲锣打鼓地沿着村里的小巷子来到血防医院。霎时间，院子里挤满了社员群众，杨初和陶小明兴奋地握着手。此时此刻，喇叭里激昂的音乐声再次响起，所有人都静下来，站在原地又听了一遍毛主席的《送瘟神·诗二首》。

第二天下午，王局长带着县里的越剧团，乘坐小汽艇来到陶墩血防医院，给嘉禾县第二血防队送来了刻有毛主席《送瘟神·诗二首》的匾额。

医院的院子太小了,实在挤不下那么多人,就在医院围墙外面的大晒场上,临时搭起了戏台子。村里的社员群众来了,大肚子病人们也来了,个个脸上挂着笑容,毛主席的诗句他们都会背诵了,血防队员更像是过节似的,夏沫她们穿上了最漂亮的新衣裳,小朱医生胸前挂上了劳动奖章。王局长在群众的欢呼声里,郑重地把匾额交到杨初手上。没看见右派分子程怀远,王局长奇怪了,简短的讲话之后,他穿过人群走到时习章跟前。

“谢谢你,时教授,因为你们奋战在农村第一线,因为你们不懈地努力和工作,群众高兴了,毛主席也高兴了,还赋了诗,这真是一个天大的喜讯啊!”

时习章握了握王局长的手,颔首微笑。

“你那个锑剂三日疗法厉害啊,他们是多快好省地建设社会主义,”王局长指了指陶小明他们,“你是多快好省地消灭血吸虫病。了不起啊,太了不起了!”

时习章谦逊地回答说:“工作是大家做的,成果也归功于大家嘛。”

“谦虚使人进步啊。我相信你们会取得更大成果,让我们嘉禾县跟他们余江县比一比!”

时习章趁机溜出晒场上拥堵的人群。他走到医院大门口,看到了吴忝绮的背影。时习章跟她打了招呼,吴忝绮说:“你也溜了?可你溜不了的,这王局长待会肯定还要找你。”

时习章说:“不管他,我手头还有篇论文等着结尾呢。”

果然不出吴忝绮所料,王局长看完了演出,又兴冲冲地来到时习章的门诊室。身穿白大褂的时习章手里捏着一支钢笔,正在纸上画一只毛蚴的轮廓图。王局长敲了敲门,问了声:“我可以进来吗?”

时习章抬头一看,想起了吴忝绮的猜测,就笑着说:“欢迎欢迎。”

王局长坐到门诊病人坐的凳子上,拿起时习章的论文看了看,说:“时教授,你真勤奋啊,我要不是行政工作做久了,很想来给你当学生。”

时习章回了一句:“不敢当。”

“时教授,记得我上次来这儿,竟是为宣布老程是右派。这事弄成这个样子,我心里难受。这一次我来陶墩,不光是送匾额来,更是想向你讨教的。”

时习章摘下金丝边眼镜,找块绒布擦了擦,小心翼翼地重新戴好了,又正了正身子,语调平缓地开口道:“王局长,就基本消灭这个概念而言,其实我们嘉禾县不比余江县差,我们也可以向全国人民、向全世界宣布基本消灭了血吸虫病，我们在治病和灭螺的深度和广度上，一直是走在全国血防工作前列的。但我一直担忧，我们的血防工作有急功近利的成分，我们不能高兴得过头而放松了警惕。农村只要还有大肚子病人，粪水管理还没到位，河浜里只要还有钉螺，遇到洪涝灾害，血吸虫病肯定会再次蔓延的。”

王局长高度认同时习章的判断，说：“你说的跟我想的完全一样。”

时习章起身泡了一杯龙井茶递到王局长手上。两个人又探讨了会儿灭螺工作，很自然地就聊起程怀远。

时习章看了会儿门外的大榆树说：“程怀远哪，是个好领导、好干部。他即使成了右派，也仍旧是我们血防队的主心骨。王局长，我希望你关注他，看能不能早点给他摘了帽子，让他回到血防队的领导岗位上来。他头脑灵，办法多，决心大，是个难得的能干大事的人啊。”

“时教授，反右对我的冲击也很大，差点过不了关。摘帽的事可不是我一个人说了算，这主要看老程在人民群众面前表现如何。只有人民群众同意给他摘帽，他的右派帽子才能彻底摘掉。”

第五十三章

一场持续三年多的大饥荒，让整个杭嘉湖平原都陷于巨灾。很多百姓，包括一些好不容易治愈了的血吸虫病人都没逃过这一劫。跟饿死人相比，血吸虫病实在算不得什么，灭螺什么的更不用说了。嘉禾县第二血防队解散了，杨初到县血防办公室当副主任，县卫生局的王局长被打成了嘉禾县的“小彭德怀”，时习章接任了局长职务，吴忝绮和夏沫她们被县人民医院要了去。

万亩荡边上的柳树多了几圈年轮，老百姓在肠胃的痉挛中煎熬着。

右派分子程怀远最后一个离开陶墩，包里藏着一小袋珍贵的炒米粉。陶墩村内的小池塘边上，耸立着一座式样古朴的二进大院子，这就是陶氏宗祠。这种场所“破四旧”的时候老早应该拆掉了，可陶氏族人巧妙地在它外边挂了个夜校的牌子，里边的祖宗牌位归置到一间暗室内。另外的都原封不动，包括藏在夹墙里的粮食。解放前陶氏族人这么做是为防太湖强盗抢劫，哪想到现在就靠着这点余粮救命了。

程怀远临走前，陶氏父子说什么都要送程队长一份，说：“这年景，农村里到处饿死人，城里也好不到哪儿去。我们乡下人饿急了还可以挖芦苇根充饥，城里都是大马路，听说人民公园里的树皮和树叶都撸光了，你就别跟我们客气啦。”

程怀远本来说什么都不肯要，可他有了儿子程土改，打成右派之后的工资又少得可怜，就噙着热泪收下了救命粮。

程土改在丹牌里大队大办食堂时，一餐可以吃八碗米饭，差一点撑死！但好景不长，如今他的肚子成了一个无底洞，树皮、草根、麦糠和豆渣，他逮到什么吃什么，可他越饿越吃，越吃越饿，饿得见了路上鸡蛋形状的卵石都克制不住地捡起来舔一舔。就在他饿得奄奄一息的时候，程怀远回到城里，在时习章的照顾下，成了卫生局一名莳花弄草的花匠。

程怀远一安顿下来，赶紧去乡下接土改到身边，还安排他进了城里的中学读书。

在时习章和吴忝绮的接济下，程氏父子挺过了难关。一晃数年过去，土改也从初中升到了嘉禾一中。一连串的天灾人祸，让程怀远想不明白，一个好端端的国家咋会弄成这样？今天这个是坏分子，明天那个是反革命、是工贼、是埋藏在毛主席身边的定时炸弹。复杂的政治形势让程怀远养成了看报的习惯，也让他一下子老去了二十岁。他成了一个沉默寡言的人。有时即使是时习章主动跟他拉家常，他都找借口回避。吴忝绮她们，他更是生怕连累，从不主动联系。他也曾试着给赵省长写了信，但写完后又撕了。偶尔他会喝上一杯耿福贵给他的三白酒，手里捏着军棉衣上的那些荆刺，眼皮奋拉着。他的回忆里，总是弥漫着一股酒石酸锑剂的气味。

这一天，程怀远去县农资公司弄了点花木肥料，回来时路过嘉禾一中。卫生局里有外地来的造反派闹事，说是搞外调，但那些本还在读书的孩子却动不动跟人拍桌子，将走廊也贴满大字报。程怀远知道自己的犟脾气是见不得如此场面的，所以避开。这会儿，他就守在校门口，想等程土改放学后一起回家。

学校的铁栅栏门紧关着，里边吵吵嚷嚷，其声势犹如在开运动会。起先程怀远没当一回事，蹲在路边闷头抽了一会儿烟，可传到他耳朵里的声音越听越不对劲，有砸碎玻璃的咣当声，有叫喊着打倒什么什么的，甚至还有女老师哇哇的哭叫声，尖利凄惨。

好端端的县立中学怎么弄得像养猪场，哪还有点学校的样子？程怀远直起身，脸趴到栅栏门上察看。

路尽头的白色教学楼上，好几个教室的窗户突然打开，震得玻璃都碎了。书本撕碎了抛掷出来，纸片雪花般飘撒在半空中。花岗岩的园丁雕像脸上涂了墨汁，断胳膊断腿地翻倒在花坛里。有张被烧着了的课桌轰的一声飞出窗外，摔了个粉身碎骨，还哔哔剥剥地冒着一阵阵黑烟。

走廊上欢呼的学生汇聚成一条长龙，押送着几个头套字纸篓的教师往操场司令台那儿去。有的学生嫌老师走得慢，挥舞着扫帚抽打着，骂着老浑蛋！程怀远一看就急了，双手死劲拍打栅栏门，引来传达室看门的老头。

“师傅，里边出什么事了？”

“还有什么事，学生造反了，要停课闹革命呗。”看门的老头回答了一句，开了挂在门闩上的铁锁，躲进传达室再也不出来了。

程怀远想进校园察看个究竟，一时之间拿不定主意。里边操场上的口号声喊得震天响，批斗会很快结束。一群群中学生个个晃着红彤彤的脸，追追打打跑了出来。他们的手臂上戴着红臂章，干瘪了的书包毛巾似的，卷成一团捏在手上。也有的把黄书包当成皮带,边跑还边甩打着路边的香樟树,打得树枝和树叶掉了一地。

学生闹革命居然是这样闹法的,还打老师?程怀远被这阵势弄糊涂了。他闪到门边,在人群中仔细辨认着,终于在一大群红卫兵中找到了程土改。

程土改只顾和身边的同学说话,根本没听到有人在喊他。一直到旁边的同学扯了扯程土改的衣袖,说:“你那个右派父亲在叫你呢。”程土改这才注意躲在围墙根下的父亲。程怀远手捧着一包肥料,满脸的紧张和疑问,样子挺滑稽。程土改胸怀伟大的革命理想,心中似已经没有程怀远什么位置。他不情愿地迎上前,压低了声音问:“你怎么在这儿?”

程怀远看了看程土改干瘪的黄书包问:“你不读书了?”

“毛主席叫我们不读书的。”程土改激动得小嘴儿一抿,长着青春痘的脸上满是自豪。

“你们不读书,那干吗?”程怀远瞪圆了眼睛。

程土改也眼睛一瞪,扔给这落后分子一句话:“我们要上北京,去见毛主席。”

边上有同学推了推程土改,让他跟程怀远要钱,程土改想也没想,张口就要程怀远把身上的钱快拿出来。很多同学都围了上来,七嘴八舌地嚷嚷着,要程怀远支持学生闹革命。程怀远瞧瞧这个,看看那个,心里一百二十个不情愿,但还是把身上所有的钱都掏到手上,却不直接给程土改,而是严厉地责问程土改:“你刚才有没有打老师?”

程土改说:“没动手。他打了。”程土改随手一指身边的副班长。

程怀远得到了程土改的再三保证,才把一卷钱摁到程土改的手心里。同学们一见这么容易就搞到了钱,都拍着手高兴坏了。程怀远越发担忧,黑着脸问:“谁给你们开介绍信?你们怎么去北京?”

“老同志,你太跟不上形势了,我们是毛主席的红卫兵,我们是毛主席的客人,还用得着介绍信吗?”有个女同学插嘴道。

“要不你也跟着我们一起去吧?”

“不行,土改的爹是右派!”打人的副班长表示反对,阴险的目光里流露出了想批斗一下程怀远的意思。好在这时候,程土改带着两个同学从看门老头那儿,抢来了一根晾衣服的竹竿,三下两下就打出了一面大红旗。

校门口响起了毛主席万岁的呼喊声,应和着这声音,好些书包抛到半空中,又噼噼啪啪地落到地上。程怀远拉着程土改的手,问这问那的没个完,可是同学们都列队出发了,程土改急得跟什么似的,根本没心思答理这个右派分子。他取下挂在自己脖子上的铜钥匙,踮起脚尖挂到了程怀远的脖子上。

“爹,再见啦,你好好改造!”

程土改上北京大串联的日子对程怀远来说真可谓度日如年。

嘉禾县城毕竟不同于北京、杭州,白天闹哄哄的,晚上行人稀少,安静的马路上唯有戴红臂章的巡逻队走来走去。

程怀远上班时在单位里被造反派折腾个够戗,回家后一个人喝了点三白酒,早早地上床睡了。他做了个怪梦,梦见他正独自蹲在万亩荡边捉钉螺,钉螺捉了一只又一只,他都不感到腰酸腿疼。他兴致高昂地哼着歌,转到一棵大柳树下,荡里猛地蹿出一头样子像鳄鱼的怪兽,一口叼住他的裤脚管,使劲地把他往水里拖……他先挥舞着泥拍子敲打,但怪兽的脑壳硬得跟石头似的,震得泥拍子都碎裂了。情急之下,程怀远手里的长竹筷扎进怪兽的眼睛,怪兽眼睛里的鲜血泉眼般往外冒,可怪兽依旧不松口。他挣扎着,手搂着柳树跟怪兽抗衡,怪兽的力气很大,柳树咯吱吱地都快断了……

急促的敲门声,将程怀远惊醒了。

程怀远不顾身上的冷汗,拉亮电灯,下床打开房门。灯光突然打到程土改脸上。又黑又瘦的程土改脸上的青春痘没了,鼻子下边却长出了小胡子,衣服破破烂烂的,神情疲惫得都快站不住了。他叫了声爹,委屈地说:“你睡得太沉,我敲了许久,还以为你不在呢。”

“土改啊,你怎么弄成这样子?毛主席见到了吗?”

“当然见到啦,我们学红军战士爬雪山过草地,步行去北京又步行回来的。我们还去了延安,去了井冈山。怎么样,我们嘉禾一中的红卫兵挺厉害的吧?”程土改腿脚伸直,蹬掉了鞋底都快磨穿了的黄胶鞋,疼得嘴里直咝咝。

程怀远注意到程土改痛苦的表情,握着儿子的脚看了看,嘴里啧啧有声。他找来了一根针,半跪着要帮程土改挑血泡。不知怎的,程土改跟同学们在一起从不叫苦怕痛,但在父亲面前却坚强不起来,一个劲地摇头躲避。程怀远没办法,把针插回到日历上,又用脚盆准备了热水,端到程土改脚前。

“你好好泡泡,泡好了我再给你把血泡挑了,再不挑的话你就没法走路了。”

程土改将脚伸向脚盆,刚一碰上热水又缩回。

“爹,我疼。”程土改声音夸张地撒起娇来,要程怀远给他洗脚。程怀远骂了一声臭小子,乐呵呵地撩起热水淋到程土改的脚背上,每个脚指头他都细细地搓揉一遍。接着,他又换了脸盆要给程土改洗手,这回程土改不干了。

程土改黑糊糊的脏手一甩,警告道:"爹,我的手是不能随便洗的,我这手可是毛主席握过的。我已经一个多月没洗这只手了。从北京到这儿,一路上也算不清有多少人握过这只手。革命群众们都说握一握毛主席握过的手,也算是和毛主席握过手了。爹,你也想握一握吗?"

"真的?"程怀远惊奇地瞧了瞧,激动地把自个儿的手在身上使劲地擦了擦,然后郑重地握了握程土改的黑手,高兴地说,"啊,毛主席的手只有我的老领导赵省长握过。我们土改比爹出息多了,不光见到了毛主席,还跟毛主席握了手,真为你高兴啊。"

程怀远绞了热毛巾,给程土改洗了脸,还有那只没和毛主席握过的左手。他问土改饿不饿,程土改有气无力地拉长声调,回答了一声饿。

这时,有七八个跟程土改相同岁数的红卫兵一起拥上楼来,开心地叫着程土改的名字。程土改他们这一拨红卫兵从北京回来了的消息早就在县城传开,那些没去北京的同学一听说程土改和毛主席都握了手,兴奋得连夜找来了。

不用同学们多说,大家的心情程土改理解,他当下穿上鞋子,站起身要跟同学走。

程怀远说:"你不是饿了?先吃饭。"

程土改扎上武装带,抓起黄挎包,头也不回地回答:"爹,我去和同学们说说毛主席接见我们的情景,传达中央精神,明天早上我们还要开誓师大会,发动同学们造反!"

程怀远手里捏着个饭勺,急问:"又造谁的反?"

"当然是造当权派的反,走资派的反!"

程怀远当然知道当前的形势,不敢公开反对儿子去造反,只是委婉地提醒他说:"即使造反,也得吃饭呀!"

"吃饭吃饭,你就知道吃饭!老右派,革命不是请客吃饭!造反有理,只争朝夕!"程土改紧了紧腰间的武装带,大大咧咧地拍了拍程怀远的肩膀。

兴奋的程怀远怎么也睡不着了。他找出自己的军功章,整齐地佩带在胸前,坐到毛主席像下,就着灯光抚摸着刚才握过儿子右手的那只手,嘴里不出声地念叨着毛主席,回忆起从朝鲜回国想接受毛主席检阅而落空了的往事。

"这小子……"程怀远嘀咕一声,脸上浮现出舒展的笑容。

第五十四章

时习章的卫生局长当得有点烦。先是方圆圆坚决反对，几次三番说：“老时，血防不搞了，你这个教授、博士还待在这小县城干什么？”一定要他回杭州。时习章在农村那么多年，已习惯孤军奋战，跟省城和上海的专家教授联系很少，他手里正在做的研究也离不开数量庞大的血吸虫病人，他得时不时地进行回访和统计。时习章跟方圆圆僵持了大半年，最后还是方圆圆让了步，很不情愿地从省歌舞剧院调到县文化馆。再是会议多、文件多，他又是党外人士，他同意的党委会上不一定能通过，党委会的决定他有不同看法也不能提，整个工作就很被动。

慢慢地时习章开始明白，县里对他这种安排是把他当成一件摆设，是做给上级看的。理解了这一点，时习章尽量少管事，一心一意搞研究。

毛主席在京城大笔一挥，写了大字报，发出造反有理的号召，嘉禾县城顿时成了一片红海洋。沿街围墙上的大字报一层叠着一层，铺天盖地，内容五花八门。街上弥漫着一股糨糊的味道，拥来拥去都是看大字报的人群。装在宣传车上的高音喇叭一天响到晚，县委书记和县长都被红卫兵戴上了高帽子，胸前挂着木牌子被游街示众，早上出门买菜的方圆圆迎面遇到，吓得面无人色。她拎着空篮子跑回家，人还没进厨房，就忧心如焚地嚷嚷：“老时啊，这世道怎么乱成这样？太可怕了，县长书记都在游街，县教育局的会议室听说被红卫兵放火烧了，他们会不会也来揪斗你啊？”

“不会吧？我只不过是个小小的卫生局长，目标不大。”时习章淡然回答。但一听说红卫兵火烧了教育局，时习章还是担心手下人的安危，拎起人造革提包想上班去。

时习章的手刚搭到门把手上，弄堂里响起嘈杂的脚步声，有个人还嚷嚷着是这儿是这儿。紧接着木门被人嘣嘣嘣地踢得震天响，连门框边的砖头都松动了。方圆圆哎呀一声，手里的菜篮子掉到台阶上。时习章要去开门，方圆圆抓住他的手就是不让。

外面的叫嚷声更响了，有人喊着一二三开始撞门，时习章只好拔开门闩，一队红卫兵高举着语录本冲进，把时习章逼到角落里。

后退着的方圆圆躲到廊柱后，在大喊大叫的红卫兵中一眼认出了程土改。她好像是捞到了一根救命稻草，忙上去拉住程土改的手说："土改啊，这是怎么一回事？你时伯伯也犯错误了？"

我是响当当的红卫兵小将，怎么能跟资产阶级臭婆娘拉拉扯扯？程土改这一次带人来冲击时宅，怕的就是这个。他手里的语录本一扬，一把甩开方圆圆的手，呵斥道："什么时伯伯不时伯伯？你给我滚开！我程土改是毛主席握过手的红卫兵小将！"

"叫你滚开你就滚开！"领头的齐司令一脚踹在方圆圆的腿弯里，方圆圆一个趔趄，手扶廊柱，哇的哭出声来。

两个红卫兵架起时习章的胳膊，把他拖到客厅中央，另外的红卫兵围成半个圆圈，振臂高呼：

"打倒反动学术权威时习章！"

"打倒美帝国主义特务时习章！"

……

呼了一阵口号，红卫兵分成两组，一组由程土改带队，上楼去时习章的书房搜查，另一组女红卫兵则是在楼下的卧室、客厅翻找发报机或者变天账。半人高的景德镇花瓶砸了个稀巴烂，墙上的书画撕成了两半，披挂到方圆圆身上，头上还勒令她戴了一个搪瓷痰盂。红卫兵们疯够了，走的时候，几个力气大的红卫兵竟抬走了钢琴，另有一拨人往时习章脖子上挂了木牌，敲锣打鼓地押着他出门去。

程土改表现积极，跟他爹程怀远是右派分子有关，也跟他来自贫苦乡村有关。他到了人生地不熟的县城，非常害怕没有朋友，害怕同学们不理他，冷冷清清一个人会被组织抛弃，所以不管是停课闹革命，还是上北京串联，程土改都冲在最前面。他从北京一回来，由于在人山人海中被毛主席握过手，一下子成了名人。好多红卫兵组织都邀请他加入，最后他参加的是嘉禾城里人数最多、打人最狠的井冈山战斗队。战斗队头头姓齐，程土改他们都叫他齐司令，战斗队总部设在县蚕种场。时习章作为井冈山战斗队捕到的一条"大鱼"，单独关进蚕种场的一间黑屋子里。门外看守他的红卫兵有两个，其中之一就是程土改。

齐司令这样安排当然是有目的的，他在考验程土改。程土改明白，关进黑屋子里的时习章不明白。他进了里边个把小时就开始叫程土改的名字，程土改低头瞧了瞧身上的绿军装红臂章,皱紧眉头沉默着。

程土改不理!

时习章只停一会儿,继续用喑哑的嗓子隔着门板叫。

一起看守的红卫兵朝程土改扮鬼脸,程土改觉得很丢面子,火冒三丈地拉开房门呵斥时习章,喝令他老实点。

程土改给了同伙一根烟,两人聊了会儿大串联的趣事,时习章在里边消停了两个小时,又叫嚷着要上厕所。

"这个美帝特务怎么这么讨厌?"

时习章背靠着墙壁而坐。一天的经历对他来说像是做梦一样。那些平时乖巧的孩子,怎么红臂章一戴,个个变成了凶神恶煞?还有批斗他的发言稿,历数他的罪状,什么跟国外专家通信,其实是出卖军事情报;什么在卫生局里称王称霸,压制革命群众;什么恶毒攻击共产党等,每一条听上去都足以置他于死地。而那些簇拥在台下的黑压压的人群,只要主席台上一声喝令,成千上万的人同时振臂高呼打倒时习章,打倒反动学术权威!骤然而起的声浪,都能把人的身体托上天去。最难受的还是抽到他背上的皮带和那些拳脚。时习章脸上划了好几道口子,头颈还在隐隐作痛。他想念方圆圆和儿子,泪水顺着他的脸颊默默地淌着。

时不时有拍桌子呵斥的声音传到禁闭室,迷迷糊糊的时习章睡睡醒醒,小虫子咬得他的肩膀痒痒的。忽然门锁一声响,时习章警觉地收拢伸着的双腿。门先是开了一条缝,之后程土改闪身进了屋子,猫一样无声地走到时习章身旁,蹲了下来,叫了声:"时伯伯……"

"土改啊,你的血吸虫病还是我给你看好的,难道你忘了?"

程土改跟程怀远手拉手躺在丹牌里的稻草地上,是时伯伯开的方子治好了他的大肚子病,这件事程土改烧成灰都忘不了。可这儿是井冈山战斗队的司令部,队友们个个知道他跟这个美帝特务有关系。程土改的心跳到嗓子眼,朝门口望了望,弯下腰装作系鞋带,将耳朵贴近时习章的嘴。

时习章悄悄说:"我想见你爹。"

"时伯伯,你都进了这儿了,为啥要见我爹?难道你还想连累他?"

时习章摇了摇头,说:"不是,我只是想他。"

程土改诧异地直起了腰,觉得这要求太荒唐,就很失望地扫了时习章一眼,什么也没说地出门去。到了后半夜,齐司令他们都睡着了,程土改口袋里藏了根玉米棒子,借口换那两个站岗的战友去吃宵夜,站到了黑屋子外面。

时习章听到开门声，醒了过来，见程土改又进来，且轻声说："时伯伯，我爹不可能来见你，你有什么话，我可以转告。"

时习章写了个小纸条，纸条被程土改藏到鞋垫下带出了蚕种场。他回到家，程怀远听说今天揪斗的人竟然是时习章，一下揪着程土改的胸口，骂乌龟王八蛋，挥起手臂要扇耳光。程土改早有防备，躲闪着。

"你这臭小子，居然敢忘本，你不想活了！"程怀远抓起一只竹椅，程土改委屈地叫了声爹，擦了把喷到脸上的口水，扒了鞋摸出那张小纸条。

程怀远急急忙忙地赶到县人民医院。吴忝绮虽然已是副院长了，但依旧一个人住在集体宿舍里。宿舍外边有围墙和传达室，边上的铁门紧关着，程怀远翻门而进，悄声叫起了吴忝绮，压低了声音说："老时被关起来了，他从审问的红卫兵嘴里得知消息，明天他们就要对你专政。"

"程队长，这世道都乱成这样，他们要专政，我有什么办法？"

"你怎么这么糊涂！我听土改说了，红卫兵要揪斗你，不光因为你是副院长，是当权派，还因为你信天主教，有海外关系，这些浑小子都吃过疯药似的，打起人来比鬼子还狠！还给人剃阴阳头，得赶紧想个办法躲起来。"

"这年头，能躲到哪儿去呢？"

"眼下唯一可去的地方就是农村，那儿到处都是我们救治过的血吸虫病人，他们会想尽办法保护你的。"

"这算什么？躲躲藏藏，没有名义，没法工作，这是老鼠过的日子，我不走！"吴忝绮的固执程怀远也不是第一次领教了，他早有思想准备，说："有名义，也会有工作。据我所知，现在好多地方的血吸虫病又蔓延开来，你仍旧可以组建一个血防小分队。只要到了农村，到了血吸虫病人中间，一切都好办了。"

"那红卫兵追来怎么办？"

"那还不好办？你们可以采用游击战术，他来我走，他走我留。至于名义嘛，眼下杨初还没受到冲击，还是县血防办的副主任，我这就去找他，让他给你弄个文件，不就师出有名了吗？"

"可是这样一来，会不会牵连到杨初，连累到你？"

"管不了那么多了，能保一个是一个。"

第二天，井冈山战斗队倾巢出动，搜遍了整个县人民医院，也不见吴忝绮的影子，这让齐司令觉得脸面都丢光了。

到了中午时分,有个红卫兵进来通报,说据县人民医院的红卫兵报告,这吴忝绮大清早就带了一支血防小分队下农村去了。具体的去向好像是嘉禾北片的乡村,好像这事还是县血防办批准的。

“走资派就是他妈的狡猾!”齐司令火冒三丈说,“姓吴的就是跑到天涯海角,也要抓回来批她个三天三夜,再踏上一只脚,叫这个女特务永世不得翻身!程土改,你说是不是?”

齐司令的手指在程土改的脸上弹了弹,程土改惶恐地连连点头。

第五十五章

吴忝绮躲过了一劫，程怀远当什么事也没发生，偶尔上卫生局照看花草，把被风刮落的标语大字报捡到垃圾箱里烧掉，但大部分时间都待在家里。

这天是个周末，程怀远正在家补一只袜子，突然有七八个红卫兵晃着肩膀闯进来。

程土改是红卫兵的活跃分子，这个家他的同伙们进进出出挺多的，程怀远还以为他们是来找土改，眼皮也没抬地说了一句："土改不在……"他的话还没说完，几个红卫兵小将一拥而上，把他压倒在地，缝衣针扎进了程怀远的手掌心。

正在生煤炉的邻居手里捏着柄破蒲扇，目送着被五花大绑的程怀远出了弄堂口，领头的红卫兵高呼："打倒反革命分子程怀远！"

"什么？你说我反革命？"程怀远这辈子最头疼反革命这三个字，当下停下脚步，瞪圆了眼睛与红卫兵争执。

"就算你不是反革命，也是个不老实的右派分子！你干过的坏事，你自己心里最清楚！"领头的红卫兵以前常来程家玩，有一次还跟程土改一起偷过程怀远的香烟。红卫兵推着程怀远上了永政桥，有人嫌程怀远走得慢，踢了他一脚，程怀远身子猛地往前一蹿。红卫兵说程怀远想跳河自杀，是自绝于革命，便用皮带和拳头一顿暴打。

遍体鳞伤的程怀远被关进了蚕种场的催青室。所谓催青，就是孵化前的蚕卵在此加温，因此地面还算干燥，靠墙边还浇了条水泥地沟，以前关押的人往里边大小便，臭烘烘的如同粪坑。

时习章这些天一直在写交代材料，但他的材料都是用英文写的，然后交给红卫兵，可谁也看不懂。齐司令恼羞成怒，命人也把他关进催青室。一见蜷缩着的程怀远，时习章猛然一惊。吴忝绮走后，时习章最担忧的就是程怀远。王局长被揪斗时，局里的造反派就说程怀远是王局长的死党，想冲他下手。愤怒的时习章当众摔了热水瓶，才压了下去。他预感到程怀远迟早会被卷进来的,但没想到会这么快!

屋子里太黑,时习章看不清老伙计身上的伤口,但从呻吟声听得出,程怀远不仅仅受的是皮肉之苦,可能还伤到了骨头。

“老程,他们怎么把你打成这样? 太法西斯了!”

程怀远挣扎着移了移身子,背靠到墙上,紧握住时习章的手说:“没事的老时,几个小毛孩能把我怎样? 他们骂我是右派,我认。说我给吴忝绮通风报信,我用沉默应对。可他们一口咬定我程怀远反对毛主席,是反革命,我这才火了。我程怀远为革命出生入死,我会反对毛主席? 我坚决不认账。我还告诉他们,你们就算打死我,我也绝不认!”

程怀远和时习章被揪斗打伤的消息传出县城,传到了耿福贵耳朵里。耿福贵气得当场就拍了桌子,说:“我操他娘的这些王八羔子,吃的是我们贫下中农种出来的米,举的是烈士鲜血染红的旗,都反了天啦!”当天他召集大队里的社员们开了个会。

社员们一听群情激奋,嚷嚷着说也要去造反,造井冈山战斗队的反!他们拍打着胸脯,急得眼睛都红了,说:“耿书记,毛主席叫红卫兵造反闹革命,这肯定是对的。但那些个浑小子好人坏人不分,连程队长、时老师这样的好人都抓都打,你说,我们贫下中农不管行吗?”

社员群众的情绪一下子被调动起来,就连落户在栖真大队的哑巴和尚智了也啊啊个不停。

“程队长、时医生是不是好人,毛孩子们说了不算,我们这些个血吸虫病人说了算。刚吐出奶头的小孩会造反,我们贫下中农难道不会造反?”社员们的要求和耿福贵的打算不谋而合。他生怕社员们有过火行为,严肃地宣布纪律,强调一切行动听指挥,又特意招手叫智了过来,面授机宜,这才带着社员们摇船进城。

齐司令的造反司令部设在县蚕种场,这对于当了多年支书的耿福贵来说熟门熟路。栖真的社员们来到天星湖边的蚕种场码头上,悄无声息地停好船,听从耿福贵的吩咐作了分工。

两条狗从桑树地里钻出来,冲着码头上的陌生人狂吠,怕狗的哑巴和尚躲到耿福贵身后,耿福贵扔了两个拌了老鼠药的饭团,就把狗毒翻了。

齐司令带着大队人马到华丰造纸厂揪斗反动资本家朱华丰去了,只留下几个年龄还小的队员在司令部里,涂写着明天得张贴出去的大字报。耿福贵带着社员拥进蚕种场大门,把几个红卫兵统统都赶进审讯室。

耿福贵揪了个年纪最小的红卫兵带路,找到了催青室,砸了门锁。耿福贵大叫着老程、时医生，打亮手电，照见程怀远和时习章背靠着墙坐着。程怀远脸上的伤口已经凝成血斑，都快化脓了。时习章的情况稍好一些，可他的眼镜片被打碎，上面贴着块橡皮膏。

“福贵，你怎么来了？”

“我来晚了。”耿福贵搀扶着程怀远就走，智了扶起时习章跟在后头。

到了门口，时习章从智了的手上挣脱出来说：“福贵啊，你只带老程走，他性子暴，老和红卫兵吵会被打死的！”

“老时！”程怀远知道这些红卫兵心狠手辣，单留下时习章他不放心，手撑在墙上不肯走。

“时医生，快走吧，这儿可是狼窝啊！”耿福贵把程怀远交到一个社员手里，回过来拉时习章，时习章急着躲到角落里，任凭耿福贵说什么都没用。

程怀远挣脱搀扶他的社员，回过身来要背时习章。时习章推了他一把说：“老程，这一回你得听我的，快跟耿福贵走吧。我留下有我留下的打算，我大小是卫生局长、头号反动学术权威、美帝特务，目标太大。而且我还有老婆孩子，我要是走了，会牵连太多，你们快点走吧！”

程怀远明白时习章的一片苦心，叫了声老时，哽咽得说不出话来。

耿福贵没想到会出现这种局面，一下子变得六神无主。有人进来汇报说，刚才我们冲进蚕种场时，有红卫兵翻围墙跑了，估计通风报信去了。耿福贵想到毕竟在别人地盘上，时间拖久了肯定会有大冲突，就喊了声：“时医生，你保重！”背起程怀远撤到船上。

果然不出耿福贵所料，他的船队只摇到落帆亭那儿，齐司令他们的挂机船就突突突地追来了。挂机船速度快，追得也急，打老远红卫兵就往耿福贵他们的手摇大船扔砖头石块。齐司令站在船头上，喝令耿福贵停船。

耿福贵让载着程怀远的大船先走，自己跳到智了摇着的小木船上，竹篙一撑，小木船横在河中央，拦住了挂机船的去路。

河面上白色的水鸟惊恐地叫着，朝岸边的芦苇丛中逃去。一大一小两条船越靠越近了，齐司令挥着手大喊：“撞翻它！”

挂机船上的柴油机吼叫着，加大了马力往前冲，就在小船即将被撞翻的瞬间，哑巴智了抓住耿福贵肩膀，纵身一跃，竟将耿福贵也挟着跳上了齐司令的挂机船！

“他有武功……”齐司令指着智了，惊诧万分。

耿福贵掏出一根烟来叼到嘴角上，伸手问：“齐司令有火吗？”

齐司令紧张地后退半步，惊惧地说：“没有……”

智了从口袋里掏出盒火柴抛给耿福贵。耿福贵点着了香烟，笃悠悠地看着智了夺过一根刺向他脸膛的尖头竹篙，然后将冲上来的七八个红卫兵连同开船的司机逼进船后的舱篷内。智了龇牙咧嘴地冲里边挥了挥拳头，合上两扇木门，又在门把手上穿了根麻绳。

齐司令已是光杆司令一个，他谅自己不一定会是耿福贵的对手，便威胁说："我认得你，你是耿福贵，你就不怕我联系另外的红卫兵踏平你的栖真村？"

耿福贵弹了弹烟灰，语气谦和地说："我也认得你，你姓齐是吧？齐司令，你手下的小伙子们人长得神气，黄军装一穿，武装带一扎，不得了了。我们乡下人，没啥知识，也土气，可我们厚道。你想来栖真做客，很欢迎。要闹事，我们乡下人怕什么？大不了用锄头铁搭来招呼你们就是！"

智了像是跟齐司令打招呼似的，啊啊了两声，还打了个手势。

"哑巴苦啊，智了的意思是问，你想下河游泳吗？"

"今天算我栽了！"齐司令瞪了瞪眼睛懊丧地挥着手，背了身不理耿福贵。

耿福贵也挥了挥手，与智了下到小船，得意着摇走。

第五十六章

耿福贵等社员们欢天喜地地载着受伤的程怀远返回栖真村。一路上大家都夸奖智了的功夫，劝说他收徒弟，开心得智了嗯嗯啊啊的。程怀远不顾伤痛，向耿福贵打听吴忝绮她们的情况。耿福贵说，吴忝绮她们正在四处给人治病。她们有老百姓的掩护，就像河流回归了大海，成了一支下落不明的血防游击队。

血防队解散时就回到百花庄的大粒米成了她爹金星奎心里的隐痛，也成了整个百花庄人的心病。眼下年关将近，农村里的婚嫁接连举行。聚会多了，村里的几个媒婆这些天都在为大粒米的事情忙活。这一天早上，一个姓黄的媒婆垂头丧气地来到大粒米家，对金星奎说："阿叔啊，上次我跟你提过的小伙子，人老实本分，是把干活的好手，还是共青团员呢。本来也挺喜欢大粒米，他们知道你家成分不好，不过他们自己成分好，这就没关系。可惜的是，大粒米在血防队工作那会儿，被那个医生那个过了，几个做长辈的都说怕担不起这个骂名，所以就……"

大粒米的爹虽已好几次听到这样的话，但仍反应剧烈，咳嗽得弯下了身子。他自己捶了捶背，喘着气说："老婶子，你真是菩萨心肠，我这女儿可怜，从小没了娘，她都这么大了，再拖下去可真的嫁不出去了。求求你再想想办法吧。"

大粒米在房间里听到她爹的话，又羞又气，一下扔了手里扎着的鞋底，隔着门喊道："爹，你别说了，我不嫁，我伺候你一辈子。"

金星奎喊道："住嘴！男大当婚，女大当嫁，这婚姻大事没你说话的份儿！"

黄媒婆见父女俩吵了起来，劝也不是，不劝也不是，就悻悻地走到晒场上。金星奎又追出，再三恳求她想想办法。黄媒婆磨不开乡里乡亲的面子，为难地掰起了手指头，一一细数着她手头掌握的想娶媳妇的人家：张家老二、王家老三、赵家老大……一直掰到了薛癞子。

"薛癞子？"

黄媒婆摇着头说:“这薛癞子好吃懒做,偷鸡摸狗,远近闻名,她叔你也知道他那副德行。说他流氓不像,说他农民更不像,是个有爷娘生没爷娘教的主儿。你家大粒米要是嫁给他,那可真是把她往火坑里推!我这个做媒的,到菩萨门口都要被怪罪的。”

“那,真的没人……”金星奎脸上的每一根皱纹都在诉说着无奈。

有个社员从大粒米家的晒场前跑过,黄媒婆叫住了他,问:“什么事跑得像是房子着火了。”

那社员腿脚不停,嘴巴也不停地说:“栖真那边的耿福贵领人去了城里,把血防队的程队长从红卫兵手里给抢回来啦!”

“程队长!”

大粒米本来就在屋子里竖着耳朵听黄媒婆和她爹说话,一听程队长来了,便急蹿出门,一路小跑地赶到邻近的栖真大队。

栖真大队部已里三层外三层围满了社员群众,跟耿福贵一起进城的社员们像英雄似的,向大家介绍抢人的经过。还特别夸奖智了的功夫如何了得,可把那些个草包红卫兵镇了。智了一瞧那么多的人冲他竖大拇指,难为情地抓了抓光光的头皮,转身离去。

大粒米听了一会儿,得知程怀远被红卫兵打伤,便着急地使劲往里挤,快挤到里面时,大粒米突然想起什么似的,又退缩了。

不声不响的大粒米绕到屋子后面,从窗户中偷偷地看程怀远。

程怀远靠在椅子上,一脸的憔悴。耿福贵他们几个大队干部坐在一起,正在说着事情。程怀远的脸刚由大队赤脚医生消过毒,抹着紫药水的脸部肌肉在窗外射进来的光线里微微抽搐着。村子里的张三李四,轮换着挤到门口来跟他打招呼。程怀远强打起精神,回应着好心的社员们,还拿其中一个怀孕的女社员开了句玩笑。他根本没想到,就在两米开外的窗户外面,正有个姑娘牵肠挂肚地注视着他,火热的目光都快把窗玻璃给熔化了。

到了黄昏时分,人群才四散而去,包括大粒米。

耿福贵老婆孩子全家出动,来大队部拉程怀远去吃晚饭。盛情难却,程怀远去了耿家。耿福贵的老婆惠英是个烧菜的好手,没一会儿,鱼啊肉啊一碗碗地往八仙桌上端。

程怀远感慨地说:“福贵啊,你小子真是名字里有福,生活上也有福啊。”

耿福贵怕勾起程怀远的伤心事,不接他的话,只是给他倒三白酒。惠英见了就说:“程队长有伤在身,不能喝酒的。”

耿福贵看着程怀远，手上倒酒的动作停了下来。程怀远嘿嘿一笑，从耿福贵手里一把夺过酒瓶子说:“这点小伤算得了什么？当年我和福贵在战场上，别说是脸上有伤了，就算肠子打穿了也照样喝庆功酒！”

两个人喝了一会儿酒，话题自然就聊到了血防。耿福贵放下酒碗，心情沉重地告诉程怀远：“老程啊，这血吸虫怎么这样厉害啊？要说我们病人都治过了，粪水也管好了，螺也灭过了，可村里又有一些社员得了血吸虫病，有的还相当严重。这年头，城里都在闹革命，医院砸烂了，医生被打倒了，想看病也没地方去。村里的大肚子病人又只能像以前一样，苦熬着了。”

听福贵这么一讲，程怀远心里难受，福贵的儿子靠在他的膝盖上，逗他玩也没反应。呆了半晌，程怀远说:“福贵啊，不光是你们栖真大队这样，另外地方的血吸虫病也闹腾起来了。当年我们血防队倡导的灭螺、治水，治一块、清一块、巩固一块的方法还是有效的，都向全国疫区推广了。可血吸虫病又抬头，这说明我们的工作还没有做彻底。我看我们的决心得下得更大些，既要治标，也要治本，恐怕还得发动社员群众重新灭螺，而且这次不能漏一块地方。”

“好啊老程！反正县城你是回不去了，你是灭螺专家、灭螺疯子，你就在这儿领着我们大伙干吧。”

只要一提起灭螺，程怀远什么烦心事都抛到了脑后。他端起酒碗和耿福贵碰了碰，又和耿福贵儿子手上的小饭碗也碰了碰，说:“老福贵、小福贵，你们放心，我那件棉军衣虽说没穿在身上，可那些芒刺仍扎在我老程的心头，只要还有血吸虫病，还有钉螺，我程怀远跟它们你死我活，没个完!”

程怀远养了几天伤后，又成了栖真大队的灭螺指导员。早出晚归，日子仍过得风风火火的。但有一件事情还是让他困惑着。天黑了，程怀远跟着灭螺队从田畈上收工，回到大队部旁安顿他的小屋里，总是发现屋子被人收拾过，床铺杂物归置得整齐，换下来的沾满泥浆的衣服也洗得干干净净。更奇怪的是小桌子上有饭有菜，而且还热乎乎的。程怀远劳累了一天，饿坏了，胃口大开，吃是吃了，可心里不踏实。

几次三番之后，有一天惠英做了晚饭，让耿福贵来叫程怀远过去一起吃。程怀远指了指小桌子上的纱罩，说:“福贵啊，你别跟我摆迷魂阵了，你自己拿开罩子看看。”

耿福贵掀开罩子一看，一顿像样的晚饭就摆在那儿。他比程怀远还要稀奇,咂吧着嘴而叹。

"福贵,你都叫人给我送饭菜来了,我还去你家吃呀?"

耿福贵忽然问程怀远:"知不知道'田螺姑娘'的传说?"

"我知道啥个田螺姑娘、田螺小伙的?"程怀远摇了摇头。

耿福贵说:"有一个好小伙子,厚道心善,可就是讨不上老婆,他家的水缸里有一个田螺精看上了他。每次这小伙子下田干活,这田螺精就从水缸里出来,变成一个漂亮的大姑娘,给小伙子做饭做菜,等小伙子从田里收工回来,热饭热菜已经在等着他了。可田螺姑娘呢,早就躲进水缸底的田螺壳里去了。这一回可是苍天有眼,我们这儿真出田螺姑娘了。"

隔了一天的下午,阳光明媚,懒洋洋的风拂着懒洋洋的柳树枝,湖羊草里的青蛙呱呱呱叫个没完没了。一条长满杂草的田埂路上,有个人影朝栖真村走来。到了村子里,她低着头,大路不去,专找僻静的小弄堂走,七拐八绕地到了栖真村大队部。她知道程怀远藏钥匙的老习惯,熟门熟路地从门槛下面摸出钥匙开了门。进了小屋后,她先给叠被子,又收拾脏衣服,装在一个竹篮子里,去了绿树掩映着的河滩边。她刚在河埠的石阶上蹲下身,被岸上几个过路的婆婆婶婶瞧见了。

黄媒婆正好也在,她停下脚步,捅捅这个扯扯那个地让大家伙看。一番指点之后,黄媒婆道:"老婶子们,你们看看,你们看看,金星奎的姑娘,洗个衣服也跑这么远?怪不得没人敢要她,原来她早就有了相好的,还害得我被她爹逼着,东跑西跑地瞎起劲呢。"

大粒米使劲地搓着衣服,羞得都抬不起头。她回到小屋,把洗好的衣服晾挂到窗钩子上。西下的阳光从窗外照射进来,投下纵横交错的黑影子。大粒米快手快脚地取出带来的净菜,用程怀远的煤油炉做好了晚餐,细心地摆在小桌上。她拿起抹布擦了一遍桌子,刚取下挂在墙上的纱罩,门咣当一声被推开——程怀远出现在门口。

"程队长……"大粒米慌乱地盖上纱罩,抓起搁在凳子上的布包就想走。

堵在门口的程怀远挡住了她的去路:"我早猜到是你。"

大粒米想走走不成,脸涨得通红,背对着程怀远站着。她胸脯起伏着,眼望着窗钩上摇摆着的衣服不吱声。

"你为啥还要躲着我?"

"我名声不好,不能让你受牵连。"

"那件事已经过去这么些年,你还放不下?什么名声好不好的?那是封建！你大粒米还算是在血防队干过的，你信这个？”

被程怀远这么一骂，大粒米的眼睛里涌出了泪花，可她还是摇了摇头，声音坚定地说：“我就是不想连累你。”

“连累我？我这个右派分子现在连累的是你们这儿的社员群众。乡亲们把我从红卫兵手里救了出来，在我落难的时候收留了我，给我住、给我吃的，这份情我记着、领着。我程怀远行得正，走得直！你也要昂起头来，凡事只有你自己先放下，别人才会放下。”

第五十七章

万亩荡边的芦苇滩上，程怀远放火焚烧枯掉了的芦苇，再指挥社员挑来稻畈泥覆盖有螺的河滩，沿着荡边筑了一条光溜溜的灭螺带。那天是阴天，天空灰蒙蒙的，万亩荡里风急浪高，有些社员催程怀远，说该收工回去烧夜饭了。

程怀远看了眼天色，叫他们再干一会儿。有人假装抱怨说我们家里可没有“田螺姑娘”做饭，工地上的男男女女都笑。程怀远刚想宣布收工，打老远看见耿福贵沿着荡滩跑过来。

人还没跑到跟前，耿福贵挥着手叫：“别干了，快收工回去看看什么人来啦！”

“是不是吴忝绮他们？”耿福贵笑而不语，程怀远明白了，他斜背上装钉螺的布袋子便跑。到了栖真大队部，果然见到了吴忝绮与夏沫等人，手脚上泥也不洗地冲着她们傻笑。

“程队长你怎么回事？是不是被红卫兵打傻了？我们好不容易会面，还不庆祝庆祝！”夏沫笑着说。耿福贵一听，叫人把家里好吃的东西全拿来，另一个大队干部搬来两坛子三白酒。耿福贵又示意会计去大队养猪场杀猪，会计迟疑着，说：“耿书记，这猪还不到一百斤呢。”

“杀！”耿福贵的话斩钉截铁，会计拔脚就去张罗。耿福贵又叫住会计，叮嘱他留出两斤好肉。

栖真村像是过节似的，养猪场那边猪叫人喊，大队部这儿当场用砖头垒起大灶，由拴了围裙的惠英掌勺，切菜烧火地忙开了。酒菜准备停当，大队干部开了隔壁小学校的一间教室，用七八张课桌拼成个大桌，耿福贵怀里抱着高高的一大摞海碗，亲自往碗里倒酒。

这一晚，连吴忝绮也挡不住耿福贵的再三劝说，喝了满满一大碗三白酒，辣得直吐舌头。

栖真民风淳朴，但酒风粗野，大队干部们喝了个脸红脖子粗，个个想灌队员们酒。想不到夏沫她们仗着年轻体质好，反倒逼得大队会计当场喝吐。

烧菜的惠英身上围裙都没解掉，也被治保主任拉来代耿福贵连喝了两碗三白酒。姑娘们的脸喝得红红的，有的还唱起歌来。程怀远和耿福贵喝着喝着，便拿出战场上常用的招式，吼叫着划了一会儿拳，两个人很快都醉掉了。

第二天大清早，耿福贵将一包猪腿肉往程怀远手上一塞，关照他给大粒米家捎去。程怀远脑子里可没有客套这根筋，当下就犯难了。他把猪肉塞回到耿福贵手上。耿福贵不乐意了，批评道："老程，你这么大个人了，别跟小孩似的。你难为情个啥？人家给你做饭洗衣服都不难为情，你得感谢人家一下，懂吗？"

程怀远吃过早饭，终于想出个办法，他叫上吴忝绮，两个人一起去百花庄。大粒米刚收拾好一副挑担准备出工，一见程怀远带着吴忝绮来，她拉着吴忝绮的手，一口一个忝绮姐，亲热得不行。吴忝绮是第二次来大粒米家，金星奎知道好心的吴护士长。老人乐呵呵地拄着拐杖，去烧了开水，给两位贵客泡了乡下待客用的炒米茶。

程怀远一坐下，取出两斤猪肉，不好意思地放到桌上。

"你这是干啥？"大粒米没想到程怀远会带礼物来，很难为情，眼睛都不知道朝哪儿看了。程怀远嘿嘿干笑着，开不了口。

然而，就因为这两斤猪腿肉，栖真村和百花庄的个别社员不清楚吴忝绮是付了毛猪钱的，说什么大粒米卖人肉，程队长送猪肉！大粒米听到了这样难听的话，一个人蒙着被子哭了大半夜。

栖真寺内的血防点布置停当，开始收治血吸虫病人。可奇怪的是竟有一些女性病人不愿意来血防点治疗，特别是两名患有急性血吸虫病的姑娘死活不肯来。

程怀远和吴忝绮有些纳闷，就跟耿福贵说，让他出面去做工作，有病还是早点治，拖得越晚越麻烦。

本以为耿福贵出马肯定是没问题的，想不到耿福贵去了没多久，气哼哼地一个人沿着河滩返回，脸色青得像是刚跟人吵了一架。

队员们围了上来，七嘴八舌地问他出了什么事情。耿福贵说，患者家属认定血防队是流氓队，说是当初大粒米这样的清白姑娘，就因为进了血防队才活生生地给毁掉的。要治就去城里大医院，怕就怕进血防队。血吸虫病是看好了，名声却坏掉，到时候连招个女婿都麻烦。

血防队员们一听耿福贵这么说，气得很。夏沫说："既然这样看我们血防队，这个地方我们不待了，转场到别的公社去。"

"这才遇上多大个事,就想打退堂鼓?"程怀远一说,夏沫便不再吱声。

过了午后,程怀远和吴忝绮结伴去了这两户社员家,想以血防队的名义再做做工作。远远地,这两家的男主人一看见血防队有人来,竟然都手忙脚乱地关紧了堂屋门,还插上了门闩,随你怎么叫,里边的人就是不回音,给他们俩吃了闭门羹。

消息从栖真传到百花庄,大粒米的心伤透了。她躲在房间里,耳边又响起大粒米卖人肉、程怀远送猪肉的话,哭得手绢都湿透了。金星奎不明白怎么一回事,怕女儿哭伤了身体,急得在外头胡乱拍门,还嚷嚷说:"你再不开门我要到栖真叫程队长去了。"

大粒米怕她爹真的会去血防队,开了房门:"爹,我决定了。"

"什么决定了?"

"女儿决定嫁人。"

"嫁人?嫁给谁?"

"薛癞子。"

大粒米要出嫁,而且嫁的人竟然是薛癞子,吴忝绮吃惊得很。她把自己手头的活儿安排给夏沫,一个人去了百花庄。

大粒米家是一副办喜事的样子。占据了大半个走廊的稻草垛已经拆掉,腾出地方来准备放酒席。晒场上搁着一些长凳,都拖到河埠头清洗过,堆在一起晾晒着。屋子朝南的墙壁新刷了石灰水,白花花地耀人眼睛。堂屋的门楣上钉着一块红布,上面折着清晰的褶子。门把手上、窗钩子上也系着喜气洋洋的红绸子。大粒米头上扎着件破两用衫,举着一把绑在竹竿上的扫帚在搞卫生。一回头,看见了吴忝绮。

"你要出嫁,怎么也不说一声?你真愿意嫁给薛癞子?"吴忝绮问。

"像我这样的女人,除了薛癞子谁还要啊?"

吴忝绮上前握了大粒米的手问:"你,你不是跟程队长好好的吗?"

大粒米的心似被针扎了一下,她的手一抖说:"程队长是个好人,可我不能。"

"程队长他是喜欢你的。"

大粒米抬头注视着吴忝绮,摇着头说:"他待我好,关心我,可我名声这么臭,是个害人精。我对不起他,对不起血防队。"

"你怎么对不起血防队了?我们都喜欢你,你心灵手巧,勤奋好学,是个好护士啊。"吴忝绮掏出手绢,递给大粒米擦眼泪。

很快就到了大粒米出嫁的日子。

大粒米家的晒场上搭起了帐篷，摆着很多从邻居家借来的桌凳，远远近近的亲戚们都备了礼物，换上新衣裳赶来吃喜酒。晒场上烟雾缭绕，也弥漫着一股土豆烧猪肉的香味。很多狗在桌子底下钻来钻去，毛茸茸的尾巴上沾着瓜子壳。

金星奎忙进忙出地张罗着，撑出一张笑脸，见人就点头哈腰，端茶递烟。头戴花毛巾的黄媒婆手上夹着香烟，扯着尖利的嗓门逮住一个人就显摆她的功劳。

时已近午，村口传来小鞭炮的噼啪声，薛癞子带着一帮狐朋狗友，打扮得跟一队太湖强盗似的，吹着唢呐、敲着锣鼓荡进了百花庄。薛癞子见男人就分香烟，见女人就分水果糖。迎亲队伍由精神抖擞的黄媒婆引导，到了大粒米家的堂屋里入座。

大粒米在房间里已哭成个泪人儿。她再三关照金星奎要当心身体，干不动的活儿留着等她回来做，水缸里没水了就捎个口信来，金星奎千言万语憋在喉咙口，有老泪即将纵横。

薛癞子喝了一会儿茶，嫌金家的陪客不会说话，竟然掏出一副纸牌玩了几圈。他嫌大粒米在里边磨磨叽叽，耽误了他那边的亲戚们开席吃酒，坐在堂屋里骂骂咧咧。他手一招，手下的人抬着锣鼓到大粒米的房门口猛敲一通，吵得大粒米和她爹没法讲话。薛癞子的那副德行连脸上搽着胭脂的黄媒婆都看不惯，她帮着大粒米说了句话，却被薛癞子呵斥了。

锣鼓声一阵急似一阵，大粒米放开金星奎的手，掸了掸衣角，连红盖头也不盖，穿了身家常衣服跟在薛癞子身后迈出了家门……

第五十八章

吴忝绮昨夜一夜都没睡好，眼圈发黑，人虽然在病房里，心早就跑到百花庄。她心里一直在犹豫，要不要将大粒米出嫁的事告诉程怀远。

太阳升到银杏树梢头，升到了观音殿的屋脊上。吴忝绮从村民们那儿问清，照此地的风俗，新郎新娘是午时拜堂。她在想，大粒米这会儿该已上路了吧？她想到了嬷嬷，想到了时习章，还有李宋唐也想到了。

“主啊，原谅我。”吴忝绮在心里呼喊着，一遍又一遍。终于，她再也坐不住了，起身便跑。

“出了什么事？”程怀远差点被吴忝绮给撞倒！

“程队长，本来我不想告诉你，可那样做，我会后悔一辈子的！你知道今天是什么日子？”

“什么日子？”

“是大粒米出嫁的日子。她就要嫁给那个曾被你赶出血防队的薛癞子！”

“薛癞子？”

“是的，那个二流子！”

……

百花庄的社员们在村里的小桥上、巷子口用一根竹竿，一条绳子拦住迎亲队伍，跟新郎官讨要糖果香烟，以图个吉利。薛癞子今天娶到漂亮的大粒米，心里头美滋滋的，心情特别好，他耐心地一关又一关地应付着村民。

到了村口，薛癞子指挥手下把八个大炮仗在路边一字排开，拿烟头点燃了，炮仗声震耳欲聋，撒下的纸屑如雨飘拂。

突然，迎亲和送亲的队伍中撞出个人来，拉了大粒米便走。

“抢新娘啦！”有人高呼一声。

薛癞子忙回头，见此人竟是程怀远，便大吼：“拦住他！”

程怀远猛撞开几个拦他的二流子，叫道：“都给我闪开！这是我程怀远的女人！”

“姓程的，你他妈的一个右派分子敢抢我老婆！”薛癞子急红了眼，袖子一撸，扑了上来。

“薛癞子，你他妈的算个鸟！大粒米做你老婆，你配吗？给老子滚一边去！”程怀远呵斥着，干脆一把将大粒米扛到了肩膀上，拔脚要走。薛癞子抢过一根敲锣用的棍子，一下抽中了程怀远的后背。程怀远转过身，飞起一脚，竟把薛癞子踹进路边的水沟里。

躺在沟里的薛癞子叫骂程怀远是强盗、土匪。程怀远也不理他，两腿一用力，扛着大粒米像一阵狂风似的朝栖真村跑去……

这一天，当程怀远扛着抢来的“新娘”出现在栖真的村口时，栖真村都轰动了。

耿福贵担心薛癞子会扑进村来，便动员了民兵，将村子的各要道都把守上了。他的老婆惠英和吴忝绮等血防队姑娘们，紧急发动起来，在大队部的小屋里，为程怀远与大粒米布置出一个虽简陋却充满喜气的新房。

耿福贵嚷嚷着拜堂摆喜酒，却被程怀远拒绝。

“摆个鸟酒！”程怀远说。

“那堂总该拜拜，不然委屈了大粒米。”

“这个堂啊，刚开始灭螺的那年，我就和她拜过了。”

这一晚上，薛癞子没敢来。血防队的男队员和栖真村人想听一听房，他们埋伏在小屋之外，却没听到小屋内的任何声音。而他们的屁股却被人踢了。

踢人屁股的是耿福贵。他说：“患难夫妻的房听不得。”

这一晚上，有一个人几乎整夜未眠。

她是吴忝绮。夜深人静，吴忝绮坐在窗边的书桌旁，独自喝着她很少喝的三白酒，她喝的仿佛是自己的眼泪……

一轮残月散发着孤独的光芒，照着屋子里同样孤独的她。吴忝绮的指甲红红的，那是在给程怀远的新房写喜字时染的。吴忝绮就着灯光左看右看，倒了点热水，仔细地洗去手指上的红色，接着开箱取出当初专门给程怀远做的马夹背心，从缝在衬里上的小口袋内，取出了那张小纸条。

发黄的纸条在灯下重又展开，上面赫然写着：

不管你走到哪里，我的心永远跟你在一起。

泪水模糊了吴忝绮的视线，她手心里攥着纸条，几乎痛哭失声。

吴忝绮淡然地划燃一根火柴……一根小小的火柴，烧掉了纸条，也烧掉了吴忝绮心中的爱情。

仍是这一晚上，大粒米的老父亲一个人躲着喝醉了酒，先是号啕大哭一场，接着是放声大笑！之后颓然倒地，无疾而终。

程怀远与吴忝绮他们又自栖真转移到了陶墩。那是有一天夜里，耿福贵听到消息，投奔了红卫兵齐司令的薛癞子为报夺妻之恨，领着众多的红卫兵，要夜袭栖真村，活捉程怀远！为慎重起见，耿福贵恳求血防游击队转移。程怀远一开始不肯，吴忝绮劝程怀远，说："栖真的血吸虫病人也治疗得差不多了，还是该去陶墩，那儿病人更多！"

当程怀远等人悄悄转移到陶墩后，陶老先生捋了捋银须道："程队长啊，老夫也正要叫小明去找你们。村里又新发好多血吸虫病人，我这把老骨头睡不着觉，着急着呢！"

程怀远说："我们此来虽为避红卫兵，可冲着来的，就是血吸虫！"

陶明珠将拐杖往地上一戳，声音坚定地回答："血吸虫要治，难也要避！程队长你放心，血吸虫病人和血防医生是鱼水情，我们绝对保证你们的安全。我们这个村和栖真不一样，他们还通陆路，我们四面环水。再说了，村子里的人都姓陶，还数老朽辈分最高，小明又是支书，什么红卫兵、红小兵，从今天开始，未经我的同意，没有一个陌生人能进得了我们陶墩村。"

陶墩村的社员们听说程队长带着血防队又回来了，整个村庄都轰动了。大家捧着饭碗聚到陶小明家。陶家的长凳短凳，包括堂屋的门槛上都坐满了人。这些老老少少的村民程怀远都熟悉，其中好些已治愈过现在肚子又大起来的病人，程怀远看了特别难过。

吴忝绮脸色苍白，碗里的粥只喝了一半，就搁下饭碗拉着病人的手做初步检查。程怀远和陶氏父子商量了一下，仍旧安排血防队住在老地方。

第一批收进来的病人采用的仍是酒石酸锑剂三日疗法，但不同以往的情况出现了。呕吐、休克的病人比例很高，而且都集中在治愈后复发的病人身上。血防队带的医疗仪器和药品本来就少，这治疗上的难题弄得吴忝绮手忙脚乱，愁得都长白发了。她怕出意外，有些体质弱的病人不敢用针疗，只能眼睁睁地看着病人的身体一日不如一日地恶化下去。

一天傍晚，程怀远从陶小明家回来，正遇上洗完衣服的吴忝绮，两人站在院子里的井台边聊了一会儿。吴忝绮说："复发病人的病情复杂，对我们血防队来说是老革命碰上新问题。我们是从县城逃出来的，要设备没设备，也没有时老师这样的专家坐镇。按现有的水平，要做到根治太难了。"

"不治好病人，我们血防队哪有脸面吃着老百姓的饭？民兵还为我们站岗放哨啊。”程怀远心里琢磨着,这复发病人难治,有的抗药性很强,有的用药后反应很大,究竟该怎样应对。

两人几乎同时想到了时习章。程怀远说出要潜回嘉禾县城去见时习章的打算,吴忝绮的心猛地往下一沉,红卫兵气焰嚣张,程怀远此去太危险。她搁下手里的脸盆,撩了撩垂挂下来的短发说:“程队长,那个齐司令可是视你为眼中钉、肉中刺了,你这样太冒险。而且我们已经好久没有时老师的消息,你好不容易从红卫兵手里逃出,要是再次落到他们手里,后果不堪设想。”

“管不了那许多。还是一句话,救人要紧。”程怀远找到陶氏父子,让他们派条小船送他回危机四伏的嘉禾县城。

第五十九章

小县城差不多已被折腾坏了，大街小巷的墙壁上贴满了大字报，到处是冲来冲去抄家批斗的红卫兵，井冈山战斗队为了跟另一派红卫兵争地盘，一把火把人民剧院烧成废墟。每个十字街头都站着好几个脖子上挂着木牌子的走资派反革命，有的人脸上涂了墨汁，有的头发剃成阴阳头，其中就有程怀远认识的人民医院老院长。老院长顶着一头白发，一看程怀远路过，吃惊极了，跺着脚催促他快躲起来。

程土改仍旧在齐司令手下当红卫兵，把好端端的一个家差不多当成了红卫兵的联络站，一天到晚有穿黄军装戴红臂章的小伙子进进出出。

不敢回家的程怀远白天躲在人民公园的假山洞里，饿了吃点临走前大粒米给他烙的面饼，实在待不住了，就去凉亭那儿看几个老头下象棋。一直等到晚上天黑透了，街头行人稀少，程怀远才贴着墙根摸进时习章家。

方圆圆从叩门声上听出了怪异，手里捏了把花铲站到门背后，压低了声音问是谁。

"你来干什么？"方圆圆见了程怀远，仍旧极不客气，冷着一张脸道，"你儿子土改带红卫兵来我家砸东西捉人风头正足呢，你程队长没必要这么慌里慌张吧？"方圆圆也不招呼一声，自顾自地转身往屋里走。程怀远来不及辩解，硬着头皮跟在她后头。到了阶沿石上，方圆圆立定了身子，居高临下地问程怀远："有老时的消息吗？"

"老时还没放出来吗？"程怀远一愣道。

"放？原先他被关在井冈山战斗队的造反司令部里，后来两派红卫兵争地盘打仗，老时就被转移了。我找过县城的看守所，甚至连火葬场的停尸房我都去了好几次，老时，老时他像石沉大海似的，没有一丝一毫的音讯……"说到这里，方圆圆手捂着鼻子抽泣。

顺着屋顶的斜面照射下来的月光落到程怀远肩上，也落到院子里枯死的花木上。竹竿上晾着几件忘了收的旧衣服，夜色里飘浮着破败的气息。方圆圆擦了把眼泪，抬起头说："也许，也许我家老时已不在人世了。想当初是你从杭州绑架走老时的。我方圆圆活要见人,死要见尸!”

从时习章家出来,程怀远什么也不管了,他去了兰台药局、去了新华书店跟人打听卫生局时局长的下落,十个人中有九个人都说这时局长还在红卫兵手上,可批斗会上却好久没见了。他一条街一条街地走过去,就连路灯下凑对子打扑克的人也不放过。好在时习章在这县城是名人,有说时习章已回杭州的,也有人说在运河农场见过他。程怀远越问心里越乱,又躲到了人民公园的假山洞里。

夜深了,头戴一顶破草帽的程怀远沿环城河的河滩急走,模样像是一个捡破烂的。到了自己家门口,他从窗户往里边一瞧,见儿子程土改打着手电筒,在看着一本手抄本。程怀远一脚踹开门,冲进去揪住儿子的汗衫,扬起拳头问:“小子,你给我老实交代,你们把时伯伯弄哪儿去了?”

程怀远的突然出现把程土改吓得够戗,又见他扬着拳头要打人,便支吾着嘴说不出话来。

“时习章,时伯伯,你小子听不明白吗?”

程土改这才回过神来,辩解说不知道。程怀远一把把儿子摔到床上,凶狠地说:“你不知道?那你现在滚出去找,找你那些狗屁红卫兵,不管用什么办法,一定要打听到你时伯伯的下落。不然的话,老子跟你没完!”

“爹,这么晚了你让我找谁去打听啊?”程土改穿好鞋子,迟疑着不肯出门。

“给我去找!”程怀远抓起扫帚,把儿子轰出门去。

程怀远瞧了瞧久违了的屋子,小书桌上放着个笔记本,程怀远抓在手上看了看,上边是程土改的造反日记,其间还夹着一份入党申请书。程怀远读到了申请书上坚决和反革命分子程怀远划清界线限,请党组织、请齐司令考验我的话,不由得长叹一声,痛苦地闭上了眼睛。程怀远累坏了,他钻进儿子刚才蜷缩过的被窝。

被窝里热烘烘的,散发着一种年轻人特有的气息。程怀远的头一落枕,很快就睡着了。

“吧嗒、吧嗒……”外面有异样的声音传进,单调而又清晰。战争年代养成的习惯一下子让程怀远警醒了。他眨了眨眼睛,恢复了黑暗中的视力。声音从楼下传上来,好像是有一伙人在楼下商量着什么,而且不止三四个。程怀远没开灯,悄悄地摸下了床,眼睛贴到门板上,他看清楚了,楼下有十来个拿着绳子棍棒的红卫兵正在分派着任务。

“妈的,想来算计我,做你的梦去吧!”程怀远骂着,俯下身紧了紧鞋带,无声地移开撞坏了的房门。

走廊上洒满淡淡的月光，有十几只煤饼靠墙叠放着，不远处的门边挂着邻居家的拖把。程怀远走过去，取下了拖把，在手上掂了掂，却想起了此行的目的，就无奈地又把拖把挂回原处。

楼梯那儿已传来脚步声，还有棍棒轻碰墙壁的咯咯声，程怀远猫下腰，推开窗户，纵身跳下楼去。

儿子靠不上。程怀远左思右想，看来只有碰运气了。

他潜往运河农场。

农场戒备森严的桑树地里，一帮被专政的劳改犯正在给桑树施肥，每人身后都拖着一只装满大粪的粪桶。时习章穿了件补丁加补丁的中山装，还戴着那副碎了镜片贴着橡皮膏的眼镜。

时习章正在给桑树浇粪。他先拔掉桑树根部的枯草，再敲松树根周围的硬泥，然后才把粪水浇灌下去。他如此严谨地干农活，仍像是在做科学实验，所以就落在队伍后头，自己却浑然不觉。

时正初夏，闷热的桑树林里密不透风，有个人身子弯成一团，又手持大草帽挡着脸，从桑树枝条下面慢慢移过来，伸手拍了拍时习章。

“老程！”时习章眼里满是惊喜，一把抓住老伙计的手。

“老时，我找你找得好苦，你怎么跟刑事犯关在一起？不行，我得想办法把你弄出去。”

“这可是劳改农场，看守很严，你没法子救我。难道你又想请赵省长？”

“我听说赵省长自身难保，早就被打倒批臭了。这一次，我要让血吸虫来救你。”

“老程，我们现在谁也救不了谁。”

程怀远摸出香烟，跟时习章一起点着了火，这才向时习章通报说，血防游击队又转战到陶墩，那儿血吸虫病继续蔓延，已经治疗过的病人很多都复发了。并说如不及时扑灭，这卷土重来的疫情将不堪设想。

“你哪里是来救我，你是要救老百姓。”时习章弹了弹烟灰说。

卷土重来的疫情让时习章心情沉重，他揪了根干枯的草茎，捏在指间摆弄着，沉吟了片刻才问：“老程，我知道你是要我拿出一个防治血吸虫病的新方案出来，对不对？不过，你这个右派分子待在这儿可是太危险。要不这样，明天中午等我们收工吃午饭时，你到这桑树地尽头的那棵大榆树底下拿你要的东西。”

第二天，程怀远如愿以偿地取到了材料，返回嘉禾县城。

道前街上的家他是不敢再回去了，程怀远躲在人民公园的假山上，敞着怀晒太阳。时习章给的材料有四张纸，但上面写了点什么，程怀远只看了个一知半解。想来想去，程怀远找到杨初家里，把材料交到杨初手上说："杨初啊，老时的本事你是知道的，血吸虫病离不开他这样的专家，你大小还是个血防办主任，你得想想办法，把时老师从运河农场救出来。"

杨初关好房门，拉上窗帘，仔细地看完材料。他告诉程怀远说，血吸虫病重新蔓延的情况他也掌握，也以血防办的名义向有关方面多次呼吁，强烈要求解放时习章，把全县的血防工作重新抓起来。但那些造反派口口声声宁要社会主义的草，不要资本主义的苗，斥责杨初没有站稳无产阶级革命立场。

"这世道，怎么想为老百姓做点事会这样难？"

程怀远返回陶墩村，把时习章写的治疗方案给了吴忝绮。吴忝绮看着看着，泪水模糊了眼睛。她哽咽着说："身陷囹圄，心怀天下，真是大师风范！能跟老时在一起工作，是我们的福分啊。这份材料太重要了，它是病人的福音书。时老师总结了以往防治的经验和教训，结合眼下的情况，特别是复发问题，提出了切实可行的方案。时老师还告诉我们，他的一个老同学，中科院血吸虫病研究所的雷永翰教授，研究出一种口服治疗血吸虫病的新药。雷教授的思路和时老师的想法非常一致。但如今各医院都乱糟糟的，苦于一直无法做临床实验，他说我们可以去上海找雷教授，向他去请教。"

"口服的药？"程怀远问。

吴忝绮说："是的，要是有这种药，那就太好了。"

"不用打针只吃药，就像黄连素片治拉肚子一样？"程怀远咂了咂嘴，好像已经有药片在他嘴里头了。

程怀远去了陶墩大队部，请陶小明打了个介绍信后，就动身去了上海。

开始时别说是雷教授，就连偌大的中科院血吸虫病研究所都找不到。情况跟他在路上料想的一样，雷教授早就被红卫兵造反派打倒，勒令回家，未经许可不得出门。

程怀远用两包飞马牌香烟从研究所看门的老头那儿打听到地址，找到雷教授家里。他自报名号，说是时习章教授叫来找的。

"时习章？"雷教授愣了愣，问程怀远是不是当过嘉禾县第二血防队的队长，程怀远汗也不擦一把地点头。

"哈哈，原来你就是那个程队长啊！当年老时就是你把他绑架去乡下，弄出个锑剂三日疗法，把省里的现场会都开到村子里去！"

程怀远想不到绑架事件连雷教授都知道，不好意思地低下头，说那时年轻气盛，不懂得尊重。

雷教授笑着拍了拍程怀远肩膀说："你这个程同志，有水平，有办法。只是你这一次来上海，总不会想把我也绑去你那儿吧？"

"这儿可是大上海，公交车这儿一拐，那儿一转，我自己都会迷路，还怎么敢绑架你雷教授？"

雷教授被逗得大笑一通，跟着便详细询问嘉禾县血吸虫病疫情，以及时习章的近况。程怀远竹筒倒豆子，原原本本地全给雷教授说了。可一提到新药，雷教授顿时严肃了。

"程队长，我不知道老时是怎么交代的，他难道不晓得没经过临床试验，药片是不可以流出实验室的？要是万一吃死了人，这年头谁也担不起这个责任啊。"

程怀远使出了不得已的招数，蹲在雷教授家门口守了三天三夜。除了绑架，雷教授想不到程怀远还有这一手。他出来劝说了好多次，也跺着脚跟程怀远发脾气，可程怀远一口咬定，说是老时叫来的，不给药无脸回去。

雷夫人看着程怀远睡在马路边实在可怜，请他进屋，程怀远紧了紧披在肩上的旧军装说："谢谢，我当过解放军，当年我们打进大上海的第一夜，就是睡在马路上的。没事儿。"

雷教授拗不过程怀远，只好不情愿地给了他一大包药片。

"喏，这宝贝就在这里呢。"回到陶墩的程怀远开心地拍了拍自个儿鼓鼓的腰眼处。

老中医陶明珠夹杂在听讲的人当中，问程怀远什么时候开始用药，程怀远回答说："还不行。雷教授关照的，得试过之后才可以。"

陶明珠的拐杖挂到臂弯里，双手合十，冲着程怀远作了个揖，请示道："程队长啊，我看试就不必了。时医生推荐的药还会有误？要不就直接在我们村里的病人身上用吧，剂量小一点，应该没问题。"

"我拿药时再三向雷教授保证过，我得信守承诺。"

"那是不是得等到时老师来了才可以试？"陶小明跟他爹一样急。

程怀远看了看吴忝绮，说老时一时半刻想从运河农场里出来恐怕很难，但试药的事人命关天，得好好研究过才行。

第六十章

送走陶氏父子，吴忝绮从桌上拿起一粒药片，瞧了瞧，闻了闻，回想起独自尝试锑剂注射三日疗法的往事，她放下药片，说："程队长，救人如救火，这试药的事还得抓紧，我看还是让我来试吧。我单身一人，无牵无挂，我试最合适。"

"让谁试药，我心里有数，你别操这个心了。"程怀远的大手背抹了把嘴。

"你，你想试药？"大粒米已看出名堂，脸骤然变色。

"我程怀远大老粗一个，除了打仗，别的什么也没学会，干血防那么多年，我连老时写的材料都看不懂。我既不是医生，也不是护士，我老程只是个被红卫兵追来追去的右派分子，我的命不值钱。"

"程队长，你试不行，你可是我们的主心骨啊！"

"什么主心骨副心骨，我老程是个连针也不会打的外行，要说主心骨，你和老时才是！"

吴忝绮还要跟程怀远争下去，站在一边的大粒米开口道："你们两个谁也别试。这儿就数我的身体最好，我扛得住。"

"你和老程结婚才多久？你们将会有孩子，你不能试！"

程怀远瞧了瞧身边的两个女人，眉头一皱，索性手一挥，大咧咧地说："都别争了，我们一起试吧！"

试药的事，说说容易，做起来可是极其危险，有时甚至是生命的代价！为了得到最准确的试验结果，试药者必须先患上血吸虫病！说干就干的程怀远不做声张，领着吴忝绮和大粒米来到钉螺密集的"死水漾"。天色已近黄昏，呼啸的寒风摇晃着掉光了叶子的老槐树。岸边的荒地上杂草丛生，坟包连片，有的被雨水冲掉了泥巴，露出埋在里边白森森的死人骨头。黄鼠狼鬼头鬼脑地从一块墓碑后探出头来，跟踪着，在盯他们的梢。

程怀远打过仗，吴忝绮解剖过尸体，只有大粒米胆子最小，走过坟包时手一直揪着程怀远的衣服。可一站在防洪堤上,大粒米冲下河滩就要往水里跳。吴忝绮去拦大粒米,一只脚踩到滩边的湖羊草上,这湖羊草似一块厚厚的绿毯,霎时下沉,水浸湿了吴忝绮的鞋子,吴忝绮本能地缩回脚。大粒米涨红着脸,甩着辫子挣扎。两个女人都没注意到程怀远手里攥着一条背包带,趁她们搅到一起的当口,他一把抓住两个女人的手,将她们摁倒在河滩上,反捆住四只手。

程怀远说得罪了，拖着她们后退到老槐树旁，又将她俩捆绑在树干上。

大粒米用脚后跟踹着树干,声嘶力竭地叫喊着,惊起了树枝上栖着的一群乌鸦。

吴忝绮淌着眼泪劝大粒米:“你别喊了,喊也没用。”

“老子还没死!老子死不了!”骂骂咧咧的程怀远走到河滩上,下到“死水漾”里,一直到河水漫过他的肩膀,湿了他的下巴。

天空中阴云密布,寒冷的北风呼叫着。吴忝绮颤抖的膝盖似有万千枚银针在扎,她长久地闭上了眼睛,挂在眼角处的热泪被风吹冷。

大粒米仍在呼叫着:“怀远,你回来,回来……”

“死水漾”水流缓慢,绿莹莹的河水在夕照之下波光粼粼地直通远方……湖羊草里觅食的水鸟仿佛听到远方的召唤,扑噜噜地飞走。

自从离开教会医院,这么多年了,吴忝绮远离了教堂里的风琴声,也淡忘了烛光里的圣像。她已经很久没做过祷告,也忘了祷告词。但这一会儿,她抬起了头,虔诚的目光射向天边层层叠叠的晚霞。

晚霞犹如装饰着花纹的羊皮纸,吴忝绮的眼里灵光闪耀,失血的嘴唇喃喃诵读着:

> 神啊,求你救救我,因为众水要淹没我。我陷在深淤泥中,没有立脚之地。我到了深水中,大水漫过我身。我因呼求困乏,喉咙发干。我因等候神,眼睛失明……
>
> 耶和华啊,求你应允我,因为你的慈爱本为美好,求你按你丰盛的慈悲,回转眷顾我。不要掩面不顾你的仆人,我是在急难之中,求你速速地应允我。求你亲近我,救赎我,求你因我的仇敌把我赎回……

从“死水漾”回来的第二天,程怀远就感冒发烧了。一个星期后,化验员在他的粪便中检到虫卵,程怀远得了血吸虫病,而且是急性。

陶氏父子不知情，但他们听说程队长也得了血吸虫病，就代表大队里的社员群众来慰问。

程怀远的试药治疗由吴忝绮负责。从大上海回来，程怀远身体本来就虚，一连几天的腹泻使他眼眶凹陷，四肢绵软无力，躺在床上，连翻个身都困难。

吴忝绮瞒着他，用了最小的剂量。程怀远察觉了，他拍着床铺骂吴忝绮："乱弹琴！血吸虫病研究所是你去过还是我去过？雷教授关照过我，用多少药量你得听我的。试成了最好，试不成拉倒，没啥了不起的！"

"你是医生，还是我是医生？"吴忝绮顶了他。

程怀远下巴上的胡子疯长着，眼球布满血丝，精神已处于极度狂躁的状态。他一会儿要吴忝绮把老时叫来，一会儿骂吴忝绮是吴添乱。吴忝绮不让步，他就拒绝服药，还抢过水杯要砸吴忝绮。吴忝绮乱了方寸，只好按程怀远的吩咐去做。白色的药片倒到程怀远张开的手掌心里，他一粒一粒地细数着，终于满意了，像个耍赖得逞的孩子，露出了笑容。他把掌心里的药片捏在一起，一把扣进嘴里，吃炒豆般地嚼了嚼，咽进了肚子里。

"老程，你这是在逼我冒险啊！"

程怀远抓了抓头皮上的"三八线"，笑嘻嘻地回答："吴护士长，雷教授关照过，超剂量服药的后果是肝中毒，然后是肝昏迷。"

"你说什么？"吴忝绮大惊失色。

"超剂量服药的后果是肝中毒、肝昏迷……"

"超剂量服药？"吴忝绮急了，双手紧抓着程怀远的肩膀。

程怀远点了点头。

"你怎么可以这样？你这不是叫我亲手杀死你吗？"吴忝绮拍着药箱哭喊。

程怀远笑了笑，说："吴护士长，你可得做好观察记录，这药剂量不到很难见效，但究竟在人身上能用到多大，雷教授自己也没把握，只有我亲身试了才知道。"

吴忝绮急问："雷教授交没交代过用什么方法急救？"

病房里除了柜子上闹钟的滴答声，已是一片沉默。才轰走不久的大粒米，在门外听到了两人的对话，又跑到床边，手扶着床架抽泣。程怀远气喘吁吁，面色潮红，瞳孔都放大了。药性发作了的程怀远疼痛难忍，脸上五官扭曲，嘴唇嚅动着，可惜根本听不清他在说些什么。

"输入生理盐水！"

吴忝绮不得不自作主张，当机立断。

"你要有个三长两短，我也不活了。"大粒米哭着而诉，诉着而哭。

第六十一章

方家弄口摆了只煤炉，滚滚浓烟倒灌进弄堂，呛得人睁不开眼睛。

时习章头上戴着一顶破草帽，肩背铺盖卷，昔日衣冠楚楚的教授变成了济公和尚。他的手扇了扇烟雾，又掩着嘴咳嗽几声。方圆圆捏着打了一半的毛衣出来，自翕开的门缝里露出半张脸问："你找谁？"时习章解下背上的铺盖，拎在手上，叫了一声圆圆。如此熟悉的声音让方圆圆心头一颤，眼睛瞬间射出喜悦的光芒："老时，你是老时？"

院门咣的一声敞开，方圆圆一头扎进时习章的怀抱，喜极而泣。时习章的嘴唇充满柔情蜜意地俯身亲了亲妻子的头发说："圆圆啊，我给你带小礼物了！"

"什么礼物？你又不是出国访问回来。"

"是跳蚤，我身上痒死了，快给我去烧洗澡水吧。"

久别重逢的日子总是甜蜜的。在床头，在厨房，方圆圆哭哭笑笑地诉说着如此长久的担忧和思念，时习章也大致讲了他的经历。起先他被关在县蚕种场，但自从耿福贵带人劫走了程怀远后，时习章就被齐司令转移到造纸厂的工人俱乐部。后来两派红卫兵武斗，他落到汽钢厂铁血战斗队手里。武斗最激烈的时候，铁血战斗队每天都有人头破血流，时习章关的黑屋子居然成了战斗队的急救室。造反派们看在他热心救人的分上，放松了对他的看管。正当他想找机会跟方圆圆联系时，省人民医院的外调人员又把他押回杭州，关进了宝椒山脚下的小招待所。几个不明身分的人连着审问他好几个月，翻来覆去地让他交代在国外的经历，回国后又跟哪些人有联系，还特别提到了赵省长跟他的关系。时习章有一说一地跟他们周旋，后来看到实在没油水可榨，他被转送到运河农场，烧砖窑、喂猪、砍柴、种桑树，什么苦活累活都干过。

"程怀远说是在桑树地里找到了你，是真的？"

时习章笑着说："当然是真的，这老程本事真大，进出劳教农场居然跟上趟公厕似的，当时我真为他担心。"

“他本事大？那他为啥不带你早日出来？”方圆圆认定丈夫的这些苦，都是程怀远造成的，一听时习章夸他，生气了。

“他是要救我，这一次能出来，没准是他出的力。”

没过多久，时习章从运河农场放出来的消息传到陶墩，程怀远等同事们联名写信来表示祝贺，并详细汇报了呋喃丙胺二号的临床试验经过。时习章把信连看了两遍，腾地从破沙发上站起身，手指弹着信纸，连声说：“太好了，太好了，这血吸虫病的克星终于找到啦！”时习章走到墙头上挂着的一张照片前。这是一张全国传染病学术研讨会的黑白集体照，时习章找到跟他站在一起的雷永翰教授，感慨着说：“这老雷真了不起，太了不起了！”

“这又不是你发明的特效药，你这么激动干什么？”

时习章正激动着，对方圆圆阴阳怪气的插话毫不介意。他念叨着说：“疫情如此严重，谁发明都一样。再说了，这克星的临床试验还是程怀远试的药，这真是太好了！”他走到门口，抬头看了看天色，说，“我现在就想下乡找程怀远去。”

方圆圆坐在一边打毛线，一听时习章又要走，心一下子凉了。她脸一板，手里的毛线重重地搁到茶几上，扭着身子不理时习章。

“圆圆，你怎么了？”时习章扳过妻子的身子，想逗她开心。可方圆圆横了丈夫一眼，生气地说：“老时，你怎么还不明白，红卫兵造反派都说了，街上的大字报也写了，程怀远的血防队是右派反革命分子队，如今在乡下躲来躲去，名不正言不顺！你只是从运河农场刚放出来，你的问题还没有根本解决，要是再和他搅在一起，这不是自己往枪口上撞吗？”

方圆圆的反应过于激烈，时习章心里很窝火，但还是尽量压抑着。他拉过一只方凳，在方圆圆旁边坐下身，拿起茶几上的毛衣放回到妻子手中。时习章忽然注意到方圆圆鬓角的白发，心里头一酸，想说的话到了嘴边又咽回。这么些年来，他一直待在乡下搞血防，两个人成了牛郎织女，他亏欠着妻子的。安稳日子刚过了没几天，他不想再让妻子担惊受怕，就答应了方圆圆不下乡的要求。

但时习章提出了条件：“乡下我可以暂时不去，可我得找县革委会给我安排工作，当不当局长都无所谓，只要能和病人在一起就行。如果我名正言顺地是个血防医生了，到时我去乡下，你可不能拦我。”

最后还是归结到一个去字上，方圆圆手握着毛衣针，哭笑不得。

一想到程怀远他们在乡下看病灭螺忙得热火朝天，困在家里的时习章总觉得不踏实，唯一的办法是上班去。这天早上，时习章油条稀饭地用过早餐，拎着个人造革提包出了门。

卫生局仍旧在老地方，门口围墙上的宣传橱窗碎着，仍没换上新玻璃，里边贴着的大字报已经褪色，打了红×的时习章的名字隐约可见。局里大多数人都是新面孔，也有几个熟识的老同事，大家不约而同地只是点头招呼。

局里当家的造反派姓徐，以前是第一医院烧锅炉的。他一见时习章进门，张嘴就说："老时你跑这儿来干吗？你给我听着，放你出来是因为运河农场反革命分子多得关不下。你不要翘尾巴，也不要没事找事，这儿没你的位子，你给我老老实实待在家里，每一星期写一份检查交上来，随叫随到！"

时习章从来都是一个谦谦君子，见姓徐的这一副德行，他心里有些难过。可难过归难过，他只是嘀咕道："我只不过是想问问，现在乡下血吸虫又闹得厉害，城里医院也有病人，能不能让我上班给人看病啊？"

"看病？你自己的意识形态有病，还想给革命群众看病？"姓徐的取过一枚回形针，拉直当牙签剔牙齿。

时习章不甘心，又去了县革委会。县革委会的头头钟卫国，昨晚酒喝多了，走楼梯时一脚踩空摔了一跤。他坐在办公桌后，脖子那儿一阵阵酸痛，身体难受地扭动着。一见时习章敲门进来，钟卫国扑哧一笑，说："老时你放出来了？我也正要派人去找你呢。"

"找我？"时习章道。

"是啊，你那么大本事，整天窝在家里生煤炉、灌开水，那也太浪费了，赵省长知道了会批评的。我已考虑好你的工作去向啦。"

时习章一脸惊喜。钟卫国看在眼里，心生得意。他的头左转右转地扭动一番，招手示意时习章给他按摩。时习章当然明白，他心里觉着恶心，但脸上却仍温和地淡笑着。

钟卫国见他不动，便有意又转了转脖子说："你的工作我考虑了，我们县革委会这一班人，工作那么辛苦，时间都用在抓革命促生产上，时不时的有个头疼脑热，也没工夫上医院，我看你就来做我们的专职保健医生吧。"

时习章笑笑说："本人除了会看个血吸虫病，其他的，都不会。"

出了县政府大院，时习章站在人来人往的大街上，身心疲惫，心想："我时习章是农村血吸虫病人的医生，想要我做造反派的保健医生，做梦去吧！"他对自己刚才的拒绝一点也不后悔。一队农民挑着空谷箩朝码头走去，时习章不由自主地跟在他们后面走了几百米，拐弯时看到血防办的木牌子挂在原先的卫校门口。时习章心想，今天一不做二不休，再去杨初那儿碰碰运气。

血防办领导和工作人员加起来就杨初一个人，他一见时习章拎着包进来，从来都以时习章学生自居的杨初，端茶让座很是尊敬。

“你杨初成了个搞血防的光杆司令，老程的血防队则成了血防游击队，真是世事难料啊！”时习章感慨着。杨初拉过一个椅子，坐在时习章身边，询问他被红卫兵抓进去之后的经历，时习章放下茶杯，说不想谈这些事。

时习章问杨初知不知道呋喃丙胺二号，杨初摇头说不知道。

“那你知道雷永翰教授吗？”

杨初说：“知道。”

“呋喃丙胺二号就是他发明的，没经过临床试验，却被我们的血防游击队做成了。这太重要，太了不起了！”

听完时习章的话，思路一时跟不上的杨初不吭声。

“有了这特效药，今后治疗血吸虫病就不用打针了，而且这还是我们中国人自己发明的第一种西药啊！”时习章兴奋地拍了拍杨初的肩膀。

“真的，这可是一个巨大突破啊！我们得跟省里、跟中央汇报！”

“是要汇报，可不是现在，一种新药的推广前前后后需要做许多工作。我心里高兴，也着急啊。我来你这儿以前去了县革委会，要求重新搞血防。可那个造反派头头竟然要我给他当保健医生，真是笑话。我只想着给血吸虫病人看病，杨初，你能不能帮我想想办法？”

杨初沉吟了半晌，露出很为难的样子。

“我也知道你的处境。”时习章淡然地说。

“时老师，如果你是一介平民，想做什么都行，但谁让你是一个全国著名的血防专家呢？盯牢你的眼睛太多了。能把你放出来，就是因为程怀远给赵省长写了信，赵省长顶着压力给县里打了招呼的。”

“赵省长？我想也只能是他了。他又出来工作了？”

“算是出来工作了，可省里的造反派还在台上，赵省长人单势孤，想做点事也难哪。我们搞血防的人忘不了他，想不到毛主席也没忘。我听林秘书说，一个月前毛主席来上海，住在锦江饭店，为了了解浙江的血防情况，点名召见了赵省长。问起当前的现状，赵省长向毛主席汇报说，这瘟神送走得快回来得也快，现在又死灰复燃。过去是治病加灭螺，现在该灭螺加治病，再打一场血吸虫的歼灭战！毛主席点头赞许，请赵省长抽了支熊猫牌香烟。谈话持续了近一小时，赵省长在省里的处境这才开始好转，又重新工作了。”

“原来是这样。”

“把你放出来，对造反派来说，已经算是他们最大的让步。释放你之前，姓钟的还来盘问我，时老师被关在运河农场，那赵省长是怎么知道的？是谁多管闲事通风报信？”

“杨初，我们第二血防队，只有你还没有被批倒批臭，不容易啊！”时习章不说感谢的话，但心里也明白，他能被释放，杨初也是出了力的。

“是啊！”杨初沉痛地说，“第一血防队的董队长你还记得吧？他卷入了派性斗争，先是批别人，跟着又被别人批，上星期他跳楼自杀了。”

第六十二章

接下来的日子，时习章还去了人民医院、中医院，但连续的奔波和努力均毫无结果。时习章回到家里，手上的拎包一扔，苦闷至极。

方圆圆心里明白丈夫干吗去了，不用问也猜得出结果。心想这世道乱，不求有功但求无过，还是安生点过日子最好。她把高兴埋在心里，瞒着时习章，上黑市卖了一个金手镯，换来的钞票都花在买菜上。今天吃鸡，明天割肉，变着花样给时习章做好吃的。但是闲在家里的时习章牵挂着血防队，心里堵得慌，一点胃口都没有。

方圆圆不介意时习章的态度，烧菜的热情持续高涨。时习章散步她陪着，时习章喝酒，她虽不善酒也仍坚持陪喝。她还有事没事地缠着和时习章说话，饶有兴致地回忆国外游学时的生活和朋友。她甚至鼓动时习章回一趟杭州，说儿子在余杭乡下插队，现在正是农闲季节，一家人正好可以团聚一下，找个好一点的裁缝做几身新衣。

"要去你去，我不去！"时习章心里一直跟妻子怄着气，时间久了，方圆圆也感觉到了。

时习章索性就整天躲进自己楼上的书房里。凡是洋文的药学书都被红卫兵抄家抄走了，木头书架也散碎了好几个。时习章找来榔头、钉子，乒乒乓乓地修好书架，又把乱堆在墙角落里的书归置到架子上。

忙过了这些，时习章却没有看书的心情，常常凝望着蜷缩在窗台上晒太阳的小猫发呆。他想给雷教授写信，可信写了一半又觉得自己无脸再写下去。抽屉里有篇论文没写完，他找出来推敲了一遍，接着往下写。遇到些数据需要查证，参考资料记得放在卫生局办公室，时习章让方圆圆去局里拿一下。方圆圆去是去了，却空着手回来，说局里书橱还贴着封条，管事的人讲了，没有时习章平反的红头文件，封条谁也不准动。

时习章听了，气得当场就把手里的钢笔摔到地上。

持续的折磨在无形中加深着，时习章天天晚上失眠，好不容易睡着了，他也会突然蹬掉被子，鬼魂附体般地大喊大叫。

方圆圆害怕了，要是时习章的精神出了问题，那她的天可真塌了。她找人修好客厅里的收音机，想让丈夫听收音机解闷。可收音机里除了调子高昂的社论，也就是那么几个样板戏，时习章没一点听的兴趣。好在他脑子里音乐的那根弦，被阿庆嫂的几段唱腔触动了。时不时地，时习章枯瘦的手指轻叩桌面，敲出一段段久违了的旋律，还考方圆圆，要她回答是肖邦的圆舞曲，还是德彪西的小夜曲。他的脑筋忽然转到被红卫兵抄家抄走的钢琴，就下楼问方圆圆钢琴的去向。方圆圆回忆说那天乱糟糟的，也不知道红卫兵把钢琴弄哪儿去了，要不问问程土改。

"程土改？"时习章眼前浮现出半夜里帮他送纸条的少年。

时习章上卫生局人事科问了程怀远家的地址，费了好大劲才找到弄堂口有个公共厕所的两层小楼。井冈山战斗队兴师动众突袭栖真没抓到右派分子程怀远，齐司令恨得咬牙切齿。那一次程怀远潜回家，红卫兵包抄，又让他跳楼逃脱，齐司令当场抽了程土改一记耳光，骂他假积极真反动，揪下程土改的红臂章，将之开除出队。

时习章走上楼来的时候，程土改正在屋子里收拾东西。

"时伯伯。"一见了时习章，程土改还是有点紧张不安，愣怔在柜子前。

时习章瞧了瞧乱七八糟的屋子。屋子里不多的几件旧家具都是公家的，上面印着白色编号。柜子的门敞开着，一条腿断了，下边垫了三块砖头。目光躲闪的程土改不敢正视时习章，他随手找出一件衬衣塞进包裹里。

许久，程土改开口说："时伯伯，我已经不是红卫兵了，齐司令认为我假积极真反动，骂我是个小反革命，我被组织开除，我的政治前途完了。"

"开除就开除了，他们打打杀杀地闹，我看也长不了。你呀，怎么区分是非善恶，真的该跟你爹好好学学。"

程土改摇了摇头说："时伯伯，我没脸见我爹，我爹也不想见我。我不争气，有一次他回来，让我打听时伯伯的下落，我当时正想入党，就给齐司令通风报信。我爹肯定恨死我了。"

时习章明白，程土改没半句假话。他震惊归震惊，还是劝解道："土改啊，你还是个孩子，犯点错算不上什么。我给你爹写封信，保证你爹不打你骂你。再说，我关在黑屋子里的时候，要不是你把纸条送到你爹手上，那吴忝绮阿姨还不被造反派抓了去？土改你有错，但也有功啊！"

程土改终于答应说愿意去找父亲，即使打骂，也再不离开他。

"土改啊，我家抄走的钢琴你们红卫兵弄哪去了？"时习章亮出了此行的目的。

程土改想了想，说："钢琴搬到蚕种场时，大家都很好奇，可谁也不会弹，后来转移到嘉禾中学的礼堂里。"

两个人便去了嘉禾中学的大礼堂。

时习章一走近礼堂，头就凑到窗户边，急切地往里边瞧。窗内堆满了杂物，根本看不清楚。程土改熟门熟路地在门口的一个树洞里掏摸一阵子，找到钥匙，开了大门。

仓库里的空气都快霉烂了，时习章一进去，就打了个大喷嚏。程土改撩开一块紫红色的幕布，幕布上抖落的灰尘扑面而来。时习章揉了揉眼睛，这才看清楚他的意大利进口名琴歪倒在一个红漆剥落的大鼓上，黑色的腿已被敲断，扔在一旁，露出灰白色的木头茬子。时习章伸手抹了抹琴键上的灰尘，按下一个琴键，钢琴发出尖利的怪音，一群老鼠随即蹿出琴箱，吱吱叫着四处乱窜……

时习章回到了家，蒙头大睡了一天一夜。待他醒来时，窗外已下起大雨。

硕大的雨点击打在院子里的芭蕉叶上，嘭嘭嘭地像是有人敲起了低音鼓。时习章倾听着这声音，从中感受着一种久违了的召唤。他撩开被子，下床走到窗边，一把推开窗户，扑面而来的风掀起窗帘，裹到脸上。雨声更响，嘈嘈杂杂。

时习章不想要回那架已被老鼠们啃过的钢琴，但他心很疼！他在家里找到一张马粪纸，抓过钢笔，刷刷刷地在纸上画出一排钢琴的键盘。他捧着这纸做的钢琴键盘摆到窗前的书桌上，又找来四个图钉把这琴键钉牢在桌面。然后，他无比庄严地坐下了身，深吸了一口潮湿的空气，小心地伸出右手，在纸做的琴键上敲击着……

方圆圆不知什么时候上了楼，她倚在门框上望着。时习章从手指到发梢，整个身子渐渐激昂起来，随着窗外的暴风雨，他肩膀摇动，手指翻飞……

方圆圆移步上前，哽咽道："老时，你的琴声我听到了。是贝多芬的《命运交响曲》吧？"

冰凉的雨点打在时习章的手背上，他的脸扭向窗外，竟不点头，也不摇头……

第六十三章

嘉禾县卫校的操场上张灯结彩，1977年的元旦篝火晚会正在举行。师生们尽情地唱着、跳着，新时代的到来赋予了他们新的活力。

晚会的压轴戏是一出血防独幕剧。同学们采访了心目中的血防英雄程怀远，围绕着他以身试药的事写出了剧本，还拿到文化馆请方圆圆指点一番。

1975年初春，经杨初的不懈努力，将已病歪歪的程怀远调进了血防办。卫校的学生由于经常在校园里遇见去血防办上班的程怀远，演主角的男生旧军装一穿，把程怀远的举手投足模仿得惟妙惟肖，逗得七十多岁的老校长哈哈大笑。

还是在中午时分，校学生会主席来到图书馆楼上的血防办，真诚地邀请程怀远参加元旦联欢会，也在血防办上班的季小英撺掇程怀远参加，程怀远以身体不舒服推脱了。他的身体已很不好，那次试药给了他强壮的身体致命一击！若不是吴忝绮果断而歪打正着地输了生理盐水，他当时就命将不保。然而，他的肝还是出了毛病，没过半年，就硬化了！

去年毛主席逝世的消息传来，程怀远出席卫生系统的悼念会，在冲着毛主席遗像三鞠躬的当口，身体犹如被一刀劈成两半，程怀远突然瘫倒在地，当场送进医院，出院后他的肝区疼痛，可他对谁都隐瞒了。

“下边的人做事怎么这么慢啊？”程怀远盯着电话机问季小英。

嘉禾县各人民公社的血防年度汇总，整个下午血防办只接到两个公社的汇报，程怀远开始坐立不安了。本来轮到季小英值班，程怀远说什么都不让，季小英没法子，在下班回家的路上去了程怀远家，请大粒米到血防办陪程怀远值班。

大粒米带了饭菜赶来。程怀远手捧茶杯，守着一台红色电话机，大粒米叫他吃饭，程怀远抬了抬眼皮，说了声没胃口。

屋子里的气氛跟程怀远的脸色一样凝重、压抑，大粒米不敢多说什么，只好坐在门口的长椅子上纳鞋底。

卫校操场上的联欢晚会在大合唱的歌声里结束,天上的星星照耀着一堆熄灭了的篝火,还有周边的废纸垃圾。

大粒米瞧了眼墙上的挂钟,发现时针不走了:“老程,你们这儿的钟怎么坏了,现在几点?”

程怀远抹了把脸,回说:“管他几点呢。要是再过一小时他们还不上报的话,我可得打电话问了。”

桌上的报纸不知已翻过多少遍,有的掉到地上,程怀远也随它去。一只本来养水仙花的瓷盆插满香烟屁股,像子粒饱满的葵花盘。程怀远身上披着一件军棉衣,还在吧嗒吧嗒地抽着香烟。电灯光穿透蓝色的烟雾,勾勒出程怀远坚毅的脸部轮廓。

此时,电话响了,程怀远闻声一惊,扔了快要烫着手指的香烟,抓起听筒,嘴唇哆嗦了好一阵子,才问出三个字:“还有吗?”

电话中传出一个年轻爽朗的声音:“程队长,好消息,我们这儿没有发现新的血吸虫病人!”

之后,来自各个人民公社的电话铃声接连响起,不同的声音向程怀远汇报:

“我们田乐没有新病人!”

“油车港也没有!”

“蚂桥公社没有新增病例!”

“我们虹阳公社没病人,一个也没有!”

当最后一个公社汇报完毕后,程怀远搁好话筒,舒坦地背靠着藤椅,胡子拉碴的脸上绽放出笑容。

程怀远叫了两声大粒米,没有回音,便朝门口看了看。长椅上放着的鞋底上扎着一根针,拖着长长的棉线。办公室的门敞开着,外边幽静的走廊上架着块大黑板,上面用彩色粉笔写着“打倒四人帮”五个大字。程怀远想给杨初打电话,可还是忍住了。他从藤椅里站起身,只跨出一步,就觉得不对劲,右手急急地捂到腰眼处。这时,他额头的冷汗已下。

程怀远硬撑着走向挂在墙头的那一排文件夹,不料刚抓起一个,他的肩膀一晃,披在身上的军棉衣掉了。他艰难地弯下腰捡棉衣,可他的手怎么伸都够不着。他的喘息重了,移了移脚步,身体便扑通一声摔倒在冰冷的水泥地上……

拎着个保温瓶为程怀远去买豆腐脑的大粒米刚巧进屋,一见躺在地上的丈夫,大呼:“怀远,怀远!”

程怀远被急救车送进医院，值班医生认得赫赫有名的程怀远，立即着手抢救，又关照护士快去叫吴院长。吴忝绮披着白大褂从宿舍里跑来时，大粒米正一个人守在急救室门口哭。吴忝绮拍拍大粒米的肩膀，安慰说："老程从来都是一条铁打的汉子，他会挺过来的。"

门外的走廊里弥漫着消毒药水的气味，更多的医生赶到了急救室。大粒米眼望着急救室的磨砂玻璃门，里边人影晃动，气氛紧张。

杨初已升任县委副书记，睡梦中他听到电话铃声，抓起床头柜上的电话，听出了吴忝绮颤颤的声音："程队长、程队长……他快不行了。"

"想办法抢救，找最好的医生，用最好的药，一定要想办法！"

"他可能顶不住。"

"不行！老程的右派帽子还没摘掉呢，你要想尽一切办法……"

时习章夫妇赶到重症病房，程怀远拉着时习章的手，眼神中包含了千言万语，一时之间却无从说起。

"老程，我们不是说好了，要一起去杭州看赵省长，你怎么可以病倒？"

程怀远歉意地笑了笑说："嘉禾县的血吸虫终于灭了，可这血防办的钟却坏了，得叫季小英拿去修一修。"

杨初终于出现，他俯身冲躺在病床上的程怀远喊道："老程，老程，你的右派帽子摘掉啦！你看，这是文件，红头文件！"

程怀远眼睛紧闭，头动也没动。

杨初想把文件交到程怀远手上，程怀远眼皮抬了抬，推开了文件。

到了傍晚，程怀远的病房里临时拉进了一门电话。大粒米拿起话筒递到程怀远手上。程怀远艰难地直起上身，吴忝绮抓过一个枕头垫到程怀远背后。

话筒里传来的是赵省长十分苍老的声音："怀远……怀远……"

程怀远的舌头舔了舔干裂的嘴唇，用颤抖的声音叫了声："老首长……"

"伙计，你怎样？"

"我，我……好……"

"程怀远同志，县委给你摘右派帽子，你为啥不愿意？"

"老首长，我从来没把自己当右派。我长期受疫区人民的保护，得到的太多……我……无帽可摘……"

电话的那一头，动情以至于垂泪了的赵省长轻唤程怀远的小名："狗蛋啊，我知道你知足。但你，但你这不是在向党撒娇吗？"

"撒娇……"

背靠枕头的程怀远安静地躺着，一束斜阳照到了程怀远头上的那条“三八线”。他饱经沧桑的脸上浮现出一缕笑容，电话听筒从他手中滑落……

二十年后，已改名为嘉禾市的政协收到了一份政协委员的提案，要求设立嘉禾市血吸虫病防治纪念馆！此提案在市政府转了几个圈后，终还是被搁置了。可提案中的观点引起了一名记者的兴趣，便对提案者进行了采访。这名政协委员说：“新中国成立后，政府为老百姓办了两件大实事，一件是取缔了卖淫，另一件是消灭了血吸虫病，救了一千多万老百姓的命！如今，卖淫的事……不说也罢。可血吸虫病，至今为止没有再流行，更没有爆发！如今人类又面临着各种新的瘟疫，而当年那场轰轰烈烈的消灭了血吸虫病的斗争，其所取得的经验或教训是何等珍贵啊！”

于是，这名记者对数十年前的“送瘟神”过程进行了多次采访，不仅记录下血吸虫病在嘉禾县残酷的流行与肆虐的过程，还大致查清了一部分为消灭血吸虫病而不懈努力或挣扎着的真名实姓的人物。

这些人物在程怀远死后，其命运有起有伏，特抄录如下：

呋喃丙胺二号发明问世后，时习章以临床试验组织者的身份，和雷永翰教授一起荣获了国家科技奖。他曾短暂地官复原职，重新出任嘉禾县卫生局长，又在干部年轻化的潮流中退居了二线。方圆圆从文化馆退休后回杭州定居，夫妻分居的时习章曾联系了多家省立医院，但结果并不如意。这些医院管人事的官员几乎众口一词，都以现在没有了血吸虫病人为名将他拒之门外。几年后，方圆圆随留学的儿子移民美国。而时习章教授孤身一人，以弹钢琴自娱，终老嘉禾。

程怀远去世之后，杨初心灰意冷，从县委副书记的位置上辞职下海。他的行为曾轰动了嘉禾县城，引起诸多的议论，唯有时习章对此表示了理解。

“一个时代远去了，又一个新的时代来临了。”在给杨初的信里，时习章写了这样的话。十年后，杨初成了某医药集团的总裁。

血防队解散之后，夏沫随吴忝绮去了人民医院。作为年近四十的单身女人，她在两年之内完成了两件事：一是去了口腔科，成了一个普普通通的牙医；二是嫁给了承包医院门面开酒楼的裘经理。

裘经理长期与手下的女服务员扯不清楚，夏沫找时习章和吴忝绮诉说心中的痛苦，不知不觉中，她的精神状态跟鲁迅先生笔下的祥林嫂无异。

而李宋唐刑满释放后回到了西塘。他成了古镇上的古怪老头，每天西装笔挺地去人声鼎沸的老茶馆报到。别人喝早茶、吃包子，他的面前永远是一小杯咖啡。他仍给畜牲看病,但开刀的事他再也不干了。

当西塘被开发成了水乡旅游的景点时,李宋唐的一个侄子,偷了他平时积攒下来的绣品向外国游客兜售。李宋唐大怒,手持生了锈的手术刀绕着廊篷狂追了三大圈。

程怀远死后,程土改和大粒米母子相认,生活在了一起。大粒米在人民医院当了清洁工,积攒下的钱帮着土改讨了个老婆。

如果说杨初下海是新时期嘉禾政坛的第一场风暴,那么随之而来的是吴忝绮的信教又再掀波澜。其时吴忝绮已明确调任县人大任副主任,但她义无反顾地从人民医院的院长室直接走进了隔壁破败的天主教堂。

吴忝绮倾其所有,将教堂整修一新,每周都准时地布道传教。她发展的教友中,许多都是有过血吸虫病史的农民。

六十三岁的这一年,耿福贵无疾而终。其子耿卫红跟程土改成了酒友,后经营大棚种植而发迹,他注册的“水乡”牌葡萄行销港澳,后因赌场纷争,失手致一死一伤,被判处无期徒刑。

(京)新登字 083 号

图书在版编目(CIP)数据

送瘟神/李森祥,薛荣著. —北京:中国青年出版社,2009.9
ISBN 978-7-5006-8891-4

Ⅰ. 送… Ⅱ. ①李…②薛… Ⅲ. 长篇小说—中国—当代
Ⅳ. I247.5

中国版本图书馆 CIP 数据核字(2009)第 143450 号

责任编辑:金小凤

*

中国青年出版社 出版 发行
社址:北京东四 12 条 21 号 邮政编码:100708
网址:www.cyp.com.cn
编辑部电话:(010)84015592 门市部电话:(010)84039659
三河市祥达印装厂印刷 新华书店经销

*

700×1000 1/16 21.5 印张 2 插页 350 千字
2009 年 10 月北京第 1 版 2009 年 10 月河北第 1 次印刷
印数:1—10000 册 定价:28.00 元
本图书如有印装质量问题,请凭购书发票与质检部联系调换
联系电话:(010)84047104